T0243874

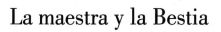

La maestra y la Bestia

Imma Monsó

La maestra
y la Bestia

Versión de la autora

EDITORIAL ANAGRAMA
BARCELONA

Ilustración: © Miguel Moya Moreno / Shutterstock; © Buzanna / istockphoto; © Campanar Sant Climent de Vialler / Wikimedia Commons.
Diseño: lookatcia

Primera edición: febrero 2023

Diseño de la colección: Julio Vivas y Estudio A

© Imma Monsó, 2023

© EDITORIAL ANAGRAMA, S. A., 2023
Pau Claris, 172
08037 Barcelona

ISBN: 978-84-339-0179-8
Depósito legal: B. 19951-2022

Printed in Spain

Romanyà Valls, S. A., Sant Joan Baptista, 35
08789 La Torre de Claramunt

1

La tarde en que la futura maestra de Dusa se disponía a apagar siete velas de una tarta, bajó a la explanada con la intención de matar el tiempo hasta el momento álgido de la celebración. Pero al contemplar la carretera desolada y los matorrales vencidos por la tramontana, sintió la necesidad de regresar. Se dio la vuelta, y cuando a través de la ventana de la cocina distinguió a su madre ocupada con los preparativos, el pecho le estalló como si una deflagración de lucidez la hubiera alcanzado: «Algún día, de todo esto no quedará nada», se dijo. A esta revelación le siguió un desconsuelo crepuscular nunca antes experimentado, una tristeza que sería la matriz de todos los duelos posteriores. Todas y cada una de las pérdidas la agarrarían por la garganta para lanzarla, como un dardo, al centro de aquella tarde seca y fría de invierno en que descubrió que, algún día, de todo aquello, nada.

Desde entonces vivió habitada por la idea fija de permanecer siempre preparada para perderlo todo y a todos, y de esa disposición para la soledad absoluta extrajo placeres que creía únicos. Hasta los quince años pudo entrenarse sin obstáculos. De hecho, las circunstancias eran idóneas. Hasta esa edad apenas había conocido más compañía regular que la de

7

una madre visionaria, que era todo entusiasmo nihilista y pesimismo exaltado, y la de un padre a menudo ausente, hombre marcado por una enigmática herida y parco en palabras. Que sus acompañantes fueran solo dos, que nunca hubiera pisado la escuela y que cuando miraba por la ventana no viera un alma son factores que sin duda contribuyeron a reforzar su preparación para la pérdida y la ausencia. Su timidez congénita se acentuó también con esta situación. Todo a su alrededor la llevaba al deseo de alcanzar altas cotas de autonomía. El destino le dio pronto la razón. La soledad absoluta le llegó a Severina en dos sesiones, dos pérdidas casi consecutivas: la del otoño de 1958 (Simona, su madre) y la del otoño de 1961 (Román, su padre). La desolación que ya conocía de tanto practicarla en la imaginación se materializó. La orfandad consumada no era peor que la orfandad potencial. Incluso era algo mejor, porque nunca nada era peor de lo que había imaginado anticipadamente. Además, era joven: detrás quedaba mucho, pero delante había mucho más. Hasta entonces había sido una alumna que iba por libre, apenas había pisado un aula. Sin embargo, el otoño en que murió su padre se había inscrito como alumna oficial para acabar los estudios de magisterio. Se dispuso con buen ánimo a rodearse a diario de una pequeña multitud. Fracasó. Suponía un esfuerzo excesivo hacer lo que nunca había hecho. La promiscuidad del aula la asfixiaba y se veía obligada a actuar con precaución, a dosificar su presencia allí, a escapar, y cuanto antes mejor. Aquel único curso presencial como estudiante de la Escuela de Magisterio de Girona no llegaría a modificar ni su vocación de aislamiento ni su naturaleza solitaria.

A pesar de los momentos de tinieblas o precisamente por ellos, a punto de cumplir los dieciocho seguía disfrutando de la soledad con absoluta entrega: tan absorta en cada cosa que hacía, tan extasiada, tan cautiva, que se preguntaba si las actividades que tanto disfrutaba podían ser consideradas «vicios». De los que ella llamaba «los básicos de la época», fumar, beber, jugar y follar, solo practicaba el primero, con una dedicación exhaustiva y enfermiza que la llevaba a contemplar el mundo a través de una permanente neblina. El segundo lo ejercitaba con un desconocimiento de los efectos del alcohol que convertía el objetivo de emborracharse en una mera tentativa. El tercero lo desconocía: para apostar no tenía un céntimo y las timbas eran cosa de hombres. El cuarto vicio no estaba muy segura de practicarlo adecuadamente. Del mismo modo que fumaba sola y bebía sola, también follaba sola: tales actividades requerían de su mente un grado de concentración demasiado elevado como para alcanzarlo en compañía de otra persona.

En la Normal había desarrollado cierto interés en tenerse por viciosa, posiblemente exacerbado por la retórica de Sección Femenina que impregnaba el programa de estudios. Al principio, no. Al principio, ese discurso que se esforzaba por alejar a las futuras maestras y a las mujeres en general de todo vicio y, por descontado, de cualquier modalidad sexual no encaminada a procrear le pareció innovador. En su casa nadie le había hablado de ese modo. Pero pronto lo aborreció. La moral falangista que aún respiraba buena parte del profesorado en los inicios del franquismo desarrollista proclamaba que nada era más indispensable para una mujer que alejarse de sus demonios. Pero ella no quería renunciar a escucharlos. Los quería a su lado, dialogantes. Estaba convencida de que los vicios dan sentido a la vida si, en lugar de perder energías tratando de esquivarlos, se logra un buen entendimiento con ellos. Sin embargo, ningún dios la llamaba por el camino del vicio: su organismo carecía de las cualidades necesarias para el desenfreno. La bebida, por ejemplo. Empezaba a beber con avidez a la hora de cenar, siempre un vino a granel que le resultaba muy simpático, porque por cada litro el Sindicato de la Vid regalaba un boleto verde para participar en un sorteo que cada dos meses repartía un premio de veinticinco mil pesetas. A continuación, se llevaba a los labios el segundo vaso y se quedaba dormida. Así pues, no podía calificar de vicio una práctica tan pobre, menos aún en una época en que para aspirar al título de vicioso se requería acreditar una embriaguez permanente. El vino sin embriaguez permanente era algo inofensivo, entrañable, familiar, y Severina había crecido entre los anuncios radiofónicos del Sindicato de la Vid que exaltaban las virtudes reconstituyentes del alcohol y los *boletos verdes* que aparecían bajo el tapón de cada botella y daban derecho a participar en el sorteo. Los anuncios aseguraban que el vino aportaba felicidad, bienestar y prosperidad a todas las familias bebedoras, y ella estaba convencida de que si hubiera logrado beber diez litros diarios y, por consiguiente, obtener setenta participaciones semanales, la felicidad de la familia habría aumentado exponencialmente. Habría sido casi imposible, pensaba, que la familia no resultara agraciada con las veinticinco mil pesetas del premio que, según sus cálculos, bastarían para alcanzar la prosperidad prometida. Sin embargo, la avidez con que empezaba a beber (ya desde el comienzo de la adolescencia) nunca le proporcionaba el nirvana prometido: se quedaba dormida antes.

La otra actividad que practicaba con avidez era la lectura. Desde siempre, leía de forma compulsiva, casi enfermiza. «Como dice tu padre, una palabra vale más que mil imágenes», decía Simona. Y aunque nunca oyó a su padre decir tal cosa, lo cierto es que predicaba con el ejemplo: las palabras, nunca las malgastaba. También la madre estaba marcada a fuego por la importancia que concedía a la palabra escrita. Lo atribuía a su educación republicana, en un tiempo en que el analfabetismo era casi la norma. Decía frases solemnes como, por ejemplo, «Leer nos hace grandes» o «Leer nos preserva de la podredumbre». O frases pragmáticas, como por ejemplo: «Leer es gratis», porque lo cierto es que en casa tenían poco más de un centenar de libros y siempre releían los mismos. También se atrevía con pronósticos personalizados: «Leer te hará libre, sabia, rica y feliz», le decía a su hija. De modo que cualquier pedazo de texto actuaba como un imán irresistible para la futura maestra de Dusa. A Severina le daba lo mismo un libro gordo que la pizarra de un bar con los platos del día. Si veía una hoja en el suelo, un anuncio, un envoltorio sucio, una lista de la compra con la tinta corrida por la lluvia, no continuaba andando hasta que acababa de descifrarla. Lo leía todo. De pequeña, cuando salía al descampado a contemplar la carretera, las opciones quedaban reducidas a la lectura de rótulos en los camiones y furgonetas que se aproximaban y se alejaban. Cervezas El Águila. Hermanos Hurtado. Lola y Beatriz. Transportes Orihuela. En las visitas a Barcelona, en cambio, la lectura de exterior era una fiesta. Leía los laterales de los tranvías, leía rótulos, leía panfletos pisoteados sobre el asfalto. Leía porque quería salir de la miseria. Leía porque quería salvarse. Leía porque quería ser libre, sabia, rica y feliz. Ese modo obsesivo de leer la ayudaría más tarde en los estudios: estudiar y leer no es lo mismo, pero leer con tan obcecado empeño le daría recursos para lidiar con las asignaturas que no le gustaban. Nunca abandonaría esa compulsión lectora. Cuarenta años más tarde, cuando en los informativos televisados viera desfilar en el tercio inferior de la pantalla otras noticias, leería la información alternativa en vez de escuchar y observar las imágenes que acompañaban a la noticia principal. Tal vez por ello siempre prefirió la radio. La radio no podía leerla pero, al menos, carecía de imágenes que estorbaran.

Como por un lado el vicio la atraía y, por otro, usar las palabras con propiedad era una de sus mayores preocupacio-

11

nes, Severina se preguntaba a menudo si su excesiva afición a la lectura podía ser calificada de «vicio». Según el diccionario, al que exhaustivamente recurría, «vicio» es una disposición o apetito del que no podemos abstenernos. En este sentido, su manía lectora parecía responder a la definición. El diccionario decía además que el vicio es una disposición excesiva a las cosas contrarias al bien y a la ley moral, y también en este sentido su inclinación se ajustaba a la descripción. A finales de los cincuenta, las tímidas protestas aperturistas contra la moral impuesta por el Régimen se limitaban a una minoría urbana de estudiantes de clase acomodada. El modelo imperante de mujer apenas admitía desviaciones: una era mujer-mujer si estaba preparada para las labores del hogar, exhibía modales suaves y femeninos, era pura de pensamiento y costumbres y preservaba la virginidad para un matrimonio indisoluble. Los modelos alternativos eran básicamente dos: por un lado la «moderna», heredera de la mujer topolino de la posguerra; por el otro la mujer fatal heredera de Gilda, la bomba erótica que provocaba estragos solo con quitarse un guante. Tal vez la mayoría de las mujeres no encajara ni en el primer modelo ni en el segundo. Pero la futura maestra, menos que la mayoría. En cuanto a los estudios superiores, era habitual que una joven accediera a ellos para refinarse y, una vez adecuadamente refinada y convenientemente casada, olvidara el título para dedicarse en exclusiva a los deberes del santo matrimonio y de la sagrada maternidad. Así que, decididamente, el leer de Severina era vicioso: contrario a la moral de la época y de una intensidad febril que la volvía ciega a estímulos más edificantes. También era pernicioso. De hecho podemos afirmar, sin temor a equivocarnos, que al leer perdía el mundo de vista.

2

El pueblo apareció después de una curva pronunciada. Entre ramas de abedules, la casi maestra de Dusa divisó el tejado piramidal de un campanario cuadrado y robusto que sobresalía entre las casas («¡Pobre!», se dijo, «tan modesto y no tiene más remedio que sobresalir!»). Las casas eran algo distintas de lo que había imaginado. Pocos edificios en Dusa tenían la fachada revestida de piedra, pocos tenían los tejados de pizarra que ella habría deseado ver: no era, para entendernos, el pueblo del tópico, el pueblo de postal navideña que formaba parte de sus ensueños, decepción mínima que apenas afectó a su ánimo excitado. Nunca había llegado tan alto, y la idea que tenía de un pueblo de alta montaña era imprecisa y ficticia, inspirada, a lo largo de la infancia, por las abundantes postales que recibía su madre de una amiga que había emigrado tras la guerra. Las enviaba desde Grindelwald (Severina nunca olvidaba un topónimo), donde la amiga trabajaba de camarera en un hotel. Así, la noción de «pueblo de alta montaña» quedó para siempre asociada a Grindelwald y a las pendientes suaves e intensamente verdes, a los pastos uniformes sin zonas yermas, a los tejados de pizarra, a las ventanas provistas de contraventanas y a las vacas con grandes cencerros, todo armónicamente distribuido en

13

un paisaje como el de la canción que a veces cantaba su madre, «En la cima de la Jungfrau, cerca del cielo azul, tendrás un palacio en cada glaciar»; ahora la canción le parecía tan cursi como deliciosa y la impulsaba a aguzar la mirada para ver la gacela o el edelweiss en flor, a buscar un espejo en el blanco cristal de un lago helado que, de momento, no divisaba y, por descontado, a buscar las nieves eternas que había venido a conocer y que iban a ser, pensaba, la solución a todos sus males.

A su llegada, nada de esto se hizo visible. Las pendientes eran verdes, pero no idealmente suaves sino con abundantes zonas abruptas y pedregosas. La montaña no estaba enteramente cubierta de abetos. Los picos eran majestuosos, pero sin rastro de nieve. Ni gacelas ni ciervos salieron a su encuentro. Tampoco sospechó entonces que los trofeos que escondía Dusa serían difíciles de obtener, mucho más ásperos y esquivos de lo que había imaginado.

La imponente Jungfrau era la montaña de referencia para Severina, cuando tenía seis o siete años la contemplaba extasiada en las postales enviadas por la amiga de su madre. Le atraía la sonoridad del nombre y también su significado: joven, virgen, doncella (aunque dispuesta a ensuciarse si es preciso). También asociaba ese paisaje a las melódicas exclamaciones de su madre, un ser permanentemente anhelante que, sin embargo, nunca hacía nada por alcanzar sus deseos, como si se diera por más que satisfecha solo con formularlos: «¡Cómo me gustaría escalar montañas!», decía. Su padre señalaba vagamente la ventana: «Pues empieza por esta», pero entonces ella decía que no, que el monte pelado carecía de gracia, que le faltaba altura y que no tenía apenas árboles que dieran sombra, y ella odiaba sudar y amaba por encima de todo el modo condicional de los verbos, que se agotaba en sí mismo sin intención alguna de consumar la acción, le chiflaba que el deseo se perpetuara indefinidamente. Todo esto ocurría cuando Severina contaba seis o siete años, y a medida que pasaba el tiempo su ideal de pueblo se enriquecía con ilustraciones de cuentos, descripciones de leyendas y precarias fotografías de enciclopedia siempre en blanco y negro, pero en sintonía con el típico paisaje del Oberland suizo. Pocos años más tarde, una mañana en que su madre guardaba una postal que había recibido de la amiga de Grindelwald, apareció la segunda pieza clave que configuraría el imaginario alpino de la joven.

Era una foto de su padre. De pie delante de la fachada ciega de una casa al borde de la carretera, parecía tratar de sonreír sin conseguirlo. Por lo demás era el de siempre: americana y corbata, un cigarro entre los dedos, la gabardina sobre los hombros. Al fondo, a media distancia, la cima de una montaña nevada. En el borde de la carretera, un cartel. Le dio tiempo a leer «*route*», las palabras siguientes se le escaparon. Su madre le arrebató la fotografía y Severina alcanzó a leer el dorso: «Febrero de 1947». «¿Dónde es eso?», preguntó. «Nuria, creo. Tu padre quería meter la cabeza en la olla. Mucha gente lo hace. Visitan a la Virgen y piden un deseo con la cabeza metida dentro.» «Qué barbaridad», masculló Román desde su rincón junto a la radio. Severina miró a su padre, pero él le guiñó un ojo y volvió a taparse la cabeza con la manta para concentrarse en lo suyo. Por entonces tendría unos diez años y ya era consciente de que en aquella familia nadie visitaba a ninguna Virgen nunca. «Vamos a ver», prosiguió su madre: «No es que tu padre hiciera eso por religiosidad ni nada, fue solo por pedir el deseo». Simona proyectó su voz hacia el rincón de la radio: «¿Te acuerdas del deseo que pediste, amor?». Como él no respondió, lo hizo ella mirando fijamente a su hija: «Pues pidió una niña que leyera mucho porque sabía que solo leer puede salvarnos de esta ignominia». Normalmente, Severina habría preguntado por el significado de «ignominia» o habría abierto el diccionario, pero en esa ocasión preguntó si en Nuria hablaban francés, porque le pareció raro que el cartel de un pueblo catalán (donde los rótulos estaban escritos en castellano) estuviera escrito en francés. No hubo respuesta. «Podríamos ir un día, ¿verdad, Román?», dijo de nuevo alzando la voz, sin ser consciente de que la niña concebía esperanzas cuando ella decía «podríamos ir», aun sabiendo que nunca iban a ninguna parte. Simona fijó la vista en la foto y, como si su marido estuviera muerto, exclamó: «¡Qué guapo era!». Apartó los ojos de la imagen y contempló amorosamente la cabeza oculta de su hombre, luego observó su mano, que sobresalía de la manta para sacudir la ceniza. «Ahora tampoco está mal», dijo. Estampó un beso sobre la fotografía y, antes de devolverla a la caja, susurró: «¡Roberto querido!». Solo entonces respondió a la pregunta de su hija: «¿Decías que si en Nuria hablan francés? Pues hay de todo. Gente que lo habla y gente que no». Cerró ruidosamente la lata de galletas que nunca encajaba a la primera y la apartó con la actitud expeditiva que adoptaba cuando no admitía más preguntas.

A Severina las preguntas se le multiplicaban, porque de pronto ya no era tan importante saber si en Nuria hablaban francés, era casi más importante averiguar por qué su madre había llamado a su padre Roberto si se llamaba Román, o averiguar por qué su padre había considerado una aberración la idea de meter la cabeza en una olla, pero también era importante saber cuándo debía callar y quedarse a solas con las dudas. Cuando más tarde quiso verla de nuevo para leer las palabras que se le habían escapado, la foto ya no estaba en la caja.

La tercera pieza clave que configuró el concepto de «pueblo de alta montaña» en el imaginario de la joven fue un anuncio de Cafiaspirina. De hecho, dos. Los había visto cuando era adolescente en *Distinción*, revista que hojeaba en casa de su tía Julia. En uno se mostraba una habitación de

16

hotel. Contra la pared, unos esquís y, a través de una ventana, la imponente montaña que ella creía que era la Jungfrau aunque más tarde sabría que era el Matterhorn. Sobre el respaldo de una butaca de cuero, una falda estampada y, sobre la mesilla, un jersey de lana gruesa junto a la novedosa caja de Cafiaspirina. En el otro anuncio, una habitación parecida a la anterior. Encima de una mesa reposaban unos cuantos objetos que resumían todo lo que ella deseaba en esta vida: unas gafas redondas, un libro abierto, un cenicero con dos colillas y un vaso de Duralex en un plato con una cucharilla junto a dos comprimidos. En la pared, la misma montaña nevada al fondo, la que ella creía que era la Jungfrau y no lo era.

Formuló uno de sus deseos recurrentes. En sus peticiones siempre ofrecía algo a cambio, tal vez a modo de pacto con el diablo o bien porque creía que no merecía nada gratis: «Si el diablo me concede una habitación con vistas a la Jungfrau, soportaré a diario, a cambio, un dolor de cabeza atroz». Pero el diablo nunca le ofrecía nada. Su tía le regaló la revista y Severina clavó los dos anuncios en la pared de su habitación de adolescente. Todas esas imágenes resumían el sueño pueril que esperaba satisfacer en Dusa: habitar un paisaje con mucha nieve en invierno para poder entrar en un hotel acogedor donde se instalaría con sus cigarrillos y sus Cinzanos, con la Cafiaspirina siempre al alcance de la mano para los dolores de cabeza provocados por beber, fumar y leer en exceso, porque follar en exceso no follaba, se trataba solo de un placer incipiente y solitario que nunca le había ocasionado un solo dolor de cabeza. Y si bien de momento intuía que no iba a encontrar ni las suaves pendientes de Grindelwald ni el hotel confortable y suntuoso del anuncio de *Distinción*, la casi maestra de Dusa no perdía la esperanza. Tenía diecinueve años.

3

Unas treinta personas permanecían de pie sobre la hierba en actitud expectante. Al verlas desde el autobús, Severina sintió el mismo pánico que cuando, en la Escuela de Magisterio, había entrado en el aula llena. Solo que ahora ni podía llegar tarde ni podría irse antes. «Esperan a la maestra de Dusa», se dijo. «Que soy yo», añadió, como si tomara conciencia por primera vez de su nueva identidad. Posiblemente perdería el nombre, un nombre que interesaría poco: sabía que los niños la llamarían «señorita» y los adultos, por contagio, también. Y que al hablar de ella con gente de otros pueblos, dirían «la maestra de este año», para diferenciarla de las anteriores y posteriores. Y que para los pueblos de los alrededores sería, si llegaba a ser algo, la maestra de Dusa. Así eran las cosas en aquel valle: la maestra de Dusa, el médico de Pontes, la criada de Casto, el herrero de Boscarri. En aquella jerarquía, el individuo pertenecía al pueblo en primer lugar, luego a la casa y, por último, a la familia. Aunque de momento carecía de las dos últimas, al menos tenía un pueblo, y eso le pareció mucho.

Cohibida por la evidente curiosidad que despertaba, la maestra bajó los escalones del autobús con cuidado de no tropezar, la mirada clavada en el suelo por miedo a aterrizar de morros ante la comitiva, como había soñado la noche anterior. Ya en tierra, alzó los ojos y se quedó quieta, desconcertada, olvidando recoger las maletas que el chófer había sacado del maletero. Un hombre las recogió por ella. «Soy Sisco de Sebastià», le dijo, con una maleta en cada mano como si no supiera qué hacer con ellas. Le era imposible, pues, dar la mano a la joven, que le ofrecía la suya. Ella repasó varias alternativas: ¿debía inclinarse en señal de respeto como había leído tantas veces en los cuentos, o más bien mostrar afecto y arrojarse a sus brazos? Indecisa, descartó los movimientos que se le ocurrían. El grupo los miraba con una atención que ella jamás había recibido antes. De vez en cuando, surgía una risita ahogada o una tos ante la falta de determinación de los protagonistas. Por fin, Sisco dejó las maletas en el suelo y le alargó la mano justo cuando ella la retiraba. Por muy indeciso que fuera su interlocutor, ella siempre lo era más, así que cuando decidió volver a ofrecérsela, él ya se había dado la vuelta para encender un cigarro. Luego, como si temiera que la joven se hubiera equivocado de pueblo, dijo: «Está usted en Dusa». Ella sonrió y asintió con la cabeza. Tragó saliva. Cuarenta y cinco minutos de curvas desde Pontes le habían revuelto el estómago. Estaba doblemente pálida, por el mareo y por el desconcierto, y le costaba encontrar la concentración extrema que necesitaba para saludar al desconocido. Saludar a todos los demás estaba claramente fuera de su alcance.

Sisco no contribuyó a tranquilizarla. «En Dusa, nos tomamos muy en serio la toma de posesión de la maestra», dijo. Se llevó las manos a la espalda y se plantó a su lado. Hubo otro silencio embarazoso hasta que uno de los presentes exclamó: «Hala, ¡a esperar!». Ella levantó entonces la vista y se enfrentó a las miradas inquisitivas: duras e inescrutables algunas, solemnes o tímidas otras; todas ellas le parecían marcadas por la reserva y la austeridad de aquellos montes.

Los niños sí mostraban una sonrisa fresca, y en ellos la reserva parecía solo timidez. Para entretenerse, Severina se dedicó a estudiar las fisonomías. Se consideraba una fisonomista aceptable, era una de las muchas materias que había estudiado por su cuenta. En general, la maestra había estudiado montones de materias no necesariamente útiles, siempre manteniéndose dentro de los estrictos límites de la teoría y bien lejos de la práctica.

Amplió la mirada más allá del grupo, hasta las primeras casas. Algunas cabezas aparecían y desaparecían tras las cortinas. Alzó la vista hacia los tejados y las chimeneas y, más arriba, se encontró con las paredes altísimas que a partir de entonces serían su claustro. La montaña. Bien pronto las rocas y las copas de los pinos y abetos y abedules se cubrirían de nieve y la protegerían del pasado y del futuro: sus ojos se llenaron de esta muralla que durante tanto tiempo había soñado. Cautivada por aquel horizonte limitado y acogedor, adoptó una actitud de embeleso muy típica de ella. Propia, asimismo, de los jóvenes embelesados en general. Volvió en sí al escuchar unas risitas sueltas y algún que otro cuchicheo que supuso de perplejidad (más tarde, alguien le contaría que embobarse de aquel modo había provocado la extrañeza de los presentes). Se sonrojó, murmuró una disculpa que nadie pudo oír y continuó esperando. Cuando no se ensimismaba, las esperas se le hacían interminables. Le flaqueaban las piernas como si tantas miradas clavadas en ella le sorbieran la energía indispensable para mantenerse en pie. Quizá fue esta la primera decepción de los lugareños: la nueva maestra de Dusa no estaba hecha para el mundo del espectáculo.

Y es que en aquel momento todos tenían una imagen bastante precisa de la recién llegada. Cada nuevo curso esperaban con curiosidad a la forastera y, normalmente, no sabían nada de ella hasta que la tenían delante. Pero esta vez era distinto, porque el día antes la joven se había apeado en Pontes a causa de un desprendimiento y había tenido que pernoctar en el pueblo mientras despejaban la carretera. En el breve período que pasó en la fonda del pueblo, se comportó como se había comportado en la Normal (es decir, aspirando al grado máximo de invisibilidad). Pese a ello, los parroquianos de la fonda se forjaron una idea muy completa de su persona. La idea sobrevoló el desprendimiento y llegó a Dusa antes que ella, aunque las telecomunicaciones estaban en un punto tan incipiente que incluso en un pueblo de ochocientos habitantes como Pontes eran contados los que tenían teléfono en casa. No todo era silencio. No todo era parquedad de palabras en el valle.

Así, antes de que ella bajara del autobús, los ciento cuarenta habitantes de Dusa sabían que era la maestra más joven de cuantas maestras (todas muy jóvenes) habían llegado allí. Que no era extrovertida como la del año anterior. Que era *moderna* y vestía pantalones, que los pantalones eran elegantes pero la camisa parecía prestada. Que tenía una sonrisa que, en lugar de atraer, la hacía más distante. Que fumaba en la barra, a veces con una boquilla de marfil que era, según un parroquiano entendido en marfiles, de auténtico mamut siberiano. Que tomaba una copa (o más) por la noche. Que llevaba dos maletas enormes. Que estaba demasiado delgada y, por consiguiente, habría que engordarla. Que tenía el cuerpo como de cristal. Que las maletas eran de piel y de una calidad desacostumbrada. Que parecía una artista.

Este último comentario resultó engañoso para muchos. Allí la palabra «artista» evocaba imágenes de mujeres exuberantes y magnéticas, así que algunos esperaron verla bajar del autobús con la altivez provocativa de Kim Novak en la fiesta campestre de *Picnic*. O con la altivez sosegada y radiante de Grace Kelly al salir de la catedral tras su boda. Nadie pensó que la artista en cuestión pudiera parecerse, por ejemplo, a una pintora excéntrica, a una poeta bohemia, a una pianista melancólica o a una escultora feroz. Allí, una artista era una artista de cine. O de teatro. O de varietés. Todo lo más, una cantante. Hubo también algún que otro matiz a las impresiones principales, por ejemplo: Alguien había dicho que «moderna» no era, que moderna era, por ejemplo, la maestra de Bodori, que sí era moderna y actual, además de muy simpática y dispuesta. En cambio, la chica nueva no podía calificarse de «actual». Uno opinó que parecía venir del futuro, otro que del pasado. Y lo de simpática estaba por ver. Uno dijo que era arrogante. Una dijo que no era guapa, sino «fina». Uno dijo que tenía la piel translúcida, como de bebé. Otro dijo que parecía salida de un invernadero. Otra dijo que era guapa pero extraña. El médico de Pontes dijo que era fea pero con estilo. Ton de la Fonda dijo que allí no aguantaría ni dos días, que era evidente que venía de la capital. Alguien dijo que no era de la capital, ni tampoco de la provincia, que su acento revelaba que venía del este, un catalán abierto y melodioso como del nordeste rural. Pero esta última posibilidad no se tuvo en cuenta porque casi todos habían decidido que era una chica de ciudad. Nadie consiguió, en el día y medio que pasó en la fonda, sonsacarle información alguna sobre su origen. La mayoría de los que la conocieron en Pontes (una mayoría extraña, ya que a ella no le constaba haber conocido a nadie) estuvo de acuerdo en un punto: era distante aunque amable, y si alguien se atrevía a formularle preguntas personales, respondía con vaguedades o profería una respuesta inaudible. Finalmente, alguien dijo que no era lo que parecía. «No es lo que parece», sentenció. En este punto se logró un cierto consenso.

Ahora la tenían enfrente. Podían asociar a su presencia las etiquetas que flotaban en las conversaciones del día anterior y algunos lo intentaban mientras entretenían la espera. A la mayoría les pareció, sin duda, muy joven, demasiado,

22

aunque su rostro revelaba un extraño contraste entre una piel aterciopelada de niñita y una mirada muy madura para su edad (mirada que en algunos momentos envejecía de repente, como secuestrada por ráfagas de una tristeza lejana). Parecía venir de lejos, pero no del futuro, como había dicho alguien de Pontes. No les pareció arrogante, pero tampoco humilde ni cercana. O sí les pareció cercana, pero demasiado tímida para resultar simpática. No les pareció simpática, pero tampoco lo contrario, se ensimismaba con demasiada frecuencia como para resultar antipática. Miraba hacia el monte y se quedaba como enganchada en él, como si le gustara que el horizonte estuviera tan cerca, como si le encantara verse hundida entre aquellos altísimos muros. Como habían dicho los de Pontes, era diferente a las anteriores. Pero todas las jóvenes maestras que llegaban lo eran. Demasiado pronto, en fin, para concretar en qué era distinta y hasta qué punto.

Ella conocería más tarde los adjetivos que le habían adjudicado los vecinos. De todos ellos, el más recurrente aludía a su supuesta delicadeza. En un primer momento la tranquilizó haber causado esta impresión y no otra peor, pero no tardaría en darse cuenta de que la delicadeza, en aquel paisaje abrupto y escarpado, no era un elogio: «Es delicado ese mozo», decían del herrero de Viu, que no tenía músculo para levantar pesos pesados. «Es muy delicada, la de Sixto», decían de Pilar, pues aunque vivía en una barraca y se alimentaba de los huevos que le regalaban las vecinas, se exigía a sí misma que al freír el huevo la clara quedara crujiente como una puntilla de espuma seca. Severina supo bien pronto que su supuesta delicadeza no garantizaba el beneplácito de la parroquia. De hecho, ninguna de las cualidades ambivalentes y poco pragmáticas tan apreciadas en el entorno de donde provenía iban a ayudarla a ganarse la adhesión de una comunidad tan acostumbrada a conformarse con lo indispensable como a despreciar una larga lista de atributos que allí se consideraban superfluos.

Pasados unos minutos, la mayoría de los presentes habían roto filas. Solo Sisco continuaba, con gesto malhumorado, esperando junto a la joven maestra, que ya no sabía hacia dónde ensimismarse. ¿A quién o qué esperaban? Ella temía preguntarlo por si resultaba que debería saberlo. Sí, había oído que era un notable del pueblo quien recibía a las maestras en su toma de posesión y, por lo visto, Sisco no era el notable en cuestión. Pero la maestra desconfiaba de lo que oía, solo se fiaba de lo que leía a causa de su extraña fe en la información impresa. Se atrevió a preguntar con un hilo de voz: «¿A quién esperamos?», pero Sisco no la oyó. Segundos más tarde, la llegada de la cartera rompió el estancamiento en que se hallaban. «Adela no está», dijo. La información pareció caer sobre Sisco como un jarro de agua fría. Se oyeron murmullos y cuchicheos. La maestra preguntó, con la voz más audible que tenía, si por azar esperaban al alcalde. «Sí y no», dijo Sisco. «Esperamos a un alcalde que no se da por nombrado.» «Por tanto, es y no es un alcalde», añadió la cartera, «pero alguien tiene que recibirla a usted... El cura anda por ahí arriba dando extremaunciones y por ahora no ha vuelto, así que a usted la recibirá lo más parecido que tenemos a una autoridad.» «Y si no viene Adela, ¿qué hacemos?», preguntó Sisco. «Tranquilo, Pilar lo trae», dijo la mujer. «Que canten los críos, que así pasamos el rato», dijo Sisco. La cartera se dirigió a la mujer más alta del grupo. Primitiva vestía un traje chaqueta y era la única mujer que lucía una joya, un alfiler de pecho que a la maestra le pareció un exquisito ramo de lirios atado con un lazo. Tras ajustarse las gafas de gruesos cristales, la mujer hizo un gesto con la cabeza y los niños se plantaron como un clavo bajo su mirada penetrante. «*Allà sota!*», ordenó. Y cantaron:

Allà sota una penya
és nat un jesuset
(nuet, nuet).
És fill de mare verge
i està mig mort de fred
(pobret, pobret).
I està mig mort de fred.

Sisco se acercó a la cartera. «Lo hace por joder», dijo, «para demostrar que también sabe cantar otras cosas.» En este punto, la maestra se puso las gafas de sol con un gesto precipitado y raro, torpe para unos, cómico para otros, y lo hizo justo cuando un oscuro nubarrón apagó el cielo. Algunos miraron hacia arriba y luego de nuevo a ella. Otros pensaron que la joven trataba de enmascarar la visión de aquellas criaturas vociferantes y desafinadas. Algún otro pensó que la canción le disgustaba por poco apropiada (faltaban más de tres meses para Navidad). El caso es que nunca habían conocido a nadie que se precipitara a ponerse gafas de sol cuando el cielo se nublaba o, para ser más exactos, no solían ver a nadie con gafas de sol, salvo a los esquiadores que se dirigían a las cimas y que nunca paraban en Dusa. Sisco se sintió obligado a excusarse: «La canción la aprendieron los niños con la maestra del año pasado..., la pobre tuvo que irse antes de acabar el curso y no pudo enseñarles mucho». «¿Y Primitiva?», preguntó Severina. «Dirige la coral cuando no queda otra. No es maestra, pero estudió en el Conservatorio y tiene cultura. Cultura y otras cosas», añadió Sisco en tono áspero. Azorada por la posibilidad de haber ofendido a los presentes con sus gafas, se las quitó de pronto, alzó los ojos al cielo y se tocó la cara como si se enjugara una gota de agua de la mejilla. Muchos miraron hacia arriba por si llovía, pero no caía una gota. Entonces, ella dijo: «La canción... Bueno, me ha gustado muchísimo». Lo

25

dijo con su voz más firme y alegre. No todos pudieron escuchar la frase, pero ella sabía que había dado un paso para hacerse oír, un pasito pequeño pero difícil, y sin duda se vería obligada a dar otros porque (recordó de pronto, horrorizada) todo el saber que tenía debería comunicarlo de viva voz: esta era, supuestamente, la misión que había venido a desempeñar.

«Manda cojones que Adela no esté hoy por aquí», masculló Sisco mientras contemplaba el caminar errático del hombre que se acercaba. También la maestra lo observaba atravesar el prado en dirección al grupo. Era alto y grandote, de aspecto agitado, barba descuidada y largo cabello al viento. Los pantalones ajados contrastaban con la camisa, de un blanco deslumbrante. Pilar de Sixto lo agarraba por el brazo para enderezar su trayectoria y él se apartaba bruscamente con sucesivas sacudidas. En el rostro del no-alcalde destacaban unas ojeras profundas bajo unos ojos intensamente negros. «Todo él es de una belleza tenebrosa», se dijo la maestra. Lo imaginó también como el tipo de hombre que necesita emborracharse para oficiar cualquier ceremonia de bienvenida, lo que suscitó de inmediato su empatía.

Ya muy cerca del grupo, su imponente presencia mostró una inestabilidad preocupante, pero de pronto se enderezó como un árbol cuando el viento amaina y retomó la marcha con insólita ligereza. Ahora daba la impresión de llevar una armadura muy pesada con un esfuerzo tan secreto e íntimo que apenas podía apreciarse a simple vista. Ya no se escoraba ni se tambaleaba y, muy firme, se paró en seco a un metro de la maestra y exclamó: «¡Puta!». Se oyó un «oh» consternado, una risa cristalina, un grito cortante e indignado. Luego, se escucharon más risitas ahogadas. Nadie oyó el sobresalto silencioso de la maestra, siempre discreta. El recién llegado alzó una voz serena para imponer calma y, dirigiéndose a la joven, se disculpó. «No es a usted, señora. Es a ella.» Le dirigió a Pilar, que se había colocado tras la maestra, una sonrisa de zorro plateado y, mirando de nuevo a la joven, dijo: «En nombre del alcalde de Dusa, que debería ser yo pero no alcanzo, le doy la bienvenida». Y se arrodilló a sus pies. Nunca nadie se había arrodillado a los pies de la maestra. Tras inclinar la cabeza, alzó los ojos hacia su rostro y, con un registro de voz grave y cansado, dijo:

–He visto tetas más completas, pero jamás un ángel tan radiante.

–¡Calla, Bestia! –le gritó Pilar, aunque su tono coqueto y jocoso parecía contradecir esa orden.

Sisco se disculpó con la maestra por la frase del no-alcalde y por la exclamación de Pilar. La joven apenas podía procesar lo que escuchaba. Indecisa, se inclinó ligeramente para observar la negra y sedosa cabeza del arrodillado y evaluar, como de costumbre, su posible reacción a la escena. Descartó la patada en la boca porque pensó que la primera idea nunca es buena. Se imaginó ignorándolo, altiva, y también se imaginó dedicándole un guiño de complicidad que, según sospechaba, desconcertaría a los presentes y escandalizaría a Primitiva. Al fin, considerando que la expectación era grande y que deseaba acabar de una vez con aquella insoportable bienvenida, eligió la opción menos arriesgada: «Gracias, señor alcalde», dijo en un tono neutro. Él se levantó y sin sacudirse las rodillas del pantalón cubierto de barro, dijo: «No me llame señor, y menos aún alcalde». Lo dijo en un tono sarcástico que parecía dirigirse a sí mismo. «Si ha de llamarme usted, llámeme Bestia», dijo. Bajo su mirada, la maestra experimentó por primera vez el deseo de ser una bomba erótica de las que causan estragos con un guante o, en caso de no conseguirlo, una chica moderna como las que había conocido en la Escuela de Magisterio. Pero es que ya no estaba bajo su mirada, ahora estaba de nuevo por encima: la Bestia se había tumbado de golpe en la hierba, donde parecía buscar la postura más cómoda para conciliar el sueño. En vista de la situación, Primitiva hizo que los niños cantaran de nuevo, y la maestra se puso otra vez las gafas de sol antes de escuchar las notas que la harían retroceder al irrecuperable paraíso de su infancia, pues sufría tremendos ataques de nostalgia y derramaba abundantes e insumisos chorros de lágrimas en el momento más inoportuno. Eran muchas, tal vez excesivas, las emociones que estaba experimentando en poco rato una joven que apenas había intercambiado un centenar de palabras con desconocidos a lo largo de su vida. Un minuto antes deseaba ser una pérfida vampiresa, y ahora, al escuchar de nuevo la canción, habría dado la vida por refugiarse de nuevo en la niñez. Esta vez, el sol resplandecía con fuerza y nadie encontró extraño que se pusiera las gafas. Al final de la canción, una niña fue a su encuentro con un ramo de flores silvestres. La maestra dijo: «Gracias», y como le pareció de pronto que debía añadir algo más, preguntó: «¿Qué son?». «Flores», dijo la niña. Y Severina, que conocía el nombre científico de aquellas flores lechosas y estrelladas de seis estambres, puntualizó: «*Ornithogalum umbellatum*». La pequeña escondió la cara bajo el brazo generoso de la cartera como si hubiera oído una palabra malsonante. La cartera dijo con firmeza: «Eso es leche de pájaro, señorita». Sisco intervino en favor de la maestra, señalando que para algo era maestra y quién sino ella podía enseñarles el nombre correcto de las flores. «Leche de pájaro», insistió la cartera. La joven dijo entonces que sin duda las dos llevaban razón, que ella solo había precisado el nombre botánico, «del latín, *Ornithogalum umbellatum*», dijo, y tras decirlo se sintió tan pedante que a punto estuvo de desmayarse.

Le vino a la mente la frase de un texto que Enriqueta Udina, la profesora de Formación del Espíritu Nacional que formaba a las maestras para que formasen el espíritu nacional de sus futuros alumnos, les había dado una vez para que lo comentaran: «Peor mil veces una mujer pedante y orgullosa que una dulce sombra que confiesa humildemente su falta de preparación». En su comentario escrito, la futura maestra dijo no entender la frase. Objetó que la idea de ser una dulce sombra no le parecía despreciable: la sombra era un alivio a menudo imprescindible y nada le habría gustado más que ser una sombra ligera y vaporosa, cómodamente instalada en la invisibilidad. Ahora bien, «confesar humildemente su falta de preparación» no lo veía necesario, y no alcanzaba a entender por qué no podía ser una dulce sombra preparada. También esgrimió el diccionario. No le pareció lo bastante justa la definición según la cual es pedante «quien hace ostentación del saber, teniéndolo o no». Ostentar un saber que no se posee le parecía algo muy distinto de ostentar un saber que sí se posee. El primer caso constituía un engaño deliberado. El segundo, en cambio, le parecía no solo natural, sino deseable, puesto que el saber existe para ser mostrado y compartido, y ¿cómo compartirlo si permanece oculto? ¿Qué significaba, pues, «hacer ostentación»? ¿Cómo podía evitar la ostentación cuando comunicaba lo que sabía? ¿Cómo diferenciar si ostentaba o no ostentaba? ¿Era ostentación el proferir el nombre en latín de una flor? ¿Debería esperar a que los niños preguntasen? ¿Y si nunca preguntaban? ¿No iba a convertirse en maestra precisamente para explicar aunque no preguntaran? Todo eso más o menos argumentó en su ejercicio y Enriqueta Udina la suspendió con un tres. Y el caso era que, ahora, al pronunciar el nombre científico de la flor, había provocado a su alrededor un vacío: todos habían apartado la mirada de las flores y de la maestra. Todos, excepto la Bestia, que desde su improvisado lecho de hierba murmuraba *Umbellatum* reiteradamente y se partía de risa como si acabara de despertar de un sueño hilarante. La comitiva se dispersó y Sisco agarró de nuevo las maletas para acompañar a la joven a la casa donde se alojaba. Justa y la cartera siguieron discutiendo sobre el nombre de la flor, porque la madre de la una la llamaba «leche de pájaro» y la abuela de la otra «estrella de Belén», y mientras hablaban acaloradamente la maestra trataba de retener esos nombres populares de la flor que su libro de botánica no recogía y se preguntaba por primera vez si había venido al pueblo a enseñar o a aprender.

4

Una olla panzuda colgada del gancho de la inmensa chimenea era una estampa que la maestra solo había visto en los cuentos y, de hecho, no volvería a ver en ningún otro lugar. En la casa donde iba a alojarse vivía Justa con su prima Teresa, y esa noche media docena de vecinos se habían sumado a la cena de bienvenida. Severina sonreía cordialmente cuando se dirigían a ella, pero del mismo modo que antes de entrar se había quedado ensimismada ante el torrente impetuoso que bajaba por el barranco junto a la casa, ahora permanecía absorta contemplando el hervor del líquido que a ratos se derramaba por los bordes. Sobresalían gruesas lonchas de panceta y unas piezas de pollo en forma tubular que no supo identificar. Teresa le dijo que eran pescuezos de gallina y, suspirando sonoramente, añadió que a la maestra de Bodori le encantaban cuando era maestra de Dusa, y, como Justa solo tenía cuatro plumíferos en el corral, solía pedir cuellos a las vecinas (que preferían muslos y pechugas), porque se desvivía por la maestra de Bodori y ahora se desviviría por ella. La joven protestó débilmente, no se creía merecedora de tantas atenciones, pero Teresa insistió en que Justa era así, no sabía vivir sin desvivirse. Transida de gratitud, la joven habría dado cualquier cosa por tener apetito. Pero aún se sentía indispuesta. Además, le sobrevino la idea de haber caído en una trampa, una idea que le había rozado la mente durante el viaje. A la altura del desfiladero de Sopeira, había mirado con aprensión las rocas severísimas que circundaban el embalse y estrechaban el paisaje. Sabía que habían construido el pantano siete años atrás y que bajo sus aguas yacía un pueblo llamado Casterner de les Olles y otro llamado Aulet, y también un monasterio cisterciense del que solo quedaban las ruinas. Y se preguntó de pronto si aquel sería el pueblo fortificado y protector que buscaba o si, por el contrario, estaba siendo tragada por un pasadizo que acaso condujera al infierno. Para ahuyentar la desagradable sensación, pensó que cualquier infierno sería mejor que el que había vivido los últimos cuatro años y se concentró en el plato humeante. Rechazar la ofrenda de Justa le resultaba imposible, así que se esforzó por fingir un agradecimiento que en realidad sí sentía, y se terminó la sopa y todo lo que en ella flotaba. Con sumo cuidado, pues se trataba de un manjar exquisito, separó con el tenedor y el cuchillo la poca carne y la mucha piel de los finos huesecillos y los chupó uno a uno, pero cada esfuerzo por mostrar gratitud era castigado con una nueva ración y tan alto grado de fingimiento le acrecentó el malestar y la náusea. La imposibilidad de ponerse las gafas de sol para derramar en paz las dichosas lágrimas se sumó al resto de las voluntades contrariadas. Por primera vez se dio cuenta de que podía odiar a alguien con todas sus fuerzas. Y, por desgracia, ese alguien era ella. A partir de entonces, siempre asociaría la impotencia y el odio hacia sí misma con las gallinas sin pescuezo, pues esa misma noche soñaría con un desfile de aves decapitadas cuyos cuellos se regeneraban una y otra vez como tentáculos de pulpo, y ese desfile de gallinas al borde de un precipicio sería una de las diez pesadillas más recurrentes a lo largo de su vida. Por otro lado, también la conversación le iba dejando un poso amargo. Deseaba participar pero no daba con ninguna frase pertinente, y cuando se le ocurrió una réplica que le pareció aceptable, nadie la oyó. El torrente bajaba con furia aquella noche y solo quienes eran capaces de levantar la voz eran oídos, aunque no siempre escuchados. Constataba que sus dificultades para adaptarse eran de gran envergadura. *Ornithogalum umbellatum* no había sido más que el primer indicio de lo que estaba por venir.

En su habitación, ya aliviada del peso de la mirada ajena, salió al balcón a respirar aire fresco. Caía una lluvia fina y suave cuyo sonido no percibía porque el estruendo de la cascada lo enmascaraba. No se dio cuenta de ello hasta que se apoyó en la barandilla y la sintió mojada. Encendió un cigarrillo y contempló los abetos negros al otro lado del torrente y, más arriba, la pared oscura de la montaña. Estuvo fumando hasta que la lluvia cesó y se levantó un viento inesperado que limpió el cielo. Una luna redonda y blanca se hizo visible a través de nubes cada vez más transparentes. Por la tarde, la puesta de sol le había parecido tétrica. Pero ahora, la noche la maravillaba y le infundía nuevas energías. Tosió y pensó que bien pronto tanto humo le dañaría los pulmones. Luego pensó en su padre, que fumaba pero no tosía, y sin embargo estaba muerto. Y en su madre, que tosía pero apenas fumaba, y también lo mismo. Lanzó una blasfemia liberadora a la luna en un tono de voz ligeramente más alto del habitual y cerró los postigos con energía. Aquella noche insomne e indigesta sospechó que tenía por delante un largo camino que recorrer antes de poder compartir cualquier placer con los desconocidos. De hecho, ni tan siquiera era consciente de algo elemental: los desconocidos dejan de serlo cuando se los conoce.

El tiempo empezó a transcurrir deprisa: al día siguiente de su llegada comenzó a dar clases. No era poca cosa verse obligada a salir de su ensimismamiento para entregarse a un grupo numeroso de críos durante tantas horas diarias, de modo que cuando llegaba a Casa Justa, incapaz de proseguir su programa de interacción con el prójimo, se acostaba sin haber dicho una palabra. En la escuela se dio cuenta de que nada de lo que había preparado le serviría. Por razones solo atribuibles a su particular alienación, no imaginaba que serían tantos los alumnos que, teniendo ya edad de leer, no sabían hacerlo. Así pues, la mayoría de los proyectos que había concebido se le revelaron impracticables. Con los vecinos seguía sin intercambiar más que saludos de cortesía. A saludar había aprendido años atrás en Barcelona, cuando a punto de cumplir los siete años visitó a la tía Julia por primera vez. Y no era que sus padres fueran gente huraña (practicaban una cortesía cordial), era solo que en la casa de la carretera nunca necesitaba saludar a nadie. Ahora creía llegado el momento de aprender a decir algo después del saludo. Pero en cuanto lo intentaba se sentía intimidada por la reserva de aquella gente y también por sus propias exigencias. Si se trataba de padres de alumnos, pensaba que no conocía lo bastante a sus hijos como para decirles nada que mereciera la pena. Y, en general, creía que cualquier persona que salía a su encuentro por la calle merecía no un comentario no banal, sino único, personalizado, ni demasiado invasivo ni demasiado distante, de tal modo que, a no ser que se encontrara con un interlocutor de naturaleza expansiva y charlatana, género que allí escaseaba, acababa por enredarse en repeticiones ceremoniosas y a menudo incoherentes que culminaban en un silencio blando y pegajoso. Pero la fuerza de la edad operaba a su favor: una y otra vez se levantaba con renovadas esperanzas. Hacia finales de septiembre, mejoró la calidad de los encuentros con quienes ella seguía llamando, con pertinaz terquedad, «Desconocidos», aunque ahora con una mayúscula que les proporcionaba un estatus más elevado. La noticia de los centenares de muertos provocados por las inundaciones del día 25 había consternado al país. El pueblo sabía de qué hablar y ella también. El interés por la llegada de la forastera cayó en picado: las noticias procedentes de las comarcas del Vallès eran devastadoras. La crecida de las aguas había arrasado las barracas construidas en los márgenes de los ríos y la magnitud del desastre sacudía a la población cada vez que la radio comunicaba nuevas cifras de muertos y desaparecidos. Muchos vecinos tenían familiares o amigos que trabajaban en las cercanías de Barcelona. Las conversaciones callejeras fluían sin obstáculos alrededor de la catástrofe y era tal el dominio de la joven maestra a la hora de imaginar mundos devastados que le resultaba fácil encontrar las palabras justas y los gestos precisos para expresar su compasión. Pese a la transitoria mejoría de sus problemas de interacción, un día se encalló de nuevo. De regreso en Casa Justa, se encontró con Primitiva, la del ramo de lirios, discutiendo con vehemencia. «El Régimen hace todo lo que está en su mano», exclamaba en el momento en que reparó en la presencia de la joven. «Vaya, ¡pero si tenemos aquí a la representante de la Ilustración en el pueblo!», dijo. Severina trató de pasar desapercibida con un breve saludo y se dirigió hacia las escaleras, pero Primitiva la interceptó. «Dice Teresa que la culpa de las inundaciones es del Régimen, ¿usted qué opina, señorita?» Aun sabiéndose incapaz de emitir una opinión redonda y perfilada sobre el Régimen (palabra para ella sumamente abstracta y misteriosa), la joven pensó en algo que decir, pero solo pudo encogerse de hombros ante tan estrambótica acusación (fuera lo que fuera el Régimen, le costaba creer que hubiera desatado un diluvio). Tras unos segundos de vacilación, Primitiva pareció apiadarse de ella y le aclaró que lo que Teresa pensaba era que el Gobierno había agravado las consecuencias del temporal por haber permitido construir tan cerca del río y por no disponer de planes de prevención. «Muchos piensan como Teresa», dijo Primitiva. «Yo misma reconozco que sin la ayuda de la Cruz Roja el Gobierno se habría quedado algo corto, pero no soy quién para criticar a un Régimen que nos salvó de las hordas comunistas.» Afortunadamente para Severina, Justa llegó en ese instante con información fresca. Contó que el primo de Boscarri acababa de regresar de Rubí muy impresionado por la situación en la zona inundada y por la cantidad de cadáveres que había visto pasar flotando en el agua. Había acudido a un llamamiento para limpiar y desescombrar, quería sentirse útil por primera vez en su vida. Los de Falange le habían dado un uniforme cuyo significado le era indiferente: él solo quería ayudar a los damnificados. Pero sufrió una pequeña decepción cuando, a la llegada del Generalísimo, le obligaron a abandonar las tareas de rescate para preparar la pasarela del coche oficial. Y luego otra segunda decepción cuando se dio cuenta de que el ejército ordenaba desescombrar en primer lugar las casas de los vecinos ricos. «¿Quién dice que los ricos van primero?», estalló Primitiva. «Lo dice el primo, que lo ha visto con sus propios ojos.» Primitiva les reprochó la credulidad, dijo que unirse a Falange era el único acierto del de Boscarri, que siempre había sido un zángano, y añadió: «Cuando se trata de una buena causa, nosotros siempre estamos dispuestos a colaborar. Vosotros, solo a criticar». En ese mismo instante el alfiler de pecho centelleó y atrajo la atención de la maestra, que observó que lo que creía lirios eran puntas de flecha y lo que creía un lazo era un yugo. Se acordó de Enriqueta Udina, su profesora de Formación del Espíritu Nacional, que llevaba el mismo emblema en la solapa, pero no en oro sino en plata, y pensó que había sido un acierto por parte de Enriqueta suspenderla, pues era evidente que ella no tenía un espíritu nacional debidamente formado. Es más, ni siquiera había alcanzado a comprender en qué consistía tan extraña materia, que solo había podido aprobar haciendo uso de su entonces portentosa memoria. Sin embargo, superada la sorpresa del alfiler, lo que más la desconcertaba era el uso beligerante de los pronombres «nosotros» y «vosotros» (Primitiva había alzado la voz para destacarlos): Severina se veía incapaz de entender quiénes formaban parte del «nosotros» y quiénes del «vosotros», y, sobre todo, por qué. Ahora Justa decía que solo en una cosa tenía razón Primitiva: el primo era lelo y no se enteraba de nada, como lo demostraba el hecho de haber llegado a su casa vestido de falangista, de resultas de lo cual su padre le arreó un guantazo y le partió una muela. Primitiva replicó entonces que si el primo era lelo, el padre era peor. «No entiendo cómo defendéis al padre: animal, rojo y faiero», dijo con rabia. Las primas opinaron que lo del guantazo no les parecía bien, pero que el primo lelo debería haber sospechado que empezaría desescombrando y acabaría aplaudiendo al Generalísimo. Primitiva protestó: «Más de cien mil personas lo han recibido en Barcelona», dijo, «cien mil personas no pueden estar equivocadas». Entonces les recordó los titulares del diario más leído sobre la llegada del dictador a Barcelona: calificaban la acogida de «inenarrable» y el entusiasmo del gentío de «indescriptible». Añadió que el caudillo, a pesar de su voz aflautada, sabía ganarse la confianza del pueblo y a todos había convencido con una frase preñada de promesas: «Todo cuanto sea factible hacer, afirmo, será hecho». Primitiva destacó el «afirmo» entre comas, un recurso que confirmaba, según ella, lo listo que era el prohombre. «Y conste que, aunque le reconozca algunas virtudes, bien sabéis que no lo trago y que a nosotros, los Auténticos, no nos hace la menor gracia.» Esta contradictoria confesión sobre el dictador desconcertó aún más a la joven, que creía que el Régimen y la Falange se amaban. ¿Pero acaso la Falange estaba también dividida? ¿Acaso había una Falange auténtica y una Falange extraviada? Era lo de siempre, cuando escuchaba hablar de política y creía entender algo, de pronto ese algo se dividía y dejaba de ser lo que era y se convertía incluso en todo lo contrario, todo en política se le antojaba infinitamente divisible y siempre se armaba un lío porque no lograba entender quién apoyaba a quién o a qué, así que estuvo a punto de decir «yo es que de política no entiendo» pero se ahorró la frase, porque por primera vez le pareció boba y hasta sacrílega. Primitiva pidió un Trinaranjus porque hablar de política le daba sed, pero en Casa Justa solo bebían vino, así que tomó entre sus brazos el haz de leña como si fuera un recién nacido y, antes de abrir la puerta, miró a la maestra: «Ándate con ojo, hija, que este pueblo es más rojo que la mala suerte. Pero la gente desafecta tendrá su merecido algún día, porque Dios tarda, pero no falla». Y se fue. La escena la dejó perpleja y le trajo a la memoria las que ella llamaba «discusiones religiosas» entre sus padres. Eran frecuentes en su niñez, incluso recordó que hubo un tiempo en que no entendía ni jota y se largaba enseguida a jugar y otro tiempo en que trataba de llegar a alguna conclusión, hasta que al fin sospechó que sus padres hablaban en clave, sospecha fundada en que no era normal tanto hablar de obispos y de curas cuando nunca fueron gente de misa. Progresivamente, las conversaciones religiosas de sus padres fueron sustituidas por otras menos apasionadas, aunque también ambiguas. Fue en lo que la maestra denominaba la época del «vete a saber». Simona ya había enfermado cuando un día, al abrir un libro, cayó al suelo la fotografía que su hija había buscado años atrás sin encontrarla, la de su padre en un pueblo nevado de espaldas al anuncio de Cinzano. Severina pudo leer entonces el rótulo entero: «*Route barrée à 400 mètres*». La frase no arrojó luz alguna sobre el lugar de la fotografía, en cualquier caso, le pareció obvio que aquello era Francia y que su padre no había ido a ver a la Virgen ni a meterse en la olla. «Hace años, me dijiste que era Nuria», dijo Severina. Simona respondió que no recordaba haber dicho tal cosa, pero que si la había dicho sería por alguna razón, porque ella siempre decía las cosas por alguna razón muy precisa, aunque a veces la olvidara por completo. Severina la interrumpió: «Entonces, ¿qué pueblo es ese?». «Vete a saber...», dijo Simona. «Será uno de esos pueblos a los que tu padre iba a hacer vete a saber qué con vete a saber quién...» Simona ya no se inventaba historias para niñas de siete años y Severina iba entonces a cumplir catorce. Introdujo de nuevo la foto entre las páginas del libro, pero esta vez no dijo «Roberto querido», solo dijo con añoranza: «Todo pasa, por suerte y por desgracia». «Cuando dices "vete a saber", ¿es porque quieres olvidarlo o porque no te acuerdas?», preguntó Severina. «Da lo mismo», dijo Simona, «pronto serás mayor y llegarás a tus propias conclusiones.» Severina sospechaba que difícilmente podría llegar a alguna conclusión si ignoraba las premisas. Ese día, al intentarlo, solo alcanzó a imaginar a su padre entrando en un hotel acogedor como el del anuncio de Cafiaspirina para resguardarse del frío y para descansar de su vida dura, austera y, por lo que intuía, tremendamente arriesgada de viajante de repuestos.

A principios de octubre, suavizada la consternación de las gentes de Dusa y apagados los ecos de la visita del Generalísimo a la zona damnificada, la catástrofe del Vallès dejó de presidir las conversaciones. De nuevo confrontada a su discapacidad comunicativa, la joven maestra seguía intentando abordar el tema de las inundaciones y el desconsuelo que habían provocado, pues al fin y al cabo, pensaba ella, el desconsuelo no tiene fin. Pero los interlocutores, cansados ya de la tragedia, preferían desviar la conversación hacia otros derroteros, especialmente hacia la vida personal de la joven maestra, cuya procedencia aún no conocían. La pregunta por el lugar de origen es la que tradicionalmente inicia el diálogo con el forastero, es la pregunta básica, como lo demuestra su aparición en la primera lección de cualquier curso de lengua extranjera. Responderla es el primer requisito que se le exige al foráneo. Pero de la maestra, nadie había sacado nada en claro. Cuando le formulaban la pregunta, respondía con una reconcentrada expresión de duda, como si de repente se hubiera quedado sorda o muda, y con el paso de los días empezó a responder con vaguedades. Si insistían, el color marfil de su rostro adquiría una tonalidad amarillenta y mustia que no presagiaba nada bueno. Como consecuencia, dejaron de preguntarle de dónde era.

5

No había crecido en la ciudad, tampoco en un pueblo ni en una aldea. A lo largo de sus primeros años de vida, creía habitar una isla sin nombre ni municipio que la amparase. Cuando se levantaba, veía la carretera por el ventanuco de su habitación. Desde la cocina y a través del balcón del comedor, también veía la carretera. Una recta larga y por entonces poco transitada atravesaba un llano donde destacaba, en el horizonte, una colina pelada. Desde la parte trasera de la casa, a la que solo daba el baño, se adivinaba una cadena montañosa imponente pero lejana. Con el cielo despejado, desde la explanada las montañas se veían con claridad. Otras veces, la neblina las fundía con el horizonte. En uno y otro caso, se le antojaban irreales como un espejismo o como un decorado teatral. En cambio, eran reales las montañas de Grindelwald y eran reales las montañas de la fotografía de su padre de espaldas al anuncio de Cinzano. Las del espejismo no lo eran, por más que su madre le asegurase que existían. De hecho, nunca las visitaban («Iríamos si estuvieran más cerca...», decía la madre, «¡pero son más de dos horas de trayecto!», suspiraba). Nadie insistía en emprender el viaje. El padre porque estaba cansado de conducir. Severina porque, aunque habría deseado salir de vez en cuando, empezaba a encariñarse con las ventajas del modo condicional. Dos veces por semana, López, su único vecino, les traía la compra. Cuando no tenía más remedio que desplazarse, la madre acudía a Girona, nunca a los pueblos más cercanos.

El edificio constaba de dos casas, planta y piso cada una, unidas por una pared medianera. López vivía solo en una de ellas, con ocasionales visitas de su mujer y de un mozo que de vez en cuando le ayudaba. En la planta baja, tenía el taller. La otra era la casa de Severina, situada también en el primer piso, sobre un local donde su padre almacenaba cajas de esos repuestos con los que viajaba de una ciudad a otra. Recorría cientos de kilómetros cargado de teclas y tipos, carros y cilindros, palancas y pies de goma y otras piezas que Severina apenas había visto un par de veces, pues le decían a menudo que el almacén no era lugar para andar jugando y, en consecuencia, nunca entraba sola.

Frente al edificio, al otro lado de la carretera, estaba el descampado donde López amontonaba chatarra y quemaba restos de vegetación. De noche, la casa estaba muy sola en medio de la llanura desierta. De día, la única compañía eran los desconocidos que circulaban por la carretera en vehículos que casi nunca se detenían porque el taller de López, según parecía, estaba tan especializado que muy pocos requerían sus servicios. La niña lo veía trastear y ensuciarse con unos depósitos raros que instalaba en las motos y en los automóviles, a veces en un remolque. López siempre andaba cargado con latas de combustible y con embudos. En una ocasión, le preguntó a su madre y esta le dijo que López tal vez se dedicara al estraperlo de gasolina. Ella buscó «estraperlo» en el diccionario, le había parecido una palabra muy lujosa, pero de la definición no entendió ni el concepto de «negocio ilegal» ni el concepto de «mercado negro». Cuando algunas tardes de domingo coincidían en la explanada, López sacaba del taller una silla plegable y ella se sentaba en el suelo. Contemplaban la carretera. Ella hablaba poco porque no creía tener nada interesante que decir. Él callaba porque ignoraba cómo dirigirse a una niña. Los primeros años, pasaban las horas tratando de adivinar marcas de automóviles que él le había enseñado a reconocer. A finales de los años cuarenta, el tráfico por aquella vía era escaso, pero aumentaba los fines de semana y a López le encantaban los nuevos modelos y le obsesionaba la escasez de carreteras bien asfaltadas para tantos bólidos como se avecinaban. Durante mucho tiempo, solo les unía el juego de adivinar marcas. Como es natural, cuanto más difícil era la apuesta más puntos había en juego: un Topolino, un Renault 4/4 o un Fiat 1500 valían mucho menos que un Pontiac o un Hispano-Suiza. La compañía de López la serenaba. Era un hombre comprensible y previsible: en su discurso, un Chevrolet era un Chevrolet y un Morris era un Morris. Por el contrario, sus padres se caracterizaban por períodos en los que hablaban de asuntos incomprensibles que generaban reacciones imprevisibles, momentos en que todo se tornaba inseguro alrededor de Severina y las palabras adquirían un valor alegórico que ella no lograba atrapar. Las tardes de domingo con López eran aburridas pero plácidas. Plácidas como el silencio que dormitaba entre ellos mientras esperaban la aparición del siguiente coche. Un verano, al final de una tarde más larga que de costumbre, López se mostró especialmente locuaz. «Llegué aquí en el 42, el año en que tú naciste», dijo. Nunca le había confesado nada tan íntimo. Ella le preguntó de dónde había venido y por qué se había ido de donde estaba. Siempre quería saber por qué la gente se marchaba de los sitios. Él le dijo que antes de su llegada vivía en L'Hospitalet. Un piso oscuro donde los cortes de electricidad eran constantes, las bombillas temblaban y el sonido lúgubre de las sirenas de las fábricas invadía cada rincón y horadaba el alma. Le preguntó ella si estaba contento de vivir en la carretera. Él dijo que sí, «aquí todo es luz», dijo, «una luz clara como nunca he visto en ninguna parte, ni siquiera en mi pueblo de Extremadura, que nunca añoro». Le contó que había dejado el pueblo, junto con su mujer, para unirse a la gran ola migratoria de los años veinte hacia Barcelona. Cuando llegaron, muy jóvenes, las calles de L'Hospitalet eran aún de tierra, pero los cultivos ya empezaban a desaparecer bajo los edificios de las nuevas fábricas, que por entonces ya hacían tres turnos de tanto trabajo como había. Allí su mujer era feliz; en cambio, apenas había estado en la casa de la carretera, a la que no se adaptaba. Había regresado a su pueblo de origen y ahora llevaba tiempo sin venir. Él dijo que la esperaba. Que tenían pensado montar un bar de comidas, que su mujer era una gran cocinera de cordero, de migas y de cojondongo, un plato veraniego que allí se desconocía y que, según él, causaría furor. El bar sería una buena opción para los camioneros y para los turistas que cada vez se desplazarían con mayor frecuencia a la costa, dijo. Habían solicitado los permisos, pero los trámites eran tediosos porque aún estaba vigente la cartilla de racionamiento. Por otro lado, empezaba a dudar de que su mujer siguiera interesada en el proyecto. Le dijo de repente que ella tal vez no volviera. Severina no se atrevió a preguntar qué era la cartilla de racionamiento porque, como de costumbre, sospechaba que debería haberlo sabido. Por esa razón nunca hacía preguntas, y seguía sin obtener respuestas a no ser que pudiera encontrarlas en los libros o en el diccionario. El diccionario iba con ella a todas partes como un amuleto que le brindaba la poca seguridad que poseía, pero no pudo encontrar el término «cartilla de racionamiento». Se quedaron un rato más en silencio. No pasaban vehículos para su juego. Entonces López le preguntó: «¿Qué quieres ser de mayor?». Ella pensó que era una pregunta de cortesía, aunque de todas formas se esforzó por responder la verdad. «Autosuficiente», dijo. Enseguida quiso borrar lo que acababa de decir (*Ornithogalum umbellatum* o la maldición de la viva voz), pero ya no pudo. López replicó: «Eso no es un oficio». Y ella se quedó pensando, pues le parecía un trabajo durísimo, que, de hecho, le ocupaba muchas horas diarias. Días más tarde, animada por la confianza que él le había mostrado, se atrevió a preguntarle por los extraños depósitos que montaba en los vehículos. Él le explicó que eran gasógenos. Al final de la guerra había escaseado la gasolina. Y ahora, desde que había acabado la segunda guerra, «la guerra europea», dijo él, también escaseaba la gasolina. Con el gasógeno, el vehículo funcionaba gracias a la combustión de leña o carbón, invento que resultaba indispensable porque los cupos de gasolina no bastaban para llenar los depósitos. También dijo que pronto volverían a tener gasolina y él desmontaría los gasógenos que había montado. Severina recordaría siempre a López como alguien que montaba y desmontaba gasógenos y como alguien que deseaba que se multiplicasen las carreteras asfaltadas y las marcas de coches, pero también como alguien que por primera vez pronunció la palabra «guerra» con cierta gravedad y no con la ligereza con que la pronunciaba su madre. Igualmente descubrió que había habido una guerra «aquí» (poco antes de que ella naciera), y otra guerra «allí» que acabó cuando ella tenía tres años y que López llamaba «la guerra europea» (como si ellos no estuvieran incluidos en el mapa de Europa sino en algún otro). En su casa, solo había oído hablar de la primera de ellas y nunca le pareció un tema como para preocuparse. El término «guerra» solo aparecía por casualidad o por descuido. Su padre no solía pronunciarlo. Su madre lo hacía restándole importancia. Y, cuando se la daba, hablaba de la guerra como si se tratara de un cataclismo natural, de un terremoto donde no cabía buscar otros culpables que no fuera el caprichoso deslizamiento de unas placas tectónicas movidas por fuerzas incontrolables. Pero el asunto de la guerra

45

nunca volvió a salir en la conversación con López, porque en aquel momento llegó Román de uno de sus viajes y Simona salió al balcón a recibirlo. Cuando López se dio cuenta de la presencia de Simona, habló de nuevo del funcionamiento del gasógeno, y cuando el padre de la niña salió del coche y se unió a ellos, López dijo: «Le contaba a tu hija que el gasógeno que montamos en el taller lo inventó un catalán». También añadió: «Los catalanes, de las piedras sacáis panes». López, que era un gran divulgador de refranes catalanes en su pueblo extremeño, les contó que este en concreto se había hecho muy popular. Su padre protestó: «Pues no todos los catalanes sabemos hacer eso con las piedras», dijo, «si supiera hacer ese milagro quizá también haría otros». «Bueno», rió López, «yo lo digo por el inventor del gasógeno, que fue un gran emprendedor.» «Y también un buen pájaro, vaya que sí», replicó Román. «Escapó a Francia, ¿no?», preguntó López. Su padre contó que, en efecto, había huido a Francia al principio de la guerra. «Luego regresó y estuvo en Zaragoza reparando vehículos para el ejército rebelde, y ahí lo aprendió todo.» Entonces una frase sobrevoló sus cabezas: «¿Y qué?». Era Simona, desde el balcón. Parecía medio indignada y Severina no comprendió el motivo. «¿Qué sabemos de sus razones para huir o de sus razones para colaborar? ¿O es que conocéis el interior de ese hombre?», dijo. Tras dejar claro que a ella solo le interesaban los interiores (y le interesaban muchísimo), cerró bruscamente la puerta del balcón. Román no respondió. Le dijo a López: «Luego hablamos tú y yo», porque siempre parecían tener algo de que hablar ellos dos.

Arriba, Simona fulminó a su marido con la mirada: «Me hacéis el favor, Román, de comportaros delante de la niña». Y añadió, en voz baja pero audible, que aunque la niña pareciera corta, el día menos pensado podía atar cabos. «¡Cómo quieres que ate cabos la criatura!», dijo Román. Simona miró a la niña, se quejó de la falta de intimidad y del tamaño exiguo de la casa y formuló uno de sus anhelos: el de mudarse a una casa más amplia, anhelo que nunca podría realizar porque no tenían dinero, y aunque lo hubieran tenido ella jamás podría dejar aquella casa sin que le explotara el corazón de dolor, y ahí acabaría todo. La tranquilizó ver que, como de costumbre, su hija ya había pegado la cara al diccionario. De hecho, Severina andaba muy lejos de atar cabos. Al contrario, una constelación de nuevas incógnitas se abría ante ella: ¿qué era aquella paradoja del «ejército rebelde»? ¿Qué significaba huir a Francia? ¿Por qué la frontera con Francia era tan extraña, que a veces cuando uno la cruzaba no podía regresar mientras que otras veces uno podía atravesarla con normalidad? ¿Por qué uno era «un pájaro» si había huido al principio de la guerra y no lo era si había huido al final, como su abuela materna, que, según explicaba Simona, no era ni mucho menos una pájara, sino una mártir que había sido «depurada por rebeldía a las consignas del Movimiento»? Por otra parte, ¿por qué no lograba entender la noción de Movimiento, precisamente ella, que a los siete años ya sabía dividir la distancia recorrida por el tiempo transcurrido para calcular la velocidad de un cohete? ¿Por qué nadie le explicaba el significado de «depurada» y ella no tenía más remedio que imaginar a una abuela muy flaca, consumida por algún tipo de régimen que no lograba descifrar? ¿Cómo era una frontera en la realidad? ¿Existía y era visible como en el mapa? La lluvia de cabos sueltos la intrigaba, aunque no la obsesionaba. Su mundo era pequeño y le resultaba mucho más angustioso que su madre soñara con abandonar aquella casa por otra mayor, pues ella no deseaba irse, ella nunca había querido irse de ninguna parte, y además la casa le gustaba, le gustaba que todo estuviera al alcance de la mano, el baño, la cocina, las habitaciones que daban todas ellas al pequeño comedor. Que su madre expresara el deseo de cambiar de casa la confrontaba con el valor que la Revelación había tenido como presagio: cada cambio sería un paso pequeñito hacia la nada, primero desaparecerían ellos de la casa y luego la casa misma sin ellos.

Cuando bajó de nuevo a la explanada, López ya no estaba y un resplandor lechoso bañaba la llanura. A Severina le bastaba entonces con un palmo de ese cielo para alegrar el espíritu, para que la energía regresara después de cada dificultad, le bastaba con el espejismo de las montañas nevadas, aunque no fueran reales, y le bastaba con el juego de adivinar marcas de coches que aparecían por el horizonte. Tenía razón López cuando decía que la luz, en aquella región, era una mañana sin fin.

6

A finales de 1952, el día en que Severina cumplió diez años, Simona le regaló una libreta encuadernada con la misma tela de la bata que llevaban en casa, rayas azul pastel y blancas. Tenía un candado y una llave diminuta, y Severina se fijó solo en eso, en la paradoja de que el candado parecía diseñado para ser abierto sin apenas esfuerzo. «Es un diario», dijo su madre. «Aquí podrás ponerte en contacto contigo misma.» Severina parpadeó como lo hacía cuando no estaba segura de entender una frase y observó de nuevo el candado. «¿Me oyes?», preguntó Simona. Como la niña permanecía sumida en un silencio obstinado, añadió: «Digo que aquí podrás volcar toda tu intimidad». Severina sintió una náusea repentina, pero se mantuvo imperturbable. Simona siguió intentándolo: «Me refiero a que podrás expresar tus propios pensamientos». «No tengo pensamientos propios», dijo por fin, pues si sacar conclusiones le costaba, tener pensamientos propios le parecía una pretensión arrogante, del todo ajena a sus posibilidades. «¿No te gustaría poder hablar con la página en blanco? Así nunca te sentirías sola», añadió su madre. Severina callaba. No confesó que se ejercitaba a diario para perderlo todo y a todos y que esta preparación la mantenía ocupada a todas horas. No dijo que se estaba volviendo tan autosuficiente que la intimidad se le escribía sola bajo la propia piel cuando se acostaba y cada noche sentía una pluma que la recorría por dentro de punta a punta. Solo dijo: «No necesito hablar con una página». Simona suspiró. Su habitual entusiasmo decaía una vez más frente al comportamiento desabrido de la hija. «Pues úsalo para anotar las palabras que buscas en el diccionario. O para tomar notas.» «Nunca tomo notas», repuso la niña. Simona la observó en silencio y dijo al fin: «¡Vaya, pues creía que sí! A veces te veo escribiendo, muy entregada...». Ella replicó: «Ah, eso...». «En fin», se rindió Simona, «pues úsalo para hacer deberes.» Entonces Severina imaginó a su madre encuadernando la libreta con la tela que compraba para confeccionar las batas y el azul pastel de las rayas la enterneció. «Lo siento», dijo. «Pero es que no tengo nada que escribir. Y quien no tiene nada que escribir, mejor que no lo escriba.» Simona sonrió, sin saber muy bien si debía considerar la frase un pensamiento profundo o una idiotez. Dijo al fin: «Eres muy curiosa». Severina frunció el ceño. Estaba acostumbrada a parecer curiosa, pero parecerlo a ojos de su propia madre le provocó una pequeña herida, un rasguño sin importancia que, con suerte, la ayudaría a prepararse aún mejor para perderlo todo y a todos. Su madre añadió en un tono ambiguo: «A veces pareces superdotada y a veces todo lo contrario». «Quizá todos tenemos un poco de cada», dijo Severina, ocultando a duras penas el orgullo de haber proferido un pensamiento que le pareció muy ecuánime. «De acuerdo», dijo Simona, «pero es que en ti este contraste resulta chocante.» Suspiró de nuevo y remachó el clavo: «Sí, desde luego. A veces pareces superdotada y a veces completamente imbécil». Dicho esto su madre soltó una risa alegre y amorosa, porque su madre siempre soltaba una risa cristalina después de remachar clavos; ese era, según su padre, uno de sus atractivos más irresistibles, porque nada como estar enamorado para apreciar ciertas maneras de insultar. Severina no se rió. Pero con los años llegaría a pensar que su madre llevaba razón y que conocer tan pronto la parte imbécil de su personalidad, si bien había minado su autoestima, la había liberado, a cambio, del martirio de la vanidad.

No mintió cuando dijo que no deseaba escribir pensamientos propios. Pero sí lo hizo cuando dijo que no tomaba notas. Había empezado a hacerlo dos años antes, cuando las conversaciones de sus padres sobre obispos, curas y parroquias eran cada vez más frecuentes. A veces lo hacía durante la conversación, nunca se fijaban en ella cuando debatían con vehemencia. Otras veces, después. Sabía que lo que hablaban no iba destinado a ella porque siempre empezaban en voz baja y luego subían el volumen. Y porque sus frases estaban infestadas de incoherencias y le resultaban herméticas. La más memorable había tenido lugar al regreso de uno de los viajes de su padre. En el otoño de 1949, Román se ausentó de casa durante unos meses. Severina habría sospechado que se trataba de una pelea o de una separación de no ser porque el apasionado y largo baile de la pareja al despedirse despejó todas sus dudas. Durante los meses de ausencia continuada del padre, Severina conoció el insomnio por primera vez a causa de los ruidos nocturnos de su madre. Simona se levantaba y suspiraba. Se acostaba de nuevo y suspiraba. Encendía un cigarrillo y suspiraba. Lo apagaba enseguida y suspiraba. Caminaba por el comedor exiguo como si estuviera de guardia. Exclamaba «diosmío» con frecuencia y, de vez en cuando, «virgensanta». Si dejaba de suspirar era síntoma de que se hallaba en estado de máxima alerta. Se quedaba quieta como si esperase oír la sirena que anuncia un bombardeo. Comprobaba la puerta, miraba por la ventana, salía al balcón, se acostaba de nuevo. Al día siguiente, cuando Severina se despertaba con la culpa de resultar insuficiente para aliviar un sufrimiento nocturno demasiado obvio como para ignorarlo, su madre la saludaba con una sonrisa luminosa, un buen desayuno y la promesa de un cuento o de un dictado de los que a ella le gustaban, largo y con muchas esdrújulas. Imaginaba entonces que tal vez lo vivido la noche anterior era fruto de una pesadilla.

La Navidad del 49 fue extraña y 1950 comenzó sin pena ni gloria para Severina, pese a los conmovedores esfuerzos de su madre por celebrar el inicio de la década. En febrero, Román regresó. Celebraron su llegada con entusiasmo, pero además de entusiasmo, su madre mostró un alivio que a Severina le pareció desproporcionado, como si él volviera de la guerra y no de vender repuestos. Simona no aludió en ningún momento al rostro demacrado y febril del recién llegado. Severina no vio nada extraño en su cansancio, su madre decía siempre que ir por ahí vendiendo repuestos era un trabajo devastador. Pero después de la cena iniciaron una conversación sobre los hermanos maristas. Al principio, hablaban bajito. Luego alzaron la voz como de costumbre.

–Sabes perfectamente que no pueden decir misa porque no están ordenados –dijo Román–. Pero el caso es que lo llevaron a la Catedral y acabó comulgando.

–López me dijo que comulgó incluso antes de llegar.

–En cualquier caso, la comunión de Manuel no tendrá consecuencias para ninguno de nosotros.

–¿Estás seguro? –preguntó ella.

–No estoy loco –respondió él–. No habría vuelto si no me sintiera seguro.

Ya más tranquila, Simona dijo: «Estás muy flaco, y esas ojeras..., y hasta parece que tengas fiebre, ¿no estarás enfermo?». Y se acostaron. Pero al día siguiente retomaron la conversación, o, para ser precisos, fue Simona quien la retomó. Severina leía en su rincón, aquella mañana había colocado sobre la mesa, como hacía a menudo cuando no estaba segura de poder concentrarse, dos pilas de *Pulgarcitos* antiguos para releerlos uno tras otro. Y en esas estaba cuando escuchó de nuevo el nombre de Manuel, el hermano marista pequeño. Ahora su madre ya no se molestaba en bajar la voz.

–Y tú, ¿por qué crees que comulgó?

–¡Y dale! –exclamó Román, exasperado–. Lo hablamos ayer, te dije que lo dejáramos correr...

Pero sus protestas no eran relevantes para Simona, que insistió hasta que él cedió a la presión.

–Vamos a ver –dijo él–. ¿Qué sabes del asunto? ¿Qué te ha contado López hasta ahora?

–Nada –dijo Simona–. Lo mismo que me has dicho tú. Que Manuel comulgó. Que lo llevaron al Obispado y que ahora está en la Catedral.

–¿Nada más?

–No, nada. Además, yo prefiero que me cuentes tú los detalles. Entiendo que no te apetezca hablar, pero es que yo a Manuel le quiero mucho.

–Pero si no le conoces.

–Pero conozco a su madre, que es como conocerlo a él. No sería lo mismo con el hermano mayor, pero a Manuel le tengo cariño. Siempre quiso imitar al mayor, su madre lo veía venir... ¡Pobre Madrona! –Román encendió un cigarrillo, parecía cada vez más nervioso, y Simona retomó la pregunta–: Y tú, ¿por qué crees que comulgó?

–¡Cómo puedes preguntar eso! –exclamó él irritado–. Nadie sabe cómo puede reaccionar uno cuando un obispo cabrón te cose a preguntas... ¿Puede alguien saberlo? Yo tengo esa pesadilla cada noche y siempre acabo comulgando.

–Pero a la hora de la verdad no lo hiciste –dijo Simona, con la mirada devota que de vez en cuando dirigía a su héroe.

–No. Pero ¿cuál es la hora de la verdad? ¿La próxima vez, quizá? Quién sabe... En fin, que a lo peor cualquier día de estos hago la primera comunión –dijo Román con un amago de sonrisa.

–No tiene la menor gracia. Y no digas que habrá una próxima vez, por favor, no ahora, no después de tanto tiempo fuera...

Unos segundos más tarde, Simona volvió a la carga.

–¿Y cuánto tiempo va a estar en la Catedral?

Esta pregunta oscureció a Román de golpe, no solo la mirada, el cuerpo entero pareció convertirse en sombra. Con el cigarro a medias encendió otro mientras Simona, paso a paso, iba alcanzando cotas de angustia incomprensibles para su hija, que no lograba entender cómo una comunión podía desencadenar semejante tensión dramática.

–¿Cuánto tiempo? –repitió la madre, en un tono áspero y ronco que solo le había oído en momentos límite. Entonces, él pareció rendirse.

–Es posible que lo condecoren... –dijo.

–¿Es posible que lo condecoren? –preguntó Simona incrédula.

Él cerró los ojos, infinitamente cansado.

–Siempre lo mismo, quieres saberlo todo y luego pasa lo que pasa –dijo–. No comulgué con los obispos y contigo acabo haciendo el imbécil, porque a tu lado los obispos, los arzobispos y hasta los cardenales son putos aprendices...

Simona callaba ahora con una frialdad inquietante y suspicaz. Y de repente, como si una de sus visiones la hubiera fulminado, exclamó:

–¿Es posible que lo condecoren... o ya lo han condecorado?

Román respondió de golpe, liberándose de una vez de su pesada carga:

–Lo condecoraron la semana pasada.

Simona rompió a llorar con un desconsuelo que Severina no le conocía. Repitió varias veces «¡No!» mientras Román le decía «Tranquila, mujer, no te pongas así, ¡qué pensará la niña, la vas a asustar!», pero la niña actuaba como si nada hubiese oído. En su rincón, ya había encontrado en el diccionario el verbo del que manaban tantas lágrimas y parecía un verbo inofensivo, incluso agradable, no veía qué tenía de malo que a uno le impusieran una medalla, también la tranquilizó que el verbo «condecorar» no perteneciera al vocabulario religioso, es siempre tranquilizador que un lenguaje enigmático presente alguna incoherencia que le reste solemnidad. Quiso pensar que andaban enredados en algún juego incomprensible, más aún cuando su madre preguntó de pronto: «¿El Toisón o la Medalla?», y el padre sonrió como si hubiera escuchado una ocurrencia. Sonrió leve pero amargamente, y con esa amarga sonrisa, mientras Severina hundía de nuevo la cabeza entre dos pilas de tebeos, le oyó decir: «Es inconcebible que ni en los peores momentos renuncies al humor negro». Hubo una breve pausa inquietante. Su madre se sonó la nariz y preguntó: «Pues, por lo menos, dime dónde ha sido». Su padre dijo: «Si te digo dónde, sabrás cómo». Y calló. Pero, incapaz de resistir el interrogatorio, acabó cediendo unos segundos más tarde: «En la playa de siempre, ¿dónde si no?». Simona dejó de llorar y se quedó tan pálida que parecía muerta.

«Que te condecoren es horrendo», anotó Severina.

Román le dijo a Simona: «No sé por qué insistes en preguntar los detalles si luego no puedes vivir en paz». Ella replicó, con rabia: «Si quisiera vivir en paz me habría enamorado de otro». Él se levantó y, como solía hacer cuando deseaba acabar con una discusión, abrió el cajón del tabaco y empezó a prepararse una pipa. Mientras la llenaba, muy despacio, contempló a su mujer con una mirada que, años después, Severina bautizaría como la de «qué débil soy ante esta criatura, yo que lejos de ella soy tan fuerte». Tras un largo silencio, Simona recuperó el habla:

–Tienes razón. No hacía falta que me dijeras dónde. Si lo han condecorado, los detalles no importan. Y nunca más te suplicaré que me cuentes la verdad, no te obligaré a comulgar, ¡te lo juro! –Pero era mentira. Una y otra vez volvería a preguntarle sobre curas, parroquias, obispos y catedrales. Tal vez porque la pipa lo serenaba, Román adquirió un aire más indulgente.

–Sé cómo sufres, y entiendo que el miedo, en la retaguardia, es peor. Mucho más retorcido y cabrón que cuando estás en primera línea.

–Ni te lo imaginas –dijo ella. Y unos segundos más tarde suspiró de nuevo, como si volviera a su ser–. ¡Pobre Madrona! –exclamó–. López me contó que, después de visitar a su hijo en la Catedral, iba a la granja de enfrente para que la dueña la dejara subir al piso de arriba: desde ahí podía ver a su hijo paseando por el patio... –Y continuó compadeciendo a aquel hermano pequeño que andaba tan perdido y puntualizando que, en cambio, el mayor no le daba ninguna pena.

–El mayor no le perdonará que haya comulgado –dijo Román–. Nunca quiso que Manuel se metiera en eso, decía que no le pegaba nada andar con... con las niñas del Auxilio Social, que era demasiado débil... Y después de todo quizá tenía razón: algo más de valentía no hubiera estado mal, pero, en fin, cada uno es como es.

–No puedo dejar de pensar en Madrona... –insistió Simona–. ¡Y pensar que hace poco le canonizaron a otro hijo!... Y yo siempre digo: que canonicen a tu hijo es terrible, pero que lo condecoren, es mucho peor. –Observó a su hija sumergida en los tebeos–. Me pregunto si yo podría resistir algo así...

–Tranquila, la niña vivirá en un mundo libre –dijo él.

–Pues no lo tengo tan claro... A veces pienso que el Niño Jesús tiene cuerda para rato... Que es incombustible y que después de él vendrá otro igual.

–Tranquila... –Román le separó de la mejilla los cabellos que se le habían quedado pegados por las lágrimas y añadió–: Todo irá bien.

Mientras escuchaba las exclamaciones patibularias de su madre, Severina había estado leyendo mecánicamente el anuncio de *Espectros en la niebla*, una nueva aventura de *El Inspector Dan de la Patrulla Volante.*

Vean en el próximo cuaderno de *Pulgarcito* la nueva
aventura del Inspector Dan, la emoción y la angustia
llevadas al extremo límite, algo sorprendente,
maquiavélico, un horrendo misterio literalmente
indescifrable.

Siempre se saltaba las historietas del Inspector Dan. Le desagradaba que, en medio de la comicidad estilizada de Carpanta o de Heliodoro Hipotenuso, con quienes sentía gran afinidad, apareciera de pronto un personaje tan serio y realista como Dan, que evolucionaba entre momias y personajes mefistofélicos atravesando una niebla londinense donde ella se sentía tan perdida como en las conversaciones sobre curas y obispos. Tampoco leería esta próxima aventura, pero en el anuncio sí se quedó encallada, y tuvo la impresión de que, de un momento a otro, aquel drama que acontecía en el comedor se desharía en humo y, como ocurría en el tebeo, la escena sería otra y en la página siguiente vería a su padre escuchar la radio con la cabeza bajo la manta y a su madre preparando la cena, del mismo modo que, tras las páginas dedicadas al Inspector Dan, volvían los personajes que le eran familiares y la hacían sonreír. Se inclinaba a pensar que Manuel y Madrona eran eso, personajes de una extraña función teatral que sus padres representaban con alguna finalidad que se le escapaba. Pero, por si no era así, aquel día había tomado más notas que nunca. En la escasa intimidad de su habitación, solo separada del comedor por un fino tabique, las pasó a limpio en una hoja:

Que te condecoren es horrendo.
Condecorar es peor que canonizar.
Las condecoraciones se hacen en la playa.
Madrona es la madre de los hermanos maristas.
Al marista mayor no le gustó la comunión del pequeño.
¿En la Catedral no puedes ver a tu madre?
El hermano mayor sale mucho en las conversaciones.
Pasan cosas terribles en el Obispado. También en la playa.
¿Puede que la playa no sea una playa?

Miró a su alrededor buscando un escondite seguro para sus notas. Cogió la hucha de barro que le habían regalado años atrás, recortó la página en tiras, una por cada línea escrita, y las introdujo de una en una en la ranura con la ayuda de un tenedor. Una semana más tarde, mientras tenía lugar una conversación parecida, se atrevió por primera vez a pedir explicaciones.

—¿De qué habláis? —Su madre se dio la vuelta, el desconcierto anidaba en su mirada. Se rehízo y preguntó a su vez:

—¿Tú de qué dirías que hablamos?

—De cosas de misa —dijo la niña.

—Pues eso —dijo Simona.

—Pero ¿por qué? La religión no nos interesa, ¿no?

—¡Cómo, no nos interesa...! ¿Qué significa «nos»? ¡Tienes que pensar por ti misma!

—Pero el caso es que no nos interesa —intervino el padre.

—La religión interesa a cualquiera con dos dedos de frente —replicó Simona.

—Pues entonces, ¿por qué no hice la comunión? —preguntó Severina.

—Porque no somos creyentes —dijo Simona—. No hace falta ser creyente para que la religión te interese, pero ya lo entenderás cuando seas mayor.

—Pero cuando sea mayor será tarde para hacer la comunión —dijo la niña.

Román intervino, parecía molesto:

—¿Qué es eso de la comunión? ¿Quién te ha metido esa idea en la cabeza?

—Yo no —dijo la madre—. Pero tampoco sería tan grave, vamos, si le apeteciera, pues no sería tan grave. —A Severina no es que le apeteciera, pero había oído que muchas niñas de su edad podían comulgar los domingos después de haberlo hecho por primera vez en una fiesta con regalos y vestidos nuevos, aunque por otro lado también pensaba que no tendría donde comulgar los domingos ya que sus padres no iban a misa ni tampoco tenía familia que invitar a una hipotética fiesta, ni tenía amigos porque no iba a la escuela. De hecho, tras una época en que contemplaba con envidia la posibilidad de ir a la escuela y la de ir a misa, había dejado de envidiar tanto una cosa como la otra. Pero lo que le había llevado a hablar del tema era la conversación escuchada días atrás. Se dirigió a su padre.

—Dijiste la semana pasada que quizá comulgarías algún día.

No contestó, fue Simona quien respondió por él. Dedicó a Román una mirada cómplice. Luego miró a su hija.

—Lo entenderías mal. Por ahora, lo único que has de saber es que si hablamos tanto de religión es porque la religión nos interesa y, además, la respetamos. No somos gente de misa, pero eso a nadie le importa y no hay por qué ir pregonándolo a los cuatro vientos. Pero tenemos amigos curas y, en fin, les tenemos cariño.

Severina preguntó entonces por el Niño Jesús, a quien siempre responsabilizaban de los males que sufrían los curas, los hermanos maristas, las niñas del Auxilio Social, la abuela depurada y el país entero, pero su padre la interrumpió:

—Hay cosas que solo entenderás cuando seas adulta. Es normal que ahora no las entiendas, pero llegará el día en que lo verás todo claro.

A la espera de aquel día, que ella imaginaba como una

epifanía en la que un ser luminoso le traduciría todas aquellas frases incomprensibles, nunca volvió a preguntar nada. Pero siguió tomando notas. Notas que guardaba en su escondite secretísimo a prueba de la única persona que todo lo sabía y todo lo encontraba: su madre. Introducía los papelillos en la hucha de barro que años atrás Simona le había regalado: «Cuando seas mayor, después de ahorrar mucho, podrás romperla», le había dicho entonces. «No tengo nada que ahorrar», había respondido Severina. Y habían mantenido otra de sus conversaciones difíciles. Era cierto, tenía muy poco que ahorrar, pero enseguida contempló la hucha como un posible escondite para hipotéticos secretos propios. Si bien la idea de romperla un día y encontrar en ella muchas monedas nunca le había interesado, desde que la usaba para guardar los papelitos como si fuera un buzón, soñaba con estrellarla contra el suelo algún día, releer las notas bajo una nueva luz y darse cuenta de que las incógnitas ya no eran tales. En el caso de que continuara sin entender ni jota, preguntaría abiertamente a sus padres, de adulta a adultos, y, en caso de que ellos siguieran sin darle explicaciones, buscaría un experto, si tal cosa existía, para traducir sus anotaciones.

Un año más tarde, cuando Severina ya tenía la hucha medio llena, tuvo lugar otra de aquellas conversaciones memorables. Inmersa en esta ocasión en las aventuras de Daniel el Mochuelo, en un libro de Delibes que su madre le había dado a leer, identificada de lleno con aquel niño que no quería dejar la aldea y sintiéndose afortunada por no tener que irse a estudiar fuera, mientras con emoción buscaba en el diccionario palabras como «rendajo», «boñiga» o «cajagón», de golpe un adjetivo familiar le cayó al oído como un cubo de agua fría: «¡Canonizado!», exclamó su madre. E incluso le pareció que culpaba a su padre de la canonización: «¡Os lo podíais haber ahorrado!», dijo. Román protestó: «¿Os lo podíais?». «Os lo podíais, se lo podían, da igual, ¡qué más da!», repuso Simona. Él dijo: «No ha sido el padre Narciso, eso lo sé a ciencia cierta. Solo querían dinero y se les fue de las manos... Quien lo hizo fue un colega que lo acompañaba, de otra parroquia...». «Me da igual, todos vosotros sois cómplices, ya sea en pensamiento o en obra», dijo Simona. Estampó el periódico abierto sobre la mesa y preguntó: «¿Dónde fue? Porque la esquela solo dice que "ha muerto cristianamente"». «Muy cristianamente no creo», sonrió Román, «estaba en un meublé con su sobrina menor de edad. Por lo demás, el tipo era un pájaro de cuidado.» Severina buscó la palabra «meublé» en el diccionario porque era nueva para ella. No la encontró. Su padre había bajado la voz, pero Severina pudo escuchar que la sobrina, muy asustada, apartó el cuerpo del canonizado y corrió tras el tal padre Narciso para que la llevara con él. Su madre hizo entonces un comentario jocoso, algo así como que el padre Narciso siempre había gustado a las mujeres. Román salió en su defensa y dijo que tal vez sí, pero que se había negado a llevarse a la sobrina porque era menor, y que precisamente era ella quien lo había divulgado por los salones de Barcelona como si hubiera vivido una gran aventura. Al tiempo que escuchaba, Severina andaba encallada en la palabra «meublé», y, dado que no parecía una palabra religiosa sino afrancesada, se atrevió a preguntar abiertamente por su significado. Ambos se sorprendieron, pero Simona se recompuso enseguida y, presa de una súbita exaltación romántica, respondió: «Es un lugar adonde van las parejas para estar juntas y disfrutar del sexo..., una de las pocas cosas, por cierto, que merecen la pena en esta vida». «Sexo» era una palabra que por aquel entonces no pronunciaba nadie, y menos ante una niña de nueve años. Tampoco su padre, muy pudoroso en estos asuntos. Simona insistió aún más al notar la incomodidad de Román. «No hay por qué hacer del sexo un tabú», dijo con voz alta y clara. Luego miró a Severina y le anunció: «Algún día, hija, si estos miserables te lo permiten, podrás disfrutar del sexo a manos llenas». Román movió la cabeza con desaprobación. «Sigue así y se nos hará puta», le dijo a su mujer, «¿es lo que quieres?» «Puta, no. Pero monja, tampoco», dijo Simona. Dejaron de lado a Severina y regresaron a su lenguaje indescifrable.

–Es un mal asunto para la parroquia y para todas las niñas del Auxilio –dijo Simona–. Además, el Convento os retirará por completo la confianza y en eso les doy la razón. Andar por ahí canonizando solo os traerá más disgustos... y más condecoraciones.

–Puede que tengas razón... Veremos a ver qué dicen los del Convento. Lo sabremos en unos meses.

–¿En unos meses? ¿Significa eso que vas a ir a Toulouse?

–No te alteres. Será en primavera. Por ahora, me quedo en casa.

–¿Estás seguro de que todo está bien? Porque lo del meublé... ¿Cómo sabes que no te puede afectar?

–Lo sé y basta. Yo no tengo nada que ver en esto, pero además todos los curas se han marchado. Y nadie ha comulgado. Nadie.

–Bueno, eso no puedes saberlo con total seguridad... Y en primavera... ¿cuánto tiempo estarás fuera?

–No lo sé. Poco tiempo, creo.

–Verás al padre Narciso, ¿verdad? –Él no dijo nada, pero a ella, el silencio la estimulaba–. ¿Hace tiempo que no habláis? ¿Tramáis algo? –preguntó–. Si no me lo dices, es peor. Si no me lo dices, me imagino cosas horribles.

Él acabó cediendo.

–No es nada, mujer. Es lo de siempre. Repartir catecismos y hojas parroquiales, lo de siempre. Ver la manera de mejorar la difusión... Poder llegar a más gente y eso... –Después de un largo rato sin suspirar, Simona exhaló un suspiro tan profundo seguido de un silencio tan prolongado que parecía haber entrado en apnea. Solo la visión de su hija escribiendo muy deprisa pareció darle el aire que necesitaba.

–¿Qué escribes? –le preguntó, como si toda la tensión acumulada se disipara de pronto. Severina no contaba con atraer aquella atención inesperada, y dijo:

–Cosas mías.

–Eso está bien, cariño –dijo Simona. Entonces, le soltó un largo discurso sobre la necesidad de tener secretos, y al acabar le anunció: «Cuando cumplas diez años, te regalaré un diario». Al año siguiente, cuando se lo entregó, Severina sospechó que, por culpa de la fragilidad del candado, nunca llegaría a usarlo.

Sin embargo, lo estrenaría pocos años más tarde, en otra vida, cuando su madre ya había enfermado, ella rozaba los catorce años y las conversaciones religiosas entre sus padres se habían esfumado. Tampoco se peleaban. Pero un día en que Severina quiso saber cómo se encontraba su madre, esta respondió: «Sufro más por la vida de tu padre que por mis pulmones». Severina visualizó en un plato de la balanza la cabeza de su padre y en el otro, más ligeros, los pulmones deshechos de su madre. Se atrevió a preguntar: «¿Y eso por qué?». Simona pareció arrepentirse de la comparación y guardó silencio. Al fin, dijo: «Por lo de siempre. El maldito trabajo que le complica la vida, ya sabes». Recordó en ese momento los papelitos de la hucha y tuvo la oscura impresión de que el sufrimiento de su madre estaba relacionado con ellos. Dio un paso más. «¿Y esos amigos que teníais hace años? Los curas y eso...» Simona dijo: «¿De qué hablas?». Entonces Severina le recordó aquel día en que había exclamado «Pobre Madrona» y había llorado por un tal Manuel, hermano marista. Y le recordó también al padre Narciso. Simona se hizo la loca: «Serían clientes de tu padre... Vete a saber... Es que yo tomé hace tiempo la decisión de no querer saber nada más. Le dije a tu padre que no me contara nada, y de momento lo ha cumplido. Mejor así, porque vete a saber», concluyó.

Aquella misma noche Severina rompió la hucha, abrió el diario y pasó a limpio todas las frases escritas en las tiras de papel, que luego lanzó a la estufa. No se molestó en cerrar el diario con llave, la había perdido hacía mucho. Las frases, ahora escritas en un orden seguramente distinto al que las había escuchado, no le revelaron nada nuevo. Seguía sin entender, solo que ahora había perdido la afición por el misterio. Recordó la intriga que había experimentado de niña y eso la distrajo un rato, pero muy breve, del problema incomparablemente más importante que tenía ante ella: que, a no tardar, sería testigo presencial del deterioro final que el médico había pronosticado a su madre. Que su padre seguía con las habituales ausencias. Que no había en el horizonte ninguna otra persona capaz de cuidar a la enferma que no fuera ella. Y que el dinero, como de costumbre, escaseaba tanto que incluso las dieciocho pesetas con cincuenta céntimos que encontró en la hucha le parecieron una fortuna.

7

Habitualmente imperceptible, la maestra de Dusa nunca había sido tan ruidosa como aquella mañana en que bajaba las escaleras peleándose con la maleta en cada escalón. Ni una mirada compasiva por parte de Justa, tampoco de Teresa. Solo le repetían las profecías que escuchaba a diario desde que había comunicado su decisión de instalarse en la Casa del Maestro. Así la llamaban, aunque en el pueblo había habido un solo maestro y las maestras que le habían sucedido fueron todas mujeres. Pero él había sido el primero, mientras que las maestras que habían llegado posteriormente, todas muy jóvenes, preferían hospedarse en Casa Justa. Las primas le insistían en que era inútil cargar con la maleta sin haber visto antes la casa. «No vas a quedarte allí», le decían. Y a cada escalón de su calvario descendente, mientras trataba de sobreponerse a una gratitud que no hacía más que aumentar la culpa, la joven trataba de desoír las funestas predicciones de las primas: «Un nido de polvo y telarañas», decía Justa. «Repleto de arañas y ciempiés», completaba Teresa. Pero Severina perseveraba, orgullosa de construir paso a paso su fortaleza, dibujando en su espíritu impasible una escolopendra ilustrada perteneciente a los miriápodos quilópodos, pues solo pensar «miriápodos quilópodos» en lugar de «ciempiés» la hacía sentirse más ligera, experimentaba el alivio que prometen los conjuros, la magia del término científico que nos aleja de la realidad material y convierte al bicho en objeto de curiosidad intelectual por encima del gélido temor que puede inspirar el bicho vivo. «Ciempiés y víboras», decía Teresa. «Ratas y culebras», completaba Justa al ver que ni las telarañas ni los ciempiés provocaban el efecto esperado. Ahora, los vaticinios le levantaban el ánimo y la empujaban inevitablemente a recitar para sus adentros el primer poema largo que se ha aprendido de memoria de uno de los libros de su madre, un poema que había traducido en secreto con la ayuda del diccionario. Descubierto a los once años, aquellos versos la conectaron de inmediato con la Revelación que había experimentado cuatro años antes y recitarlos en un tono de voz disfónico y aguardentoso constituyó su principal ocupación durante meses. Hasta López se llegó a asustar. Un día, llamó a la puerta y le dijo a Simona: «Fui a por el periódico y traigo algo para la niña». Luego le contó que la veía rara, caminando a grandes zancadas por la explanada y soltando versos sobre pecados tercos y pesares cobardes, sobre pechos martirizados y tinieblas nauseabundas. «Cuando habla así, con esa voz ronca y esas palabras torcidas, parece poseída», dijo. Simona repuso: «Yo bien que le enseñé a recitar "En la cima de la Jungfrau, cerca del cielo azul", pero ya sabes, López, los críos evolucionan». «No tan deprisa», dijo López, y entonces insinuó que crecer sin nadie de su edad alrededor no era lo ideal. Simona suspiró, miró a su hija y añadió: «Quizá no es lo ideal, pero lo que no mata engorda, y creo que hará un buen uso de la experiencia que le ha tocado en suerte». López le entregó un ejemplar de *Florita*. «Es para la niña», dijo, y se marchó. Severina retiró lo que había en la mesa, una pila de *Pulgarcitos* y otra pila donde se amontonaban algunos libros, entre ellos el del poeta de las flores malignas que le había sorbido el seso. Despejó la mesa y se dispuso a abrir

Florita. Antes, leyó en la portada: «Revista para niñas». Sin embargo, Florita, el personaje principal, era mayor de lo que esperaba. La hojeó con la ilusión con que abordaba cualquier pliego de páginas impresas, leyó de corrido un par de historietas, y cuando llegó a la sección «Pequeños defectos que debemos corregir», descubrió que era muy defectuosa y cerró de golpe la revista. «No es para niñas», dijo, «es para señoritas.» «Bueno, *Florita* es una revista para niñas, solo que se supone que, a tu edad, el sueño de una niña es convertirse en señorita», dijo Simona. «¿Quién supone eso?», preguntó Severina. «A mí no me mires», dijo Simona, «lo supone la sociedad que te rodea», y señaló vagamente hacia el vacío circundante. «Yo nunca voy a ser una señorita», dijo Severina. La madre vio venir una conversación enrevesada, le apartó la revista y, con un gesto seco, le colocó de nuevo ante los ojos los libros oscuros y los tebeos.

Ahora la llamaban «señorita» en todos los rincones de Dusa. No sabía muy bien cómo había ocurrido, pero, aunque todo había cambiado mucho, seguía siendo aquella niña rara en cuya cabeza convivían criaturas de una pureza excepcional con todo tipo de engendros amenazantes, escorpiones y sierpes, monstruos aullantes, chillones y rampantes, de entre los cuales surgía siempre victorioso el peor de todos, el Hastío, siempre con mayúscula inicial como lo escribía el poeta, ese estado de ánimo que la hacía sentir como a punto de cumplir mil años. Sí, tenía casi mil años y era, a la vez, la misma niña de siempre, la que albergaba el deseo secreto de acomodarse a una supuesta normalidad que nunca había conocido, el deseo de cumplir con el pacto social, de tener vecinos, de tener necesidades superficiales como organizar meriendas con amigas, ordenar los cajones o rizarse las pestañas. Asistida por la determinación firme y alada que le proporcionaba el peso ingrávido de la imaginación, animada por la fuerza de una erudición desordenada que la elevaba por encima de la incontestable realidad cruda y reptante, la joven maestra culminó el descenso, arrastró la maleta hasta la puerta de salida y dijo: «Vendré mañana a por la otra».

Teresa le abrió la puerta. «Simeón te espera», dijo. Un latigazo de aire fresco le trajo la visión de un desconocido. «¿Es él quien me va a acompañar?», preguntó. «¿Quién si no?», dijo la mujer. Acodado en la barandilla de la escalera que bajaba al torrente, un hombre fumaba con desidia, indiferente a otros sonidos que no fueran el rumor del agua. Después de la singular bienvenida, tan solo había visto a la Bestia dos veces: la primera, el día que le había entregado la llave de la escuela con un escueto «Tenga usted». La segunda, una tarde que lo había visto caminar por la carretera, el negro cabello al viento, la camisa blanca flotando a su alrededor, la mirada magnética de los que nunca han mirado con la intención de atraer la mirada ajena. Se detenía a cada momento y, unos segundos más tarde, emprendía de nuevo su alcohólica trayectoria. Ahora, pese a saber que era el mismo hombre, no lograba identificarlo. De súbito, comprendió el motivo: nunca antes lo había visto sobrio. Ahora lo veía doble, Simeón y la Bestia, como si de pronto se le hubiera estropeado la visión binocular y no lograra hacer converger en una las imágenes captadas por ambos ojos. Dejó la maleta en el suelo y se acercó a saludarlo, y a medida que se acercaba, se operó la fusión de los dos hombres en uno. Él le miró los zapatos lustrados y los pantalones anchos, elegantes pero cómodos, y ella se preguntó si no iba adecuadamente vestida para enfrentarse a los venenosos pobladores de su futuro hogar. Él se aproximó a la maleta y le preguntó con las cejas si necesitaba un equipaje tan voluminoso. Sobrio, tenía el poder de convertir cualquier cosa, con solo mirarla, en un ridículo juguete perfectamente prescindible. Ella tuvo la tentación de deshacerse de la maleta y tirarla al agua, pero se sobrepuso cuando él se acercó a ayudar. Ella se lo impidió, agarrando firmemente el asa de la maleta. «Llevo mi propia carga», dijo. Él se encogió de hombros (un plegamiento de tierras silencioso), apagó el cigarro y emprendieron la marcha. A ella le gustó que no insistiera. La irritaban los hombres que desperdician energía en las mujeres tozudas. La caminata fue tranquila. Él no se esforzó por decir ninguna obviedad. Ella se sintió a gusto de inmediato, como andando sola por un volcán dormido cubierto de densa vegetación en una mañana soleada. Abismada en sus pensamientos, que tenían como objeto la casa, imaginaba las contraventanas atascadas, los grifos oxidados, el colchón sucio y marchito y los rincones infestados de bichos: ninguna de estas visiones la desanimaba, solo despertaban en ella el deseo de reparar y limpiar, pintar y recomponer, exterminar insectos y alimañas y dar vida a las espinacas y las hortensias que tenía intención de plantar frente a la casa. A medio camino, se detuvieron en un claro junto al margen de la carretera, a la entrada de un prado que conducía al río. Él empezó a enrollar un cigarro mirando en dirección al cauce. Ella depositó la maleta en el suelo y se sentó encima. Encendió también un cigarrillo y miró hacia arriba, como tenía por costumbre desde su llegada. Le parecía maravilloso alzar los ojos como sabía que hacían los recién llegados a Nueva York, y aún más maravilloso no ver rascacielos habitados, sino paredes inhóspitas que habían permanecido allí desde tiempos inmemoriales y que, pasados los siglos, seguirían en el mismo sitio. Que aquel paisaje pudiera sobrevivir a la Revelación le devolvía la confianza en el universo. La montaña impasible, inaccesible, despojada de humanos constructores de inventos efímeros, se le antojaba una promesa de libertad absoluta que le gustaba tener cerca. Le reconfortaba saber que existía un lugar donde poder perderse entre árboles y piedras y nunca más vincularse a nadie, un lugar donde el único sufrimiento pudiera provenir de los esfuerzos por sobrevivir, un lugar donde al fin pudiera concentrarse en las amenazas que podían aniquilarla a ella en lugar de permanecer sufriendo por las amenazas que podían aniquilar a los que amaba, sobre todo ahora que ya no quedaba nadie de aquellos a quienes más había amado. Pero entonces, de pronto, recordaba uno de los motivos por los que se había trasladado al pueblo y se reñía: «Has venido a conocer gente», se decía, muy seria. «Gente a quien no amar en exceso, gente con quien entablar una relación ligera y vaporosa, como la de los patinadores de aquel cuadro de Brueghel que tanto le gustaba a mi madre», se decía.

–Como puede ver, a partir de ahora tendrá usted que andar un buen rato para llegar a la escuela –dijo Simeón.

–Me gusta la idea –repuso ella.

Él se detuvo un instante y la miró como hacían sus vecinos cuando estaban a punto de preguntarle de dónde era, pero no le preguntó por la procedencia sino por el destino.

–¿Qué la trajo a este pueblo?

–Me tocó la plaza –murmuró ella.

–Le tocó...

–Bueno, nunca me había tocado nada. En mi casa nunca nos iba bien con los sorteos. Mi madre murió sin que nunca le hubiera tocado nada. Mi padre también, aunque a mi padre le daba igual.

Se asombró de haber pronunciado estas palabras sin que ninguna lágrima inoportuna le anegara el discurso. Se hizo un largo silencio durante el cual ella se dio cuenta de que no era lo mismo reflexionar en soledad que reflexionar en compañía de un desconocido. Sostenida por el aire cálido de aquellos silencios, sentía que se elevaba hasta un lugar desde donde podía interpretar su pasado de un modo distinto y nuevo. Recordó que no era cierto que nunca le hubiera tocado nada. Se vio bajando del coche de línea con una radiogramola de sobremesa Invicta que le había tocado en una rifa. Recordaba bien el peso del aparato. Acarrear bultos inadecuados a su constitución había sido una constante en su vida. La radiogramola le había parecido un gran regalo para los tres. Para su madre, porque le encantaba la música y no podía escucharla más que en la radio. Para su padre, porque siempre se quejaba de lo mal que se oía su emisora en la vieja radio. Para ella, porque era el regalo más valioso de cuantos le habían hecho. Solo que luego nada ocurrió exactamente como lo había imaginado. Su madre tardó meses en estrenar la gramola, alegando que le encantaba la posibilidad de tenerla ahí, en la caja, y que mientras no la estrenara experimentaría la ilusión de lo no-estrenado, y mil veces prefería esta sensación embriagadora a la rutina de encender a diario el aparato. Su padre, tal vez por no decepcionar a la hija, enchufó el aparato un día y trató de buscar la emisora habitual, pero acabó frustrado como de costumbre, exclamó «putas interferencias» y le explicó que, lamentablemente, las interferencias no eran culpa del aparato ni tampoco del azar, sino de otros factores que ya entendería cuando fuera mayor. Finalmente le dijo que, aunque le estaba muy agradecido, seguiría con su vieja radio.

Casi un año después, su padre trajo a casa un disco de segunda mano que Duke Ellington había grabado para el sello Columbia en 1940. En una cara estaba «Stormy Weather». En la otra, la versión de «Sophisticated Lady» que siempre había bailado con su mujer cuando sonaba en la radio. Cuando no sonaba en la radio, la silbaba él, o Simona la cantaba a boca cerrada y la bailaban también. Ciertamente ella habría preferido algo más animado, siempre decía que era una pena que Román apenas se moviera, porque a ella le habría gustado que él fuera Fred Astaire y ser ella Cyd Charisse, bailando ambos al son de «Dancing in the Dark» en Central Park. Pero como tal cosa no era posible, se había conformado con bailar sobre una baldosa aquella «Sophisticated Lady» desgarradora y obsesiva que a menudo preludiaba la inminente ausencia de

71

Román. Fue así como estrenaron la gramola aquella noche. Sonó la misma melodía una y otra vez, ya podían escucharla a su antojo. Su padre acababa de volver pero iba a ausentarse de nuevo. A Severina, eterna espectadora de perfil, la contemplación de aquellos movimientos abatidos y casi imperceptibles al ritmo lánguido del saxo de Harry Carney le infundió la convicción de que el grado máximo de sensualidad solo puede alcanzarse bajo alguna amenaza externa.

–¿Y por qué ese interés en un pueblo de montaña? –preguntó Simeón.

Ella se sintió desenmascarada. La frase quedó suspendida en el aire y, poco a poco, sintió que quedaba al descubierto su falta de vocación y las auténticas razones, que consideraba pueriles, por las que se había instalado allí. Pero se sobrepuso con cierta rapidez.

–Vine aquí para realizar tres deseos... –Permaneció callada un momento largo y luego los enumeró–: El primero, tocar la nieve. El segundo, tener casa propia. El tercero, ser de un pueblo.

Una vez enumerados, le parecieron aún más pueriles. Se puso las gafas de sol, más por ocultar el rostro que por otra cosa, y encendió un segundo cigarrillo. Él calló de nuevo y se instauró de nuevo entre ellos un silencio paciente. Qué rara le parecía esa manera de dialogar que no había conocido en el este. Esas largas pausas entre réplica y réplica, como leyó una vez que son costumbre entre los esquimales, no las había conocido antes. Empezaba a habituarse a este modo de hablar y hasta se regodeaba en los silencios, como si formara parte de su naturaleza más profunda. Finalmente, aludiendo a uno de les tres deseos, él dijo: «¿Ser de un pueblo?». Y de nuevo ocurrió: la frase «ser de un pueblo» sufrió en boca de él una especie de descomposición instantánea en pequeños fragmentos que se alejaban y se perdían en la oscuridad, con lo que ella se rebeló y pasó de pronto a tutearlo:

–Tú tienes pueblo. Yo no lo tengo. Puedo tratar de explicar de dónde vengo. Pero me gustaría no tener que esforzarme tanto. Poder decir, por ejemplo: «Soy de Dusa». Poder pronunciar un nombre. Y, sobre todo, tener un pueblo al que regresar, si es que me voy algún día de aquí, cosa que en modo alguno entra en mis planes.

–Admito que me cuesta entender este deseo. Yo habría preferido ser de ninguna parte. Pero pasó el momento. Voy a cumplir cuarenta y siete, es tarde para mí. Tú, en cambio, no deberías despreciar la oportunidad que aún tienes.

Añadió luego otras cosas que a ella le sonaron extrañas, o que nunca había pensado en esos términos. Dijo que la identidad colectiva es una trampa. Que era mil veces mejor pertenecer a una buena persona que a una buena tierra. Dijo que no somos árboles ni estamos condenados a echar raíces. Dijo que las raíces no siempre crecen en los pies. Dijo también que, cuanto más pequeña es la trampa, más difícil resulta escapar. Y acabó diciendo que había conocido a zorros tan faltos de astucia que no solo caían en todas las trampas, sino que ni siquiera sabían diferenciar entre una trampa y un refugio. Ella le preguntó si hablaba por experiencia. Por toda respuesta, él le expuso brevemente el periplo que había recorrido hasta entonces.

–Me fui a los catorce años. A Lleida, primero. Luego, emigré a Barcelona. Creí que vivir en una gran ciudad era lo más parecido a ser de ninguna parte, y lo era, pero no lo suficiente. Quizá porque allí me pilló la guerra. Más tarde me embarqué, pasé unos años en Brasil y luego regresé. Llevo casi cuatro años aquí.

A ella le pareció sorprendente que un hombre nacido en un pueblo tan inmóvil hubiera llegado tan lejos, un poco como si los de aquel pueblo no pudieran irse, como si el valle fuera, en efecto, una trampa, o como si quien tiene un pueblo tan pequeño tuviera el deber de no abandonarlo a su

73

suerte. De Brasil, ella apenas sabía nada. Cuatro nociones aprendidas en la Normal y la imagen de un mapa de la infancia con ilustraciones en blanco y negro (un disfraz de Carnaval, unas maracas, una caipiriña, dos jugadores de fútbol, dos palmeras, un pelícano, una bailarina de samba y tres timbales). Lo recordaba con exactitud como todo lo que había aprendido en soledad, con la misma precisión con que recordaba puñados de nombres pegados entonces a la memoria y que ahora acudían a sus labios, aunque no habría podido ubicarlos en el mapa: Rio Branco. Minas Gerais. Macapá, Aracaju, Juazeiro. Con esa misma exactitud recordaba la lista de instrumentos que figuraba debajo del mapa, aunque en la realidad era incapaz de distinguir un repenique de una cuica. Ella le preguntó a Simeón si eran esas palabras las que lo habían llevado tan lejos, esas palabras (dijo textualmente) «tan suculentas». Él pareció sorprendido, y ella se vio obligada a explicar que las palabras la embelesaban y, entre las palabras, los topónimos lo que más. «Es curioso que hayas mencionado Minas Gerais», dijo él. «Cuando me cansé de trabajar en el puerto, estuve unos años ahí, construyendo carreteras. Después, regresé a São Paulo, es decir, al puerto de Santos, que era adonde había llegado.» Ella exclamó: «¡Qué increíble casualidad!». Él dijo que no tanto, que Minas Gerais era un estado enorme, más grande que Francia, porque Brasil es un país inmenso. Como de costumbre, ella preguntó por qué había abandonado su país. Él dijo que no recordaba lo que lo había arrancado del puerto de Barcelona donde trabajaba entonces y lo había depositado en Santos. No dijo más. Abandonó de pronto el margen de la carretera y atravesó un prado hasta llegar a la orilla del río. Desde allí la invitó a acercarse. Ella apagó el cigarrillo, se levantó y caminó por la hierba húmeda esforzándose por no embarrar los zapatos y los bajos del pantalón. Ya a punto de llegar, le oyó murmurar: «Tiene tres ojos y es de piedra». Lo dijo en ribagorzano, aunque él hablaba un catalán distinto, más del sur de la provincia. A Severina le habían contado que la Bestia arrancaba a declamar versos en el momento más impensado, que silbaba una canción singular, que sorprendía siempre a sus interlocutores, que cuando declamaba iniciaba el poema con un murmullo y luego elevaba el tono hasta que la audiencia se quedaba callada por completo, así que esperó el verso siguiente. Pero no llegó. En lugar de eso, Simeón apartó las ramas de un sauce para que Severina apreciara con claridad el panorama río abajo. Entonces vio el puente de piedra por primera vez.

–Si cruzáramos el puente, ¿adónde iríamos? –preguntó.

–Por ahí hay cuatro casas deshabitadas y, más arriba, pastos y más pastos. Si sigues subiendo, llegas a la primera aldea de Aragón. Pero está lejos y el camino es duro.

–Mucho puente para tan poca cosa –dijo ella.

–No tan poca. Tendrás que cruzarlo cada día para llegar a tu casa. –Señaló un tejado oculto entre la arboleda.

–¡La casa! –exclamó extasiada como para sí misma. Pronunció las tres sílabas con un amor infinito y se volvió a poner las gafas. También tosió voluntariamente para restar solemnidad a la situación. Pero él no se dejó engañar.

–Se diría que te hiciste maestra para tener casa –dijo.

–Era la opción más sencilla. –No sabía mentir, tan solo disimular con poco éxito.

–También a los ferroviarios les dan casa. Y a los fareros.

–No hay mujeres ferroviarias ni mujeres fareras. No que yo sepa. Además, en las montañas altas es más fácil encontrar una escuela que una estación de tren o un faro. –De repente sintió la necesidad de hablar de sus orígenes a la única persona que no había intentado averiguarlos. Inspiró como hacía antes de iniciar una clase y dijo–: Vengo del nordeste, de un lugar seco y ventoso. Tan llano que la montaña cercana más alta apenas llega a trescientos metros. En verano, el

75

sol es inclemente. Cuando hace frío, el cielo nunca da nieve, solo viento. –Tras una pausa, como si tomara conciencia de la subjetividad de su descripción, dijo–: Claro que todos dicen que es un paisaje hermoso. Una tierra con futuro, dicen. No solo hermosa, sino fértil para quien la trabaja. La luz es pura como si naciera a cada momento, incluso cuando el día acaba..., solo que... Bueno, ocurrieron cosas y dejé de ser capaz de apreciar tanta belleza.

Él dijo que conocía el esplendor de la Costa Brava porque había recorrido el puerto de Belitres desde la frontera hasta Portbou, pero que por entonces tampoco pudo apreciar la belleza porque no estaba el horno para bollos. Ella dijo que el paisaje se le había estropeado definitivamente hacía cuatro años, pero que el paisaje no tenía culpa de nada.

–A partir de entonces, la explanada frente a mi casa se volvió inhóspita, y la carretera, insoportable en su rectitud. De pequeña, me gustaba no saber adónde conducía. Luego ya ni siquiera tuve ese consuelo: si miraba hacia el este, sabía que allí estaba el mar. Si miraba hacia el norte, veía las montañas, desde el Canigó al Cap de Creus.

–Hablas en pasado, como si no quisieras volver nunca.

–Esa es la idea –dijo ella–. En fin, ahora ya sabes de dónde vengo.

Él no preguntó más. En silencio, emprendieron de nuevo el camino. En silencio, cruzaron el puente y llegaron a la casa. Entrar en ella era como explorar una cueva húmeda y asfixiante, y aunque abrieron de inmediato las contraventanas, la oscuridad inundaba los rincones. Solo un rayo de sol que se filtraba por el ventanuco dibujaba una diagonal de luz sobre el fogón de hierro colado de la cocina, lo que aún contribuía más a acentuar el claroscuro. El rostro de la joven maestra no revelaba, sin embargo, ni un ápice de decepción: la capacidad de sobreponerse a la realidad y embellecerla que ella atribuía a la fuerza visionaria de su madre le ayudaba a metamorfosear el presente en futuro de forma inmediata: veía cada agujero ya tapado, cada grieta, enyesada y pintada, cada rincón sucio lo veía limpio y cada mueble carcomido, reparado y pulido. Contemplaba la mesa polvorienta ya brillante y veía sobre ella un ramo de espliego. Miraba por la ventana y ya veía con todo detalle las hortensias, las coles, las espinacas que plantaría. Evaluaba cada rincón con el orgullo del trabajo acabado y no con la ansiedad del trabajo por hacer. Feliz de no haber sido asediada por las alimañas prometidas, con las que había librado batallas cruentas en sucesivas pesadillas nocturnas, la seguridad de estar donde quería estar la llenaba de fuerza para seguir contemplando ya modificado un entorno que a él, en cambio, se le imponía como una losa. Levantó la maleta del suelo y la dejó caer sobre el colchón. Una nube de polvo la hizo retroceder dos pasos. A él le provocó un ataque de tos que trató de cortar saliendo a fumar otro cigarro. Minutos más tarde, se asomó por la puerta y dijo:

—Veo que no me necesita. —Esperó respuesta durante unos segundos, y como no llegaba, añadió—: Me marcho. Si necesita ayuda, hágamelo saber.

Al verlo alejarse andando entre la maleza de su futuro jardín con la despreocupación de quien camina por un suelo acogedor, algo la impulsó a salir tras él y exclamar airada:

—¿Y qué piensa hacer si necesito algo? ¿Sabe eliminar el óxido de la bañera y hacer que brille? ¿Sabe empapelar la pared? ¿Sabe reparar las bisagras? ¿Sabe cocinar? ¿Sabe siquiera encender la cocina económica? —Recordó el amplio hueco donde faltaba el pavimento y añadió—: ¿Sabe colocar baldosas?

Él sonrió. Se encogió de hombros y dijo:

—Soy posiblemente uno de los tipos más inútiles que llegará a conocer en su vida.

La inutilidad humana siempre la había enternecido, pero esta vez se rebeló:

—Entonces, ¿por qué me ofrece ayuda? —preguntó alzando la voz con una energía desproporcionada.

—No le he ofrecido ayuda —puntualizó él—. Solo he dicho que, si la necesita, puede decírmelo. La escucharé con atención. —Recalcó esto último sin un ápice de ironía, como si escuchar fuera un trabajo muy duro y preciado que, en ocasiones excepcionales, él hacía sin cobrar. No le pareció una oferta despreciable. Al fin y al cabo, del resto se ocuparía ella misma.

8

Cuando Simeón desapareció, Severina descolgó la hoz de la pared, una herramienta que nunca había usado, y comenzó a desbrozar el pequeño terreno frente a la casa. Con el filo romo y oxidado atacó con frenesí indiscriminado hierbas, helechos y arbustos. Nunca había destinado tanto ímpetu a un trabajo manual, si exceptuamos las tareas derivadas del cuidado de su madre, que no requerían ímpetu sino más bien tacto y habilidad, y se sorprendió del placer que experimentaba con este ejercicio, un placer aún mayor cuando dejaba la herramienta y arrancaba con sus propias manos la raíz, deslizándola lentamente hasta conseguir la extracción completa en lugar de cortarla de forma chapucera con la hoz. Dio un paso atrás cuando vio, a dos metros, cómo se enroscaba una víbora. Se observó los tobillos, las carreras en las medias, los zapatos embarrados y las manos sin guantes cubiertas de arañazos, como si se preguntara por enésima vez por qué siempre andaba tan mal equipada. Cuando alzó los ojos de nuevo, la serpiente había desaparecido entre la maleza. Continuó suprimiendo vegetación, como si acabara de descubrir la posibilidad de un nuevo vicio, de una nueva pasión devastadora, y siguió hasta quedar extenuada. Le bastó algo más de una hora para dejar el trozo como si un rebaño de cabras caprichosas hubiera pastado toda una mañana. Pero a pesar del resultado irregular y las distintas alturas de la vegetación, vio cumplido su objetivo de facilitar el paso. Con varias heridas de guerra y las medias destrozadas, entró de nuevo en la casa oscura y fría. Para evitar caer en el desánimo, abrió el grifo. Mientras esperaba el primer chorro, animada por el ruido del aire en las cañerías, extrajo de una bolsa los estropajos y el detergente que Justa le había preparado junto a un embutido y un puñado de nueces. Bajo el fregadero, encontró una palangana, unas bayetas, una cazuela. Todo lo que podía estar en mal estado, lo estaba. La palangana, agujereada. Las bayetas, resecas. La cazuela, chamuscada. Limpió durante más de dos horas, como para agotar una energía que se le antojaba inagotable.

Finalmente, se sentó en la silla con unas cuantas nueces en la falda. Las masticaba despacio, atenta a cada crujido, y el sonido de sus muelas al triturar los frutos secos resonaba en su cabeza con tal fuerza que necesitó abrir la puerta para que el rumor del río lo aplacara. Observó que la falta de pavimento era más grave de lo que le había comentado Justa. Le había contado que el primer maestro desapareció llevándose consigo las baldosas. «Las arrancó una a una y se las llevó», le dijo, pero no le explicó el porqué, y ella nunca preguntaba.

Severina abrió la maleta, cogió la toalla y se dirigió al baño. Era la mejor habitación de la casa, la más desproporcionadamente amplia y luminosa, con una bañera de patas oxidada que ella misma acababa de limpiar. La llenó de agua turbia y helada y se sumergió en ella. Cuando observó que la piel empezaba a decolorarse, salió, se secó y regresó al oscuro comedor. Buscó en la maleta ropa limpia que ponerse y recordó que los pantalones y camisas con que vestía habitualmente, regalo de la tía Julia, se habían quedado en la otra maleta, mucho más pesada porque en ella había metido una pila de libros traídos de la casa de la carretera. Debajo de la ropa de cama, encontró las batas. Siempre llevaban esas batas de rayas su madre y ella, como si anduvieran uniformadas de azul pastel y blanco. Su madre las compraba de dos en dos y las rehacía para entallarlas, y después del arreglo ya no parecían batas sino airosos vestidos veraniegos. Simona las llevaba a lo largo de todo el año sin nada encima: incluso en pleno invierno, se ponía aquellas batas ligeras sin mangas, proclamando a menudo que nunca tenía frío porque, en su imaginación, el sol calentaba cuando a ella le apetecía. Cuando no salía el sol, su madre disfrutaba de una inexistente calefacción Roca con termostato cuyo calor solo recibía ella. Severina la recordaba siempre vestida de verano y jamás resfriada. Por más que cultivaba las prometedoras posibilidades que ofrece la mente para superponer sus creaciones abstractas a la realidad concreta, dudaba que algún día pudiera alcanzar la facilidad con que su madre las vivía. Para Severina, que acaso poseía un exceso de fe en la Razón, vivir la fantasía había sido un camino difícil. Cuando empezaba a vislumbrarla, aparecía de pronto la Revelación y la fantasía se esfumaba. Sin embargo, como no le faltaba disciplina, la huida de la realidad le proporcionaba últimamente no pocas satisfacciones.

Apartó las batas y, debajo, apareció el vestido. Era un vestido sin mangas poco adecuado para el otoño. Lo había estrenado en la fonda de Pontes y había observado que los grandes pensamientos rojo sangre sobre el blanco de la tela provocaban un efecto hipnótico en los hombres y despertaban la curiosidad de las mujeres, que preguntaban dónde había comprado la tela. A aquella pregunta no podía contestar sin ayuda de las gafas de sol, por lo que decidió no volver a ponérselo en presencia de nadie. Ahora podía hacerlo. Tenía pensado enfilar la montaña desde casa, caminaría durante horas y no se tropezaría con nadie. Ya vestida y a punto de salir, recordó que no había bebido. Abrió la botella de vino blanco que Justa le había metido en la maleta y llenó hasta el borde un tazón de metal. Bebió deprisa y, cuando la sed se hubo extinguido, bebió despacio, con minúsculos sorbitos, mientras contemplaba las manchas de humedad en la pared y las imaginaba empapeladas. No quería agotar aquel día mágico. Deseaba alargar la tarde recién iniciada y la mejor manera de hacerlo era buscar la luz, trepar hacia arriba donde la claridad duraba más. Salió de casa y comenzó a ascender. Emprendió un trayecto que ya había recorrido con los alumnos pocos días antes, a finales de septiembre. Los niños le habían mostrado senderos, escondites y una variedad de setas que ella solo había visto en los libros y en blanco y negro. Le habría gustado saltar junto a ellos, perseguir libélulas y proferir gritos de alegría. Le habría gustado bautizar con un nombre inventado todo cuanto veía y no podía nombrar, como hacía su madre cuando le daba la gana, pero no se atrevió. Con sensatez: así debía comportarse ante los niños, así debía actuar ahora que la llamaban señorita. Un día de aquellos había visto una *Parnassius mnemosyne* posada sobre la protuberancia del tronco de un viejo nogal. Se la quiso mostrar a los alumnos, pero, de repente, no pudo asegurar que la ilustración que recordaba coincidiera con la realidad en todos sus detalles. Ellos se quedaron sin saber que habían visto una mariposa rara que pronto se extinguiría. Ella, en cambio, conoció, gracias a ellos, una nueva palabra: en el valle llamaban «burrunyoc» al áspero bulto del tronco. Y cuando la *Parnassius* reapareció unos segundos más tarde quiso devolverles el regalo, pero de nuevo guardó silencio por falta de confianza en su saber. Después de la excursión con los niños, había subido sola al monte un par de veces. Era temporada de setas y, como solo reconocía los robellones, se llevaba el manual para recoger otras setas que le gustaban más. Se internaba en el bosque y, a cada hallazgo, comprobaba minuciosamente las descripciones antes de recoger lo que le parecía un rebozuelo, una negrilla, una llanega o un boletus. Durante aquellos días en Casa Justa, había aprendido a cocinar diversas mezclas de patatas y huevos con las setas que traía. La potencial toxicidad de aquellos platos proporcionaba a las comidas una dosis de placentera perversidad que se añadía al placer gustativo. Pero aquel primer día en la Casa del Maestro no tenía cesto ni manual. Tampoco los necesitaba. Deseaba trepar libre y ligera. Caminó cada vez más deprisa porque el vestido resultó demasiado veraniego para un tiempo ya impregnado de otoño. Ascendió imparable por el camino viejo del puerto de Gelada y llegó, mucho más arriba, a un amplio claro soleado. Se sentó en la hierba. Se tendió luego de cara al sol. Ante sus ojos, deslumbrados por la claridad, pasaban insectos. Esperó ver una *Parnassius*, siempre lo esperaba. Pero aquel día no veía mariposas, tan solo otros insectos, algunos de los cuales reconoció porque los niños los habían nombrado. Se quitó las gafas de sol y se recostó de lado, como acomodándose para dormir, pero algo le cosquilleaba las pestañas, una genciana. Abrió los ojos y la vista se le llenó de un azul intenso y borroso. Se incorporó y estornudó. Se estiró de nuevo. La euforia del ascenso daba paso a una agradable indolencia. Se preguntó si tal vez tenía más vocación de maestra de la que sospechaba (sospechaba que no tenía ninguna). Se preguntó si Teresa, la prima de Justa, aceptaría ir a la escuela para darles a probar algunas de las infusiones que preparaba para aliviar la resaca. Se preguntó si las familias apreciarían la actividad. Se preguntó si tal vez sería mejor invitarlos a salir un día con la cámara que la tía Julia le había regalado y que nunca había estrenado. Se preguntó por qué nunca le había interesado la fotografía, que le parecía, desde todos los puntos de vista excepto el suyo, una disciplina la mar de interesante. Se preguntó cómo sería follar con la Bestia. Se lo preguntó de pronto, si sería lo mismo hacerlo con la Bestia que con Simeón. Si sería como una sola cópula con dos hombres distintos o más bien dos cópulas distintas con un mismo hombre. Se puso de nuevo las gafas de sol y notó la respiración pausada contra el suelo y el tacto del dobladillo de la falda contra la piel de la rodilla. Pensó que era muy afortunada porque, si se dormía, nadie la echaría de menos y a nadie haría sufrir. Eso la aliviaba. Pero en lugar de dormirse, se acercó a la camisa de él, aquella camisa que parecía de vagabundo pero que olía a espliego y a sábana limpia, y luego se acercó un poco más, dejando solo la distancia suficiente para aumentar el deseo. Como de costumbre, invocó a los ángeles de la inmaterialidad y vio desfilar ante sus ojos un pozo de hielo en cuyo interior, tendida en el suelo y contemplando el follaje a través de la cúpula, descubrió posibilidades eróticas sorprendentes. Evaluó los árboles que desfilaban ante sus ojos y eligió uno. Desnuda, rodeó el tronco con sus brazos y esperó con impaciencia oír sus pasos. Pero cuando los oyó, salió en busca de una cabaña de piedra y le esperó en la oscuridad del interior, una oscuridad tan negra que no vio que él ya estaba allí, tal vez desde siempre. Se arrodilló frente a él y de nuevo lo abandonó en el último momento para correr a través del bosque y encontrarlo de nuevo, un segundo después, convertido en su doble y sentado tranquilamente bajo un haya. Se tendió junto a él y, bajo montones de hojas de abedul que caían como lluvia rodaron por la pendiente como un solo cuerpo, rodaron y rodaron como bestias salvajes forradas de hojarasca amarilla, y esto duró mucho y duró nada, hasta que, finalmente, ella emitió un gemido seguido de un grito que le pareció inacabable y colosal. El grito tocaba a su fin y ella seguía convencida de que nada de aquello sobrepasaba los límites de su mente, de que todo ocurría en lo más profundo de su interior. Se equivocaba: apenas apagado, el alarido comenzó de nuevo: reflejado, inacabable, procedente de las paredes montañosas

84

que lo propagaban por el valle a modo de grabadora de una manera que a ella le pareció sobrenatural, pues nunca antes había escuchado el eco de un orgasmo, de hecho, nunca había escuchado un eco, pues siempre había vivido en una llanura y solo conocía, del fenómeno en cuestión, la teoría.

Sin embargo, la novedad de la reverberación del sonido se quedó en nada en comparación con lo que acababa de experimentar en cuerpo y alma. Ciertamente no era la primera vez que obtenía grandes satisfacciones eróticas solitarias. Desde los quince años se dedicaba al sexo autónomo con mucha prosopopeya: todo en él había de ser refinado y solemne, perversamente sofisticado, grave y severo. Las frases, las palabras oportunas, los silencios glaciales, la emoción y la angustia, la aparición de amenazas imprevistas y salvajes, los escenarios inquietantes. Su narrativa requería un trabajo delicado, hilvanarla necesitaba un grado de concentración que habría sido imposible con una persona de carne y hueso a su lado. Digamos que el cuerpo del Otro no importaba demasiado: era un elemento fuera de control, una posibilidad de asincronía inesperada, en una palabra, un estorbo. Le costaba entender por qué la gente es tan aficionada al cuerpo del otro cuando todos tenemos un cuerpo propio que es el lugar, al fin y al cabo, donde ocurren todas las cosas. Pero aquel día algo cambió. Con la misma clarividencia con que a los siete años había comprendido que algún día todo lo que amaba se extinguiría para siempre, aquel día comprendió que por muchos hombres o mujeres que conociera en la realidad material, nunca jamás con un ser encarnado podría volver ni siquiera a rozar los límites que había sobrepasado aquella tarde. Y al tomar conciencia de que no había éxtasis comparable al que se lograba en absoluta soledad, se sintió atenazada por el miedo.

Por primera vez, temió haberse extralimitado en sus deseos de autosuficiencia. Tuvo miedo porque había venido a abrir sus puertas, a tener un pueblo donde cobijarse, a conocer gente. Cómo llegaría a conocerla, eso estaba por ver. Todas las maneras eran buenas. Pero después de lo que acababa de experimentar, comprendió que no iba bien encaminada en su propósito si, a la primera de cambio, se daba cuenta de que no necesitaba a nadie. Y aunque llevaba un tiempo cuestionando la evolución hacia la autosuficiencia que había emprendido de niña, aquella tarde sospechó por vez primera que su capacidad de autoabastecimiento podía rebasar, tal vez, los límites de lo que ella misma consideraba un grado de desvarío aceptable.

Sintió el temor de cruzar esos límites, y aún se asustó más cuando al buscar las gafas de sol se dio cuenta de la distancia insólita que había recorrido rodando por la pendiente, mientras profería el grito que ella había creído inaudible. Pero aquella distancia mensurable y aquel sonido que había llegado a sus tímpanos eran pruebas materiales que certificaban una potencia imaginativa importante, que parecía poder materializar, Dios no lo quisiera, todas sus creaciones mentales (¿sería eso lo que le ocurría a su madre con la calefacción Roca y otras cosas?). Sintió entonces que la autosuficiencia que la hacía tan fuerte podía alejarla de los vivos y convertirla en un fantasma. Sintió que, si continuaba así, llegaría tal vez a adquirir una naturaleza espectral que, con los años, iría en aumento (de hecho, iría en aumento con toda seguridad...).

También sintió miedo a la recaída: ¿quién se negaría a repetir un clímax de tal magnitud? Se tranquilizó al recordar su propensión a dosificar los placeres para que siempre parecieran recién estrenados y mantuvieran su potencial. Así que no solo los dosificaría: se privaría de ellos. Tal vez no para siempre, pero al menos durante un año. Hasta que hubiera socializado convenientemente, pensó, no intentaría reproducir de nuevo el milagro del prado de Gelada. Decidió así privarse de toda manifestación onanista. Inauguró el Año de la Castidad. En octubre del año siguiente, revisaría su decisión. Sin duda todo sería ya muy distinto. Mientras tanto, seguiría su plan socializador al pie de la letra. Y no solo suprimiría el autoerotismo: suprimiría también los autoencuentros, los autoabrazos y, sobre todo, los autodiálogos y las autotertulias. Le ocurría a menudo: tenía conversaciones tan apasionadas con algunas personas ausentes que, cuando las veía, ya no tenía nada que decirles porque se lo había dicho todo. Le ocurría a menudo que, dando clases en momentos de ensoñación, solucionaba un problema a un alumno y, cuando al día siguiente lo tenía enfrente, el absurdo de repetir lo que en soledad ya le había dicho la desanimaba. Nada la motivaba si ya lo había hecho antes en su imaginación. Le ocurría a menudo que bebía con gente inmaterial, como cuando de pequeña jugaba con amigos imaginarios. Fue así como decidió acabar con todos los llamados placeres solitarios que, en su cabeza, estaban superpoblados. Lo decidió porque por primera vez sospechaba que ese «yo» que tanta felicidad y consuelo le había proporcionado podía rebelarse siniestro. Porque sintió de pronto pavor ante la idea de no necesitar a nadie nunca más: ni para beber, ni para follar, ni para trabajar, ni para hablar, ni tan siquiera para respirar.

Luego el miedo se aplacó, porque se sabía autodisciplinada y respetaría la decisión tomada. Y porque los cumulonimbos se aproximaban para devolverle la alegría que le provocaba todo fenómeno meteorológico amenazante. Ofreció el rostro a las nubes, las retó, las invitó a soltarse, y cuando cayeron las primeras gotas cerró los ojos para que le hicieran cosquillas sobre los párpados como las gencianas del prado. Y arrancó a correr hacia su casa, de vez en cuando miraba hacia abajo para ver donde pisaba, pero en lugar del suelo veía los pensamientos de la falda, tan mojados que ahora el rojo oscuro parecía terciopelo negro. Lloraba lágrimas de alegría porque a veces sus ataques de felicidad eran extremos, como de loca. Pensó que era una llorona solitaria en toda regla, y que tal vez le conviniera conocer a gente con quien llorar. Siguió corriendo y dejó de llover. Salió el sol. Se detuvo y alzó los brazos en un bostezo infinito y dio vueltas como una peonza para que el vestido se secara y también para ver cómo ondeaban al viento los pensamientos. Luego, siguió caminando más despacio. Cuando dos horas más tarde llegó al fondo del valle, oscurecía.

9

Una ventisca impetuosa arremetía contra las ventanas de la escuela la tarde de primeros de noviembre en que enseñó a los alumnos a escribir con tinta invisible. Habían estado asando castañas en la estufa. Las asaron ellos, claro. Ellos sabían cómo hacerlo, sabían hacer la cruz en la cáscara con habilidad, mientras que a la señorita le explotaban todas porque su tajo no era lo bastante grande. Ella les devolvería el favor de este saber tan práctico enseñándoles cómo hacer tinta invisible, aunque la aventura era algo incierta, pues nunca antes la había puesto en práctica, solo había estudiado meticulosamente el cómo y el porqué del fenómeno. Les había pedido que dejaran en casa la pluma por temor a que desgraciaran los plumines, que bastante los torturaban a diario apretándolos con fuerza contra el papel. Les había pedido que trajeran otras plumas, de pollo o de cualquier otro plumífero, o algún objeto punzante para sumergir en el tintero. Y sí, vinieron con plumas de ave, con astillas, con palillos, con pinceles. Uno de ellos trajo una caña. En lugar de mojarla de inmediato en el tintero, hizo con la navaja un tajo perfecto. Era el mismo alumno que le había enseñado a hacer la cruz de las castañas, Ignasi, experto en tajos. Severina había visto la caña así cortada en un libro sobre el Antiguo

Egipto y le preguntó dónde había aprendido a hacer cálamos. Él dijo que no sabía que se llamara cálamo, pero en su casa todos los hacían. «Si quiere le explico cómo», dijo. Ella respondió que carecía de habilidades manuales. Él dijo que todo era empezar, que tenía mucha paciencia para enseñar al que no sabe. Ella dijo que no. No le parecía justo abusar de su tiempo, era él quien debía abusar del tiempo de la maestra y no a la inversa.

–Pues si un día quiere aprender, ya sabe –insistió, solícito–. Yo estas plumas las hago con los ojos cerrados.

–No son exactamente plumas, son cálamos, si quieres ser más preciso –dijo la maestra. Pero él no quería ser más preciso.

–Qué más da el nombre –dijo, en tono hosco–, que yo pienso que el nombre no hace la cosa.

–¡Vaya! –murmuró ella.

Atrapada por la sombra vergonzante del ornitólogo, se sintió abatida por la respuesta. La afligía que a ella le interesara tanto ver un cálamo en la realidad mientras que a él, en cambio, no le interesaba saber que el objeto que hacía con sus manos tenía un nombre. Siguió paseando entre los pupitres, sin atreverse a fijar la mirada en lo que escribían por si le sobrevenía algún disgusto, pero a vista de pájaro veía que los más pequeños manchaban el papel sin pensar mucho mientras que los mayores parecían aplicarse con interés. Pensó de pronto que era cosa de gente lunática aquella actividad, todos esforzándose por escribir y dibujar cosas que nadie miraba, en medio de un considerable tufo a cebolla que disipaba el aroma de las castañas asadas, pues a falta de limones, la mayoría de los chavales había sustituido el zumo de cítricos por el de cebolla. Ella tenía claro el objetivo. Deseaba interesarlos en la teoría, animarlos a preguntar por la composición de los zumos, animarlos a comprender la importancia de la química, a formular preguntas ávidas incluso aunque ella no pudiera responderlas. Pero se impacientaban

90

enseguida, deseosos de revelar sus obras al calor de la estufa. «La teoría primero, ¡la teoría ante todo!», dijo la maestra, y les ordenó sentarse.

Los alumnos se retiraron a sus puestos, decepcionados ante lo que de pronto les pareció una estafa.

—Antes de hacer visible lo que habéis escrito, digo yo que os gustará saber el porqué y el cómo de todo esto. Y es que ¿qué sentido tendría ver aparecer vuestra obra si desconocéis la reacción química que lo hace posible? ¿A que no tendría ningún sentido? —Al no obtener respuesta, se respondió a sí misma—. ¡No, claro que no tendría ningún sentido! Pues bien, la cosa funciona así: cuando el jugo de la cebolla se oscurezca al calor de la estufa estaréis presenciando una reacción química. Ah, la química, ¡qué maravillosa disciplina!, con todas esas moléculas chocando entre ellas y alterándose unas a otras, enamorándose unas de otras, repeliéndose unas a otras, ¡ah, las moléculas! —Ellos sonreían cada vez que pronunciaba «moléculas», así que decidió seguir—. Ah, las moléculas, con sus átomos indivisibles e indestructibles que se enlazan y desenlazan, a su vez formados por protones, electrones y neutrones... Y todo, todo lo que veis, hecho de la misma materia... ¿No es asombroso?

El interés despertado por las moléculas, en lugar de crecer, decrecía. Uno de ellos incluso se permitió desconfiar de su existencia, ya que su padre le decía que solo debía creer lo que viera y él no veía ni una sola molécula por ningún lado. Severina se preguntó qué estaba haciendo mal. ¿Era normal que reaccionaran así? Cuando, de pequeña, descubrió que todos estamos hechos de la misma materia, cuando supo que somos protones, electrones y neutrones, a punto estuvo de caer redonda al suelo. Le pareció increíble, pero jamás se atrevió a dudarlo. Bajó al descampado y todo lo vio con otros ojos, miró a López, todo él protones, electrones y neutrones, contempló el humo que flotaba sobre el tejado, el tejido de su bata, las manos heladas, la tierra húmeda, incluso su propia madre, todo protones, electrones y neutrones... Imposible olvidar aquel día de crudo invierno en que supo que, en último término, todos somos la misma materia. ¿Recordaría alguno de los críos que tenía delante el momento que acababan de vivir? No parecía probable. Abandonó la química, pasó al ámbito de la lengua y dejó caer el anzuelo:

–La técnica que estáis empleando para ocultar el mensaje tiene un nombre. ¿Lo conocéis? –No hubo respuesta, pero tampoco pregunta–. Porque, daos cuenta, no estáis codificando el mensaje, no estáis cifrando el mensaje: lo estáis escondiendo. Y la técnica de ocultar tiene un nombre. –Era evidente que el nombre les importaba un pimiento, pero ella, como si nada, venga a usar con total inconsciencia palabras como «cifrar» o «codificar», que ellos nunca habían oído antes, y aún faltaba la peor de todas–. ¡Esteganografía! –exclamó, triunfante–. ¡Ese es el nombre que describe la técnica del mensaje invisible! ¿No es un nombre precioso? ¿No queréis saber de dónde viene? –Cuanto mayor era el desinterés de ellos, más se crecía en su entusiasmo, pues aún creía posible el contagio–. La palabra viene de *steganos*, que en griego antiguo significa «oculto»... En resumen, si en lugar de ocultar el mensaje hubierais usado un código secreto, el destinatario debería descifrarlo, y en ese caso la técnica se llama criptografía... –Se detuvo, pensativa, a saborear la nueva palabra–. Preciosa palabra, ¿a que sí? Crujiente y crepitante como un fuego furtivo, ¿verdad? –Se recompuso y resumió–: Así que la criptografía y la esteganografía son dos técnicas para escribir mensajes secretos, dos técnicas parecidas y sin embargo distintas... –Sobrevoló los rumores de impaciencia, apenas los escuchaba desde las alturas–. ¿Hay algo más hermoso que darse cuenta de que dos cosas tan parecidas son, en realidad, distintas? –Desde su nube divisó, microscópica, la manita interrogante de Lolita de Manso.

92

–¿Cuánto dura?

–¿El qué? –dijo la maestra.

–La tinta, que si dura mucho. Porque si tardamos tanto a lo mejor pierde el efecto y ya nunca veremos lo que hemos escrito.

Severina aterrizó por fin. La química les aburría, la etimología les aburría, pero tan grande era su confianza en los encantos del Conocimiento, tan delirante su anhelo de cebar a los alumnos con un saber multidisciplinario, transversal y colosal, que antes de rendirse aprovechó la pregunta de Lolita para responderla con una pequeña noción de Historia.

–Tranquila, no se borrará. Durante la Primera Guerra Mundial se utilizó tinta invisible para enviar mensajes secretos, mensajes que tardaban días en llegar. –Se acordó entonces del único cuento infantil que su padre le había contado–. Os voy a contar un cuento ruso. Érase una vez un prisionero que se llamaba Vladímir. Un prisionero valiente, injustamente encarcelado, que hacía tinta invisible –dijo–. No usaba zumo de limón, ni tampoco de cebolla, la hacía con leche. Y él mismo fabricaba los tinteros con miga de pan. –Los observó, expectante, parecían interesados, solo Fermín había acomodado la cabeza sobre el pupitre como para conciliar el sueño–. ¿Sabéis por qué los hacía con miga de pan? Porque cuando veía al guardia, se los comía para no despertar sospechas..., y cuando acababa el día, Vladímir decía: «Vaya, hoy ha sido un día movidito... ¡Me he tragado seis tinteros!». –Las risas la reconfortaron. En la penúltima fila, sin embargo, la mirada desconfiada de Ignasi la interpeló.

–¿Pero eso es verdad o mentira? –dijo.

–Ni verdad ni mentira. Es un cuento que me contó mi padre.

–Pues mentira –sentenció él.

–Te equivocas –dijo ella con firmeza–. Hay más verdad en los cuentos que en la realidad.

Esta afirmación colmó la paciencia de los alumnos: reclamaron con alboroto el cambio de actividad, y ella por fin les dio permiso para levantarse. Desde la tarima, se esforzó una vez más por superar la decepción que experimentaba ante cada uno de los ataques contra sus tesoros más preciados: el poder de la palabra, la necesidad de saber, el deseo de inventar, la fuerza de la imaginación; todo lo que, en definitiva, la había ayudado a subsistir. Pero la desolación apenas duró unos minutos y concibió enseguida nuevas esperanzas. Sí, la esperanza regresó, tal vez porque desde su mesa no alcanzaba a leer las palabras soeces que habían escrito los mayores, los miembros viriles que dibujaban los pequeños, las casitas, las parejitas y los corazones de las niñas, pero cuando se levantó y lo vio todo de cerca, la aflicción regresó de nuevo. La previsibilidad de los humanos en sus gustos y costumbres no dejaba de asombrarla y, por algún motivo que no comprendía, le provocaba tristeza. De nuevo la asaltó la impresión de que nunca les podría enseñar nada mientras que ellos, en cambio, ya le habían enseñado varias cosas. Escuchó el revuelo. La estufa se había apagado por completo. Fallaba a diario, pero aquella tarde la avería provocó una pequeña rebelión. Estaban hartos de la cháchara de la maestra y, encima, media docena de niños se habían quedado sin poder hacer visible su obra.

–¡Quiero saber por qué no encendemos la estufa nueva! –Totó señaló con insolencia la flamante estufa de petróleo al fondo del aula.

–Ya sabes que no funciona.

–¡Pero si es nueva! –insistió.

–Pero no funciona. Por eso hemos tenido que volver a encender la vieja estufa de leña.

–Pero la de leña siempre ha dado problemas, por eso tenemos la estufa nueva.

· La frase provocó murmullos y risitas. Simeón, antes de ser sustituido en sus funciones de alcalde sustituto, le había entregado a Severina dinero del Ayuntamiento para comprar la estufa nueva. Pero no funcionaba el encendido, y, aunque el técnico la había revisado, seguía presentando problemas. Al fondo del aula, Sebastià, el hijo del nuevo alcalde, alzó la voz.

–La estufa se ahoga porque falta leña. Hay que poner más –dijo.

Desde la primera fila, Lluís lanzó a Sebastià una mirada retadora.

–Aquí todos traemos leña menos tú –le espetó.

–Ni traigo ni pienso traer. –Sebastià miró con insolencia a la maestra, no al compañero que se le enfrentaba. Hasta entonces, Severina nunca le había reprochado que fuera el único en no traer leña, pero aquel día le preguntó el porqué.

–Mi padre no quiere –dijo.

–¿Por qué razón?

–Dice que él no habría comprado la estufa de petróleo, pero que, ya que la habéis comprado, pues ha de funcionar como es debido. Y mientras la de petróleo no funcione, él no va a traer leña.

–Ya, pero cuando la estufa de petróleo funcione ya no será necesaria –dijo Severina.

–Mi padre dice que si la comprasteis es para usarla.

–Eso queremos todos –repuso la maestra–. Eusebio, el de las estufas, volverá en unos días a tratar de arreglarla.

–Mi padre dice que traiga leña quien compró la estufa nueva.

–¿Te refieres a Simeón? –preguntó Severina. Pero el insolente se había levantado y se abrochaba el tabardo.

–¿Qué haces?

–Me voy. Mi padre me ha dicho que vaya antes, que ha de parir la cerda.

–¿Tienes una nota de tu padre? –Severina observó que los alumnos miraban a Sebastià con recelo, tal vez con miedo.

–Mi padre es *enalfabeto* –dijo el niño.

La maestra se sintió de nuevo oscurecida por la sombra del ridículo. ¡Una nota! En la Normal les habían dicho que, en caso de padre analfabeto, bastaba con que firmara con una cruz una nota escrita por la maestra. Se detuvo a considerar el asunto. ¿Qué sentido tenía hacer firmar a alguien con una cruz si no podía leerlo? Mientras le daba vueltas al asunto, Sebastià se abrigó con la bufanda hasta las cejas y salió dando un portazo, no quedó claro si voluntario o involuntario porque el viento arreciaba. Soplaba con tal fuerza aquella tarde que parecía impedir el recto caminar del mozo, a quien podían ver, a través de la ventana, avanzar escorado como un velero a punto de volcar. En el aula, la tensión era palpable y, para disiparla, la maestra decidió dedicar la media hora restante a los más pequeños. Abrió *El parvulito* y buscó, de manera improvisada, un texto nuevo para leer. «Luz y temperatura» le pareció uno de aquellos textos que su madre denominaba «imparciales».

–Lolita, lee –dijo. Y la niña leyó.

–La luz que nos da el sol se llama natural porque ha sido hecha por Dios.

¡Dios! ¡Ni siquiera la luz del sol se salvaba, ni siquiera la temperatura! Cuando no aparecía Dios aparecía la Virgen, cuando no, la bandera de la Falange o de los requetés, y cuando no eran la misa ni la patria, era un inofensivo texto de ciencias naturales el que aparecía bañado en doctrina. Dejó que continuara, pero ya no la escuchaba, se sentía una impostora cuando les hacía leer textos que para ella carecían de sentido. Buscó en el libro algo de ficción, pues la ficción nunca miente, se dijo. Sin embargo, aunque eligió un cuento que en una primera lectura le había parecido pasable, lo encontró ahora sutilmente aleccionador, y al final se decidió por la poesía de un autor llamado Germán Berdiales. Tanto le gustó a la maestra que se lo hizo repetir una y mil veces: a Lolita de Manso, a Sisqueta de Manco, a Ignasi, a Fermín, a Ramón..., *tipi, tape, tipitón*.

Tipi, tape, tipi, tape
tipi, tape, tipitón
tipi, tape, zapa, zapa,
zapatero remendón.
Tipi, tape todo el día,
todo el año tipitón,
tipi, tape, macha-macha,
machacando en tu rincón.

Oh, ¡qué agradable cadencia, qué ligereza, qué delicia, qué neutralidad, qué absoluta falta de compromiso ideológico, qué pureza!... Tan solo un hombre comprometido con unos zapatos... Aunque quizá... esta glorificación del trabajo..., de un trabajo repetitivo y alienante... Pero no, se negó a que la invadiera la sospecha, así imaginaba al censor de Zamora que firmaba el *Nihil Obstat* en la primera página, siempre suspicaz, siempre receloso y amoscado, y se censuró a sí misma por esta nueva tendencia a la censura. Se resistía a perder la ingenuidad, *tipi, tape, tipi, tape*. Con renovada energía, se concentró en el ambiente de la clase, que había mejorado ostensiblemente. La distensión estaba en su punto máximo gracias al ritmo del incansable zapatero cuando, de pronto, irrumpió en el aula el nuevo alcalde, con quien hasta entonces Severina solo había intercambiado un par de saludos. Entró gritando.

—¡Usted a mi hijo no va a decirle ni una palabra más sobre la leña! ¡Si quiere usted leña, me lo dice a mí! —Los ojos grises parecían dos pedruscos a punto de ser disparados por un tirachinas. Los críos se encogieron en los asientos—. Pero sepa usted que no pienso traer leña ni aunque me la pida de rodillas —advirtió, amenazándola con el dedo. Por la puerta que el recién llegado había dejado abierta, la maestra pudo ver cómo se acercaba una figura alta y grande que se empeñaba en avanzar, atacada por hojas que le llovían de todos lados. Era la Bestia. Entró en el aula con la misma violencia con que lo había empujado el viento.

–¡Cagüencristo, Marcial! Me imaginaba que venías aquí.

Ambos llegaban del bar, punto de origen y destino de la mayoría de los hombres del pueblo. Severina no estaba acostumbrada a escuchar gritos. A lo largo de su vida, no había oído gritar ni a su padre ni a su madre, ni tampoco a López, ni había presenciado pelea alguna salvo en el cine. Y ahora se debatía entre el deber de evitar que los alumnos fueran testigos del espectáculo y la curiosidad que experimentaba ante la amenaza.

–A mí no me hables, Simeón, ¡contigo no hablo! –gritó Marcial sin mirarlo. Se acercó a la maestra con violencia contenida–. Y a usted le digo, y lo juro por los huesos de mis muertos, que de mí no va a conseguir ni una astilla.

–No está bien que le hables así a la señorita, Marcial –intervino Simeón, moviendo la cabeza de izquierda a derecha. Inspiró una carga de paciencia y añadió con parsimonia–: Creo que deberías disculparte ahora mismo.

Marcial le dirigió una mirada asesina.

–No te metas donde no te llaman. –Se acercó aún más a la maestra y, cuando estaba a punto de rozarla, la Bestia reaccionó bruscamente.

–¡Caguëndiós!

Los niños se enderezaron en el asiento como empujados por un resorte. Severina también. La Bestia había acompañado la blasfemia de un puñetazo en la pared que retumbó en la sala como un pequeño terremoto. Marcial se quedó quieto, plantado en la tarima, y en el instante siguiente de calma estremecedora el retrato del Generalísimo se descolgó de un lado y, casi al mismo tiempo, el cristal del cuadro se rajó con un chasquido inaudible que tal vez solo oyó la maestra. En un tono no muy potente pero claramente audible dijo:

–Hagan ustedes dos el favor de salir y no vuelvan a poner los pies aquí mientras estén los niños dentro.

Marcial se fue, conteniendo con dificultad la alcohólica rabia mientras la Bestia se encaminaba hacia la salida con una no menos alcohólica mansedumbre. En el quicio de la puerta se volvió hacia ella. Emanaba placidez.

–Me alegra ver que no necesita refuerzos, Señorita.

La maestra hizo sonar la campana y el aula se vació más deprisa de lo habitual. Solo Fermín, que llevaba toda la tarde adormilado, se demoraba recogiendo sus cosas.

–¿Te han despertado esos dos, Fermín?

–No dormía –dijo.

–Entonces, ¿hacías como que dormías?

–No... Es que me aburría. Lo que usted ha explicado ya lo sabía. Mi padre me contó lo de la tinta invisible.

–Lo siento, Fermín. Veo que nunca consigo sorprenderos, siempre alguien os lo ha enseñado antes. –Su sonrisa debió de desarmar al chico, porque dijo:

–Es mentira que me aburría. No me aburría. Pensaba.

–¿Y qué pensabas?

–Pensaba si podría usted ayudarme en una cosa.

–¿Qué clase de cosa?

–Corregir.

–Corregir, ¿qué?

–Una carta –dijo.

–¡Vaya!... Pues nada me gustaría más –repuso la maestra, sinceramente agradecida por tener la oportunidad de hacer algo por aquellos alumnos que con tanta generosidad la ilustraban–. ¿La tienes aquí?

–¡No! –negó con fuerza Fermín, como si hubiera oído un disparate.

–Pues tráela el próximo día y nos quedamos después de clase.

–No creo que la traiga pronto. La traeré cuando esté terminada.

–De acuerdo –dijo–. Cuando quieras. Cuando puedas.

–Pero... –Al chico le ardían las mejillas. Casi nunca la miraba a los ojos.

–Pero ¿qué? –dijo la maestra.

–Que es un secreto.

–Entiendo –dijo. Se imaginó cómplice y modeladora del estilo epistolar de Fermín, largas sesiones discutiendo sobre la palabra precisa en lo que sería, sin duda, una carta de amor, largas sesiones entretejidas de subordinadas sin fin, en busca del adjetivo preciso, de la preposición precisa, eso sí le gustaría, las clases particulares con un alumno receptivo, y Fermín lo sería, puesto que la necesidad surgía de él. El chico insistió una vez más en la confidencialidad, no parecía fiarse de que la maestra comprendiera adecuadamente.

–Lo que quiero decir es que esto ha de quedar entre usted y yo.

–Sí, Fermín, entiendo. Cuando tengas la carta, me la haces llegar. Si quieres, te vienes a casa y me la traes.

Fermín asintió en silencio. Ella adivinó en su gesto cierta gratitud que la reconfortó.

–¿Algo más? –dijo, ya que él no parecía dar la conversación por terminada.

Fermín negó con la cabeza. En el valle, la palabra dicha era un bien escaso, especialmente entre los hombres. Sisqueta de Manco se asomó a la puerta y dijo:

–¿Vienes o qué?

Entonces, Fermín enrojeció aún más y sin una palabra desapareció para complacer a la niña impaciente. En el aula vacía, la maestra se concentró en ordenar la mesa y los cajones, recogió el mapa de España que se había caído al suelo tras el puñetazo de la Bestia y lo enrolló, luego vació la ceniza de la estufa fría. Al acabar, miró hacia la pared y vio el retrato y el crucifijo, ambos se habían ladeado ligeramente en direcciones opuestas. La asaltó una duda. Se preguntó si debería cambiar el cristal del retrato. Desde donde estaba, la luz enfatizaba la raja que atravesaba de oreja a oreja el rostro del Generalísimo, dibujando una sonrisa grotesca a la altura del bigote. Desde que tenía memoria, había contemplado ese mismo rostro en las pesetas, en los sellos, en los billetes, en imágenes del periódico y en retratos que presidían las pocas aulas y despachos que había visitado. Era para ella una efigie que nunca cobraba vida, ni siquiera en el No-Do. Le inspiraba indiferencia y, si acaso, una aburrida serenidad. Pero quizá porque la raja aportaba una nueva perspectiva, Severina asoció por primera vez aquel rostro a algo cómico y tenebroso a la vez, y supo de repente con toda seguridad que aquel era el Niño Jesús de las conversaciones en clave. Lo supo como se revelan algunos secretos infantiles, lo supo como cuando los niños descubren la verdad sobre los Reyes Magos, lo supo con la impresión de que siempre lo había sabido sin saber que lo sabía. A partir de aquel instante, no volvió a contemplar aquella cara con los mismos ojos. De memoria, se había aprendido quién era: «Generalísimo de los Ejércitos, Jefe de Estado y Caudillo de España por la gracia de Dios», cargos que para ella nada significaban. Sabía que aquel sujeto había llegado al poder «para liberar al pueblo de las hordas judeomasónicas y separatistas», hordas que ella ni imaginaba que existieran en la realidad, menos aún podía llegar a sospechar que su familia mantuviera algún tipo de contacto con ellas. Los ojos cansados se desplazaron a la pizarra y se dispuso a borrar las dos columnas de palabras. A la derecha, palabras en dialecto ribagorzano que habían escrito los alumnos. A la izquierda, palabras del catalán oriental que era el suyo. A los alumnos les divertía la pronunciación de la maestra, en particular la neutralización de la «o» en «u» les resultaba graciosísima. No tenían posibilidad de escucharla en otra parte, como tampoco ella había podido escuchar antes el dialecto de ellos. Se enamoró de sus vocales sin neutralizar: desnudas, antiguas, austeras, y también de un buen número de palabras autóctonas que nunca había escuchado. Así había surgido la idea de un pequeño glosario. Pero ahora, mientras lo borraba, le venía a la cabeza la voz premonitoria de Justa. «Qué idea tan estrafalaria», le había dicho. «Ya es mucho que el inspector haga la vista gorda con que habléis catalán en la escuela, que hace unos años ni eso, pero lo del dialecto es andar provocando... ¿No te enseñaron eso en la escuela de maestros?», se extrañó. «Me hago cargo de cuál ha de ser el uso del catalán en la escuela según la versión oficial», dijo la maestra, «pero no creo que nadie venga a molestarnos aquí arriba, ¿no?» Justa no dijo nada y Severina insistió: «Quiero decir que este pueblo es como una familia, ¿verdad?». Justa dijo: «¿Una familia, dices?». Luego, como si temiera escandalizarla, añadió: «Bueno, de una familia puedes esperar lo mejor y lo peor... Cuando menos te lo esperas, la mala sangre lo enturbia todo... Basta con acordarse de la guerra»... «Pero de eso hace mucho tiempo... y me dicen que la guerra no llegó aquí arriba, que los combates se libraban más al sur...» Teresa dijo que una cosa eran los combates y otra las delaciones, los rencores y las venganzas que habían infectado todo el valle como también el país entero. Y añadió: «Lo que ocurre es que en un pueblo se notan más... Pueblo pequeño, infierno grande... Y Dusa es un pueblo muy chico».

Justa intervino y, como si las paredes oyeran, murmuró: «Hay cosas que no sé cómo hacerte entender, criatura». Le contó que recientemente la telegrafista de Pontes había sido denunciada por permitir que se enviaran telegramas en catalán y le dijo también que en las comisarías sucedían cosas que nadie se atrevía a contar. Primitiva llegó en ese momento, y habiendo escuchado lo que hablaban, se acercó más tarde a la joven maestra y le dijo: «Tú ni caso, nena, no dejes que las primas te laven el cerebro. Tú a lo tuyo, que para algo eres maestra y te debes a la patria, y si no comulgas con los principios del Movimiento pues te callas, que callar es gratis». Le dijo también que en este país nadie le molestaba a uno si no se significaba, que se conoce que había países en el mundo en los que uno andaba con la máxima cautela, que ni se atrevía a respirar, y en el momento menos pensado le pegaban un tiro porque por telepatía adivinaban que tenía pensamientos propios. En cierto modo, Justa le había dado el mismo consejo: «Acuérdate de la telegrafista de Pontes y nunca dejes pruebas escritas ni en la pizarra ni en el papel». En resumen, ambas coincidían en que lo ideal era callar.

Así pues, aunque continuaba sin entender por qué y de qué debía tener miedo, procedió a borrar las pruebas de la pizarra, más que nada porque el consejo iba calando y también porque dejarla limpia para el día siguiente formaba parte de sus deberes. Borró las palabras en dialecto «*esculufrar*», «*acogullar-si*» y «*ximar*» («fisgar», «agacharse» y «beber poquito»), y luego borró su traducción al catalán que su madre le había enseñado a escribir. Se preguntó a quién podían molestar un puñado de palabras sabrosas, mediante qué mecanismo absurdo una lengua puede dejar de ser inocente, y al no poder imaginar la dimensión de un absurdo tan gigantesco, sacudió de nuevo el borrador, recogió sus cosas y se dispuso a salir. Antes de apagar la luz miró de nuevo el retrato. ¿Qué hacer con el desperfecto? ¿Debía cambiar el cristal o dejar que la sonrisa grotesca permaneciera como estaba? Se preguntó de pronto si en verdad podían acusarla de haber rajado la sonrisa del Generalísimo, quizá hasta denunciarla, tal vez depurarla o incluso fusilarla. «A otros los han condecorado por menos», dijo una vocecilla en su interior. Oyó también la voz de su madre («Sufro más por la vida de tu padre que por mis pulmones») y la de Justa y Primitiva a dúo («¡Tú no te signifiques, nena!»). Pero por encima de aquella cacofonía alarmista triunfó la imposibilidad de sufrir por un peligro que se le antojaba ridículo. Observó más atentamente la mirada del retratado. Ciertamente, era un rostro como de bebé recién bautizado, piadoso, beato y blando, un rostro sin pecado concebido, salvo el de la poca sustancia, que para ella era pecado venial... Tal vez las fotos no le hacían justicia... En cualquier caso, de un Niño Jesús tan desustanciado nada malo podía esperarse, y los periódicos lo corroboraban. «Más de veinte años de paz», había leído recientemente en la fonda de Pontes. Y esa paz, ella la veía con sus propios ojos. Allá adonde iba, solo veía paz. Abría un diario y veía paz en cada uno de los titulares, tal era la escasez de acontecimientos que la gente se aburría y se afanaba a leer *El Caso*, diario truculento que permitía a los lectores creer que el Mal también existía. La guerra ya quedaba lejos y el país era tan gris y aplicado que las cosas tremendas solo pasaban en *El Caso* o en el extranjero. Justa exageraba. Primitiva era inofensiva pese al ramo de lirios. El Niño Jesús, más inofensivo aún, solo se ocupaba de tenerlo todo en orden, y era lógico que el lenguaje que habían inventado sus padres para hablar de él y tal vez de otros personajes de la escena política fuera irrisorio. La prosperidad prometida empezaba a florecer, llegaban las lavadoras que lavaban solas, las primeras tostadoras eléctricas, las nuevas cocinas de gas butano y los platos Duralex, y pronto el hombre viajaría a la Luna, que aunque solo viajara uno sería como si lo hiciéramos todos. No había nada que temer, nada le ocurriría si no se significaba, algo bien fácil para alguien cuya máxima aspiración había sido siempre la invisibilidad. Antes de apagar la luz, se subió a una silla y enderezó el retrato. Observó la fisura. Desde allí, el efecto sonrisa grotesca no se apreciaba, la raja era muy fina y solo se notaba según el punto de mira. Luego se bajó de la silla, la desplazó dos metros, se subió de nuevo y enderezó el crucifijo.

10

La madre de Severina nunca fue lo que se dice una maestra metódica. Era intuitiva, imprevisible, a veces brillante y demasiado a menudo excesiva en el cuestionamiento crítico a que lo sometía todo. Dedicaba idéntica pasión a enseñar a su alumna que a sembrar dudas sobre lo que le enseñaba. De modo que los aprendizajes, al tener que ser revisados antes de consolidarse, acababan por parecerse a una de esas escaleras imposibles de Escher que no tienen ni principio ni final ni se sabe si llevan a alguna parte. «Recuerda que todos los saberes son falibles», le decía nada más empezar la clase. Severina buscó «falible» en el diccionario la primera vez que lo oyó, y tras leer la definición dudó, como era preceptivo. Por si fuera poco, Simona se cuestionaba permanentemente a sí misma como maestra. Decía a menudo: «Te desordeno la cabeza, lo sé..., pero son tantas, ¡tantas las cosas que hay que aprender y tan escaso el tiempo!». A ese tiempo había que añadirle el tiempo de la duda, «pues de todo lo que crees saber has de dudar de inmediato, ¡antes de que sea demasiado tarde!». A veces se ponía solemne y le hacía preguntas raras. Una vez se quedó largo rato en silencio y luego dijo, preocupada: «¿Crees que la heterodoxia pueda ser una enfermedad?». Acostumbrada a que cada frase de su madre aportara un nuevo elemento a su vocabulario de doce años, buscó «heterodoxia» y le tranquilizó saber que no era una enfermedad del cuerpo, aunque enseguida se intranquilizó (ya que nada podía dar por sentado). Como no conocía otra cosa, Severina recibía con los brazos abiertos la abundancia caótica con que su preceptora la obsequiaba y trataba de sacarle provecho, pero Simona no se conformaba ni siquiera con dudar de sus propias enseñanzas. Destinaba hasta un diez por ciento del tiempo a dudar de su vocación. «¡No, no y no!, esto no acaba de funcionar», decía. «Quizá nunca he tenido vocación de maestra... Debería allanarte el camino para que puedas transitar cómodamente hacia el Saber y, en lugar de eso, te pongo yo misma los obstáculos... En fin», suspiraba. «Me consuela saber que algún día ordenarás tú sola tu propia cabeza, el día en que tengas pensamientos propios.»

En sus mejores momentos, Simona no se limitaba a transmitir conocimientos. Los inoculaba como un virus, los contagiaba. Uno de sus puntos fuertes era el entusiasmo (Severina nunca conocería a nadie que, sufriendo a un ritmo tan intenso y sostenido, al mismo tiempo fuera capaz de vibrar con un entusiasmo tan contagioso). Lo que aprendía con su madre (daba igual si se trataba de recitar un poema o de resolver un sistema de ecuaciones), le quedaba en la memoria con la consistencia pertinaz de los aprendizajes que nunca se borran. Pero demasiado pronto aparecía la duda que todo lo cuestiona y lo deja en suspenso, y el clímax provocado por la revelación de un nuevo saber se truncaba de forma abrupta. Los interrogantes que Simona desplegaba llegaban siempre de repente y, como una bandada de pájaros hambrientos, se lanzaban a devorar las semillas que ella misma acababa de sembrar en la cabeza de la alumna.

Para complicarlo aún más, las clases de Simona discurrían al margen del programa oficial de la época, empapado de las consignas del Régimen en su momento más álgido. Su discurso estaba atravesado por la educación republicana que ella misma había recibido de su propia madre, maestra rural, y por sus estudios de Magisterio en Lleida. Cuando los acabó, estalló la guerra. Más tarde, ejerció tan solo unos meses con los métodos de la Escuela Nueva antes de que el proyecto de una renovación pedagógica más ambiciosa se truncara con la llegada de la Dictadura. Simona tuvo entonces la oportunidad de habilitarse como maestra para las Escuelas Nacionales, pero no quiso hacerlo.

—Mi madre me dijo: «Habilítate, solo así podrás llevar una vida tranquila». Yo le dije: «¿Lo haría usted si pudiera, madre?». Entonces tu abuela me dijo que no, que en ningún caso ella se habría habilitado para las Nacionales, pero yo sí debía hacerlo para que ella no sufriera por mí, bien sabes que una madre quiere más a sus hijos que a sí misma. Así que al darme cuenta de que se iría más tranquila, le dije: «Pues lo haré». Fue una mentira para tranquilizarla, y me alegro de haberla dicho. Pero, vamos, yo no me habría habilitado ni loca, porque los libros de texto del Régimen me daban asco.

—¿Y los libros de texto de ahora? —preguntó Severina, a quien gustaban todos los libros sin distinción.

—Ahora, bueno... Ya ves que los libros oficiales apenas los usamos, pero es cierto que han cambiado un poco... No son tan rancios como los que teníamos los primeros años después de la guerra... —Abrió un libro de texto por una de las primeras páginas y le mostró el sello del censor.

—¿Qué significa *Nihil Obstat*? —preguntó Severina.

—«Nada lo impide.»

—Nada impide, ¿qué?

—Que este libro sea publicado. Una vez que el censor ha eliminado lo que *ellos* piensan que puede despertar ciertas inquietudes en una criatura, pues ya consideran que se puede publicar.

—¿Ellos?

–Sí, mujer. Los miserables que ya conocemos.

A Severina siempre le había llamado la atención aquel sello, pero había algo que despertaba aún más su curiosidad: la mayoría de los libros de su casa eran extranjeros, bien porque estaban en francés y habían sido publicados en Francia, bien porque aun estando escritos en castellano habían sido publicados en Argentina o en México. Y si nunca preguntaba lo suficiente, era porque siempre llegaban a ese punto en que ella creía estar preguntando de más y su madre creía estar respondiendo de más y las dos retrocedían.

–No hagas caso de lo que te he dicho, ¡bórralo! Y, sobre todo, nunca olvides que miserables los hay en todos los bandos. Lo otro, ¡bórralo!

Para una Severina de diez, once, doce años, era complicado saber cuándo debía olvidar y cuándo debía recordar, cuándo tenía que creer y cuándo tenía que dudar, y aún más hacerlo al ritmo trepidante que Simona imponía. La relación con los libros de texto oficiales era siempre la misma. Simona los abría con cautela, como si inspeccionara un cubo de basura; poco después, los cerraba y decía: «Vamos al grano». Entonces emprendía uno de sus experimentos pedagógicos innovadores o, por el contrario, destinaba un mes entero a la lectura de algún clásico, exprimiendo cada página y mirando el mundo entero a través de ese libro, porque, según Simona, a través de un buen clásico se puede ver el mundo entero como a través de uno de esos puntos del espacio que contienen todos los puntos. Pocas semanas antes de los exámenes libres, Simona retomaba el programa oficial para que su hija se familiarizara con las consignas del Régimen y nadie la tomase por una alumna desafecta. Le mostraba los símbolos habituales y hasta le enseñó a cantar el «Cara al sol» por si acaso, esto último con entusiasmo, porque, decía, la música es inocente, la poesía es inocente, la lengua es inocente. Si para *ellos* significa una cosa, para ti

108

puede significar la contraria. «¿Y quiénes son *ellos*?», preguntaba Severina. «¡Eso da igual, olvida los prejuicios y canta!» «¿Qué prejuicios?» Pero Simona ya se hallaba en trance: «Limítate a imaginarte cara al sol con la camisa nueva... Y luego viene aquello de... "que tú bordaste en rojo ayer...", ¿no es hermoso?». Y cantaba. Tenía una voz muy bella que estremecía al más duro de oído.

> Me hallará la muerte si me lleva
> Y no te vuelvo a ver.

–«Me hallará la muerte si me lleva... y no te vuelvo a ver...» –decía, transida de emoción. Se le humedecían los ojos, se le erizaba el vello, y a Severina también. Suspiraba y seguía.

> Formaré junto a los compañeros
> Que hacen guardia sobre los luceros,
> Impasible el ademán, y están
> Presentes en nuestro afán.

»"Los luceros", ¡qué hermoso, los compañeros muertos, todos formando por encima de las estrellas!
–¿Y lo de «nuestro afán»? –decía Severina, siempre intrigada por el «vuestro» y el «nuestro», el «ellos» y el «nosotros».
–El afán... Bueno, lo del afán da qué pensar, quizá, en fin... Lo del afán ya es otra cosa, pero no hay que darle vueltas al afán, cada uno tiene su afán y a cada día con su afán le basta... Vamos, ¡que también el afán es interpretable! –Luego se serenaba y decía–: ¡Ah, si nos guardáramos las emociones para la intimidad de casa sin arrastrarlas por las calles junto a la tropa y gritarlas bajo una bandera...! Todo iría mucho mejor. –En aquellas semanas previas a los exámenes oficiales, su madre seguía los libros de texto con cierta asiduidad. Pero

cuando no había música ni poesía que estimulara a Simona, las cosas se ponían difíciles.

—«Comenta la frase siguiente: "Entrar en la Falange es entregarse a la Patria, con quien el joven se desposa, porque la tarea de la Patria, después del servicio a Dios, es la primera entre todas las llamadas".»

—¿Qué es la Patria? —preguntaba Severina, pues era justo la clase de concepto que a ella le costaba entender y que, cuando creía entenderlo, olvidaba qué era lo que había entendido.

—¡Pero si te lo he explicado cien veces! ¿Recuerdas el diálogo que leímos hace poco? —Simona buscaba el diálogo y leía—: «Amiguito, ¿no es muy pesada tu carga? ¡Nada es pesado cuando se hace por la Patria», ¿te acuerdas ahora?... Pues ese día te expliqué qué era la patria y me aseguraste que lo entendías.

—Pues ya no —decía la niña.

—Pues no le des más importancia.

—Pero es que si no le doy importancia, no lo entiendo.

—Vamos a ver... —Simona suspiraba—. *Esta clase de textos* no hace falta entenderlos, solo necesitas fingir que los has entendido, ¿me explico?

La niña la miraba fijamente a los ojos y decía:

—Pues no sé cómo se hace eso.

Con el paso de los días, las cosas no mejoraban.

—¿Qué son «las hordas comunistas que nos miran con odio»?

—«Hordas» son multitudes, una manera despectiva de hablar de mucha gente junta y desastrada. «Comunista» es algo que ya entenderás cuando seas mayor porque tu padre te lo explicará rebién. «Odio» es un sentimiento que...

—Sí, sé lo que es «odio», pero ¿por qué dice «nos miran»? ¿A quién miran las hordas? ¿A nosotros? ¿Somos solo nosotros las hordas o bien hay otras hordas?

Simona se desesperaba, no quería dar más detalles, y cuando los daba a su pesar, parecían sembrar en la cabeza de la niña una confusión que temía que resultara peligrosa y hasta contraproducente para su propósito, que era por un lado evitar adoctrinarla y por el otro protegerla para que en público no pareciera una alumna educada contra los principios del Régimen. Pero un día tuvo una idea brillante.

—¡Memorízalo!

—¡Uf!

—¿Uf? ¿Precisamente tú, que te aprendes de memoria tantas cosas, no puedes aprenderte eso? Lo memorizas como si se tratara de la lista de los reyes godos, de la tabla periódica o de una poesía que no entiendes, ¿recuerdas cuando te aprendiste la primera poesía en francés y aún no sabías francés? Pues eso es exactamente lo mismo.

—Ya, pero luego buscaba las palabras en el diccionario, para entender...

—¡Pues aquí no hay nada que entender! Te lo lees y te lo aprendes. —Dicho esto, comenzó a elogiar los beneficios de la memoria y a ensalzar su importancia en la educación tradicional, y, seguidamente, acabó cuestionando la escuela republicana porque había menospreciado los beneficiosos efectos del aprendizaje memorístico—. Nuestra escuela —dijo— a veces perdía el respeto por la tradición y caía en un infantilismo insufrible... Es un defecto muy típico de *nosotros*.

—¿*Nosotros*?

—Bueno, es un decir, habría podido decir «ellos»... De hecho, cuando después de la guerra estaba sin trabajo porque no había querido habilitarme para las Nacionales, me propusieron trabajar en una escuela de las nuestras, es decir, las que no eran de ellos, las otras... Y dije que no.

—¿Las otras? ¿Había otras escuelas que no fueran las Nacionales?

–Sí, y todavía las hay, escuelas privadas, academias..., maestros rurales en lugares perdidos que hacen lo que pueden para resistirse al programa del Régimen...

–¿Y aquí somos una escuela de esas escuelas?

–No, aquí no somos nada. Yo me refiero a escuelas privadas que intentan mantener un espíritu más abierto... Pero todo eso no hace falta que lo entiendas ahora, ni mucho menos que lo memorices, solo te serviría para meterte en líos.

Severina asociaba muy confusamente el «nosotros» y el «ellos» con «República» y con «Régimen» respectivamente, pero le servía de poco porque nunca conseguía delimitar ninguno de los dos conceptos. Ese día, sin embargo, creyó entender algo:

–¿Es por eso por lo que nunca más quisiste ser maestra, porque todas las escuelas tienen defectos?

–No, no es por eso, ¡más defectos tengo yo! –se rió–. En realidad, lo que ocurrió es que conocí a tu padre, con su gabardina y sus ojos negros y su voz de barítono sombrío, ah, y, ¡fundamental!, ese modo de sostener el cigarrillo... Y, bueno, ya se sabe que el amor mueve montañas. Ah, ¿y sabes qué me enamoró muchísimo? Su pasión por el trabajo... Ya sabes que siempre ha tenido un trabajo muy exigente... Y, bueno, ha merecido la pena. Porque, por otro lado, tampoco me veía yo mucho en una escuela, la verdad. Quién sabe, tal vez estaba predestinada a ser la única maestra de una única alumna... De una única alumna que estudia libre y hace exámenes libres... –Cuando decía «alumna libre» se le teñía la voz de tonalidades eufóricas y la mirada, de orgullo, aunque allí la única persona verdaderamente libre era la maestra. La libertad, Severina se la tomaba a solas y como las clases eran intensas e intensivas, le sobraba tiempo para divagar, leer y dudar.

A partir de los trece años, la futura maestra de Dusa estrechó su relación con la literatura, porque Simona decía que su deseo no era solamente hacer de ella una alumna instruida, sino una persona ilustrada, sensible y reflexiva. En definitiva, había que sumergirse en los clásicos de la narrativa y el pensamiento para conseguir lo que su madre llamaba «una inteligencia superior». Severina, a menudo desbordada, encaminó los pasos hacia el inalcanzable horizonte de la inteligencia superior. Sin embargo, apenas había dado el primer paso cuando oyó que Simona suspiraba. «Aunque hay que reconocer que, en este mundo rastrero, la inteligencia superior no sirve de mucho.» Y antes de dar el segundo paso, la niña imaginó ese otro mundo elevado y no rastrero donde la inteligencia superior sí debía de servir mucho, calculó mentalmente la distancia que la separaba de él y concluyó que no alcanzarlo le evitaría la ocasión de hacer el ridículo. En aquella etapa, Simona ya empezaba a sentirse muy cansada a causa de la enfermedad y los horarios de las clases se abreviaron. Convocaba a su alumna tan solo cuando se sentía lúcida y despierta, casi siempre entre las seis y las ocho de la mañana. Severina nunca se quejaba. Al fin y al cabo, si hubiera tenido que coger el autobús para ir a la escuela, habría tenido que madrugar. Tampoco objetaba nada a las afirmaciones de su madre: «Madrugar inspira», decía Simona, «sin inspiración, no puedo dar clase.» Como era visionaria, casi siempre lo presentía el día anterior y la avisaba: «Mañana no estaré inspirada. Puedes dormir a pierna suelta hasta la hora que te dé la gana».

Fue también por entonces cuando Simona se empezó a mostrar más abiertamente crítica con los libros de texto oficiales. Todo andaba bien si la lección era Matemáticas o Ciencias, Lengua presentaba a veces malentendidos, Historia y Religión la irritaban, pero Formación del Espíritu Nacional la desquiciaba literalmente.

Dentro de la familia la autoridad es ejercida por el padre. Por delegación divina, el padre manda, procurando el bien material y moral de su esposa e hijos.

113

—¿Dónde se ha visto? —abofeteaba el libro—. ¿Tú dónde has visto eso? Dime, ¿tú has visto eso en alguna parte?

—Pues no —decía Severina.

—«El padre manda», dice aquí. ¿Qué demonios significa eso? —Severina se alarmaba, pues esa era la única frase que había entendido, mientras que lo de la «delegación divina» y el «bien moral» se le escapaba—. ¡Está claro que nos toman por imbéciles! —se exaltaba Simona, y Severina se sentía entonces la más imbécil de los imbéciles, porque, a pesar de que el texto estaba destinado a imbéciles, ella solo entendía «el padre manda»—. Da igual. Te lo aprendes de memoria, y luego lo olvidas. Y ahora volvamos a la asignatura de historia, ya que estamos.

Severina leía en voz alta:

Ante nuestra guerra civil, Alemania e Italia nos prestaron ayuda, desengañadas de lo que el marxismo era. En cambio, Inglaterra, Francia o Rusia, enemigas tradicionales de España y con gobiernos liberales o comunistas amigos de la masonería, ayudaron a los rojos en todo lo que pudieron...

—¡Qué animales! —la interrumpía Simona—. Pero ¡qué animales!

Severina no lograba detectar en el texto la fuente de la irritación de su madre. Tampoco se atrevía a preguntar.

—Mejor me lo aprendo de memoria, ¿no?

—Sí, eso es. Mejor que cambiemos a una asignatura más *imparcial*. Anda, apunta.

Y Severina escribía.

En un puerto han entrado cuatro barcos con dos toneladas de merluza cada uno, que se vendieron a 105 pesetas el kg. Si los gastos de pesca ascendieron a 31.000 pesetas y las ganancias hay que repartirlas entre nueve personas, ¿a cuántos duros toca cada una?

114

–¿Lo ves? –decía Simona, más serena–. Eso sí merece la pena entenderlo. Aquí, una merluza es una merluza, una tonelada es una tonelada y un duro son cinco pesetas. La aritmética es una asignatura imparcial. Indeformable.

–¿Y la lengua también? ¿La lengua también es una asignatura indeformable?

–En cierto sentido, sí. Pero tiene más posibilidades de ser deformada.

–¿Y la literatura?

–La literatura no engaña. Es lo que tiene de maravilloso... ¡La literatura es la deformidad misma! –Soltaba una de aquellas risas contagiosas que tanto gustaban a su padre. A menudo, Severina se preguntaba si las escuelas de verdad clasificaban las asignaturas entre deformables e indeformables. Lo poco que sabía de las escuelas de verdad era que tenían pupitres con cajones, tinteros y mapas, un globo terráqueo y hasta un esqueleto, mientras que en casa solo tenían un atlas, una pequeña pizarra y cinco estantes de libros. Aunque de muy pequeña había deseado ansiosamente ir a la escuela, a medida que pasaba el tiempo le parecía que debía de ser un lugar poco propicio a la concentración. Un lugar lleno de distracciones que, sin duda, harían que el aprendizaje fuese más lento. Un lugar al que había que ir y del que había que regresar a diario, perdiendo así un tiempo precioso para leer. A veces, hasta su madre le estorbaba con su afán aleccionador mientras ella se hallaba sumida en algún aprendizaje. Poseía una capacidad de concentración extrema, pero al mismo tiempo tan frágil que tenía que permanecer muy quieta cuando leía, de modo que desde fuera parecía que siempre anduviera encallada en la misma página y que a su alrededor el tiempo se hubiera detenido. De manera que a los ocho años dejó de preguntar por qué no iba a una escuela, ya no deseaba tentar a la suerte, y la posible asistencia a una clase normal pasó de ser un anhelo a ser una amenaza que, por el momento, no parecía cercana. «¡Libre, alumna libre, exámenes libres!», decía Simona con su mirada soñadora. Aunque también decía: «Algún día acabarás tropezándote con un examinador indeseable y has de prepararte para lo peor. De entrada, porque te examinas en castellano, una lengua que no usas en casa, una lengua que solo lees y escribes. Y eso, tira que te va, porque los retos estimulan y lo que no mata engorda. Pero hay más. Tendrás que fingir que crees en lo que no crees y que entiendes lo que no entiendes. Y eso te resultará más complicado. ¡Pero es un reto! –Se crecía, como si el reto fuera suyo–. Y, mira, a partir de mañana puedes pasar más rato charlando con López para practicar el castellano».

–López es muy callado –decía Severina.

–Da igual, háblale tú.

–Además, siempre me habla en catalán.

–Pues pídele que te hable en su lengua de Extremadura. Estará encantado de entrenarte. Además, cuantos más idiomas hables, más fácil te será aprender otros. Que tú, mucho leer y poco hablar. Y tampoco es normal que andes todo el día por ahí recitando en francés cuando en Francia no se nos ha perdido nada. Mañana mismo empezamos a leer en voz alta *La Celestina*, yo seré Melibea. Tú, Celestina. Y el resto de los personajes, pues ya veremos. Tú también puedes ser alguien si quieres, Román –se dirigió a su padre, que acababa de aparecer en dirección a la butaca con un ejemplar del *Reader's Digest* en la mano–. *La Celestina* le vendrá muy bien a la niña para dominar el castellano popular, está repleta de diálogos espontáneos y frescos.

–Lástima que sean del siglo XV –dijo él.

–¿Y qué? –preguntó Simona–. ¿Acaso el pasado no puede ser fresco y espontáneo?

Él no respondió. Su padre pocas veces prodigaba más de una frase al día. Unos minutos más tarde, Simona dijo:

–Puede que tu padre tenga razón en que no es el castellano más adecuado para tus necesidades... Pero si te encuentras con un indeseable, quedará tan impresionado que te aprobará de golpe. —Se notaba que no estaba concentrada en lo que decía, porque mirando a Román murmuró al oído de Severina—: Yo me enamoro de tu padre continuamente. Cada vez que pronuncia una frase, ¡me tiene en el bote!

Severina observó a su padre. Pensó que era un hombre afortunado, decir solo una frase al día y encima acertar con su madre le parecía cosa de otro planeta. Pero no comentó nada. Le desagradaban las confidencias íntimas y esperaba que su madre no siguiera con ellas. Por suerte, Simona abandonó este terreno y pasó al de las recomendaciones.

—Si has de conocer a un hombre, procura que sea uno que te sorprenda cada día. Nunca nada previsible, nada demasiado obvio, que sea alguien que te aparte del rebaño, que te indique otros caminos... Alguien tan misterioso como un volcán dormido, tranquilo y cubierto de vegetación, pero con abundante vida subterránea... De ese modo, vivirás constantes aventuras sin necesidad de moverte del hogar... Y así, para ser feliz, no tendrás que andar rondando por el mundo como vaca sin cencerro.

Severina se sintió invadida por un profundo cansancio tras revisar todas las misiones pendientes: memorizar lo que no entendía, dudar de lo que sí entendía antes de que fuera demasiado tarde, convertirse en una chica instruida, no solo instruida sino ilustrada, no solo ilustrada sino aspirante a una inteligencia superior, aunque la inteligencia superior no sirviera para nada... Y, con todo ese peso encima, correr, correr para huir del rebaño, esquivar lo obvio y lo previsible, y en medio de tanto malabarismo debería sacar tiempo para encontrar a un hombre tan misterioso como un volcán dormido. Y eso no era lo peor, en realidad. No le habría importado asumir todo aquel esfuerzo si no hubiera sabido con total y absoluta certeza que algún día, de todo aquello, no quedaría nada.

11

A la maestra le gustaban los viejos. Fue en Dusa donde se dio cuenta de que nunca había conocido a gente tan mayor. Creía que su padre era viejo, pero solo era padre y no había llegado, ni de lejos, a los cincuenta. Creía que su madre era vieja, pero era la enfermedad lo que la había envejecido. Creía que López era viejo, pero tenía más o menos la edad de su padre. Y cuando en Dusa descubrió a auténticos ancianos, de los que pierden el color del iris, tienen la piel cenicienta y venas como sarmientos, se dio cuenta de que nunca los había visto tan de cerca. También comprendió que le gustaban más los viejos que los jóvenes y, una vez más, pensó que había errado la vocación, que tal vez una escuela de viejos habría sido lo suyo. Por un lado, le despertaban ternura como los niños, pero se trataba de una ternura más firme, menos estética, más compasiva. Por otro lado, le resultaban enigmáticos y admirables por su forma de mantener la serenidad al borde del abismo. Los veía evolucionar sin ardides, sin disfraces, sin expectativas, sin futuro. Le gustaban los que recorrían el pasado una y otra vez y también los que habían perdido la memoria y la noción del espacio y del tiempo. En aquella época, la desmemoria senil carecía de diagnóstico en la calle. Los hijos, los vecinos, los amigos se limitaban a decir: «Está muy mayor, se olvida de todo...», sin precisar cuánto era «todo», sin adjudicar etiqueta médica a ese juicio perturbado, a ese sentido del espacio y del tiempo desmembrado. Severina pensaría en los ancianos de Dusa con cierta envidia cincuenta años más tarde, cuando para hablar de la salud mental se usaran términos de diagnóstico precisos como puñales cuya hoja, fría y afilada, no dejaba al enfermo escapatoria alguna. Tanto los viejos memoriosos como los desmemoriados le interesaban, los unos porque relataban una y otra vez la experiencia acumulada, los otros porque la deformaban a su modo con un grado de invención extravagante o una falta de inhibición irreverente. Se sentaba a menudo con tres ancianos que se reunían en la pequeña plaza junto a la escuela. A ellos parecía gustarles disponer de un oído solícito que nunca les interrumpía salvo para animarlos a continuar. Desde que la temperatura había bajado, ya solo los veía de vez en cuando en Casa Justa. Los tres alrededor del fuego, Gregorio, con la memoria aparentemente incólume, Herminia, con sus salidas de tono basculantes, y Nora, inaccesible, casi del todo ajena a su entorno.

–Hoy no han venido –dijo Teresa–. Hace demasiado frío para salir de casa.

–Se lo dijo nada más abrir la puerta, con un deje de satisfacción en la voz. Las dos primas trataban con insistencia de combatir la inclinación de la joven maestra por la senectud, empujándola con insinuaciones constantes a frecuentar a gente de su edad. Severina se quitó el abrigo y se sentó.

–Pensé que merendabas en Pontes con las maestras, ¿no te apetecía pasar una tarde con ellas? –dijo Justa.

Teresa le alargó un tazón de café humeante y Severina se quedó absorta. Las maestras. La de Viu, la de Estet, la de Bodori, la de Forcat. Había coincidido con ellas en un par de ocasiones con poco éxito de interacción (ella no abrió la boca: todos los temas de conversación que dominaban le eran ajenos). Eran todas de una edad parecida, aunque Severina era la más joven. Luminosas, alegres, comunicativas. Severina sentía por ellas la admiración que se siente hacia lo totalmente distinto: le gustaba muchísimo que hubiera en el mundo gente así, pero en su compañía, la soledad interior de Severina alcanzaba el grado superlativo. En comparación, las letanías de los tres viejos junto al fuego le sonaban a música celestial. Su dialecto le fascinaba, le parecía estar escuchando una orquesta de cámara mineral y muy antigua, de cuando aún no se habían inventado ni las primeras flautas con los primeros agujeros, de cuando no había melodías, porque no era la de ellos una música melodiosa como la del catalán del este, sino abrupta y desnuda, muy del oeste, como Severina imaginaba que debía de ser la Verdad (*llavons ploieve més que ara, llavons fèvem farinetes de trumfa, llavons portàvom los ginolls pelats, llavons fèvom, llavons dívom, llavons vinives, llavons tinives...*). A diferencia de sus alumnos, tenían la palabra «*llavons*» continuamente en los labios, y a ella eso la reconfortaba, porque el *entonces* no acaba nunca mientras que el *ahora* apenas dura un suspiro. Sabía también que esa lengua moriría pronto y la agonía que tenía lugar ante sus ojos y oídos contenía una belleza que aún no comprendía, pero que identificaría años más tarde al escuchar de nuevo «Beim Schlafengehen» como un apego excesivo a la hora de acostarse o a la hora de morir (el día me cansa... manos: ¡parad!, pies: ¡detenedme!)... En fin, tal vez solo era capaz de amar lo que está a punto de extinguirse.

–Ya hablé con las maestras para decirles que no iba hoy –respondió por fin.

Justa y Teresa eran pacientes: conocían su manera de quedarse mirando en silencio las llamas de la chimenea o el agua que salía del grifo o los cuadros azules del mantel como quien contempla una obra en un museo, pero a Justa la respuesta no le gustó, le dirigió una mirada de reproche por su falta de sociabilidad y cambió de tema.

–Ramón de Txep estuvo hoy muy pesado, ¿no? –preguntó. La prima Teresa no sabía nada del asunto, así que Justa le contó, como si hubiera estado presente, la hazaña del alumno, incluso con más detalles de lo que recordaba Severina. Ramón se había subido al pupitre y se había bajado pantalones y calzoncillos ante la maestra, que nunca hasta la fecha había visto al natural a un hombre desnudo (ni siquiera a un niño), todo lo más, algunas pililas estilizadas propias de las ilustraciones pudibundas de la época, pero en cualquier caso jamás habría imaginado que sería precisamente en un aula donde por primera vez vería un auténtico cipote. Tampoco habría podido sospechar que, de todos los presentes, sería ella quien sacaría más provecho pedagógico del asunto, ya que los alumnos parecían estar más que acostumbrados a las exhibiciones de Ramón.

«Ramón, ¡baja!», había dicho Severina. Con firmeza pero sin mirarle a los ojos (pues se hallaba inmersa en la inspección del asombroso miembro), observó cómo este contravenía la orden dada y se elevaba majestuosamente hacia el Cristo crucificado, ante la mirada tibia del Caudillo rajado y el regocijo de los niños. Cuando al fin la maestra levantó la vista se supo objeto de todas las miradas. ¿Por qué? ¿Por qué todos la miraban a ella cuando deberían estar mirando al cipote? Justo entonces, Lolita rompió el hechizo. «¡Échelo!», reclamó, y todos rieron. Lejos de desanimar al exhibicionista, las risas lo animaron a enfundarse los calzoncillos a modo de barretina. La maestra permanecía enfrascada en la paradójica relación entre la orden dada y el efecto contrario provocado. Conocía bien su propio cuerpo, sabía del poder de atracción de la verga erecta y lo usaba sabiamente en sus ensoñaciones, pero nunca se había preguntado por el paso de la laxitud a la rigidez, es decir, no se había detenido a pensar cómo el órgano llegaba al estado enhiesto: la rápida metamorfosis le pareció curiosísima. El alboroto se intensificó y la maestra trató de imponerse, pero se había quedado sin recursos para controlar la situación. De pronto, Ramón bajó del pupitre, se quitó los calzoncillos de la cabeza y los depositó sobre la mesa de la maestra.

«No sé cómo ponérmelos», le había dicho.

«Si te los has quitado, te los sabrás poner», le respondió ella.

Ramón pareció incómodo y de un manotazo se los metió en el bolsillo. Luego se puso los pantalones y regresó a su sitio. Pasado un rato, cuando Severina estaba corrigiendo dictados, el alumno se acercó de nuevo a la tarima:

«No me gusta usted un pelo», le dijo, «quiero que vuelva la maestra del año pasado».

«Queremos muchas cosas del pasado que no podemos tener.» Luego, suspiró como una madre y añadió: «Aún no me conoces, Ramón. Quizá más adelante podamos entendernos, ¿no crees?».

«No», le había respondido él, tajante.

Mientras Severina rememoraba la escena, Justa y Teresa dijeron al unísono:

–¡Deberías haberlo expulsado!

–¿Con este frío?

–Lo merece de sobra –dijo Justa–. La broma ya dura demasiado. El año pasado, la maestra de Bodori lo mandó a casa, «que te vista tu madre», le dijo, y adiós problema.

–¡Ni dejó que se vistiera! –dijo Teresa–. ¿Te acuerdas de la tormenta de nieve que cayó aquella tarde?

–Me acuerdo –asintió Justa.

A Severina le pareció una idea espantosa, cruel, posiblemente ilegal, y le impresionó mucho saber que a los padres de Ramón les había parecido un escarmiento de lo más educativo. La madre no tardó en acudir a felicitar a la maestra por su actitud resuelta, el padre propagó el éxito de la joven por todas las ferias de ganado, proclamando a diestro y siniestro que a su hijo, la maestra de Bodori, lo había hecho un hombre.

–Pues le ha durado poco –dijo Severina, que había pasado de la perplejidad a una ligera irritación.

–Ya. Pero hizo lo que tenía que hacer. No es cosa de maestras andar por ahí poniendo calzoncillos a los alumnos. Es cosa de madres –dijo Teresa.

–No si tiene trece años –dijo Severina.

Las primas iniciaron una discusión sobre la verdadera edad de Ramón, Teresa creía que no llegaba a los trece y Justa que era un poco mayor. Luego, a medida que la conversación avanzaba, la maestra percibió que la introducción de la anécdota en la escuela iba dirigida a hacerle saber los daños que podía ocasionar su falta de determinación, pero también a sustraerle información sobre Eusebio, el de las estufas. A principios de diciembre, las temperaturas cayeron en picado mientras la estufa seguía fallando, aunque Eusebio ya había tratado de arreglarla en tres ocasiones.

–Ha dicho que volverá la semana que viene. No encuentra el fallo.

A Severina no se le había escapado que los niños murmuraban cuando él llegaba a la escuela, ni tampoco que las primas le habían reiterado que al instalador le gustaban «las mozas instruidas», así que ella, que por lo general tardaba en darse por aludida en cuestiones afectivas, se había dado cuenta en esta ocasión de las miradas anhelantes del joven. Las primas llevaban varios días presionándola con elogios hacia Eusebio, y ya estaban otra vez.

–Es guapo, ¿eh?

Severina callaba.

–¿No dices nada?

–Pues no lo he pensado, la verdad. Es muy joven para mí.

–Tiene dos años más que tú.

Un par de años más no le bastaban ni de lejos, pero no iba a extenderse en este punto.

–No sé qué decir.

–Pues es raro. Porque el mozo lo tiene todo: tiene porte, es de buena familia, y muy simpático, aunque algo tímido... Y lo más importante: está bien catalogado.

–¿Catalogado?

–Como partido, me refiero.

Severina no conocía con exactitud el significado de «partido», lo buscaría en el diccionario. Desvió la conversación hacia el único objeto de interés que compartía con Eusebio.

–De momento, no encuentra la avería, pero la semana que viene volverá a intentarlo.

Justa pareció perder la paciencia.

–Pareces boba, criatura. ¿O es que no te das cuenta de que nunca te arreglará la estufa?

El orgullo de haber captado algo con gran perspicacia (que el joven la rondaba) se desvaneció de pronto al darse cuenta de que, más allá de eso, existía una intención oculta que jamás habría podido adivinar.

–No entiendo –dijo–. ¿Qué sentido tiene que no quiera arreglarla?

–¿Sentido? –dijo Teresa, poco acostumbrada a buscar sentidos que a ella se le presentaban con gran naturalidad–. ¡Pues mucho sentido! Cuando le gusta una maestra, lo primero que hace es estropear la estufa.

Ante la incredulidad irreductible de Severina, Justa insistió:

–Que sí, mujer, que lo que quiere es verte.

–No entiendo por qué ha de venir a verme a la escuela cuando puede verme en cualquier otro lugar –dijo.

–¿En qué lugar? ¡Si nunca se te ve por el pueblo! Además, el mozo es tímido. No arreglar la estufa es su única posibilidad.

La maestra se rascó detenidamente la frente con el índice, parecía preocupada.

–¿Y ahora qué te ocurre? ¿Acaso no te gusta gustar?

–¿Así, en general? –preguntó Severina con extrañeza.

Teresa puntualizó:

–Mujer, un pretendiente nunca estorba, y más si es educado como Eusebio. ¿Cuál es el problema?

Severina se quedó pensando durante una buena docena de segundos y dijo:

–Por un lado, es muchísima responsabilidad. –Se levantó, se puso el abrigo y empezó a abrochárselo, más enfadada con cada botón que metía en el ojal–. Por otro lado, espero que no sea cierto lo de la estufa. Me parecería muy feo que Eusebio nos obligara a pasar frío por un asunto tan frívolo. Si quiere salir conmigo, solo necesita pedirlo y le diré inmediatamente que no.

Justa y Teresa se precipitaron a calmarla. Le desabrocharon el abrigo y lo colgaron de nuevo. La obligaron a sentarse porque, dijeron, se quedaría a cenar, pues desde que se alojaba en la Casa del Maestro no se había vuelto a sentar a la mesa con ellas. Prometieron no incomodarla con el asunto de Eusebio y sustituyeron los reproches por una orden.

–Hoy no te escapas –dijo Teresa–. Queremos cenar contigo antes de que te vayas por Navidad.

–¿Que me vaya? ¿Adónde?

–A tu casa. –Justa la escrutó detenidamente–. ¿No piensas ir a ver a tus padres en estas fechas?

–Serías la única maestra que se queda –dijo Teresa.

–Todas van –añadió Justa, cada vez más severa–. La de Viu, la de Bodori, la de Malpàs, la de Durro, la de Estet... ¡Todas!

–Por Navidad, cada oveja a su corral –concluyó Teresa.

–No pensaba irme –dijo Severina. La idea de regresar a la casa de la carretera la estremeció. Regresar y despedirse definitivamente de la casa y de López era algo que veía aún muy lejos. Cuando levantó la vista, se dio cuenta de que su respuesta de hija descastada había desconcertado a las pri-

125

mas. Creía haberle dicho a Simeón que procedía de una casa vacía y que él lo haría saber a quien correspondiera. Pero era evidente que las primas no sabían nada. Así que, incapaz de sacar el tema de su orfandad, no le quedó más remedio que improvisar la idea de irse secretamente a la pensión de algún pueblo cercano, algo que la contrariaba, porque tenía pensado gastar los ahorros en colocar baldosas bajo la mesa del comedor. Aun así, dijo—: Lo he pensado mejor. Me iré.

—¡Pues claro, mujer! —dijo Justa, alborozada. Teresa quería ir más allá, tal vez indagar sobre la procedencia de la maestra, que aún era un misterio para ellas.

—¿Y viven a muchos kilómetros, tus padres? —preguntó.

—No es un problema de kilómetros —respondió Severina. Para acumular fuerzas con que resistirse a la pena rampante que ascendía lentamente desde el estómago, ensartó con decisión el pescuezo más largo y lo fue deshuesando poco a poco. Después, chupó cada huesecillo a conciencia, y luego hizo lo mismo con el tercer y último pescuezo, con dos dedos, con delicadeza y voracidad. Hasta entonces, no había cenado con ellas para evitar ser obsequiada como en la primera cena, pero ahora los pescuezos eran una bendición: triturar entre las muelas las esquirlas de los huesos y hacer que bajaran por el esófago para contrarrestar la pena que reptaba hacia arriba se reveló una actividad entretenida. No paró hasta dejar el plato limpio.

—¿A que están ricos? —dijo Justa.

Superar el trance le infundió a la maestra una nueva energía, la energía necesaria para decir lo que pensaba, aunque fuera mal recibido.

—Están muy ricos, aunque a mí no me gustan —dijo. A continuación, experimentó una alegría especial, como la que provoca una pequeña victoria, y decidió seguir en esa línea—. Lo mismo me ocurre con Eusebio, el de las estufas: es maravilloso, pero a mí no me gusta. —Lamentablemente, la fuerza le duró poquísimo. Se acordó de los ojos verdes, redondos y devotos del muchacho y su empeño se desinfló. Le daba igual. Había sido un primer paso. Sabía que no era fácil, que le costaría conquistar aquel terreno áspero que tan lentamente descubría. Las primas la emprendieron de nuevo con los reproches velados, ahora en relación con su falta de vida social.

—Te hemos dicho lo de la Navidad por tu bien. Que no es que queramos echarte, ni mucho menos. Que a nosotras nos encantaría verte en la Misa del Gallo.

—Y, de paso, sería bueno para callar bocas —añadió Teresa.

—¿Bocas?

—Mujer, nos referimos a lo de los domingos. Lo tuyo con los domingos no es normal, por lo menos aquí —opinó Justa.

La maestra no ignoraba que cumplir con las fiestas de guardar era una convención que todos respetaban, pero no había pensado que pasaran lista ni que nadie pudiera echarla de menos en la iglesia. Tampoco le encajaba que Justa, que según Primitiva era roja y descreída, le hablara de ese modo. Le preguntó si era creyente. Justa se encogió de hombros, pero Teresa intervino con decisión:

—Con fe o sin ella, aquí con las cosas de la Iglesia no se juega. Y en tu caso, menos. Porque aquí la señora maestra es una fuerza viva de la comunidad, como el cura y el alcalde, porque médico no tenemos. Y es cierto que Justa va poco a la iglesia, pero es que tú no vas nunca.

—Teresa tiene razón. Y el domingo aún, pero que nadie te haya visto en la misa de la Purísima ni en la matanza, eso sí fue raro... Yo entiendo que te disguste ver chillar y morir al cerdo, pero en el almuerzo se te echó de menos...

—Es que aquí las fiestas se respetan —insistió Justa—, nadie se pierde una misa de celebración, ni una procesión ni una romería. Aquí no hay fiesta sin misa ni misa sin fiesta, y a las celebraciones no falta nadie, ni jóvenes ni viejos. Pero tú nunca estás, y los padres de los niños hablan.

Teresa preguntó:

—¿Acaso no te gustan las fiestas, las reuniones y esas cosas? Nosotras, a tu edad, el día de la Fiesta Mayor...

Justa la interrumpió:

—Déjala, Teresa, ya se irá haciendo con el pueblo poco a poco... Al final, entenderá que aquí hay cosas que hacemos porque siempre se han hecho, ¿verdad, hija?

—Hacer algo porque siempre se ha hecho... —Severina, siempre deseosa de aprender de otros, se detuvo a pensar en esa manía, para ella novedosa, de encontrarse para celebrarlo todo. Luego dijo, convencida—: Lo pensaré con detenimiento.

Dos días después, acudió a un funeral. En el primer momento, se fundió con la comitiva y pudo estremecerse a solas, caminando al ritmo de las lentas campanadas. Había mucha gente de Pontes porque la difunta era de allí, aunque vivía en Dusa desde hacía dos años. Severina permaneció en la cola. No deseaba avanzar por temor a que la identificaran como fuerza viva y la arrastraran hacia la primera fila. No conocía a la familia ni quería robarles protagonismo. No entendía muy bien qué estaba haciendo allí. Para colmo, se dio cuenta de que todas las mujeres llevaban mantilla. Ella nunca había tenido una, aunque al ver que algunas se cubrían no solo el pelo, sino también el rostro, le gustó muchísimo la idea (¡qué descanso, qué comodidad, qué placer, ensimismarse tras una mantilla!): se compraría una. Ya en la plaza, entraron todos en la iglesia y ella respiró aliviada por haber pasado desapercibida. Consiguió quedarse en pie, la última. Luego, aún retrocedió disimuladamente unos pasos hasta llegar al vestíbulo. Entre las puertas laterales (abiertas para albergar a los que no cabían) y la puerta principal, se sintió segura, libre de escapar si era preciso. Se disponía a retroceder otro paso cuando oyó:

–Si se queda usted siempre al final, nos encontraremos a menudo, Señorita.

No se dio la vuelta. Sabía que era Simeón. Minutos más tarde, oyó que alguien lo llamaba discretamente desde el otro lado de la plaza y, a continuación, escuchó un sonido estridente de persiana metálica. Esta vez sí se dio la vuelta. Vio a Simeón agacharse para entrar en el bar. Luego, la persiana bajó de nuevo, todos los establecimientos cerraban durante el funeral. Ella también tenía sed. Se preguntó si sería muy inconveniente cruzar la plaza, golpear la persiana con los nudillos y sentarse en la barra. Algo en su interior le dijo que sería una idea pésima. Pero, por más que se esforzaba, no comprendía por qué se sentía con el deber de permanecer allí de pie, con tanta sed como tenía. Sin embargo, no se movió. La misa fue larga y, a la salida, no pudo completar el protocolo. Le pareció una tremenda impostura ponerse en la cola para acompañar en el sentimiento a alguien a quien no conocía de nada. De nuevo se quedó quieta, sobrecogida por el toque de difuntos. Permaneció en la plaza hasta que los hombres cargaron a hombros el féretro para bajarlo hasta el coche fúnebre. Cargar con el muerto. Tal vez sea indispensable compartir esa carga, una sola persona es poco. Al pensarlo, aquel cortejo absurdo se llenó de significado y hasta se alegró de haber ido. En esas estaba cuando Justa la descubrió. O eso pensó ella, pues en realidad la mayoría había reparado en su presencia flotante sin atreverse a saludarla. Justa la arrastró hasta un corro donde las primas y otras vecinas charlaban con animación. Teresa la vio abstraída, mirando fijamente hacia la persiana metálica.

–¿Qué miras, Severina? –preguntó.

Simeón no había salido del bar. Más tarde sabría que en los funerales él nunca daba el pésame ni se dejaba ver por la iglesia, se limitaba a marcharse segundos después de haber llegado. Pero lo que se dice acudir, siempre acudía.

12

En el verano del 49, el cartero trajo una carta de la tía Julia. No era la primera ni sería la última, pero sí fue la más importante para Severina, que iba a cumplir siete años en otoño. Julia era la hermana mayor de su madre. Se fue de casa muy joven, así que las dos hermanas apenas habían convivido. Llegó a Barcelona con una personalidad expeditiva como único equipaje y pronto trabajó dando clases de charlestón en una academia de la calle Balmes. Luego encadenó distintos trabajos: en academias, donde solía enseñar cosas que no sabía, o en despachos, donde desarrollaba actividades para las que no tenía formación. Aprendía deprisa y era una trabajadora incansable. Tantos trabajos distintos le permitieron conocer a gente diversa que le sería de gran ayuda para sobrevivir durante la guerra. Al terminar esta entró a trabajar como dependienta en una joyería del Paseo de Gracia donde acabó resultando indispensable. Los dueños, una pareja de mediana edad, la trataron como a una hija y Julia les compensó con la lealtad más duradera que había dispensado en su vida. Se quedó a vivir en Barcelona, y la relación de las hermanas en esa época fue casi inexistente. Simona, que había nacido dos meses después de la muerte del padre, tras pasar los primeros años en Lleida, seguiría a su madre por todas las escuelas rurales adonde fue destinada hasta el final de la guerra, cuando conoció a Román. Una vez adultas, las hermanas tampoco habían tenido una relación asidua, menos aún desde que Simona vivía en la casa de la carretera, y si mantenían algún contacto era principalmente por las cartas que Julia escribía. Eran esporádicas pero largas, y causaban siempre cierta conmoción porque solían contener alguna propuesta inaceptable para sus padres. «¿Y ahora qué propone?», preguntaba Román. «Tranquilo», decía Simona, antes de explicar nada. «Al fin y al cabo, es la única familia que tenemos, y puesto que no podemos tener amigos normales...» «Tampoco es que tu hermana sea muy normal», decía él. Simona replicaba que, en efecto, no lo era, pero ellos tampoco, porque cada cual juzga la normalidad de los demás desde una supuesta normalidad propia que dista mucho de serlo. Entonces él decía: «Tienes razón», y a veces añadía lo afortunado que se sentía por convivir con una mujer que todo lo sopesaba y cavilaba a todas horas.

La tía Julia, que por entonces rondaba los cuarenta, empezaba la carta con una frase muy suya: «Como sabéis, vine al mundo para no perderme ninguna experiencia. Buenas o malas, todas son bienvenidas». A continuación, hablaba de cierto despertar a la idea de la maternidad. Pensaron que estaba embarazada o se disponía a adoptar. Pero tras algunos circunloquios, lanzaba la propuesta de llevarse con ella a Severina durante una larga temporada. Quería vivir la experiencia de ser madre, decía, y puntualizaba que lo que quería no era «ser madre» propiamente dicho, pues de hecho ella nunca había deseado ser madre ni lo desearía en mil años, lo que quería era *vivir la experiencia*, eso sí lo encontraba fascinante. Severina le parecía ideal para su propósito. En primer lugar porque no la conocía aún (y el efecto sorpresa es un requisito fundamental para vivir la experiencia de una maternidad completa), en segundo lugar porque aún no era adulta, pero tampoco era una mocosa con quien no pudiera mantener una conversación. «De modo que le he buscado una escuela cerca de casa. Será bueno para Severina cursar la primaria en un colegio como es debido», decía en la carta. Habitualmente, las propuestas de la tía Julia generaban debates encendidos y acababan por ser cortésmente rechazadas, pero en esta ocasión la idea les pareció interesante. Por otro lado, la propuesta coincidía con la etapa en que Severina aún experimentaba el deseo inalcanzable de conocer una escuela como las que veía en los libros.

En septiembre, Severina llegó a Barcelona por primera vez. Su inseguridad aumentó en aquel recibidor de la calle Bergara. No tuvo claro qué la intimidaba tanto, pero la sola presencia de su tía, exigente, vehemente y verbalmente imprevisible, incrementaba su desasosiego y, a la vez, la hacía más exigente consigo misma. Enseguida le sobrevino el temor a aburrirla: ni por un momento se planteó que fuese la adulta la responsable de divertir a la criatura (una idea que cuarenta años más tarde causaría furor). Por si fuera poco, Severina se quedó largo rato ensimismada ante el único cuadro del recibidor que no contenía imágenes sino letras. De hecho, se trataba de una frase caligrafiada en tinta china que no pudo evitar leer en un murmullo como para sí misma:

Quien no tenga nada que decir, que no lo diga.

Al verla tan absorta, Julia le explicó: «Es el regalo de un amigo que perdió los brazos en la guerra, ahora dibuja con el pie... Me dijo que la frase era de Pirandello, a saber...». Severina nunca se había planteado que una frase tan corta pudiera tener un propietario en exclusiva, pero por encima de todo el significado de la frase la golpeó como un puñetazo. Al día siguiente se despertó pensando: «¿He de decir hoy algo que sea realmente indispensable?». Como es natural, la respuesta fue negativa.

Durante el desayuno, Severina permaneció en silencio hasta que, en un momento dado, preguntó cuándo empezaría la escuela. «¿No te han dicho nada tus padres?», preguntó su tía. Le contó entonces que les había enviado una carta para informarles de un cambio de planes. «No la habrán recibido... Les habría llamado, pero como aún no tenéis teléfono y vivís en medio de la nada...» El cambio de planes consistía en hacer un ensayo previo a la experiencia de la maternidad antes de lanzarse a vivir la experiencia propiamente dicha. Si tras un par de semanas lo veía factible, continuaría con la propuesta original. De haberlo sabido antes, Severina habría sufrido una gran decepción. Pero aquella primera noche en una habitación extraña le había despertado la fuerza de la añoranza por la casa de la carretera que, a esas alturas, ya era más poderosa que el deseo de ir a la escuela. Por otro lado, la tía Julia le había provocado una honda impresión. Tenía la extraña virtud de atraer afecto sin mover un dedo. Ni lo pedía ni lo prodigaba, más bien hacía gala de su falta de altruismo: «¡Conmigo no contéis!» era la frase que pronunciaba más a menudo. La otra era «Vine al mundo a divertirme». Y también: «Trabajo mucho, sí, pero solo con el objetivo de divertirme más». En una época en que semejante objetivo resultaba impensable en boca de una mujer, Julia podría haber provocado cierto rechazo. Sin embargo, su tono y sus formas tendían a cautivar a los interlocutores. Hablaba con una seguridad demoledora y poseía una risa preciosa, todo le parecía objeto de interés, para disfrutarlo o para machacarlo: una enfermedad, una inundación, un incendio, la maternidad, el futuro viaje a la Luna, un terremoto, un semáforo nuevo, un tobillo torcido..., de todo parecía sacar provecho para su objetivo hedonista. Aquel segundo día, Julia la llevó de paseo por una ciudad que a Severina le pareció más apagada que en las postales, aunque de inmediato trató de iluminarla con la imaginación como solía hacer su madre. Le preguntó si tenía interés por ver algo en particular. Severina le dijo que siempre había querido ver dos cosas: un colegio por dentro y una misa. También le preguntó si conocía alguna monja para verla de cerca, porque había visto un par caminando por la acera y le habían parecido interesantes. «¿Son buenas?», preguntó. «Ni buenas ni malas, depende», dijo su tía. «Me gustaría oírlas hablar», dijo Severina. Su tía se quedó pensando. «En este país, monjas las hay a patadas, lo que ocurre es que solo conozco a monjas de clausura y son caras de ver.» Parecía tener intención de complacerla, ya que pensó un poco más y dijo conocer a una monja que no era de clausura, que se dedicaba a ayudar a mujeres descarriadas. «Es de las Adoratrices Esclavas del Santísimo Sacramento, hábito negro y toca blanca, ¿qué te parece?» «Maravilloso», dijo Severina. Julia soltó una risa mitad radiante mitad tenebrosa y dijo: «Lo último que habría imaginado es que te gustaran las monjas... Y eso que yo te había buscado precisamente un colegio de monjas porque está cerca, y para hacer rabiar a tus padres». «Bueno, solo tengo curiosidad», puntualizó Severina. Y pensó que si conocía a una Adoratriz Esclava del Santísimo Sacramento se daría por más que satisfecha. Pero nunca se dio el caso. Al día siguiente, su tía le dijo que la mejor manera de ver una ciudad no es andar conociendo monjas, sino patear sus calles. Emprendieron una larga caminata hasta el puerto donde despidieron a un amigo de Julia que partía a bordo del *Atlantic*, un transatlántico que llegaba a Nueva York en pocos días. «¿Desde aquí?», preguntó Severina, incrédula. «Desde aquí», dijo Julia. Cuando localizó al amigo entre los pasajeros que embarcaban, se lo señaló a su sobrina. Severina lo observó despidiéndose de una mujer rubia que llevaba a un niño de la mano; el niño lo abrazó también, y Severina avanzó dos pasos hacia ellos hasta que Julia la retuvo. «No, no. Esperaremos con discreción a que suba: él sabe que estamos aquí.» Entonces, la mujer y el niño se situaron entre el gentío para verlo de nuevo una vez que saliera al puente a despedirse. Julia los siguió y, junto a Severina, se colocó detrás de ellos. «Así nos verá a todos desde el puente», dijo. Cuando un rato después apareció el hombre, acodado en la barandilla y sonriente, Severina se dio cuenta de que miraba a ambos puntos con una estudiada proporcionalidad, y la parte alícuota de miradas que destinaba a su tía eran de una naturaleza distinta a las que destinaba a la otra mujer y al niño que tenían delante, miradas que le parecieron más forzadas. A veces, se hacía difícil discernir a quién miraba el hombre, porque el niño saludaba cada vez que él levantaba el brazo en respuesta al saludo de la tía Julia, y en un momento dado su tía se quitó el sombrero, él le respondió con el mismo gesto, el niño se quitó la gorra creyendo que el gesto le iba dirigido y solo faltó que la mujer rubia hiciera lo mismo para completar la extraña coreografía del cuarteto. Severina recordaría durante mucho tiempo aquella escena y no lograría interpretarla debidamente hasta pasados muchos años, lenta como era.

Las largas caminatas por la ciudad terminaron también aquel día. Severina no las echó de menos porque su tía, en los días siguientes, la llevó al cine, novedad descomunal para ella. No fue una sesión infantil: Julia era así, podía hacer concesiones, pero hasta cierto punto. Pese a tratarse de películas para adultos, encontró la manera de colar a la sobrina, le bastaba con una sonrisa y un comentario ingenioso. Severina entendió a medias *El beso de la muerte*, una película de terror que le quitaría el sueño varias noches consecutivas, y entendió algo mejor, aunque tampoco demasiado, *El reloj asesino*, donde un tipo feliz que trabaja en un periódico se ve envuelto en un lío cuando su jefe mata a su amante e intenta incriminar a un falso culpable. A pesar de no entenderla, esta última le causó una impresión duradera. Le pareció desproporcionado que el editor del periódico estrellara en la cabeza de Pauline un reloj de sol únicamente porque ella le había dirigido unas palabras de desprecio. Y le pareció inconcebible que uno pueda hallarse en un tremendo lío sin ser culpable de nada. Encontró a Ray Milland muy atractivo, y a Charles Laughton, más bien repulsivo. A la salida, Julia la llevó al bar de un hotel cercano donde había quedado con unos amigos. Mientras el camarero servía un licor verdoso con mucho sifón a Severina y whisky a los demás, su tía dijo: «Lástima que el papel de falso culpable lo dieran a ese pasmarote de Ray Milland en lugar de, por ejemplo, a James Stewart». Uno de sus amigos dijo haber pensado exactamente lo mismo y añadió: «Lo mejor de la película, sin duda, Charles Laughton». Y su tía corroboró: «¡Por descontado, es un monstruo!». Miró a Severina: «¿Y tú qué opinas?». Se preguntó qué podía decir para no quebrar la perfecta sintonía en que se hallaban los demás, se preguntó en qué clase de diccionario podría hallar la luz para responder a ese tipo de preguntas, sobre todo teniendo en cuenta que a ella le había encantado el pasmarote de Ray Milland y no el monstruoso Charles Laughton. Tras unos segundos de tenso silencio, dijo: «Creo que debería verla más veces para entenderla mejor». «¡Eso no es problema!», dijo su tía. «¡Mañana volvemos!» Severina no regresó al cine, sino a la casa de la carretera, porque a su tía siempre le surgían nuevos compromisos que anulaban los anteriores.

Para no dejar que se fuera con las manos vacías (Julia siempre sustituía con regalos el tiempo que no lograba compartir con los demás), su tía la llevó a las Ramblas y le compró un periquito en una jaula inmensa. Fue la primera vez que Severina llegó sola a su casa con un armatoste que le obligó a vigilar con esmero dónde ponía el pie al bajar del autobús, ya que el conductor le había dicho que el pájaro la echaría de menos si lo dejaban en la bodega. Más tarde, en casa, su padre dijo que los periquitos tienen un cerebro muy básico y que solo faltaría que tuviéramos que preocuparnos por las emociones de los periquitos, que el conductor o bien tenía una sensibilidad enfermiza, o bien no había pasado la guerra, a lo que su madre replicó que él no era ornitólogo para andar opinando sobre aves, y añadió que ella tampoco era ornitóloga pero era visionaria y veía clarísimo que un día lejano la ciencia descubriría que el cerebro de los periquitos había sido subestimado durante siglos.

Severina regresó a Barcelona unos meses más tarde, en enero de 1950 tras pasar la Navidad y el fin de año a solas con su madre en la casa de la carretera. Su tía la había invitado a la cabalgata de los Reyes Magos, pero nunca la vería, porque a su llegada le sugirió «un plan parecido a una cabalgata pero mucho mejor» seguido de una tarde de cine. Severina aceptó. Y así fue como pasaron la mañana en los Salones Pons Llobet, donde se celebraba con un éxito sin precedentes la Exposición Radios, Neveras y Artículos Electrodomésticos. Mientras Julia estaba en la cola para pagar dos planchas electroautomáticas Marconi para ella y para su hermana (ya nada era solo eléctrico, de repente todo era electroautomático), Severina asistía atónita a las habilidades trituradoras de Madame Kunz, demostradora oficial de Turmix-Berrens. Al acabar la demostración, su tía se reunió con ella y le regaló los cupones para el sorteo que le habían dado por la compra realizada. Mientras esperaban la hora del sorteo, contemplaron los aparatos que podían conseguir: una de las veinte ollas exprés, una de las diez heladoras, una de las cinco neveras o una de las tres radiogramolas. Este último aparato era el colmo del entretenimiento doméstico en aquel entonces, faltaban seis años para la llegada del televisor. Fue así como Severina se marchó a su casa con la radiogramola Invicta y los discos de regalo. Julia había insistido en la idea de enviársela, pero Severina se había negado vehementemente, alegando que podría cargar sola con todo, y una vez más llegó a su casa con un peso desproporcionado a su constitución, porque la radiogramola pesaba lo suyo, y la plancha electroautomática, también.

La tercera visita a la tía Julia fue en otoño de aquel mismo año: septiembre de 1950, una visita de tres días. Como si se arrepintiera de las películas tenebrosas que la había obligado a ver en anteriores visitas, esta vez la llevó a ver el estreno de *Bambi*. Con la muerte de la madre cierva, Severina, inmóvil como una esfinge, derramó litros de lágrimas silenciosas. Con cierta sorpresa se dio cuenta de que eran muchos los que, aun rodeados de desconocidos, sacaban el pañuelo y lloraban a moco tendido o se permitían suspiros ruidosos como los de su madre. Tras la sorpresa inicial, aquella sinfonía de gemidos de distintas intensidades le infundió esperanza: tal vez un día ella también sería lo bastante osada como para sollozar en público. Pero no todavía. La tía Julia, que también doblaba y desdoblaba el pañuelo, ni se dio cuenta de la desaparición de Severina, que, al no poder resistir más el escozor de la piel y la dificultad de respirar por la nariz tapada, se había levantado y caminaba veloz por el pasillo como si se estuviera meando. Aquel lunes de septiembre, en los lavabos del Windsor, Severina se desahogó en silencio y aprendió a sonarse sin ruido (con un sonido leve como el murmullo de una cascada anémica) porque no quiso o no pudo importunar a una mujer que acababa de entrar para llorar. Al día siguiente, Julia vio que Severina tenía los ojos más hinchados y la piel más irritada que el día anterior. Con el rostro visiblemente deformado, se encerraba a menudo en el baño y salía al cabo de un buen rato con los párpados al rojo vivo. Así que le envió a su hermana un telegrama donde le comunicaba el regreso inminente de la criatura. Severina temió que fuera la última vez que veía a su tía. Por fortuna, no fue así. Más allá de la casa de la carretera y del pequeño mundo que representaban sus padres y López, las ocasionales y sucesivas visitas a la tía Julia supondrían para ella la única oportunidad de conocer a desconocidos que tendría a lo largo de su infancia y adolescencia. Oportunidad que, naturalmente, debido a su timidez extrema, desaprovecharía involuntaria pero meticulosamente una y otra vez.

13

—Parece que va a nevar.

La voz surgió de la oscuridad cuando las campanas acababan de dar las seis. Severina se había quedado en la escuela corrigiendo deberes y regresaba a casa por la carretera después de haber atravesado el pueblo desierto. Se detuvo al oír la frase de Simeón, a quien no había visto desde el funeral.

—Decía que por fin se cumple otro de sus deseos, Señorita. —Estaba apoyado en el tronco de uno de los fresnos que rodeaban su casa, la casa donde vivía con Adela la Invisible. Severina se quitó un guante, tendió el dorso de la mano al cielo y esperó. Cayó una gota helada.

—De momento solo llueve. Y llueve poco —dijo.

—Paciencia. Adela nunca se equivoca. De asuntos atmosféricos entiende una barbaridad... A usted, sin embargo, no la veo yo muy preparada.

—¿En qué sentido?

—Observo que no trae paraguas... Así que la acompañaré a cruzar el puente —dijo él, que tampoco tenía paraguas. A punto de cruzar el río, como si la presencia de Simeón hubiera convocado la nieve, cayeron los primeros copos. Caían suavemente, muy despacio, y Severina se apoyó con las manos en el pretil para observar cómo desaparecían los grumos helados en la oscuridad del agua, luego asomó medio cuerpo para verlo mejor. De pronto, deseó ser espectadora única de aquel acontecimiento, deseó no tener que estar pendiente de nada más que de la nieve. La presencia de él la importunaba porque le impedía vivir con la máxima intensidad aquel clímax climático tan largamente esperado y, una vez más, se reprendió por esa necesidad de aislarse. «Viniste a conocer gente», se dijo, sin estar muy segura de si la Bestia formaba parte de esa gente que debía conocer. Simeón, por su parte, era un buen compañero de platea. Permaneció en silencio absoluto, medio apoyado de espaldas al pretil. Luego encendió un cigarrillo, dijo: «No le ofrezco porque sé que prefiere los suyos», pero a ella la euforia le había quitado las ganas de fumar. No era el espectáculo soñado si lo comparaba con las nevadas luminosas sobre infinitos bosques de abetos que tantas veces había imaginado, pero los copos ya tenían su peso, y cuando decidieron retomar la marcha, pudo observar que la nieve empezaba a cuajar entre las piedras irregulares del pavimento. Ya en el otro lado del río, se adentraron en el sendero hacia la Casa del Maestro. Simeón se detuvo.

–Solo quería asegurarme de que llegaba sana y salva a la otra orilla –dijo.

Ella abrió la cancela y entró en un jardín que todavía no merecía ese nombre. Volvió la cabeza y vio que él no avanzaba, dudó entre retroceder o animarlo a que la siguiera. Se quedó donde estaba, lo de «sana y salva» no le había gustado un pelo. Dijo:

–Es un puente sólido. Nada malo puede ocurrirme al caminar sobre unas piedras que han durado y durarán siglos.

Él se encogió de hombros. Luego dijo:

–¿Es usted visionaria?

–Lo seré algún día –respondió.

La presencia de Simeón le provocaba una euforia desconocida. Al mismo tiempo, su deseo de disfrutar en soledad de aquel espectáculo nocturno la hacía incurrir en una contradicción que la mantenía muy ocupada: ponía verdadero empeño en tratar de encajar las piezas dislocadas de su ánimo volátil. Él, en cambio, solo pensaba que cualquier pueblo pequeño tiene mil ojos, algo que nunca le había importado hasta entonces, pero últimamente aquella criatura le despertaba zozobras que un hombre como él, sin cargas, sin hijos y con una mujer que asumía por él todas las responsabilidades, nunca había conocido. Atravesaron la cancela y cruzaron el jardín. Ella le preguntó si quería entrar, pero él dijo que no, ni hablar, no es una buena idea, no quiso decirle lo de los mil ojos para no asustarla, se resistía a arrancarle de cuajo aquel extraño candor. Y sin embargo tenía algo que decirle antes de irse.

–Llevo días queriendo hablar con usted –dijo.

–Mejor aquí –replicó ella. Se había refugiado bajo el cobertizo de la leña y lo invitó a acercarse. Se debatía aún entre sus dos deseos, el hombre o la nieve, incapaz de fundirlos en uno solo, pero al repetir la frase para sus adentros dejó de contemplar los copos y miró al hombre con renovado interés. «Llevo días queriendo hablar con usted» sonaba prometedor, «Llevo días queriendo hablar con usted» la transformó en un copo ingrávido que ascendía a contracorriente por encima de todos los mortales y por encima del *día en que de todo esto no quedará nada.*

–Verá. Lo que quiero contarle me tiene algo preocupado.

El copo detuvo su ascenso. «Preocupado» no era la palabra que ella esperaba. Siguió esperando. Ahora nevaba aún con más intensidad, pero le daba igual.

–Quiero decir que lamentaría mucho que se metiera usted en líos. No sé si me explico. –Apartó la vista de la perplejidad que leía en el rostro de la joven. Encendió otro cigarrillo sin haber apagado el anterior–. Hace días, les contó usted a los chicos una historia de tinteros... Sabe a qué me refiero, ¿no?

142

Sí, recordaba la tarde en que había contado el cuento del prisionero y los tinteros de miga de pan, recordaba la calidez del aula, el silbido del viento helado, las castañas en la estufa; ciertamente había sido una tarde de dudas sobre su vocación, pero estaba habituada a las dudas y no afectaban a la calidez de sus recuerdos.

–El cuento del prisionero me lo contó mi padre. Que yo recuerde, es la única vez que hizo un esfuerzo de imaginación. Quiero decir que tenía serias dificultades para contar cuentos..., era un hombre poco dado a la inventiva, creo.

–Se nota. La anécdota que usted contó está basada en hechos estrictamente reales.

–¿Y qué más da? Toda historia que merece la pena lo está. Y a la inversa, no hay historia que merezca la pena que no contenga un alto porcentaje de ficción.

–Interesante punto de vista –dijo él–. Solo que debería andarse con ojo cuando menciona según qué nombres.

–¿Se refiere a Vladímir, el prisionero? Para mí es el prisionero de la historia, nada más. No sé nada de él, ni si existió en carne y hueso ni por qué fue condenado... ¡Pues no habrá rusos que se llamen Vladímir! –exclamó.

–Pero su Vladímir no fue un ruso cualquiera. Se trata de Vladímir Ilich Uliánov, llamado Lenin, comunista de renombre, por así decirlo.

Severina hizo una rápida revisión de sus conocimientos, *las hordas comunistas que nos miran con odio* pasaron por su mente como una exhalación, pero no consiguió asociarlas con la preocupación de la Bestia.

–No sé muy bien qué es un comunista –dijo–. Pero la verdad es que no consigo entender por qué razón hablar bien de un comunista ha de resultar inconveniente. Me resulta del todo imposible comprender este absurdo.

Él la miró como si tratara sin éxito de penetrar en su modo de ver el mundo.

143

–Entiendo lo que quiere decir. Hasta admito que tiene parte de razón. Pero por desgracia todo lo que dice es fruto de su absoluta inconsciencia. Que se le ocurra explicar a los chicos qué hacía Lenin en la cárcel para burlar a la guardia del zar no es una buena idea, créame. Menos aún si lo pinta como un héroe. Los críos, ya se sabe. Y la gente habla.

–No imaginaba que a usted le importase tanto lo que dice la gente cuando no lleva razón.

–En efecto, nada me importa menos. Pero aquí no se trata de mí, se trata de usted.

–Creo que exagera. Además, nunca pretendí que el prisionero quedara como un héroe. Solo como un buen artesano de los tinteros, imaginativo y capaz de sobrevivir a condiciones difíciles... Por otro lado, como le he dicho, no sabía que la anécdota hablaba de Lenin el bolchevique.

–¡Vaya! Veo que al menos el nombre no le resulta desconocido. –No supo si alegrarse o inquietarse por ello.

En efecto: como nombre, Lenin le sonaba. En casa nunca lo había oído, lo que no era significativo, teniendo en cuenta el juego que sus padres se traían para hablar de cualquier tema político, pero sí en la Normal, mencionado a vuelapluma en algún texto de historia. Por descontado, nunca asoció ese nombre a la anécdota de los tinteros. Pero sí lo recordaba asociado a tres cosas: a los bolcheviques (que posiblemente formaban parte de las hordas o eran las hordas mismas), a una peluca y a un banco de piedra de la Devesa de Girona.

–¿Sabe? –dijo ella de pronto.

–¿Qué?

–Pues que «en la noche del 23 de octubre, Lenin, con una peluca cubriéndole la calva y con la barba afeitada, entró clandestinamente en Petrogrado para celebrar una reunión con el Comité Central bolchevique en el piso de Sujánov. Extraño lugar era aquel para reunirse el Comité, porque Sujánov no era bolchevique y no sabía nada de todo eso; pero

144

su esposa era miembro del partido y le había convencido de que pasara la noche fuera de casa. Además de Lenin estaban presentes Zinóviev, Kámenev, Trotski, Stalin, Sverdlov, Uritski, Djershinski, Kollontai, Búbnov».

Lo había recitado muy deprisa, casi sin respirar. Pero ahora, ensimismada como siempre con el sonido de las palabras, repitió más despacio y como para sí misma:

–Zinóviev, Kámenev, Trotski, Stalin, Sverdlov, Uritski, Djershinski, Kollontai, Búbnov... –Luego dijo–: Tal vez mi pronunciación es lamentable, pero todavía no he aprendido ruso. –Se calló bruscamente y luego suspiró.

–He de admitir que su demostración me ha impresionado –dijo Simeón.

–¿Por qué no habría de admitirlo?

–No lo sé... ¿Tal vez porque memorizar como un papagayo no es muy impresionante? ¿O tal vez porque, de memorizar algo, sería preferible elegir un buen soneto?

Ella sonrió. En todo caso, «impresionado» le sonaba mejor que «preocupado».

–¿Ya no está preocupado?

–Más que nunca –respondió él. Ambos callaron. Ahora se había levantado viento y los copos caían más ligeros, como si no se decidieran a aterrizar.

–Sonetos, también me aprendí algunos de memoria..., aunque últimamente ando memorizando prosa. Lo de Lenin es una crónica de periódico que encontré una mañana por casualidad en una papelera, cuando estudiaba para maestra y casi nunca iba a clase. ¿Usted sí memoriza sonetos?

–En realidad, no. En realidad, solo memorizo canciones.

–Pero siempre canta usted la misma –dijo ella, que le había oído a ratos silbar y a ratos cantar una canción en una especie de portugués–. Y es una canción rara.

–Lo es –dijo él–. El que la cantaba también es extraño.

–¿Lo conoce usted?

–Según se mire. Creo conocerle mejor que muchos a quienes conozco de cerca. Y ahora, dígame, ¿qué interés tiene lo de memorizar periódicos?

–¡Oh, no! No acostumbro a memorizar periódicos, eso fue una excepción. Pero tenía el hábito de aprender de memoria los textos de Formación del Espíritu Nacional y otras cosas parecidas. Sobre todo para no levantar sospechas, pues en casa no seguíamos el programa oficial. Y también porque me gusta memorizar. Siempre memoricé cuentos, poesías, y últimamente novelas. Qué cosa tan inútil, ¿no? Me acostumbré a memorizar en castellano para los exámenes orales. Porque, claro, en casa siempre hablábamos en catalán, pero todo lo leíamos en castellano. Cuando había que preparar exámenes, yo hablaba un poco de castellano con el vecino para practicar, porque él hablaba mejor castellano que catalán, aunque no lo escribía correctamente, y hablaba catalán con mi madre y a veces castellano con mi padre. López se enfadaba en castellano y se tranquilizaba en catalán. Mi madre, en cambio, hablaba siempre en catalán, pero a veces, cuando se ponía solemne, se pasaba al castellano. Yo solo hablo a gusto en catalán pero no sé escribirlo. Y solo escribo a gusto en castellano, pero no lo hablo con fluidez. Qué lío, ¿no?

–Volvamos a lo que me preocupa –dijo él. Parecía esforzarse de modo inusual por resultar didáctico–. Verá, tal vez soy yo quien ya no recuerda cómo veía las cosas a su edad. Pero sí recuerdo algo. Recuerdo la inmensa alegría de cuando me revolcaba por la hierba sin el más mínimo temor. Luego tuve un perro que murió por una garrapata. Y más tarde, una amiga que se quedó ciega por el mismo bicho. Luego supe que las garrapatas pueden deshacer el hígado, el bazo y hasta el corazón. Que puedes pasar meses hasta sentirte mal, y para entonces ya es tarde. Como consecuencia, ya nunca me acuesto en la hierba con la misma inconsciencia. O tal vez sí, pero con dos litros de aguardiente en el cuerpo.

—¿Como el día de mi llegada?

—Como el día de su llegada. —Respiró hondo—. En definitiva, lo que hoy quería decirle es que con las garrapatas no se juega.

—Vaya... —dijo ella, que solo entonces empezaba a sospechar que las garrapatas eran una alegoría. Aun así, dijo—: Sé que las garrapatas transmiten terribles enfermedades. Lo sé porque lo he leído. Pero aún me descalzo en la hierba con alegría, me limito a pensar que no es algo que pueda pasarme a mí. Sí, creo que empiezo a entender.

—¿Qué es lo que empieza a entender?

—Que hay que tomarse muy en serio lo de las garrapatas... —Le vino a la mente la telegrafista de Pontes—. Las garrapatas del... Régimen, supongo —aventuró, aunque la noción le sonara tan abstracta como la del Comité Central, el Glorioso Movimiento o la Santísima Trinidad.

—Sí y no. No todo son garrapatas del Régimen. Las hay con sotana y con tricornio, las hay ateas y beatas, las hay entre los rojos, he tratado con ellos muchos años. Y entre los falangistas, también. Se lo puedo asegurar, los conocí bien cuando me afilié.

—¿Se afilió? —preguntó ella. Severina creía haber entendido lo de las garrapatas, pero al oír eso volvía a no entender—. ¿Con la camisa azul y todo?

—Por poco tiempo —respondió él, y soltó una carcajada.

—¿Es usted afecto al Régimen, pues?

—¡No! —exclamó—. No se confunda.

Severina recordó la conversación referida al Niño Jesús el día en que Primitiva fue a buscar leña a Casa Justa: «Y conste que no lo trago, aunque le reconozca algunas virtudes».

—Entonces, ¿es usted de la misma cosa que Primitiva?

—No —se rió—. Nunca he encontrado árbol al que arrimarme. Pero ya basta, dejemos el tema... —Los ojos de Simeón dejaron de reír–. ¿Sabe? Me asquea tener que prevenirla de las amenazas, que se acabe volviendo miedosa o que acabe por decir amén... O que se vuelva combativa y se deje llevar por el insensato furor del resentimiento... No hay salida, nunca hay salida, en realidad. Así que olvide lo que le he dicho. Lo de los tinteros, al fin y al cabo, no tiene tanta importancia.

Ella recordó a su alumno, dormitando con la cabeza apoyada en el pupitre.

–¿Se lo contó Fermín?

–Me lo contó su padre. Modesto y yo somos amigos. Pero no tiene nada que temer de él. Es un buen hombre, solo que le pareció extraño que contara eso. Los críos ya lo habrán olvidado.

Severina no había llegado a preocuparse por lo que consideraba una cautela excesiva impropia de una Bestia como Simeón. Puestos a tener miedo, la inquietaba mucho más haber sido inadvertidamente picada mientras se revolcaba por el prado de Gelada, imagen que no podía apartar de su cabeza durante la conversación sobre las garrapatas.

–Me voy –dijo él de pronto.

Ella se sintió asaltada por una indignación cuyo origen desconocía. Pensó que tal vez se debía a que la nevada parecía estar cesando.

–¿Era solo eso lo que quería decirme?

–Y no debería haberlo dicho. Fue el miedo a que se meta en problemas, nada más.

–Y usted, precisamente usted, ¿nunca se mete en problemas?

–Yo no tengo nada que perder –dijo.

–Yo tampoco.

Él sonrió ante la abrupta insolencia de la joven y permaneció callado unos segundos. Le faltaban ánimos para insistir. Ella se dirigió a la puerta, metió la llave en la cerradura y la abrió. Bajo el dintel, lo vio inmóvil, como esperando a que ella acabara de entrar. Su indignación creció al comprender con toda claridad que su deseo era depositarla en lugar seguro como si fuera una hija, y en ese mismo instante, como si el viento quisiera acompañar la súbita cólera, la puerta se cerró de golpe con estrépito sin que pudiera decirle adiós. Aterrorizada ante la idea de que él creyera que el portazo había sido intencionado abrió la puerta y asomó lentamente la cabeza.

–Perdón –dijo como para sí misma.

Fuera no había nadie. Una leve capa blanca cubría la hierba, las hortensias desnudas y las cuatro coles moradas que nunca acababan de prosperar. Observó las huellas de los zapatos de Simeón a la luz de la puerta abierta. Le resultó curioso no localizar sus propias pisadas mientras que las de él, en cambio, eran claramente visibles. Expulsó el aliento cálido varias veces para contemplar el vaho acogedor que emanaba de su cuerpo. Entre el vapor flotaba el «perdón» muy quieto, decidido a quedarse, y se preguntó por qué siempre tenía en la punta de la lengua aquella palabra odiosa. Imposible esquivar la nube tóxica que derramaba día y noche sobre su alma una culpa espesa como alquitrán. ¿Dónde y cómo se había contagiado de culpa como quien se contagia de sarna, pese a no haber tenido una educación religiosa ni demasiado contacto con el aire de los tiempos? Impregnada del anticlericalismo racional de su padre y el laicismo proteiforme de su madre, convencida de que la culpa es el instrumento de control de todas las religiones y el clero un nido de podredumbre, ¿cómo la culpa anidaba en ella con tanta facilidad? ¿Era, tal vez, por ser mujer? La sentía como un fastidio denso y viscoso, por fortuna nunca acompañado de arrepentimiento, pues se sabía inocente... (¡pero se sentía culpable!). Y aun sumergida en el pegajoso fluido, conseguía siempre liberar los labios para emitir una débil excusa. Perdón.

14

Llegó exhausta a la casa de la carretera. Había salido de Dusa a primera hora de la mañana. Al mediodía, se había apeado en Barcelona para esperar durante tres horas la salida del autobús que tantas veces había tomado para regresar a casa después de las visitas a la tía Julia. En total, un viaje largo y pesado, de punta a punta del país, un día entero para llegar desde un valle retraído del Pirineo más occidental hasta una llanura ventosa a los pies del Pirineo más oriental. Ya había oscurecido cuando el autobús la escupió (literalmente, con un frenazo brusco) en medio de la nada. Observó cómo arrancaba, renqueante y perezoso, y cómo al desplazarse dejaba paso a la visión de su casa, ahora sumergida en una oscuridad solo débilmente iluminada por una lámpara en la fachada, junto a la puerta del taller de López. Sintió un frío muy intenso en las manos vacías, en los brazos ligeros y en los hombros sin carga al tiempo que brotaban lágrimas calientes y silenciosas. En el fondo de la tristeza opresiva, trató de agarrarse a cierta sensación liberadora: por primera vez, no tenía nada que perder. Por no estar, no estaba ni siquiera López: el taller y las ventanas de su piso estaban a oscuras. Tampoco había rastro de su furgoneta. Mientras buscaba la llave de la casa, comenzó a caer una lluvia blanda que parecía aguanieve. Haber esperado la nieve a lo largo de todas las navidades de su infancia y tener que verla sola en aquella víspera de Navidad le pareció insultante (siempre tenía conflictos ridículos con el clima en forma de agravios meteorológicos que se tomaba muy a pecho). Empujó la puerta de su casa y se llenó del olor de la escalera, mezcla de repuestos cubiertos de polvo, de papel viejo, de cintas de tinta y de escuela abandonada. Hizo girar el interruptor, pero o bien la bombilla se había fundido o bien habían cortado la luz. Subió a tientas, porque, aunque había dejado el portal abierto, el farol de la fachada del taller no alcanzaba a iluminar la escalera. A punto de llegar al rellano, se detuvo. No identificaba el bulto plantado frente a la puerta, casi tan alto como ella. Trató de esquivarlo para meter la llave en la cerradura. Con el codo, rozó algo áspero que le pareció celofán arrugado y, cuando retiró el brazo de golpe, sintió en el dorso de la mano el tacto de un miembro rígido: el roce de una piel algo grasienta y fría como la de un cadáver la estremeció. Se rehízo, retiró la mano, apartó el miembro y abrió la puerta con decisión. Cuando encendió la luz, la visión desoladora del comedor quedó en parte compensada por la del bulto que había en el rellano. Era una cesta de Navidad con un asa trenzada en forma de arco de medio punto que ascendía algo más de un metro desde la base. Reconoció la letra de López. «A llegado esta panera de Barcelona, te la emos subido porque pesa mucho. Aver si nos vemos por Navidad.» Escuchó su voz, ahora más entrañable que nunca, diciendo: «Yo, hablar, hablo en catalán, pero escribir solo escribo en castellano por no hacer faltas de ortografía». Y de nuevo la atacó el desbordamiento lacrimal que el susto había paralizado, porque nada la enternecía más que las faltas de ortografía de los autodidactas y los desamparados.

Al dorso de la nota figuraba el logotipo del transportista y una fecha. La cesta había llegado el 20 de diciembre: López

151

no debía de andar lejos si esperaba verla en Navidad. Experimentó un sentimiento contradictorio. Por un lado, deseaba verle, único vestigio que le quedaba de su mundo desaparecido. Por otro, deseaba no verle, porque esto la obligaría a despedirse para siempre o bien a simular que estaba dispuesta a volver, y ambas posibilidades le resultaban igualmente amargas.

Abrió el balcón del comedor con la esperanza de que el frío del exterior fuera más clemente que el del interior. Así fue. Como nunca habían tenido sofá, porque su madre decía que su padre decía que el sofá era un símbolo de la burguesía de entraña negra (aunque lo cierto es que Severina nunca se lo oyó decir en directo), se refugió en su habitación. Trasladó allí la cesta y la puso a los pies de la cama. Cerró el balcón del comedor, incluidas las contraventanas, enchufó la estufa pequeña y se metió en la cama con las dos mantas que había en la casa. Asomó la cabeza para ver cómo se inflamaba el tubo de infrarrojos en el centro de la parábola reflectante, tantos años había contemplado la estufita con indiferencia absoluta y ahora le parecía un engendro diabólico. De vez en cuando se tapaba la cabeza y, cuando entraba en calor, la asomaba de nuevo y veía la cesta, cuya incongruente presencia le provocaba una sonrisa. Miraba entonces a su alrededor y se sentía como el fantasma de una ruina donde el único superviviente no era humano sino cesta, una cesta de Navidad. De vez en cuando, el celofán la llamaba con un crepitar. Salió de la cama y se acercó. Del envoltorio transparente sobresalía, majestuosa, la pata del jamón, único alimento que le apetecía. Decidió no tocarlo. Aún conservaba en el cuerpo el escalofrío provocado por el tacto cadavérico. Se lo llevaría a Dusa. Luego, ya vería. Extrajo de un sobre blanco una tarjeta. Deseaba leer unas frases de su tía, pero era solo una felicitación comercial.

Mantequería y pastelería Tívoli, importación de las mejores marcas extranjeras, le desea una felices fiestas navideñas y un próspero año nuevo.

En el reverso, la tía Julia había escrito un escueto «Feliz Navidad». Parecía seguir enfadada por la ofensa que Severina había perpetrado contra el hijo de un amigo suyo. «Una falta de tacto imperdonable y cruel», así había definido Julia el pecado que Severina había cometido en su última visita a Barcelona durante la Navidad anterior. Se preguntó si, antes de irse al sur, la tía Julia se había acercado hasta la calle Caspe para encargar la cesta personalmente o si habría enviado a alguien en su lugar. A Severina la enternecía también, a saber por qué, la incapacidad de su tía para sacrificarse por el prójimo y su forma de enviar emisarios a hacer cosas que no deseaba hacer por sí misma. El contenido de la cesta resultaba visualmente atractivo, pero, a excepción del jamón, era poco adecuado a sus gustos. Después de todo, su tía no tenía por qué saber que a ella no le gustaban los turrones, ni los mazapanes ni las frutas escarchadas, ni en general nada que fuera meloso, almibarado, azucarado o confitado.

Supo al verla que la había enviado la tía Julia, no porque se lo hubiera dicho, sino porque sus regalos, por una u otra razón, nunca dejaban a nadie indiferente. Del último, hacía algo más de un año. «Apenas lo he estrenado, pero no voy a usarlo más», le dijo, tendiéndole su abrigo de visón. Enamorada de un torero, Julia pasaba cada vez más tiempo en un pueblo andaluz donde apenas había invierno. Por otro lado, acababa de adquirir una sensibilidad nunca antes experimentada hacia el sufrimiento animal. Era propio de ella convertirse en defensora a ultranza de la belleza de la tauromaquia en el mismo instante en que iniciaba su pionero combate contra el maltrato animal. Severina, a quien las contradicciones internas desgarraban, admiraba profundamente la armo-

153

nía con que ambas posturas convivían en el espíritu contrastado de su tía. Se probó el abrigo ante el espejo con los ojos cerrados (los espejos le disgustaban cuando los tenía enfrente). Era un día caluroso y esperaba acabar cuanto antes. Oyó que la tía exclamaba: «Espléndida, deliciosa», sin añadir ni una palabra sobre el hecho de que renunciara a mirarse, pues a su tía las rarezas le impresionaban menos que las banalidades. Se limitó a añadir un comentario sobre lo bien que le sentaban las pieles a Lauren Bacall, pero no en su vida personal, dijo, sino solo cuando la dirigía Howard Hawks. Repitió «¡Espléndida, deliciosa!» y dejó por fin que la sobrina acalorada se desprendiera del abrigo con alivio. Entonces le preguntó: «No te lo vas a poner, ¿verdad?». «Nunca se sabe», dijo la sobrina. Su tía supo que era una respuesta de cortesía. «Una vez se lo quise regalar a tu madre, pero ella nunca tenía frío..., y ahora, ya ves, la pobre: ni frío ni calor... En fin, da igual, considéralo un regalo por tus dieciocho años, ¿los cumpliste ya?» «En otoño cumpliré diecinueve», dijo Severina. «Pues no te faltarán ocasiones para lucirlo. Aunque bien mirado, si en diciembre me invitan al Club Martini como el año pasado, te vienes conmigo y lo estrenas ahí.» Severina dijo que pasaría la Navidad en casa, pues veía a su padre muy abatido desde la muerte de Simona, y que de hecho prefería dejar el abrigo en Barcelona, ya que le parecía muy improbable que surgiera una oportunidad de estrenarlo en la casa de la carretera. Su tía no la oyó o no quiso oírla. Puso el abrigo en una funda, la metió en una caja y se la entregó. A continuación, se enzarzó en una explicación precisa sobre las diferencias entre lomos y garras de visón, diferencias de calidad y de precio, naturalmente, «aunque no lo digo para que aprecies su valor, porque solo los cretinos confunden valor y precio, te lo digo porque sé que te gusta aprender cuantas más cosas mejor», dijo. Le quedó claro a Severina que eran lomos. Luego su tía cambió radicalmente de tema, la miró fijamente a los ojos y preguntó: «A ti, los hombres, ¿cómo te gustan?».

Severina apartó las mantas y se dirigió al armario. Sacó la funda de la caja y el abrigo de la funda. Su calidez y suavidad no eran comparables a las de ninguna prenda que hubiera usado antes. Enfundada en él, se sintió renacer, pero se le había metido el frío en los huesos, así que no se lo quitó para meterse en la cama, donde se cubrió también con las mantas. Leyó un rato. Más tarde, tuvo hambre y quiso hacerse una tortilla. Había traído media docena de huevos para ir ligera de equipaje y no tener que gastar en nada salvo en el bocadillo que había tomado antes del último trayecto. Enchufó el hornillo eléctrico, buscó la sartén y la puso sobre el fogón. No había aceite, pero la haría de todos modos. Para batir los huevos, se subió la manga del abrigo, pero con el movimiento se bajó de nuevo y acabó manchada de yema pegajosa. De pronto se desanimó, desenchufó el hornillo y dejó a medias la tortilla. En el baño, trató de quitar la mancha pelo a pelo, pero el agua salía tan sucia del grifo que lo cerró con asco. Se metió de nuevo en la cama con abrigo incluido. La imposibilidad de beber agua del grifo volvió su sed acuciante. Extrajo una botella de la cesta y se sirvió una copa. Cogió un barquillo, y le encantó el sonido que hizo al partirlo entre los dientes y más aún al triturarlo entre las muelas. Solo por ese placer, se ventiló una docena. El ruido era para ella una compañía grata, más que la música, que debía dosificar con precaución porque le provocaba grandes desarreglos emocionales, tanto si se trataba del saxo de Harry Carney o de la voz de Elisabeth Schwarzkopf como si se trataba de una cancioncilla infantil. Al pensar en la música, se levantó para comprobar que, en efecto, López se había llevado la radiogramola tal como ella le había sugerido antes de irse. Como compañía, le quedaba la radio polvorienta que aún le devolvía, nítido, el recuerdo de su padre escuchando con atención concentrada. No la encendió. Volvió a la cama y se limitó a hacer estallar barquillos hasta caer dormida.

Al día siguiente, se despertó tarde. Recordó que era Navidad y se durmió de nuevo. Cuando volvió a despertarse era mediodía. Se acercó a la cesta y extrajo la segunda botella. Ni el primer trago ni el segundo le quitaron la sed. El cuarto, sí. Se encontraba cansada, afónica, destemplada, a ratos la habitación giraba a su alrededor y, cosa que nunca había experimentado, notaba que una fuerza desconocida la aspiraba hacia atrás. La idea de que la bebida pudiera ser el origen de dicha fuerza no le pareció convincente. Hasta entonces, el alcohol solo le había provocado sueño. Pensó, pues, que se trataba de la gripe o de una fiebre inexplicable y durmió durante toda la tarde, perdiéndose una nevada histórica, además de insólita en aquel paisaje. En ningún momento abrió las contraventanas. Cuando se iba la luz, dormía, envuelta en el abrigo bajo el nido de mantas. No soportaba la claridad del sol, hasta le molestaba la rendija que se filtraba entre las contraventanas desajustadas. Cuando le apetecía leer, encendía las dos velas del candelabro de plata que la tía Julia había regalado a sus padres para la boda, y elegía un libro de la estantería del comedor o bien refrescaba alguno de los que había memorizado. El candelabro tenía tres brazos, pero no encontró una tercera vela. A la luz de aquel artefacto lisiado, se cansaba pronto de leer y abrió una nueva botella. Pasó mucho rato observando cómo se comportaba la llama de una de las velas a través del vaso medio vacío. Antes de dormirse, quiso apurar el último trago, pero en el vaso ya no quedaba nada.

A la mañana siguiente se acercó a la cesta y leyó de viva voz la etiqueta de la que iba a ser su cuarta botella. «Anís del Mono, anisado refinado, Badalona, Vicente Bosch, seco.» Le pareció que recitaba poesía. Pensó que aquel líquido tan transparente le apagaría mejor la sed. Retiró la cápsula para enviarla por correo, en aquellos años casi todo lo que se comía o bebía podía tener premio, y su madre había sido particularmente aficionada a los sorteos. Aunque le habían tocado algunas fruslerías, nunca nada de importancia, y mucho menos los premios en efectivo que tanto necesitaba. Severina se encargaba de comprobar los números ganadores, a veces bajo la mirada medio compasiva y medio indignada de su padre que, ahora que empezaba a comprender, debía de ver aquellos sorteos como una trampa que los capitalistas sin escrúpulos tendían a los pobres obreros alienados. A lo largo de todo el día, luchó contra el sueño que le provocaba el anís. Al día siguiente, se levantó con el tapón de la botella incrustado en la mejilla. Se plantó ante el espejo y, contra su costumbre, se miró en él detenidamente. Se subió el cuello del abrigo, tenía frío. Con el visón y la marca granate del tapón debajo del ojo izquierdo parecía, ahora sí, estar en una película de Howard Hawks en el papel de una amante de gángster apalizada que acaba de llegar a un refugio inseguro. La atacó de nuevo la sed. En algún momento, pensó en bajar a por nieve para conseguir agua limpia. Pero el recuerdo de las advertencias de su madre sobre el tifus la asustó. Mejor beber un líquido potable, después de todo, el abstemio no tiene premio. Con la voz ronca por la afonía, repitió el pareado en voz alta. ¿Quién podía ser el autor de tan brillante composición rimada? Corrió a buscar la lata de galletas donde su madre guardaba los cupones de los sorteos. La tapa saltó disparada y todo el contenido, como impulsado por un resorte, se esparció por el suelo. Se arrodilló entre fotos, facturas y cupones, hasta que encontró lo que buscaba. Bajo la afirmación de que el vino es la más higiénica y saludable de las bebidas familiares, pudo leer de nuevo el pareado. El nombre del autor no aparecía, pero sí la dirección del Sindicato de la Vid, promotor del sorteo. Leyó el verso una y otra vez, pero con la repetición la magia se esfumó. Al darse cuenta de que en las últimas semanas de agonía de su madre no había comprobado los cupones ahora ya caducados, se hundió en la aflicción como si por negligencia hubiera dilapidado una herencia millonaria acumulada largamente con la sangre y las lágrimas de sus antepasados.

Al día siguiente, abrió las contraventanas. Era una mañana soleada y creyó haber soñado que algo de aguanieve caía a su llegada, pero los restos de nieve en los márgenes de la carretera le parecieron indicios claros de una nevada más importante. La furgoneta de López no estaba y el taller seguía cerrado. Recordó los días anteriores como un continuo de imágenes muy intensas, de una naturaleza espectral. Se quitó el abrigo. Ya no tenía frío. Se dispuso a darse un baño de agua fría y sucia, como había hecho el primer día en la Casa del Maestro, pero se habían helado las cañerías. Empezó a registrar cajones y armarios que llevaba tiempo sin abrir. Deseaba saber cuántas capas de memoria podía desenterrar sin tener que destapar la última botella que quedaba. Aunque se había llevado a Dusa todo lo que consideraba imprescindible, de vez en cuando tropezaba con objetos que la apuñalaban, aquí una cajetilla de Ideales con dos cigarros de su padre, allá una lista de la compra, aquí un librito de papel de fumar, allá un paquete de cigarros balsámicos del Dr. Andreu que el médico le había recetado a su madre al comienzo de la enfermedad. Buscó refugio en la cocina, pero la bolsa de Raky, la misma que estaba a punto de abrir el día que López llamó a la puerta para contarle que su padre había muerto en un accidente, la agredió una vez más. Abombada, intacta, insolente y en plenas facultades, la bolsa seguía allí (y su padre no). Más de un año había permanecido sobre el fregadero y ella no había sido capaz de tirarla, ni de esconderla ni de usarla (sin embargo, ¡cuánto empeño había puesto en soportar su presencia!). Los únicos objetos que, lejos de agredirla, la aliviaban eran los libros que habían compartido.

Mientras que la bolsa de detergente, el reloj y las fotografías permanecían mudos como un reproche petrificado, el silencio de los libros estaba preñado de un sentido siempre renovable, pura vida en potencia. Se quedó un buen rato mirándolos, valorando cómo y cuándo se llevaría los que quedaban. El solo pensamiento de cargar algún día con todo aquello, que era mucho más de lo que recordaba, la fatigó de inmediato. «No hay nada malo en esperar», se dijo. Y decidió marcharse al día siguiente.

Sin embargo, aquella misma tarde, el demonio de la perversidad la llamó de nuevo. Salió de su guarida y bajó la escalera. Hacía muchos años que no había entrado en el almacén de los repuestos. Lo primero que hizo una vez dentro fue leer de viva voz las etiquetas de los estantes: Iberia, Remington, Underwood, porque su padre estaba especializado en repuestos de importación y en repuestos nacionales difíciles de encontrar, «tan difíciles de encontrar», decía a veces su madre, «que nunca vende ni uno». Otras veces decía que sí, que gracias a los repuestos habían vivido una vida en la que nunca les faltó nada esencial. Severina había llegado a pensar recientemente que tal vez se dedicara al contrabando y viniera de ahí todo el misterio que rodeaba su trabajo. De pronto, ante los estantes vacíos, tuvo la certeza absoluta de que la sala era mucho más grande. Que en una ocasión, había visto al fondo una litera y una gran máquina de coser o de tejer. Solo una vez. Debía de tener ocho años y se había quedado ensimismada en el mismo punto en que ahora se encontraba, solo que no tenía enfrente la estantería, sino otra sala con la litera y la máquina. Su madre le había ordenado subir a casa («¿Qué miras, Severina?») y había cerrado la puerta entreabierta. No debía bajar al almacén, le dijo luego, y mucho menos entrar dentro, pues la pared del fondo tenía una grieta profunda y amenazaba con derrumbarse. Tan aparatosa fue la advertencia, que Severina, que un año antes había sido fulminada por la Revelación, olvidó de golpe lo que acababa de ver. A lo largo de los días, como la casa seguía en pie, le preguntó a su madre por la grieta y ella negó haber dicho tal cosa, así que Severina olvidó también el peligro de quedar sepultada. Ahora estaba convencida de que la estantería era una frontera, tal vez una puerta. Una vez más puso en práctica lo aprendido en las novelas e introdujo la mano en la parte trasera buscando un resorte oculto para mover el mueble. No lo encontró, pero notó el vacío. Despejó los estantes y consiguió desplazar unos centímetros el mueble, lo suficiente para escurrirse de perfil. Detrás, la oscuridad era absoluta. Subió al piso y cogió el candelabro. La poca cera que ardía bastó para iluminar el espacio, mucho más pequeño de lo que recordaba. Ni rastro de la máquina, ni rastro de la litera. Tan solo unas cajas apiladas en el suelo, y muchas hojas de papel del tamaño de una octavilla desparramadas como si hubieran caído de una pila. Abrió las cajas de cartón y descubrió más copias de la misma octavilla. Abrió una caja blanca y rectangular que contenía papeles diversos. Al subir la escalera con ella en brazos la reconoció. La Tía Julia se la había dado en el otoño de 1950, unos días después de llevarla al estreno de *Bambi* y justo antes de mandarla a casa por tanto verla con los párpados hinchados. «Es un regalo para tu padre», le dijo, «digamos que le será de gran utilidad.» Y añadió: «A tu madre mejor no le digas nada, ya se lo dirá él mismo si quiere». Cuando llegó a la casa de la carretera estaban juntos: su madre cosía, su padre leía y ella estaba deseosa de entregarle el regalo. «Es para ti», le dijo a su padre. Román abrió la caja y dirigió una mirada incrédula al contenido. Su madre dejó el dobladillo a medias, se levantó y sacó de la caja una bota negra con la suela herrada. «¿Botas de obispo?», murmuró. Severina adivinó la mirada incómoda de su padre, la que tenía cuando hablaban en clave ellos dos, y se retiró a su habitación. Oyó que Simona le preguntaba a Román:

–¿Se las has pedido tú?

–¿Cómo se te ocurre pensar eso? –dijo él–. Este tipo de cosas son asunto mío, y además llevo años sin hablar con tu hermana del tema. A lo mejor eres tú quien le ha dicho algo, tal vez sin darte cuenta...

–Yo con ella solo hablo de la niña. Severina, ¡ven!

Severina acudió.

–¿Te ha dicho algo tu tía sobre el regalo?

–Que a papá le va a ser de gran utilidad –dijo, muy atenta a reproducir las palabras exactas de su tía.

–¿Nada más?

Severina negó con la cabeza, volvió a su habitación, cerró ruidosamente para que hablaran con libertad y pegó el oído a la puerta.

–Tu hermana está loca –dijo su padre–. Espero que no se le ocurra algún otro disparate... ¿Se lo explicas tú?

–Con mi hermana no se puede hablar, solo se comunica a través de regalos.

–Pues por lo menos dile que no se meta en líos, que a ver si un día se le presentan los de la Social.

–Estaría bueno que acabara en la cárcel, ¡ella, que es tan frívola!

Al escuchar el impacto que provocaba el regalo, Severina recordó haber visto ese tipo de botas en los pies de la pareja de la Guardia Civil que visitaban de vez en cuando el taller. «Nadie sabe cómo puede uno reaccionar cuando un obispo cabrón empieza a hacer preguntas.» «Botas de obispo.» ¿Era aquello un disfraz de obispo cabrón para su padre? ¿Era una broma siniestra de su tía? El sentido de aquel regalo se le había escapado entonces y se le escapaba ahora. Nunca había vuelto a ver las botas, y ya no estaban en la caja. En el comedor, levantó la tapa y, de entre los papeles y revistas, sacó dos libros. Ambos tenían cipreses en el título. *Los cipreses creen en Dios* y *La sombra del ciprés es alargada*. Abrió el segundo, le gustaba Delibes. Pero al leer un fragmento, se dio cuenta en-

161

seguida de que aquello no era una novela. Era evidente que la sobrecubierta no correspondía al libro que tenía entre manos. Quiso ver la verdadera portada, pero estaba pegada a las guardas. Luego siguió hojeándolo y se dio cuenta de que el título (*Dios y el Estado*) aparecía en la cabecera de cada página. Jamás habría leído un libro con ese título, pero ahora se concentró con avidez en los párrafos subrayados supuestamente por su padre, en los que el autor expresaba una fuerte animadversión hacia la religión y culpaba a la fe de corromper los pueblos y destruir la razón. Cuando se cansó, continuó sacando papeles de la caja. Leyó detenidamente una de las octavillas que había recogido del suelo del almacén.

A los antifascistas y a los trabajadores en general:
La Confederación Nacional del Trabajo constata que a medida que el franco-falangismo se hunde en su propio cieno, el espíritu de rebeldía renace en el pueblo trabajador. Trece años de clandestinidad con toda su trágica secuela de asesinados, encarcelados y perseguidos no han conseguido destrozar nuestras ansias liberadoras, porque la CNT es la esencia misma de la avanzada social y humanista de la Península Ibérica.

Para arreglar tan triste situación, el panfleto aconsejaba lo siguiente:

Hay que señalar al «civilón» que se distingue en la represión. Hay que ejecutar al chivato y al agente que se infiltra en nuestras filas. Hay que arruinar al burgués de entraña negra que se aprovecha de la tiranía actual.
Antifascista: ¿no conoces a un antifascista, amigo o conocido tuyo que se halle detenido o perseguido? Socorre al preso, esconde al resistente, ayuda al perseguido para que no caiga en las garras de la hiena fascista.

Quedaban en la caja algunos ejemplares de la revista *Solidaridad Obrera* y un libro de contabilidad, el clásico cuaderno con tapas de cartoné estampadas en negro veteado de blanco. La etiqueta de la portada, «Ingresos y gastos», no le suponía ningún aliciente. Aun así, lo abrió por la primera página. Nada especial. El papel pautado para los asientos contables y la caligrafía de su padre consignando registros de entradas y salidas de materiales que, aparentemente, tenían que ver con las máquinas de escribir. Luego sacó de la caja más ejemplares de *Solidaridad*. En uno de ellos, pudo leer el mismo texto que aparecía en los panfletos desparramados por el suelo. Le sorprendió a Severina que los ejemplares, la mayoría de la época en que ella tenía entre ocho y diez años, estuvieran editados en París. En el fondo de la caja había un papel blanco diminuto. Le dio la vuelta. Una frase manuscrita: «*Il faut tenir, mon vieux, il faut tenir*». No era la letra de su padre, tal vez la de un amigo que se despedía y le daba ánimos para resistir. Se le hizo extraño imaginar a su padre como alguien necesitado de ánimos para la lucha. ¿Era posible, pues, que la sombra del peligro hubiera planeado sobre aquella infancia en que nunca había ocurrido nada interesante salvo las apasionadas despedidas de sus padres sobre una baldosa o sus discusiones en clave, que a veces parecían un juego y a veces una tragedia? ¿Era creíble que, mientras ella vivía una realidad paralela en sus libros o mataba el aburrimiento contando coches con López, su padre llevara una vida oculta en el almacén? ¿Era concebible que, en su casa, hubiera un arriba y un abajo? ¿Que arriba su padre fumara en pipa y leyera las aventuras del Inspector Dan y el *Reader's Digest* y abajo fumara Ideales y leyera libros prohibidos, que arriba calzara zapatos Oxford y pantuflas de cuadros y abajo botas de obispo con algún fin que se le escapaba, que arriba dijera que se marchaba por motivos de trabajo y se quedara abajo pernoctando en la litera? ¿Dónde se ocultaba aquella «trágica secuela de asesinados, encarcelados y perseguidos» del panfleto? ¿Era la telegrafista de Pontes uno de esos perseguidos? ¿Y la que llamaban «hiena fascista» era acaso el Niño Jesús de la sonrisa rajada cuyo retrato continuaba colgado sobre la tarima, en la escuela? ¿Podía un obispo ser un civilón y un civilón, un obispo? ¿Qué relación guardaba el Niño Jesús con los burgueses de entraña negra? ¿Qué tiranía se aprovechaba de la miseria de los pobres, es decir, de la suya propia, sin que ella se diera cuenta y sin que nadie le hubiera hablado de ello? Estas preguntas la intrigaban seriamente por primera vez al tiempo que las advertencias de Justa y Simeón se abrían paso entre la niebla, muy despacio.

Antes de devolver los papeles a la caja, abrió un sobre abultado. Contenía algunas cartas de remitentes desconocidos que parecían facturas. No tuvo fuerzas para seguir leyendo. Guardó la caja con la intención de llevársela a Dusa y encendió la radio para escuchar el *Diario Hablado*. Porcioles, alcalde de Barcelona, agradecía a los andorranos las máquinas quitanieves enviadas a la ciudad para retirar la nieve acumulada en las calles. Después del alcalde, el locutor dijo que la Jefatura del SEU lanzaba un llamamiento a los estudiantes de vacaciones para que secundaran la iniciativa de la tuna universitaria y acudieran a limpiar las terrazas y los tejados. El locutor habló de los problemas de tráfico ocasionados por el temporal y Severina se preguntó si la carretera podría estar cortada. Fuera, todo era silencio. La idea de quedarse atrapada en aquella casa le resultó tan desgarradora como la de tener que abandonarla una vez más.

15

Severina regresó a Dusa el día de Año Nuevo. Fue un alivio encontrar la parada desierta. Depositó la cesta de Navidad en el suelo (que contenía el jamón, los turrones y la caja blanca), se subió el cuello del visón para conjurar el frío intenso y encendió un cigarrillo. Contempló la primera fila de casas y apartó la vista al detectar movimiento de cortinas en una ventana, luego en otra. A media distancia, el pueblo ya no era el lugar virgen y esperanzador del primer día, el refugio poblado de encuentros prometedores, meras posibilidades de una relación etérea y armónica. Ahora sabía lo de los mil ojos y ya nunca más podría ensimismarse con la inconsciencia del primer día. Ensimismarse era, para Severina, incorporar lo desconocido a través del poder de la imaginación sin pedir nada a cambio, ni una pista, ni un hecho, ni una confirmación. Ahora ya solo podría observar a escondidas. Y eso era espiar, y espiar le disgustaba, las actividades asimétricas las hacían sentir culpable (como casi todo). Se alegró de tener aún días de vacaciones para encerrarse en casa y recuperarse de la inclemencia de los días anteriores. Cuando empujó la cancela del jardín, aunque las coles moradas habían disminuido, las hortensias aparecían encogidas por el frío extremo y todo parecía muerto, la invadió una sensación de llegada al hogar que no había experimentado desde la muerte de su madre cuatro años atrás.

Después de Reyes, regresó a la escuela y el tiempo pareció desencallarse. Visitó a las primas y supo que, de los tres abuelos, solo quedaban dos (Nora había muerto dos días antes de la víspera de Año Nuevo). Por un lado, se entristeció con aquella angustia insoportable que experimentaba tras cada pérdida, pero por otro pensó que era un descanso haberse ahorrado el funeral. Para compensar su falta de contacto social, se sintió obligada a asistir a la matanza del conejo puesto que en diciembre había declinado acudir a la del cerdo. «Tú misma», le había dicho Teresa ante sus reiteradas reticencias. «Pero que sepas que nunca ha pasado por Casa Justa una maestra que no haya aprendido a matar para vivir.» A pesar de sus problemas con las náuseas, a pesar de la empatía lacerante que experimentó con cada uno de los cuatro conejos que se sacrificaron y a pesar de la copiosa comida de celebración que siguió al asunto, Severina se sintió orgullosa al saber que, en teoría, a partir de entonces, ya podría sobrevivir perdida en el bosque.

A finales de enero, viajó a Pontes para comprar cemento y baldosas. Quería cubrir el hueco de casi dos metros cuadrados situado bajo la mesa del comedor y hacer otras mejoras en la casa. Había recibido carta de la tía Julia. Iba a alquilar el piso de Barcelona, por lo que había dejado sus pertenencias en un guardamuebles. «Lo que es tuyo», le dijo, «te llegará dentro de unas semanas, ya sabes a qué me refiero.» Y Severina supo, por el tono seco de la carta que ni siquiera se dignaba nombrar el objeto de la discordia, que Julia seguía ofendida. Otro día de la misma semana, subió a las cuevas de los Carantos. Habitualmente, caminaba hacia arriba sin objetivo, solo por el placer de esponjar la soledad endurecida que anidaba en su interior. Pero ese día llevaba un mapa. Se lo había dado Neus, la única niña que no dibujaba corazones ni arco iris ni parejas de novios, sino mujeres salvajes que hacían la colada, mujeres salvajes que bailaban y mujeres salvajes que corrían. Eran dibujos ligeros y estilizados, sin detalles pero con gracia. Dibujaba las cortinas de lluvia con trazos continuos que parecían rejas alrededor de las mujeres que tendían ropa en el bosque. Un día la maestra le preguntó por qué siempre tendían la ropa cuando llovía. Neus hablaba poco. Tenía el talante reservado y frugal propio del valle. Lolita se le anticipó: «No la tienden para secar, la tienden para lavarla bajo la lluvia». También dibujaba a esas mismas mujeres de mirada fiera en la plaza de Dusa, rodeadas de negra noche. Neus tenía el don de dibujar el movimiento con trazos estáticos, algo extraño, como si incluyera dentro de la imagen fija el movimiento de antes y el que vendría a continuación. En esa plaza, unas mujeres llegaban y otras huían. «¿De qué huyen?», preguntó la maestra. Neus dijo que a veces bajaban a la plaza para bailar, pero cuando sospechaban que llegaba un vecino, huían hacia las cuevas. En el pueblo todos sabían cómo se comportaban las brujas y dónde vivían, y en el mapa que Neus le había dibujado no faltaban las indicaciones precisas, pese a lo cual Severina se perdió (sospechaba que alguna perversidad secreta la impulsaba a perderse, pues, aunque no lo hacía aposta, se perdía a menudo y le gustaba). Cuando se volvió a orientar, ya era media tarde, y cuando llegó a las cuevas de los Carantos apenas quedaba nada del sol resplandeciente del mediodía que la había animado a salir. Nunca recordaba que, en la montaña, oscurece pronto. Poco dotada para los fenómenos paranormales, no escuchó voces ni detectó ninguna presencia sobrenatural. En cambio, de regreso, sí le ocurrió algo extraordinario. Por primera vez vio Betelgeuse. Había anochecido, se asustó, no había traído linterna y no había luna. Años atrás, había leído sobre cómo orientarse con la ayuda del firmamento en un libro llamado *El cosmos*. Se pasaba horas aprendiéndose los nombres de las estrellas y la forma de las constelaciones en los dibujos y las fotografías en blanco y negro. Una noche de invierno en que su padre llegó pronto a casa le dijo: «Deja el libro y ven conmigo, que si algo puedo enseñarte es a orientarte de noche». En la explanada, él levantó los ojos al cielo y le mostró la constelación del Cazador. Le explicó qué debía hacer para reconocer el sur, trazando una línea imaginaria desde Betelgeuse en el hombro derecho del cazador hasta Rigel, en el pie izquierdo. Ella, enfrascada en el libro que se había negado a abandonar, alzó los ojos por fin. No conseguía encajar la foto en blanco y negro con lo que veía en el firmamento. «Betelgeuse es fácil», dijo su padre, «es la que más brilla porque se está muriendo.» Severina miró de nuevo a la página y luego al cielo. Nada. Su padre miraba hacia arriba y la distinguía claramente, ella, en cambio, solo era capaz de verla en el papel. Sin embargo, ahora la estaba viendo por primera vez. Reconocer Betelgeuse cuando más la necesitaba le pareció un azar memorable. Pensó también en la paradoja de aquella tarde: se había perdido en la claridad y se había orientado en la oscuridad. Sí, merecía la pena haberse perdido, merecía la pena haber venido a Dusa a perderse, merecía la pena todo lo que le quedaba por hacer entre aquellas montañas.

Aquella noche, evaluó el cumplimiento de los tres objetivos que la habían conducido hasta allí: la casa, la nieve, el pueblo. La casa progresaba, con apaños y pequeñas mejoras. De la nieve, no tenía queja. Había visto copos de todos los tamaños, capas de todos los espesores, la blancura que deslumbra y la nieve sucia, el silencio de los copos al caer y el que imponen las nevadas colosales cuando cesan. Y aún quedaba invierno. Su objetivo de socializar, en cambio, progresaba con altibajos. Ella había imaginado que bastaría con «ser de un pueblo», vivir en él, cruzarse con los vecinos y hablar del tiempo, se había convencido de que todo fluiría de manera natural. Pero la media distancia que suele regular la convivencia en grupo se le resistía: juntarse fraternalmente, congregarse, agruparse (sin intimidad pero con comodidad) en una mesa larga, en una excursión, en una conversación a varias bandas, eso no se le daba bien. Como no podía romper la fina pared de la burbuja, sonreía para acortar distancias. Sonreía tanto que a veces le dolía la cara. Después de las banalidades que se esperan de un diálogo casual, se despedía con un alivio infinito y desproporcionado. A veces le parecía imposible que el interlocutor no se hubiese dado cuenta de su sufrimiento y, entonces, sonreía aún más al día siguiente, porque su predisposición a no herir ni desanimar al interlocutor pasaba por encima de cualquier otra emoción. Francamente, jamás habría imaginado que conocer gente fuera tan agotador.

La escuela no contaba para ese fin. Iba allí a trabajar, no a hacer vida social. Así que aceptaba de buen grado la dificultad que supone enfrentarse a un grupo. Pero, al mismo tiempo, creía percibir cada vez más nítidamente que no era apropiada para ese trabajo. Tendía a concentrarse en un solo alumno en exceso y le costaba pasar al siguiente, y queriendo ser útil a todos acababa con la sensación de no serlo a ninguno. Tampoco era una maestra-amiga. No le gustaba esa función. De modo que, igual que en la calle, funcionaba en la escuela con la impostura que tanto la fatigaba. La impostura obligada de los adultos frente a los niños. No había alternativa. Si se hubiera soltado, el escándalo habría sido mayúsculo, los tinteros de Vladímir habrían quedado en nada en comparación. Si se hubiera soltado, les habría hablado de su necesidad de soledad, de la pasión y del éxtasis, les habría contado lo que hizo en el prado de Gelada con la Bestia, les habría enseñado a leer libros oscuros y a recitar los versos más negros, les habría revelado la fórmula secreta para no necesitar nada ni a nadie por si un día se quedaban solos y desvalidos, les habría contado sus días alcohólicos en la casa de la carretera... Pero no podía, por la ternura que le despertaban, porque era una fuerza viva perteneciente al cuerpo de maestros, por temor a escandalizarlos y porque habría sido expulsada de la profesión.

En resumen, de las relaciones que había iniciado, la única que le parecía medio normal era la que tenía con las primas. No había sido capaz de quedarse a vivir con ellas, pero las visitaba a menudo. Justa la trataba con maternal familiaridad, Teresa andaba por la casa apostillando a Justa, y a veces acudían amigos y vecinos, de modo que ir a verlas era un poco como ir al bar, algo que siempre habría querido hacer y nunca hacía porque en el valle los bares no eran como los que había frecuentado con la tía Julia en algunos hoteles de Barcelona: las mujeres no entraban en el bar del pueblo solas sin ser observadas de la cabeza a los pies y Severina no quería ser observada de la cabeza a los pies.

Justa parecía preocupada por su manera de relacionarse y la empujaba con insistencia a frecuentar a gente de su edad. Le pidió pensar en alguien a quien le apeteciera conocer más a fondo. La maestra le mencionó a dos jóvenes del pueblo, Cristina de las ovejas, a quien alguna vez había visto de lejos en los pastos con su rebaño, y Tomás de la burra, a quien veía llegar temprano por la mañana cuando vivía con las primas. Justa le preparaba la fiambrera y él se largaba con un par de hachas y regresaba horas más tarde con una buena carga de leña a cada lado del animal. A Justa no le agradó la selección: con Cristina no tendría nada de que hablar, dijo, y qué decir de Tomás, un leñador medio pasmado. Le dijo que los que trabajaban en el campo o con el ganado no eran para ella: carecían de aspiraciones. «¿Aspiraciones?», preguntó Severina, pues siempre había sentido aversión por esta palabra que parecía exigir ser insuflada sin pausa. Justa, que no veía nada malo en la palabra, empezó a irritarse y dijo al fin que, si no le importaba la falta de aspiraciones, al menos tuviera en cuenta el carácter: los jóvenes de Dusa eran más bien ariscos, y ella ya era lo bastante esquiva como para frecuentar a gente del mismo estilo. «Te convienen mozas instruidas y forasteras como tú», dijo. Y de nuevo le habló de la pandilla de maestras de las aldeas vecinas. Era un grupo rebosante de vida y color compuesto por jóvenes que salían juntas a bailar, a la peluquería y a la modista. La maestra de Bodori, la de Viu, la de Forcat y la de Estet, originarias de Huesca, Solsona, Lleida y Manresa respectivamente, todas con poco más de veinte años. Severina tenía un buen recuerdo de la tarde que se había reunido con ellas, pese a la falta de intereses comunes. La de Bodori, que sin duda lideraba el grupo, había contado seguramente por enésima vez la expulsión de Ramón de Txep a la intemperie helada. Contó también con mucha gracia el día que olvidó a unos alumnos castigados a quedarse en clase hasta acabar los deberes. Ella había salido a tomar el fresco, se había encontrado al contable de Pontes y se había largado con él a las fiestas del pueblo vecino. Al día siguiente el alcalde, que había tenido que liberar a los críos encerrados, la convocó a primera hora de la mañana con la intención de abroncarla. Ella respondió a sus violentos reproches con una pregunta melodiosa: «¿Acaso usted nunca fue joven?». Él se fundió como cubito en caldo hirviendo y nunca más se habló del asunto. Los padres se mostraron también muy comprensivos con la simpática maestra. «¡Se le fue al santo al cielo, puede pasarle a cualquiera!», decían.

Las maestras conversaban con un ritmo atropellado y bullicioso que a Severina le costaba seguir. Cambiaban de asunto sin avisar y sin que nada lo indicara previamente, no les importaba dejar los temas a medias, y cuando Severina conseguía incorporarse a un hilo de la conversación, ellas ya habían iniciado el siguiente. Como tantas veces le había ocurrido en casa de la tía Julia, de vez en cuando le preguntaban si se aburría. No se aburría. Solo que desconocía su mundo y no tenía nada que aportar, con lo que se sentía en deuda: nada sabía de consejos de manicura, ni de trucos de maquillaje ni de cotilleos (porque nunca preguntaba ni prestaba la suficiente atención). Por el contrario, ellas le aportaban una gran cantidad de conocimientos sobre majaderías que la entretenían muchísimo y hasta la fascinaban. Seguían los avatares de la prensa rosa. Constantino de Grecia estaba a punto de casarse con Ana María de Dinamarca y Sacha Distel con una campeona de esquí, Fabiola de Bélgica esperaba un hijo y Soraya había echado el ojo a un playboy alemán llamado Gunter Sachs. Ellas sabían todo eso gracias a que la maestra de Bodori consideraba un gasto ineludible las cinco pesetas que cada semana destinaba a comprar la revista *Lecturas*, que Severina no había visto nunca en casa. Luego, la compartían. La especialidad de la maestra de Viu era *El Caso*. Habían mantenido un fogoso debate en torno al Bujías, que provocó división de opiniones entre las maestras. El criminal en cuestión había descuartizado a su mujer con un destornillador y la maestra de Viu sostenía que «hay que entender a un hombre que pierde la cabeza». Su argumento era que los sentimientos lo hacían más humano, mientras que las demás (aunque admitían que era más entrañable descuartizar a la mujer propia que a una desconocida) se negaban a justificar el comportamiento del sujeto. Severina no fue capaz de decantarse a tiempo, porque ella era mucho de sopesar los pros y los contras, y mientras los sopesaba las otras se levantaron de repente y decidieron ir de tiendas. En realidad fueron a una. Los tíos de la maestra de Bodori tenían una de las tres tiendas de ropa que por entonces había en Pontes. En la puerta, Severina alzó los ojos para leer el rótulo rojo y blanco: «Camisas y géneros de punto», murmuró, y acto seguido se quedó prendada de las novedades del escaparate: los nuevos jerséis de Leacril, los calcetines Punto Blanco y el nuevo modelo Tentesolo («el calcetín sin goma que no se cae»). La de Bodori salió de la tienda como una bala: «¿Entras o qué?», dijo. Severina comprendió que, para ellas, ir de tiendas consistía en probarse todas las prendas a su alcance sin la menor intención de compra. Incapaz como siempre había sido de probarse nada que no pudiera comprar, Severina admiró su valor a la hora de pedir un vestido tras otro, y sobre todo su imperturbable serenidad: no parecían sufrir (mientras ella sufría solo con verlo) cuando forzaban una manga demasiado estrecha o trataban de bajar a toda costa una cremallera atascada. Tampoco parecía sufrir la amable dependienta, que no dejaba de animarla a hacer lo mismo. Se miraban al espejo, pletóricas y satisfechas salvo por una frase que repetían a menudo: «¡No me queda como en el figurín!», decían, porque las muy delgadas empezaban a estar de moda; no allí, en el valle, pero sí entre las jóvenes instruidas que eran ellas. «No me queda como en el figurín», repetían. Pero Severina las veía perfectas. Otro inconveniente que les provocaba mucha ansiedad eran las carreras en las medias, vio aquella tarde llorar con gruesas lágrimas a la maestra de Viu por ese motivo. Severina no salía de su asombro, porque ¿qué era una carrera en una media si lo comparaba con unos padres muertos, una vida devastada, una tuberculosis terminal, un accidente mortal, una abuela depurada y una tía que la había abandonado por un torero? ¿Qué era una carrera en una media si lo comparaba con un hijo condecorado, pobre Madrona? Y entonces se reñía a sí misma, porque su madre le había inculcado que todo sufrimiento, por diminuta que sea la causa, merece un respeto. Y se esforzaba por respetar las lágrimas de la maestra de Viu por la carrera en la media porque, de natural, no le salía.

Les gustaba bailar e iban siempre acompañadas de un tocadiscos portátil. El Lavis, decían, porque la marca empezaba a cobrar importancia. Cuando era pequeña nadie decía la marca de nada, la variedad de marcas era un fenómeno reciente. Por eso Severina sabía que el Lavis era de la maestra de Bodori mientras que la maestra de Forcat ahorraba para comprarse un Koestler. Se fijaron en las Polaroid de Severina. «Son auténticas», exclamaron alborozadas. La de Viu sacó del bolso las Polaroid falsas que llevaba. «¿Lo ves?» «No», dijo Severina. «Las tuyas son auténticas. Aparece la palabra "amor", muy pequeñita, grabada en el puente, ¿lo ves?» La miraron con recelo, como si desconfiaran de la inconsciencia de Severina, como si no le perdonasen que no diera importancia a la autenticidad y al precio de lo que llevaba sobre la nariz. A punto estuvo de decir que eran un regalo de su tía, lo cual era cierto. Pero se negó a justificarse.

Las cuatro maestras eran aplicadas. Una vez por semana iban a coser a la tienda de ropa y la modista les enseñaba a dibujar patrones y a cortarlos.

Aprendían a cardarse el pelo con una amiga peluquera, pues el peinado de moda era la melena corta con las puntas hacia arriba y una masa abombada sobre la cabeza que solo se conseguía cepillando los mechones en sentido contrario desde la raíz. Todas se peinaban así salvo la de Forcat, que lo llevaba corto, y la de Dusa, que lo llevaba recogido en una coleta. El día que estuvieron con ella insistieron en peinarla. Severina era complaciente por naturaleza con los desconocidos, pero cuando se negaba a complacer, lo hacía con una rotundidad algo violenta. No permitió bajo ningún concepto que le cardaran el pelo.

También aprendían a bailar el tamuré. Aunque Chubby Checker ya sonaba en los guateques de los jóvenes urbanos con su «Let's Twist Again», las maestras bailaban una danza tahitiana que se había puesto de moda aquel año. Ellas mismas se hicieron con la modista una falda para bailar y también las flores de hibisco con que se adornaban el pelo.

174

Aquella tarde acabaron las cinco en un almacén repleto de cajas de botones y cremalleras y de bobinas de tejido, un local que los tíos de la maestra de Bodori les dejaban para las clases de baile. Mientras se ponían la falda y el collar de flores hablaban de gente que Severina no conocía y comentaban noticias que no le habían llegado. También hablaron de Primitiva y le preguntaron si la había intentado captar. «¿Captar?», dijo Severina. Le contaron entonces que Primitiva había venido de Lleida, hacía muchos años, decidida a captar afiliadas para la Sección Femenina, pero no había tenido éxito porque, según dijo la de Bodori, «las de aquí arriba son muy suyas». La de Forcat dijo que aquel fue el primer fracaso político de Primitiva y la de Bodori la interrumpió: «No hablemos de política que está feo». Distribuyó unas calabazas rellenas de semillas que usarían como maracas y luego sacó el disco de la funda: «Leed las instrucciones, que la de Dusa no sabe bailar el tamuré». La de Estet leyó un papel pegado a la funda del disco: «"Los varones sacuden las rodillas, las muchachas sacuden las caderas y las largas melenas"... Larga melena no tenemos», dijo, «pero da igual». Severina se negó a sacudir las caderas y la melena en público con la misma contundencia con la que había impedido el crepado del cabello, pero para compensar tanta negativa dejó que le deshicieran la coleta y le encasquetaran una flor de hibisco. Aunque el alambre del tallo se le clavaba en la oreja, no apartó la flor ni dejó de sonreír con la actitud más dulce y tahitiana que pudo imaginar. Por eso le dolió que, de nuevo, le hicieran la pregunta habitual. Y no, no se aburría, solo era que la entristecía no sentir deseos de bailar el tamuré. Todo eso había ocurrido poco antes de Navidad.

A principios de febrero, Severina se encaminó a la centralita para llamar a la fonda de Bodori donde se alojaba su heroína. Le formuló su primera invitación, ilusionada, en un tono solemne pero bastante confuso. «Supongo que el próximo sábado tenéis planes, supongo que no tenéis ganas de venir a mi casa, y sin duda llamo con poca antelación, así que tal vez sea mejor dejarlo para más adelante...», dijo. «¿Dejar qué?», preguntó la de Bodori. «Lo de invitaros una tarde a tomar café», repuso Severina. Desconcertada, la de Bodori replicó: «Si no te apetece, no te preocupes, no hace falta que lo hagas». «Oh, no era eso lo que quise decir. Quise decir todo lo contrario», dijo Severina. «En ese caso, por nosotras, estupendo. Tenemos unas ganas locas de ver tu casa. A la hora que digas, allí estaremos.» Severina asintió con entusiasmo y la de Bodori exclamó: «Ah, ¡y queremos ver el hueco!... El que dejó el maestro que robó las baldosas».

16

Severina descubrió que su madre también tuvo una infancia gracias a las visitas del doctor Flos. Tenía trece años cuando el médico comenzó a acudir con cierta regularidad a casa de Simona, que sufría un nuevo brote de una enfermedad cuyos primeros síntomas se remontaban a la infancia. Las visitas del médico eran toda una novedad, pues en aquel piso no entraba nadie salvo López de vez en cuando. Severina apenas sabía nada de la niña que había sido su madre. Sabía que no había conocido a su padre, que apenas había convivido con su hermana Julia, que con su propia madre había tenido una relación estrecha, aunque la abuela de Severina solo aparecía en las conversaciones a través de frases lapidarias que no invitaban a continuar el diálogo. Eran frases sin contexto, y Simona las pronunciaba seguidas de un suspiro que a Severina le sonaba como el sonido de una puerta neumática. La puerta se cerraba en su cara y ella nada podía hacer salvo apartarse para no perder la nariz. «"Habilítate para las Nacionales", me dijo mamá antes de irse al campo... ¡Pobre!» Simona suspiraba y la puerta se cerraba, *txsssssss*, Severina miraba hacia otro lado y el asunto quedaba a merced de su imaginación, donde la abuela Elvira se le aparecía, pobre pero fresca (pues había preferido abandonar a su hija y largarse al campo) sentada en un sillón de mimbre mientras desgranaba guisantes, leía bajo una pérgola o hacía arreglos florales con dalias recién cortadas, ignorando lo mucho que su hija Simona sufría por ella (además de lo mucho que sufría por Román). Fue en presencia del doctor Flos cuando Severina sospechó por primera vez que su abuela no se había ido a ningún lugar de reposo y que la guerra que había vivido Simona no era esa abstracción a la cual siempre restaba importancia. Comprendió que para su madre la guerra había sido una experiencia plena y que se hallaba profundamente marcada por lugares, paisajes y amistades de las que Severina no tenía ni la menor idea.

Aunque el doctor Flos había acudido a casa en otras ocasiones, las primeras visitas a las que Severina estuvo atenta fueron en febrero, durante la helada del 56. «Aquí el frío es femenino, lo llaman *la fred*», dijo su madre, «pero a mí me gusta más como lo decíamos en Lleida, *lo fred de Ponent*», y al parecer ese día se dieron cuenta de que ambos tenían una ciudad en común. A partir de entonces, durante las visitas, la ciudad aparecía a menudo. «Hábleme de nuestra ciudad, hábleme de cuando era pequeña», le decía el médico.

Y Simona le hablaba de la ciudad que había abandonado a los ocho años.

Él había pasado allí la primera etapa de su vida profesional, Simona la de su primera infancia. «¿Y nació usted allí?», le preguntó él. Severina se enteró así de que su madre había nacido en Lleida, aunque no tenía acento porque la abuela Elvira era de un pueblo cercano a Girona y, tras conocer a su marido, se había trasladado a la ciudad de poniente. «No llegué a conocer a mi padre», dijo Simona, «murió antes de que yo naciera..., pero siempre quise que aquella fuera mi ciudad, un apego tremendo, el mío», sonrió. «Sin embargo, no pudo ser. Mi madre aborreció la niebla cuando me diagnosticaron la enfermedad y decidió vivir en pueblos soleados de la provincia de Barcelona y de Girona. Así fue como me convertí en la persona con más añoranza del planeta», dijo. Y entonces se rió, se reía con aquella risa paradójica que Severina recordaría siempre como su sello distintivo. La impresionó oírle confesar aquella añoranza infinita por una ciudad de la que nunca hablaba. «No, no quería irme. Me gustaba la niebla con locura. La niebla densa de Lleida. Y no me gustaban los pueblos soleados y secos adonde fuimos luego.» El médico asentía, porque cuando empezaban a hablar de la niebla estaban siempre de acuerdo en todo, y la nostalgia se hacía reiterativa hasta la náusea. Solo salían de ella cuando, de repente, aparecía un nombre propio que pronunciaban como cuando alguien saca del bombo un número premiado y lo lee. «¡Pepita!», exclamaba el doctor Flos con entusiasmo. «¡No me diga! ¿Se refiere usted a Pepita Úriz?», se exaltaba Simona. «Pepita la navarra, ¡pedazo de mujer!», decía él. Pepita había sido profesora de Simona en el año 33 en la Normal de Lleida, adonde la madre de Severina regresó para estudiar. Severina nada sabía de esta época de su madre, ni acerca de Pepita, que había sido un referente importante para Simona por haber creado una biblioteca ejemplar en la escuela y una residencia femenina laica. También supo que sus estudios allí duraron poco tiempo. «Por desgracia la enfermedad me llamó de nuevo... Y eso que no había tenido ningún brote desde que era pequeña, siempre he tenido mucha suerte con la enfermedad, ¡me ha dejado en paz durante tantos años!...» «Una lástima no haber podido continuar en la Normal...», dijo él. «Sí y no. Bien mirado, si me hubiera quedado en Lleida, lo mismo me pilla la bomba del Liceo Escolar... Pero ya ve, he tenido mucha suerte en la vida... Además, acabé los estudios como alumna libre en el pueblo donde estaba destinada mi madre. Después, al final de la guerra, conocí a Román... *en aquellas circunstancias tan terribles que le comenté.*» En este punto, ambos callaban hasta que él exclamaba: «Ah, Lleida, Lleida...», y sacaba el tabaco del bolsillo para prepararse una pipa con parsimoniosa melancolía. «Alguien dijo que es una de esas ciudades adonde uno llega llorando y de donde uno se va llorando..., en el sentido de que, aunque es una ciudad poco agraciada, luego se la echa de menos.» Simona asentía y suspiraban al unísono, pero enseguida protestaba. «¿Poco agraciada, ha dicho? ¿Existe una imagen más sugerente que la visión del castillo envuelto en la niebla densa cuando se llega a la ciudad?» Y otra vez volvían a la niebla y parecían fundirse en ella hasta que surgía una voz del bombo con el nombre de otro conocido común. «¡Victorina!», decía Simona. Y el médico completaba: «¡Victorina y Frederic! ¡No me diga que conoció a Frederic!». «Solo a Victorina, era una buena amiga de mi madre. Cuando Frederic murió en aquel viaje, ella se quedó sola con los niños. Yo debía de tener seis o siete años..., poco antes de irme de Lleida, jugaba a veces con su hija, que tenía mi edad.» «Victorina, ¡pedazo de mujer!», decía el médico, «se hizo cargo del Liceo Escolar cuando él murió, ¿no?» «Sí, durante un tiempo.» «¿Y qué habrá sido de ella?» «Se fue al exilio. Traspasó el Liceo a Humbert Torres antes de irse a México.» Y de nuevo un nombre evocador. «¡Ah, Humbert, Humbert!», decía el médico, «¿le conoció también?» «No, solo de oídas», dijo Simona, «¿qué fue de él?» «Se fue a Francia y volvió hace unos años, pero solo para morir... ¿Sabe usted que tenía un hermano afectado por... la enfermedad?» «Sí, Mario», dijo Simona, «pero yo no sabía que estaba enfermo..., solo sé que era medio poeta.» El doctor dijo: «Fuimos colegas de la misma promoción, estudió medicina y contrajo la enfermedad durante la guerra. Y no fue medio poeta, ¡no señora!, fue un poeta entero». «Y luego, ¿qué fue de él?», preguntó Simona. «Cuando su hermano se marchó, Mario se quedó en el sanatorio de Puig d'Olena... Bueno, de hecho murió allí.» Simona suspiró y él dijo: «No

180

se me desanime, Simona, que la ciencia ha avanzado mucho en estos últimos años... Y, además, tenga en cuenta que fue en el sanatorio donde Mario escribió aquellos maravillosos poemas que ahora son un libro. Como usted dice, lo que no mata engorda». «Bueno, hasta cierto punto», dijo Simona. Suspiró de nuevo y añadió: «El caso es que Humbert y Mario no volvieron a verse por culpa de la guerra... ¡Cuánto dolor inútil!», exclamó. Y fue la única vez que Severina la escuchó hablar de la guerra con verdadera aflicción, tal vez porque la enfermedad le hacía abandonar la cautela exagerada de etapas anteriores o tal vez porque pensaba que su hija, atareada con las muchas tareas domésticas que llevaba a cabo desde que Simona estaba enferma, no escuchaba con atención.

De hecho, su hija escuchaba a ratos, aunque por lo general prestaba poca atención a las anécdotas de los conocidos comunes de Lleida. Solo muchos años más tarde ataría cabos sobre algunos de aquellos nombres, al encontrarlos reseñados en libros o documentos. En aquel momento, le parecía mucho más interesante saber qué pasaba por la cabeza de su madre cuando era una niña. Pasaba el miedo. El miedo a ser expulsada. «Viví toda mi infancia bajo la amenaza de las propietarias», dijo un día, como si hablara de una especie invasora maligna. «Mi madre era interina, y siempre, cuando ya me había acostumbrado al pueblo, llegaba la titular de la plaza... Y eso que, al llegar, ninguno de aquellos pueblos secos y soleados que mi madre buscaba para arreglar mis pulmones me gustaban. Pero lo que no quería era irme... En cambio, a mi madre siempre le apetecía irse, creo que presentía la guerra y por eso no tenía ningún interés en una plaza fija. Pero para mí cada duelo se encadenaba con el siguiente. De los ocho a los catorce años creo que estuvimos en no menos de siete pueblos, de una escuela a otra, en las provincias de Lleida, de Barcelona y de Girona... Mi familia siempre de una punta de Cataluña a otra, ya ve... Así que desde que llegué aquí no me he movido.»

La pequeña Simona se encargaba de recibir a las propietarias de la plaza (eran pueblos tan diminutos que no daban ni para un comité de bienvenida), y de camino a la estación o a la parada del autobús inventaba artimañas para ahuyentarlas. «Una vez conseguí desanimar a una, le expliqué lo aburrido y muerto que era el pueblo..., ni siquiera salió de la estación. Llegué a casa feliz. Además, me parecía que mi madre también se sentía a gusto allí, que se alegraría de lo ocurrido. Pero no me felicitó por ello, todo lo contrario..., me preguntó si me había puesto en el lugar de la joven que llegaba con esperanza, tal vez con miedo... Lo recuerdo bien, porque desde ese día no he dejado de ponerme en el lugar de los otros, ¡creo que no he hecho otra cosa en mi vida!», y se rió como si ponerse en el lugar del otro la hiciera amargamente feliz.

En otra ocasión, contó cómo en 1931, tras la proclamación de la República y el decreto que obligaba a las escuelas a suprimir el crucifijo del aula, el cura envió a su ama de llaves a recogerlo. «Me impresionó ver con qué respeto mi madre lo descolgó, lo limpió y lo guardó bajo llave en el cajón, sin estridencias. Y me impresionó porque yo sabía que mi madre, de misa, nada de nada. El ama de llaves lo reclamó, dijo que había venido a llevárselo, ya sabemos qué consideración tenían los maestros republicanos entonces... Pero mi madre le respondió que lo guardaría con mucho cariño, porque, aun no siendo creyente, Jesús le inspiraba una gran simpatía, no así sus seguidores y acólitos. El ama de llaves se puso loca, la amenazó con toda la potencia de su voz, pero mi madre se mantuvo firme y la otra se fue con las manos vacías. Y ¿sabe una cosa? Hace cinco años estuve de médicos en Barcelona y quedé con mi hermana Julia en el bar de uno de esos hoteles de lujo que tanto le gustan a ella. Y de repente me doy la vuelta y los veo. Sí, allí estaban el cura y su ama. Les servían un whisky sin hielo, y el ama dijo: "*On the rocks*, por favor", eso dijo. Dijo "*On the rocks*", la muy asquerosa. Su voz era aún más potente y sus modales más zafios que veinticinco años atrás...» El doctor dijo: «De modo que el ama no se fue con las manos vacías, ¿verdad, Simona?». A Simona le brillaron los ojos y él añadió: «Porque fue ella, ¿verdad?». «Eso me aseguró una amiga del pueblo con quien mantuve correspondencia... En fin, el caso es que allí estaban, la chivata y el asqueroso de su hermano, sumando lo menos ciento sesenta años entre los dos..., y mi madre, que murió en el campo, ni siquiera sé dónde está enterrada...» El doctor le acarició el dorso de la mano y dijo: «Es natural albergar resentimiento por algo así...». Simona apartó la mano sin miramientos y respondió sonriente: «¡Oh, no! No conozco el resentimiento, solo el presentimiento... Tenga en cuenta que esos dos me parecieron repugnantes desde el primer minuto que los vi. Por nada del mundo desearía estar en su lugar. Yo siempre quise una vida digna de ser vivida, ¿me comprende?». El doctor Flos la comprendía, la admiraba un poco más con cada visita y apreciaba la gracia con que contaba las cosas. De hecho, se había quedado prendado de la imagen del cura y del ama de llaves reclamando cubitos. «*On the rocks*, por favor...», dijo (como si la frase le pareciera excepcional, digna de ser pintada con el pie), y de nuevo insistió: «¡Todo un símbolo de la relación entre los vencedores y los vencidos!». Severina sospechó por primera vez que acaso su madre perteneciera a los vencidos y se preguntó si sería algo hereditario, aunque no le dio muchas vueltas. Las visitas del doctor Flos siempre terminaban con algún intercambio de libros o de discos. Simona le dejaba un libro. «Román me lo trajo de Toulouse», decía, bajito (en aquella casa siempre se bajaba el tono de voz para pronunciar «Toulouse»). El doctor, por su parte, le dejaba discos. Severina solo guardaría uno en su memoria.

«Son los últimos *lieder* de Strauss, el de los *lieder*, no el de los valses», puntualizaba siempre el médico. «Lo he conseguido hace poco, porque si cuando los interpretaba Lisa della Casa ya me gustaban, ahora esta Elisabeth Schwarzkopf la supera con creces.» Así, Severina descubrió los *lieder*, que quedarían indisociablemente unidos a la enfermedad de su madre. Un atardecer tras otro, los escuchaban en silencio y Severina, muy dotada para las palabras cuyo significado desconocía, se aprendía fragmentos de memoria, tomando así contacto con la lengua alemana por primera vez. En una ocasión, el doctor Flos elevó tanto el volumen que parecía que él y su madre se habían vuelto locos, «la belleza de la decadencia es insuperable», decía el médico, y Severina se acordó de la Revelación y por primera vez vio belleza en ella. Aquella tarde que el médico sublimó la decadencia soplaban rachas impetuosas de tramontana. Simona odiaba el viento, pues lo consideraba el mayor enemigo de la niebla y todos los enemigos de la niebla eran sus enemigos, y esto suponía un gran punto de encuentro con el doctor Flos, que andaba muy desinhibido aquella tarde y profería sentencias de su cosecha en lugar de citar a los clásicos como solía. «La niebla te impide ver más allá de la nariz, Simona, y eso es magnífico, porque a menudo más allá de la nariz no hay más que una luz cegadora e inclemente donde nada se oculta y donde no hay manera de hilar fino.»

Aumentó el volumen del *lied* hasta que el sonido del viento se apagó por completo, y a Simona se la veía feliz. En un momento dado, Severina tuvo la impresión de que los tres entraban en una especie de comunión, sintió que a ninguno de ellos le importaría sucumbir de repente allí mismo, porque Strauss con su música demente y la Schwarzkopf con su voz de otro mundo acababan de derrotar al silbido inhóspito del viento. «Hemos ganado, Simona, hemos vencido a ese viento detestable, hemos vivido un instante que vale por toda una vida, ¿a que sí, jovencita?», dijo, porque Severina se había quedado extasiada escuchando su filípica contra el viento. Y de pronto estallaron en risas, como inmensamente agradecidos por haber vivido un instante de los que valen por toda una vida, de los que hacen que te importe un bledo diñarla acto seguido porque te invade la absoluta certeza de no haber vivido en vano y porque sabes que, si la vida sigue, tus oportunidades de estropearla crecerán exponencialmente.

17

—La leyenda cuenta que, al comienzo de la guerra, el maestro se llevó las baldosas y desapareció para siempre —dijo la de Viu.

Las cuatro maestras examinaban atentamente el suelo desnudo bajo la mesa mientras Severina preparaba café. El desperfecto hacía del comedor un espacio algo inhóspito aquella tarde, una de las más frías de febrero.

—¿Tú sabes algo de eso? —preguntó la de Forcat.

Severina negó con la cabeza.

—¿Nunca se lo preguntaste a Justa? —dijo la de Bodori—. Lo sabrá seguro. Lo sabe todo.

—Nunca me ha hablado de ello.

—¡Pues pregunta! —insistió la de Bodori con cierta irritación en el tono de voz.

Severina pensó que ella nunca sabría lo que hay que saber porque nunca preguntaba lo que hay que preguntar, y nada de lo que tan atentamente leía e incluso memorizaba desde pequeña le sería útil para su incipiente vida social. En cualquier caso, tenía un solo objetivo: superar el reto de aquella visita sin desfallecer, luchar para que la agitación constante de su vida interior le permitiera una participación mínimamente digna en el encuentro que ella misma había propiciado.

–Yo el agujero me lo esperaba más profundo, la verdad... –dijo la de Estet, decepcionada–. Severina puso entonces sobre la mesa una botella de coñac que las invitadas miraron con recelo, excepto la de Bodori, que dijo: «Yo lo tomo por la noche, ahora no». Ante la negativa de las invitadas a servirse, Severina se llenó media taza, que completó con un chorrito de café por si el alcohol le daba sueño. Entonces, la de Bodori extrajo de una bolsa cuatro pliegos de hojas grapadas, cada uno con el mismo título: *Inventario*. Como eran cinco y faltaba un ejemplar, le cedió el suyo a Severina.

–Hemos pensado que quizá quieras participar en esta actividad.

Severina se encogió de hombros y murmuró:

–Inventario, ¿de qué?

–De partidos –dijo la de Bodori–, nada nos parece más interesante.

Severina tomó el cuaderno y lo hojeó. No era un simple inventario. Era una colección de fichas de hombres en edad de merecer. Cada entrada había sido elaborada con la minuciosidad propia de un servicio de inteligencia: descripción física, aficiones, extracción social, propiedades mobiliarias e inmobiliarias, informes adicionales sobre el pasado y sobre los movimientos cotidianos del individuo y, en unos pocos casos, fotografía del sujeto.

Severina calibró el grosor del cuaderno y murmuró: «Jamás imaginé que en el mundo real hubiera tal cantidad de hombres maravillosos». La de Bodori replicó que no tenían por qué ser maravillosos, que bastaba con que cumplieran ciertos requisitos como, por ejemplo, sacarse las castañas del fuego. La de Forcat puntualizó: «No exageres. Es cierto que somos exigentes en la selección, pero si el individuo está en condiciones aceptables, lo inventariamos». Luego añadió que no era indispensable que fueran del valle: «Hay muchos de la

Val d'Aran, como podrás ver. Y también de más abajo. Si hay que bajar a Lleida o a Balaguer a tomar vistas, pues bajamos. De hecho, los preferimos forasteros». «Sí, porque en el valle, o trabajan en la mina o trabajan en el campo», dijo la de Viu. «En la mina se ponen enfermos y luego no valen un pito. Y a los campesinos los descartamos por razones obvias.» Severina no se atrevió a preguntar por las razones obvias por temor a discrepar y sentirse aún más alejada de aquel microcosmos de mujeres tan conocedoras de las reglas que regulaban el mercado de hombres casaderos. Superó aquella sensación de exilio concentrándose en la lectura del *Inventario* como si se tratara de una novela.

–¿Querrás copia? –dijo la de Bodori.

Severina no respondió. Se hallaba inmersa en la ficha del acordeonista de Durro.

–En ese ni te fijes. Ha dejado el taller –dijo la de Bodori.

–¿El taller?

–Sí, mujer. Lo llaman acordeonista porque toca cuatro cosillas, pero de eso no se come –dijo la de Viu. Bruscamente arrebató el cuaderno a Severina y tachó con una raya implacable y muy roja el nombre del acordeonista–. ¿Lo sustituimos por el lampista de Pontes? –preguntó.

–Por mí, sí. Ya sabes que los trabajadores manuales son mi debilidad. Sobre todo los de mono azul –dijo la de Forcat.

–Yo no le he visto nunca con el mono, pero en cualquier caso, es un mozo presentable. –Se volvió hacia Severina y puntualizó–: «Presentable» es uno de los requisitos mínimos.

–Y, además del lampista, ¿tenemos alguna otra novedad cerca de aquí? –Cuando hablaba, la de Viu se pasaba acrobáticamente el lápiz entre los dedos con gran agilidad.

–Vamos a ver –dijo la de Bodori–, en Pontes hay dos partidos nuevos: el notario y el farmacéutico. En Vielha tenemos un monitor. Y en Pont de Montanyana hay un veterinario nuevo, con plaza en propiedad. Descartado el farmacéutico porque tiene caspa y el veterinario porque se sospecha que tiene novia, nos queda el monitor.

–¿Monitor de qué? –dijo la de Estet.

–¿De qué va a ser? De las pistas, mujer. Ah, y es de Madrid, muy campechano y algo chulito...

Como la maestra de Viu había levantado el labio superior en señal de desprecio al oír la palabra «monitor», la de Forcat dijo:

–¿No quedamos en que los criterios económicos no lo son todo?

–Totalmente de acuerdo –dijo la de Estet–. Además, el monitor tiene unas pestañas que te mueres.

–De las pestañas no se come –sentenció la de Viu.

–De las pestañas no, pero tiene un Chevrolet Belair, puedes verlo en la ficha –dijo la de Bodori señalando la nota con el dedo–. No sé qué es un Chevrolet Belair, pero suena estupendo. –Y prosiguió, mirando el reloj–: Bueno, resumamos. Yo voto por incluir al de Madrid. Y me falta uno, porque si no esta sección nos queda algo coja...

–¿No dijiste antes que en Pontes hay un notario nuevo? –dijo la de Viu.

–Sí, pero es rarito.

Mientras Severina se imaginaba un surtido de rarezas tentadoras entre las cuales tal vez estuviera la del notario, las otras iniciaron algo parecido a una discusión. Según dedujo, le recriminaban a la de Bodori el hecho de acaparar pretendientes. La aludida atajó los reproches.

–Estoy dispuesta a negociar. Me conviene quitarme algunos pretendientes de encima.

–Ya –dijo la de Forcat–. Pues muévete.

–Si alguno en particular os interesa, haré lo posible. Pero seleccionad, por favor. No puedo pasarme la vida ahuyentando.

–No se trata de eso –dijo la de Viu–. Lo que me molesta es que solamente los tengas como para entretenerte.

–¿Y? –preguntó la de Bodori.

–Pues que se nota que no tienes intenciones serias, ya me entiendes –dijo.

Con un golpe seco, la de Bodori cerró el cuaderno sobre la mesita:

–Verás, eso me lo han dicho otras veces. Y te doy la razón: no tengo intenciones serias.

La miraron. La de Viu, con incredulidad. La de Forcat, con una media sonrisa. La de Estet con una mirada indescifrable. La de Dusa, con curiosidad.

–Y entonces, ¿todo ese trabajo para qué? –preguntó la de Estet, señalando los inventarios.

–Es un servicio a la comunidad. A vosotras y a otras maestras que deseen beneficiarse, si se tercia. Tengo claro que todas hemos estudiado para buscar marido. Pero yo me estoy modernizando. En este momento no tengo un objetivo claro, pero lo del inventario me divierte.

–¿Dices en serio que no piensas casarte? –preguntó la de Estet.

–Ni hablar, nada de depender de un marido.

–Pero lo que dices es horrible, ¡tendrás que ser maestra toda tu vida! –repuso la de Viu.

–No necesariamente. Puedo seguir soltera y trabajar en otra cosa.

–¿Y cómo vas a tener hijos? –preguntó la de Viu, escandalizada.

–No quiero hijos. Hace cinco años que aguanto a mocosos y ya me toca cambiar. Quizá prefiera quedarme con la tienda de géneros de punto cuando mis tíos se jubilen.

–¡Bah! –dijo la de Forcat–. No me puedo creer que precisamente tú prefieras renunciar a una vida de casada para pasarte el día aburrida detrás de un mostrador.

–De aburrida, nada. Los viajantes son una especie interesantísima –replicó la de Bodori.

Perpleja ante la unanimidad de las otras tres sobre la finalidad secreta de los estudios y sobre la conveniencia del matrimonio, Severina, al oír la palabra «viajante», vio por fin la oportunidad de decir algo.

—Mi padre era viajante —susurró.

Todas la miraron y le hicieron repetir la frase porque la había pronunciado en aquel tono inaudible que le era propio. Al repetir la frase se sintió mal, pues se dio cuenta de que había interrumpido un tema apasionante para ellas con una información que les traía sin cuidado. Aun así, la de Estet preguntó por cortesía:

—Viajante, ¿de qué?

—Creo que de repuestos de máquinas de escribir.

—¿Crees?

—Bueno... Una nunca sabe a ciencia cierta a qué se han dedicado sus padres, ¿no es así? —dijo la de Bodori, ante el mutismo de Severina.

—Yo sí —afirmó la de Viu—. Es constructor de pisos. Y antes trabajaba en Regiones Devastadas.

—¿Devastadas por quién? —preguntó Severina.

—Ay, hija, pues por la guerra —respondió la de Viu.

—Por la guerra no. Querrás decir por lo que hicieron los salvajes de tus amigos... —repuso la de Forcat.

—Para salvajes, los tuyos —replicó la de Viu, y se enzarzaron en una discusión mientras Severina, refugiada de nuevo en la imaginación tras su rotundo fracaso como interlocutora, se deslizaba dando volteretas por una pendiente de nieve muy blanda y cada vez que se levantaba vestía de un color distinto. Al rato, oyó a lo lejos que la conversación había regresado a los hombres-partido y luego sintió que la observaban. Sospechó que le habían formulado una pregunta y se incorporó de golpe en la silla.

—Te preguntaba que si ya funciona la estufa. En la escuela —dijo la Viu.

Severina asintió con la cabeza.

—¿Seguro? —insistió la de Forcat.

—Eusebio la arregló en enero, y no ha tenido que volver —respondió Severina.

—Vaya, pues ya podemos darle el alta —declaró la de Bodori.

Se hizo un silencio tenso y, por fin, la de Forcat miró fijamente a Severina.

—La verdad es que no entendemos muy bien qué pretendes —le dijo.

—¿Cómo? —Severina acusó la incomprensión de sus potenciales amigas como una puñalada directa a su corazón de mantequilla.

—Que no sabemos qué quieres.

Peor aún. No supo qué responder. Tras una pausa, la de Bodori aclaró:

—Lo que necesitaríamos saber es lo siguiente: ¿estás completamente segura de que quieres renunciar a Eusebio?

—Bueno, yo nunca...

—Entonces, insisto, ¿volvemos a darle de alta en el inventario? —interrumpió la de Bodori.

Severina asintió con fuerza.

—¿Y por qué no te lo quedas? —preguntó la de Forcat. Su tono desenfadado distendió el ambiente—. Por parte de padre, tiene el futuro asegurado en la empresa. Por parte de madre, tiene patrimonio: es hija del de los cementos. Y, encima, el mozo es más que presentable.

—Mucho —dijo la de Estet—. De cara, tiene una nota altísima.

—Por las proporciones —añadió la de Viu—. Tiene un rostro muy proporcionado.

—Y no se hace pesado —insistió la de Bodori—. Ojo, que en un hombre cuenta mucho que no sea un plomo.

—Y se ha desvivido por la estufa, por lo que sabemos —sonrió la de Bodori, ahora más benévola.

Severina se aclaró la garganta y dijo:

—Bueno, como he dicho, ya la arregló.

—Pues nada. Tú te lo pierdes —repuso la de Viu en un tono impertinente, casi agresivo.

Estuvieron compadeciendo la suerte de Eusebio durante unos segundos hasta que Severina se sintió atacada por una culpabilidad pegajosa y empujada a pronunciar una no menos pegajosa justificación:

—Yo no hice nada —musitó.

—No es necesario hacer nada para atraer a un macho —dijo la de Forcat.

—Tiene razón. Por una parte, aquí las forasteras se cotizan. Por otra parte, el corte Chanel de tus pantalones negros puntúa. Las Polaroid auténticas, también. La piel de terciopelo puntúa. Y ese talante misterioso que parece que caigas de un guindo, puntúa también... Para el macho puntúa todo, ellos no son muy exigentes.

—Pero nosotras sí lo somos —rió la de Forcat.

Y se miraron con complicidad por motivos que a Severina se le escapaban por completo, hasta que la de Viu preguntó:

—¿Trabaja todavía en el aserradero?

—De vez en cuando —respondió la de Forcat. Y rieron de nuevo.

A las cuatro les brillaban los ojos sin excepción. Observó la botella de coñac, pero no era el alcohol lo que había modificado la luz de sus miradas (solo ella había bebido un poco). Tardó unos segundos en darse cuenta de que hablaban de Simeón la Bestia.

—Mmm —dijo la de Bodori.

—¿En qué piensas? —preguntó la de Forcat, susurrante.

—En Simeón interpretando el papel de Robert Mitchum en *Río sin retorno* —respondió.

—¡Qué animal escénico! —La de Viu no solía expresarse de ese modo.

–Animal, no –puntualizó la de Forcat–. Simeón es más bien una bestia de las tinieblas. Más del género salvaje y solitario, una especie de criatura mitológica...

–Totalmente de acuerdo –corroboró la de Bodori–. Simeón no es animal escénico porque no sabe fingir. Tampoco es un animal doméstico. Pero sí domesticable, como todo hombre inteligente.

–¿Lo dices por Adela? –La de Viu esbozó una sonrisa lúbrica que tampoco parecía propia de su repertorio.

–Es evidente –dijo. Se llevó la taza a los labios–. Las mujeres no podemos resistirnos a la doma... Pero se necesita mucha habilidad para domar a ciertos tipos difíciles, indómitos... Y esa es la clave, que la actividad de domar nunca se complete, que dure eternamente..., de lo contrario te aburres enseguida –soltó una carcajada que sobresaltó ligeramente a la de Estet.

–El arte de la doma es indispensable para hacer feliz a un hombre –dijo la de Forcat–. Les gusta ser modelados. Te dirán que no, porque no tienen ni idea de lo que quiere su yo interior, puesto que nunca miran hacia dentro, ya sabéis... Pero está claro: o los modelas tú o te dejarán por otra que los modele mejor.

–Sí, no es fácil el modelado... ¡Pero te hace sentir como una diosa! –añadió la de Bodori. La de Estet no estaba de acuerdo.

–Siempre habláis como si... No sé, yo pienso que lo importante es llegar a una amistad sincera, de igual a igual, sin domadores ni domados.

Las demás sonrieron displicentes. Entre bromas y medias palabras, la acusaron de infantil, de frígida, de aburrida y de floja.

–¿Y tú qué piensas, Severina? –Severina se imaginó domando y siendo domada y le pareció una actividad interesante, se lo apuntó para pensar en ello más tarde, tal vez cuando acabara el Año de la Castidad. De momento, dijo:

194

–Todavía no estoy segura de querer invertir toda mi energía domadora en un hombre.

–No conozco a Adela. Tú sí, ¿verdad? –inquirió la de Estet.

Severina negó con la cabeza mientras buscaba fuego para encender el cigarrillo. La de Bodori le acercó el mechero y dijo:

–Es que a Adela nadie la ve. De día sale poco. Solo sale de noche. Es bruja.

–¿Y si Adela no estuviera con él, pensáis que lo incluiríamos en el inventario? Porque presentable no es...

–Podemos considerar otras cualidades... –dijo la de Bodori.

–¿Demasiado salvaje, quizá? –aventuró la de Forcat.

–Para mí, eso no es un problema –dijo inesperadamente la de Viu–. El problema sería más bien que no es un hombre estable...

–Es imposible ser más estable: nunca sale del bar –rió la de Forcat.

Pese al tono jocoso, parecían considerar muy seriamente la posibilidad de incluir a Simeón. La de Viu preguntó:

–¿Podríamos pasar por alto que no es un hombre solvente?

–Quizá si fuéramos ricas... –suspiró la de Estet–. Pero no lo somos como para permitirnos ese lujo.

–De acuerdo, pero ¿qué cualidad podría compensar su insolvencia? Ya hemos dicho que es una bestia indómita pero no indomable. ¿Qué más tenemos en el lado positivo?

–Mmm... Fue guapo. A veces es más magnético haber sido guapo en el pasado que serlo en el presente. Sobre todo, en los hombres, que si tienen la piel tersa como un muñeco dan asco... Y luego tiene esos ojos. Negrísimos..., magnéticos. En fin, todo es magnético en él... –La de Forcat pareció estremecerse con sus propias palabras.

–De lo magnético no se come –dijo la de Viu, que finalmente no parecía dispuesta a pasar por alto la falta de solvencia.

—¿Qué más compensa?

—Es tan educado...

—Y tan maleducado a la vez...

—Exacto. Los provocadores provocan. Pero ojo, hay tantos falsos provocadores como falsos profetas... Sin embargo, reconozco que él es bueno en la provocación.

—¡Sin duda! —dijo la de Forcat.

La de Viu murmuró, como si estuviera constantemente reconsiderando su postura:

—Magnético, magnético... Eso sin duda lo tiene, aunque no sea solvente.

—Por cierto, si no da golpe, ¿qué hace durante el día, cuando no está en el bar? —preguntó la de Estet.

—Vive y deja vivir —dijo la de Bodori—. ¿Te parece poco?

—Ya te he dicho que de vez en cuando trabaja —puntualizó la de Forcat—. En el aserradero... Pero que yo sepa se fue muy joven a trabajar fuera y no volvió hasta hace pocos años...

—Ajá... Haber vuelto. Ese es otro de sus atractivos: estar de vuelta de todo. Y no porque sea viejo, que no lo es. Por lo que yo sé, cuando era joven ya estaba de vuelta. Me lo han contado.

—Es que ser viejo y estar de vuelta no tiene gracia. Lo bueno es ser joven y estar de vuelta, ¡eso sí tiene sexapil!

—¿Quién te ha contado cosas de cuando era joven? —preguntó la de Bodori.

—Pues varias personas... —aclaró la de Forcat—. En la fonda de Pontes, una se entera de todo. Hasta tengo entendido que, cuando era pequeño, una chica del pueblo intentó abusar de él. Y no fue la única. Era mayor que él, claro.

—No me lo creo —dijo la de Viu.

—Te lo juro. Lo sé de buena tinta.

196

—¿Y cómo lo lleva? –preguntó la de Estet.

—Ni un trauma. Él mismo lo explicó una vez en el Casino de Pontes. Con naturalidad, como es él, nada afectado.

Hubo un largo silencio. Algún suspiro. Al fin, la de Bodori dijo:

—Simeón tiene mucho aquí. –*Clic, clic*, se señaló la frente con dos golpecitos de uña. A Severina le fascinó el rojo sangre perfecto de sus garras–. Pero siempre que hablamos de él... Lo cierto es que nunca conseguimos una descripción lograda... Tiene algo superior, algo que va más allá de todo lo que podemos describir...

—Lo tiene –dijo Severina. Todas la miraron, atónitas. Era la primera vez en toda la tarde que decía una frase perfectamente audible.

—Vaya... –dijo la de Estet.

Se miraron con una complicidad intimidatoria para Severina. La de Bodori esbozó una sonrisa deliberadamente perversa y dijo:

—Por lo visto, esos dos hablan de vez en cuando.

—Pues ándate con ojo, Severina... –repuso la de Viu en un tono agrio–. No vaya a ser que hablen los que no quieres que hablen...

—Bueno –intervino la de Bodori–, ¿y qué es ese algo que te gusta de él?

Severina se concentró para pensar detenidamente. Al fin, dijo:

—Lo que me gusta de él es una canción que silba a menudo. A veces la canta y a veces la silba. Es una canción extraña y desafinada. Nunca había oído nada igual. Eso es lo que me gusta. Que parece que desafine, pero, en realidad, no.

Guardaron silencio. Parecían sumamente decepcionadas. No callaban con una placidez reflexiva, sino con una perplejidad hostil. Era evidente que el atractivo que Severina había visto en él (desafinar afinando) les parecía poca cosa. A partir de aquel momento no volvieron a dirigirse a ella con la actitud profesoral de quien habla a una joven inexperta y distraída, la miraban con desconfianza y cierta frialdad. Confusamente, Severina tuvo la impresión de que el origen de aquel cambio guardaba relación con Eusebio el de las estufas por un lado y con Simeón la Bestia por otro. La de Bodori se sirvió un último café y dijo:

–Siempre nos pasa lo mismo. Dejemos de hablar de Simeón y bajemos a la Tierra. Se nos hace tarde para ir a Pontes.

–Yo a bailar no voy –dijo la de Estet–. He quedado en la plaza dentro de media hora.

–Si quieres, puedes esperar aquí, yo tampoco voy a bailar –dijo la de Dusa, que sentía cierta afinidad con aquella joven discreta.

Una vez a solas, permanecieron largo rato en silencio, lo que a Severina le pareció un buen augurio. Al final, le preguntó:

–¿Has quedado cerca de aquí?

–En realidad, no he quedado –dijo, y se sonrojó repentinamente–. Solo quería saber si es cierto lo que has dicho de Eusebio, si estás segura de que no te interesa.

–Completamente. ¿Por qué? ¿Te gusta a ti?

–Sí, bueno, en realidad nadie lo sabe, tampoco él.

–¡Pero eso es maravilloso! –exclamó Severina. Experimentaba un alivio algo exagerado–. Es un joven muy... muy atento. De verdad, con esa cara tan bien proporcionada, y es tan noble... ¡Estoy segura de que os llevaríais fenomenal!

–Me alegro de que te lo tomes así... porque siempre me has caído bien, ¿sabes? Creo que tenemos mucho en común. A mí tampoco me gusta el baile del Casino, los tipos pasando a pedir un baile y eso...

–¿Y adónde vas los fines de semana si no sales con ellas?

–Bueno, lo que más me gusta es caminar sola por la montaña.

–¡Qué coincidencia! Es exactamente lo mismo que me gusta a mí –exclamó Severina, que por primera vez sintió brotar en su espíritu la cálida efervescencia de la afinidad con alguien de su generación. Pero la de Estet dijo:

–Si te gusta caminar sola, podemos hacerlo juntas a partir de ahora.

¿Juntas? ¿Era la soledad, para la de Estet, una mera contingencia, un accesorio?

La efervescente afinidad se extinguió con aquel desafortunado adjetivo. La de Dusa se hundió al constatar una vez más que, presa de su exilio irreductible, no lograba avanzar. Ni con las jóvenes de su generación, ni con las mujeres del pueblo a excepción de Justa, ni siquiera con las brujas de los Carantos, que, aun siendo esquivas y huidizas, se reunían con otras brujas y sabían sentirse cómodas al calor del rebaño.

18

En la comida de Año Nuevo (comenzaba 1956 y Severina había cumplido trece años dos meses atrás), Simona comunicó solemnemente a la familia uno de sus presentimientos: «Sospecho que este año traerá una nieve negra que lo matará todo». Antes de que Román hiciera un comentario destinado a desdramatizar y que Severina llegara a asimilar la noticia, Simona dijo: «¡No me hagáis caso!». Soltó una carcajada contagiosa y sacó del horno un pollo asado relleno de ciruelas. Nadie le preguntó por el significado exacto de la metáfora, porque ni el padre ni la hija se atrevían a preguntar detalles cuando Simona emitía una de sus profecías («visiones minuciosas», las llamaba). A mediados de enero, el doctor Flos hizo su primera visita, y a finales de ese mismo mes, Simona y Román se fueron una mañana a Girona y regresaron con un aspecto abatido y ausente. Saludaron a su hija mecánicamente sin mirarla a los ojos, como se saluda a alguien a quien estás obligado a mentir, de modo que Severina no preguntó lo que creía que no iban a responder con claridad. Se limitó a especular que su madre estaba débil de salud, no quiso imaginar más detalles. Vio en ello un aspecto muy positivo: la debilidad de su madre le garantizaría su permanencia en casa como alumna libre, pues la amenaza de continuar el bachillerato en un instituto flotaba de vez en cuando en el ambiente. Otro aspecto positivo era que, según tenía entendido, la tuberculosis se curaba desde hacía tiempo. Esperaba, pues, que esa enfermedad que no había matado a su madre continuara siendo benévola. Severina confiaba mucho en la ciencia y en los antibióticos, sobre todo por el modo en que su madre le hablaba de ellos. «Naciste solo un año antes del descubrimiento de la estreptomicina y poco después llegó la penicilina a este país», le decía, «¡llegaste con los antibióticos bajo el brazo!», y seguidamente le acariciaba el dorso de la mano como quien toca madera. «No te imaginas lo que significó para mí», decía. «Y no solo para mí... ¿Te das cuenta, Román, de que si por ejemplo ahora la niña enfermara de sífilis ya se podría curar? ¿No es fantástico que ya no tengamos que preocuparnos por cosas como esta?» Su padre, junto a la radio como cada noche, ni se molestaba en quitarse la manta de la cabeza. A veces se escuchaba una voz cavernaria que decía: «¿Y por qué habría de pillar una sífilis?». Parecía disgustarle que Simona involucrase a la niña en sus hipótesis. Por aquella manera tan alegre de hablar de pulmones, antibióticos y enfermedades perfectamente curables, Severina no imaginó en aquel momento que, esta vez, la enfermedad sería fatal. Poco a poco, se dio cuenta de que la nieve negra anunciada se refería al interior del pecho de su madre y no al paisaje. Pero la capacidad premonitoria de Simona era tan penetrante que su metáfora se materializó. «Ven, ¡ven a ver!», dijo una mañana. «¡Esta madrugada ha nevado!» Severina acudió deprisa, pero la nieve no había provocado el efecto que ella preveía en sus sueños. Los dos árboles de la explanada, más raquíticos que nunca, se habían convertido en tizones medio carbonizados por el frío extremo. La vegetación había adquirido un color negruzco, ligeramente cubierto de un polvillo blanco. La ropa que Severina había tendido fuera (de las primeras coladas de su vida, pues ella hasta entonces siempre había sido flor de estufa y su madre decía que ya tendría tiempo de matarse a limpiar cuando fuera mayor) se había convertido en una escultura polar digna de ver: camisetas, calzoncillos, sábanas y una toalla colgaban de la cuerda rígidos como estalactitas que rozaban ligeramente el suelo. Severina se ensimismó ante aquella composición insólita hasta que el miedo a que la ropa se hubiera estropeado la obligó a reaccionar. Corrió entonces a descolgar la camiseta, que le pareció la prenda más fácil de manejar, pero se le cayó al suelo y se partió en dos. De nuevo se quedó pasmada, porque aquellos dos témpanos de camiseta le parecieron algo nunca visto. Al mediodía, López les contó que, cerca de allí, a la orilla del mar, impresionaba contemplar los carámbanos de hielo incrustados en las rocas. «¡Cómo me gustaría ver los carámbanos!», suspiró Simona. Pero a estas alturas todos sabían que era una frase retórica porque, de hecho, los veía. «Te lo dije, que llegaría esta nieve negra que todo lo mata y deja a las plantas sin protección», dijo, fingiendo que lo que había presentido no tenía nada que ver con los pulmones sino solo con el clima. «Es que no es nieve, es hielo. Y sí, va a estropearlo todo», puntualizó su padre. «Tenemos suerte de que no se hayan helado las cañerías», dijo Simona. Había recobrado el humor de siempre, pero se la veía muy cansada. Pasaba el día sentada en el balancín. Cantaba menos y más flojo. Ya no bailaba sola, ni tampoco acompañada. Solo una vez puso en la gramola el disco de Duke Ellington y dijo: «Sobre una baldosa, puedo», pero se cansó enseguida, y dijo que aquella música negra la mataría antes de tiempo, que en su estado era una música redundante, eso dijo, redundante, y pasó a escuchar solamente los discos de cantatas y los *lieder* que le traía el doctor Flos.

Cuando daba clases a su hija, se interrumpía a menudo para compartir con ella alguna reflexión sobrecogedora.

202

«Mientras te hablaba de la reproducción por esporas de los helechos pensaba... pensaba que si, por ejemplo, no te hubiera querido tanto, ahora no sufrirías apenas. Si algún día tienes hijos, acuérdate de quererlos poco, así cuando te vayas al otro barrio no lo sentirán tanto. Es una gran ventaja para un hijo poder sentir que se está quitando un peso de encima», reía. Y luego: «No me hagas caso... A veces pienso que ya eres adulta y solo vas a cumplir catorce...». Las clases de Simona siempre habían sido irregulares pero fructíferas. Ahora eran más fructíferas, pero también más irregulares. Inspirada en todo momento, le hablaba más a menudo de la literatura que leía. Básicamente de libros que o bien estaban escritos por tuberculosos, o bien guardaban alguna relación con la enfermedad. Se esforzaba por tensar el humor de tal modo que la enfermedad pareciera más una suerte que una lacra. «Chéjov, Kafka, Molière, Chopin, Camus..., ¡todos tísicos! Ah, y también Mario, que se hizo poeta al caer enfermo, ya ves... Por no hablar de mi querido Hans Castorp», concluía, porque si había que elegir, prefería mil veces a los personajes que a los autores. La enfermedad romántica por excelencia se prestaba al éxtasis y aparecía a menudo aureolada de grandes virtudes. Se decía que la tuberculosis amplificaba la creatividad, magnificaba la vida sexual y confería al enfermo una sensibilidad única. Se denominaba «oído de tuberculoso» al oído absoluto. Y Simona estaba convencida de que su voz singular y su afinación perfecta, un don innato en ella, habían mejorado gracias a la enfermedad. Trataba de animar a su hija para que cantaran juntas, pero Severina, que había heredado una voz muy parecida a la de su madre, nunca cantaba en presencia de nadie. En cualquier caso, la realidad de la tuberculosis era que la estreptomicina había dejado sordos a unos cuantos (aunque tal vez hubiera afinado el oído de muchos otros), y que, lejos de ser la enfermedad de los privilegiados y los artistas, era cada vez más la de los pobres y los desfavorecidos. Pero la realidad nunca tuvo la última palabra en la vida de Simona, que siempre supo crearse un conjuro habitable para contrarrestar la angustia permanente.

«¡Vaya, no sabía que Camus era tísico!», exclamó un día. Tenía en las manos un libro de obras de teatro de Camus publicado por Losada el año anterior. Entre sus páginas, Simona guardaba un recorte que ahora le servía de punto. Era un artículo sobre el escritor, encabezado por la icónica fotografía de Cartier-Bresson donde el escritor aparece con el cigarrillo en los labios y el cuello del abrigo alzado. «Nadie sostiene el cigarrillo con esta especie de ingravidez», dijo ella, «aparte, naturalmente, de tu padre, que también parece sostener el cigarrillo sin tocarlo.» A veces él parecía molesto por la devoción de Simona hacia el escritor. Ella trataba de animarlo destacando su parecido a la hora de sostener el cigarrillo, como si el hecho de parecerse imposibilitara la rivalidad entre dos hombres, como si parecerse fuera una pócima milagrosa contra los celos o como si el mismo concepto de celos fuese para ella una solemne e indefendible estupidez. A Simona, Camus le gustaba desde siempre, aunque solo había leído un par de novelas y el teatro, pero saber que tenía su misma enfermedad la había impulsado a releerlo. «Siempre supe que está destinado a morir joven», dijo. «Pues aún está vivo», dijo Román. «Es que aún es joven», replicó ella. Simona se centró en una sola obra y con su hija releyó *Calígula* una y otra vez. Hacía de esta obra una lectura muy suya, muy alejada de la alegoría del nazismo que durante mucho tiempo fue la interpretación dominante en Francia. Esto último se lo explicó a su hija, cosa que la llevó a hablarle por primera vez de la guerra europea, de modo que durante los años siguientes para Severina tendría más existencia real la guerra europea que la guerra civil, de la que nadie hablaba salvo cuando el médico venía a casa. Dos meses más tarde, Camus se había ganado el merecido descanso.

204

—¿Ya no lee a Camus? —preguntó su padre un día.

—Ya no —dijo Severina—. Ahora solo lee a Plinio el Joven. Solo le gusta él.

Y le explicó que su madre había encontrado un alma gemela en Plinio, en su manera de preocuparse por lo que aún no ha ocurrido.

—¡Y pensar que las preocupaciones de los seres humanos son tan y tan antiguas! —exclamaba Simona, admirada. Entonces leía la cuarta carta de Plinio a Calpurnia Híspula—: «Por eso te ruego que tengas en cuenta mi ansiedad y me envíes una o, mejor aún, dos cartas diarias. Me tranquilizaré cuando las lea, pero volveré a inquietarme en cuanto las haya leído». ¿Qué te parece? ¡Cuánta inquietud, pobre Plinio!... Ves, hija, tu padre nunca me ha escrito ninguna carta, eso no. Con lo que me habría gustado una de esas cartas largas y bonitas como las que escriben los exiliados a sus familias...

—Pero él no está exiliado —dijo Severina... («¿o sí?», pensó, insegura, porque «exilio» pertenecía a aquella clase de palabras que apenas se habían pronunciado en casa y que se escurrían enseguida como si no se hubieran dicho).

—Pues claro que no... En fin, volviendo a Plinio, el caso es que me admira encontrar ese tipo de sensibilidad precisamente en los romanos, que eran tan brutos. Pensaba que la hipocondría era una cosa más moderna, la verdad.

Extendía su compasión natural, inextinguible y magmática, no solo a Plinio, que sufría por Calpurnia, sino a Calpurnia, que sufría por su propia enfermedad, y de rebote hacía sufrir a Plinio, que a su vez la hacía sufrir a ella con su sufrimiento, de modo que se veían envueltos los tres en una espiral de angustia empática inagotable, en un juego de espejos infernal.

—¿Dónde está la Campania? —preguntaba Severina.

—En el sur de Italia... Es un clima excelente para los tuberculosos. —Se quedaba callada y decía—: A diferencia de

205

otros tísicos, Calpurnia podía permitirse el lujo de descansar en la Campania porque su marido arrendaba tierras que le daban miles de sestercios... –Y agregaba con alegría–: Nosotros no tenemos sestercios, así que por suerte no puedo ir a la Campania y me quedo en casa.

–No puedes ir a la Campania pero puedes ir a Terrassa –decía su padre con sequedad, porque había malas vibraciones en relación con el sanatorio donde Simona habría podido ingresar. Ella esquivaba el mal ambiente y regresaba a Plinio.

–En fin, Plinio no tuvo suerte, pobrecillo. Piensa que su padre murió cuando él era pequeño, y luego Plinio el Viejo, que fue su segundo padre, también murió de mala manera en la erupción del Vesubio.

–Por lo general, nos morimos de mala manera –dijo su padre apagando el cigarrillo con un gesto irritado.

Aquel modo de extirpar la singularidad y la poesía de cada una de sus perplejidades parecía molestar a su madre aquellos días en que se hallaba más sensible que de costumbre, y aunque el laconismo antirromántico de Román era el atractivo que la había cautivado, ahora se sentía herida cuando él dinamitaba sus efusiones literarias o históricas. O tal vez era porque pasaban más tiempo juntos: él había abandonado los viajes largos y estaba más pendiente de la salud de Simona.

En el verano de 1957, la enfermedad le dio una tregua. Durante tres meses, Simona se encontró con fuerzas para hacer vida normal. Un día de aquellos, el padre Narciso salió de nuevo en la conversación. Severina recordaba la historia del meublé que había oído años atrás. Ya nunca mantenían conversaciones raras como las de antes, y los antiguos nombres de curas, hermanos y santos se habían esfumado casi por completo. Pero algo grave debía de haber ocurrido con el padre Narciso, porque de pronto hablaron en clave como cuando era pequeña. Discutieron, y Severina adivinó en los ojos de Simona la ansiedad de las discusiones del pasado y vio a su padre más afligido de lo que nunca lo había visto por lo que fuera que le había sucedido al padre. Luego se calmaron. Su padre dijo: «Siempre ha ido por libre, demasiado, y al final esto perjudica a la causa». Su madre no se recuperó del disgusto hasta el día siguiente. Más serena, le dijo entonces: «No quiero ni imaginarme qué te habría podido ocurrir si hubieras seguido... No me lo puedo ni imaginar», aunque era evidente que se lo estaba imaginando en aquel mismo instante. Severina dedujo que «aquellos miserables» le habían hecho al padre Narciso algo terrible y, le pareció entender, premeditado y alevoso.

Unas semanas más tarde, Simona le dijo un día a Severina: «He de decirte algo importante. Ya es hora de llamar a las cosas por su nombre». Severina experimentó cierta inquietud, pero también curiosidad y emoción, pues estaba convencida de que iba a contarle lo del padre Narciso o algo relacionado con las conversaciones en clave. Pero lo que su madre tenía que decirle no tenía nada que ver con eso. «Los antibióticos no funcionan. No me encuentro bien y cada vez iré a peor. Tu padre insistirá con lo del sanatorio de Terrassa, se cree que allí hacen milagros. No pienso ir. Quiero pasar el tiempo que me queda aquí, en el lugar de mis sueños.» De entrada, Severina se preguntó si el «cada vez iré a peor» era una «visión minuciosa» o bien una certeza absoluta. Tal vez no hubiera mucha diferencia entre ambas, pero igualmente quiso preguntarlo. Simona le confirmó que era una certeza absoluta, porque el médico se lo había dicho y ella lo había corroborado (o a la inversa). Y, en efecto, a partir de aquel otoño y a lo largo del invierno, su salud se debilitó lentamente. Pasaba muchas horas sentada, encallada en los mismos libros, con una dedicación irregular a las cartas de Plinio, que siempre tenía sobre la mesita junto al balancín y que de vez en cuando hojeaba distraídamente. La primavera siguiente pareció salir de aquel letargo y recuperar su habitual energía lectora.

–¿Ya no lee a Plinio el Joven? –preguntó su padre unos días más tarde, al verla absorta en otro libro.

–No. Relee *La montaña mágica* –respondió Severina.

–Mejor. Plinio no le conviene. Tan hipocondríaco como tu madre, y encima con su mujer también tísica...

–No te creas –repuso su hija–. Lo que lee ahora va de un sanatorio de tuberculosos.

Román sonrió y movió la cabeza de izquierda a derecha. Simona cerró el libro.

–¡No estéis celosos! –exclamó–. Sois una compañía insustituible, pero también necesito la compañía de *los de arriba*... En el Berghof todos hablamos el mismo lenguaje –dijo, refiriéndose al sanatorio de Davos donde Hans Castorp, el protagonista, estaba ingresado.

Simona pasó allí el resto de su enfermedad. Cuando salía al balcón, tan estrecho que apenas cabía el balancín, salía en realidad a la terraza del Berghof y veía los Alpes Grisones. Se sentía enteramente habitada por Hans, a quien consideraba su *alter ego*. Cuando le apetecía hablar de sus síntomas, llamaba al doctor Behrens. Les hablaba de sus relaciones con los personajes, que continuaban evolucionando dentro de su cabeza cuando dejaba de leer. «Ese Naphta..., no lo aguanto», decía. Román se inquietaba. «Naphta... ¿es personaje o persona?» Severina se lo explicaba, pero su padre no estaba interesado, solo preguntaba por si el detalle era un síntoma de la temida fiebre, que subía y bajaba a diario.

–No es la fiebre, papá. Ella sabe hacer eso sin fiebre ni nada, siempre ha podido.

Román se había vuelto más rígido dentro de los parámetros que lo mantenían prisionero de la realidad, como si el dolor que experimentaba por su mujer no le permitiera ya ninguna flexibilidad emocional.

–Mamá sabe perfectamente dónde está. Pero parte de ella no está con nosotros. Estar enfermo la sitúa en otra dimensión. Hay una manera de relacionarse entre quienes ven la muerte de cerca que nosotros no podemos comprender. Por mucho que lo intentemos, seguimos siendo los de abajo, lo entiendes, ¿no?

—Me hago cargo de lo que significa estar arriba o abajo, pero si tantas ganas tiene de estar en un sanatorio no entiendo por qué no quiere ingresar en el de Terrassa, donde al menos podrá tratarla un equipo de profesionales de carne y hueso.

—Pues qué te crees que hay en el Berghof, ¿aficionados? ¡No! Son especialistas de primera —protestaba Simona—. Y suizos, que, lo quieras o no, son una garantía de calidad. Pienso morirme feliz aquí y no amargada en Terrassa. —Y añadía—: Ya veis que pido bien poco. Y, en fin, no es más feliz quien más tiene sino quien menos necesita.

Román nunca fue un hombre de dar consejos ni de presionar a nadie, pero su desesperación y el temor a que sufriera más, lo impulsaba a insistir en el bienestar que proporciona un sanatorio bien dotado en comparación con los paliativos domésticos. Esta discrepancia continua no sirvió para convencerla, pero sí para erosionar ligeramente la comunicación entre los dos.

—Es un poco cerril, tu padre, en algunas cosas —le dijo un día a Severina—. Le cuesta abrirse a mundos desconocidos, se siente inseguro cuando pierde pie en la tierra firme de la realidad... A mí me gustó mucho por eso, porque nos complementábamos, pero ahora, cuando veo que se deja limitar tanto, tengo la impresión de que yo me elevo y él se queda abajo, con los pies en el suelo... ¿Y sabes qué? Que a medida que me elevo lo veo cada vez más pegado al suelo... En fin, no sé cómo explicártelo mejor.

Severina celebró que no pudiera explicarlo mejor.

Fue el doctor Flos quien le había propuesto ingresar en el sanatorio de Terrassa, inaugurado cuatro años antes por el

Patronato Nacional Antituberculoso. La primera respuesta de Simona al médico y al marido fue una negativa rotunda.

–Cuando lo inauguraron, me juré que no lo pisaría jamás.

–Pero si nunca lo has visto –dijo el médico.

–Vi la inauguración en el periódico. ¡Juré que nunca pisaría un edificio inaugurado con pompa por el enano miserable!

–¡Menuda idiotez! –dijo Román.

–Y si por lo menos fuera acogedor –prosiguió ella–, como por ejemplo el sanatorio en que estuvo Mario, pues a lo mejor hasta escribiría algunas poesías y todo... Pero el de Terrassa es un edificio monstruoso.

–De lo de Mario hace mucho, el sanatorio de Puig d'Olena ya no funciona como tal, Simona –dijo el médico–. Y el de Terrassa es mucho más moderno, no hay comparación posible.

–Pues me quedo en el Berghof –insistió.

Finalmente, el doctor Flos estuvo de acuerdo con Román: Simona era muy tozuda. Él, en cambio, no lo era en absoluto:

–Bueno, bien mirado, yo en su lugar, tampoco querría moverme de aquí –dijo–. Hay que reconocer que los sanatorios suizos son un referente para todos.

El médico era bastante mayor que Simona, tal vez por ello presentaba una clara tendencia a elevarse hasta cotas que Román no conseguía alcanzar.

En una de sus últimas visitas, llegó con unos *lieder* de Schubert bajo el brazo. Al ver la funda del disco, Simona, atónita, exclamó: «¡Der Lindenbaum!... ¿Sabía usted que este *lied* es el preferido de Hans Castorp?». El médico nunca había leído *La montaña mágica*, o eso dijo, y ella nunca había escuchado «Der Lindenbaum», y semejante coincidencia a ella se le antojó extraordinaria, síntoma inequívoco de que la amistad del doctor Flos no dejaría de elevarla en lo que le quedara de vida.

Una mañana de otoño dijo: «Me parece que ha vuelto el frío negro de hace dos años, ¿os acordáis?». «No es lo mismo, Simona. Hace frío, pero se puede aguantar», dijo Román, y la cubrió amorosamente con una segunda manta. En un esfuerzo insólito en él, Román dijo que iba a comprobar el termostato (el de la calefacción Roca que solo había existido en la imaginación de Simona). Pero no consiguió hacerlo con naturalidad y cuando salió de la habitación tenía el rostro devastado por una tristeza atroz. Simona dijo de pronto: «He de darme prisa, me vienen a buscar». Román se inquietó de nuevo, como hacía siempre que creía que deliraba. Ella insistió. Solo Severina parecía darse cuenta de que su madre no deliraba, sabía que tenía plena conciencia de cuándo se hallaba en la realidad y cuándo en su mundo propio, no menos real, y sabía que su madre disfrutaba del privilegio de poder pasar de un mundo a otro a voluntad. «¿No oís el cascabeleo de los caballos?» La voz de Simona sonaba alegre. «¡Nos vamos de excursión a Monstein!» Severina se acercó a la ventana y lo vio todo: vio como los amigos del sanatorio, bien abrigados en el trineo, le hacían gestos a su madre para que bajara. Vio como ella subía al trineo, como los caballos emprendían el trote, y horas más tarde la recibió como si no supiera que había pasado el día sentada en el balancín y dejó que le explicara la excursión, que le describiera la sensación de romper con el trineo el silencio helado de la cordillera del Rätikon entre la niebla, dejó que la hiciera reír mientras imitaba a Naphta y a Settembrini en plena discusión y dejó que reviviera el sabor del pastel de pera que había merendado en el refugio. Sin perder la luminosidad contagiosa de aquellas imágenes, dio un giro repentino hacia la preocupación, porque, al parecer, en el refugio había tenido un disgusto: «La discusión de esos dos se ha complicado, y Naphta ha desafiado a Settembrini a un duelo. Lástima de día, estropearlo por una idiotez». «¿Y Hans?», preguntó Severina. «Preocupado por Settembrini, que no ha tenido más remedio que aceptar. Hans será el árbitro, ¡qué horror!», respondió su madre. Preguntó entonces cuándo iba a volver el doctor Flos. «La semana próxima, ¿por qué?», dijo Román. «Necesitaremos a un médico en el campo de honor», dijo Simona. Y suspiró.

Al día siguiente no habló del duelo. Tenía mal aspecto desde que había regresado de Monstein. El viento helado del descenso en trineo por las pendientes del Rätikon parecía haberle desecado la piel y oscurecido las ojeras. La noche siguiente, cuando Severina se levantó a limpiar la sangre y a cambiar las sábanas como de costumbre, le pareció que había empeorado. Aquella tarde, Simona solo se había levantado para sentarse junto a la radiogramola y escuchar «Der Lindenbaum» una y otra vez. Cuando tosía, subía el volumen. Cuando dejaba de toser, lo bajaba. Dos días más tarde, mientras contemplaba su delgadez extrema, Severina tuvo una visión clara del último momento: «Será viernes y sonará "Der Lindenbaum"», convencida como estaba de que su madre querría acompañar a su querido Hans al campo de batalla. Ante aquella premonición, se preguntó: «¿Son así las visiones minuciosas de mi madre? ¿O es lo mío un vulgar presagio?». La respuesta le llegó el domingo siguiente, así que no acertó ni el día de la semana ni la banda sonora. De hecho, ese día reinó el silencio porque la enferma durmió casi todo el tiempo. Severina entraba y salía de la habitación y en la última de aquellas visitas se dio cuenta de que ya no dormía, pero tampoco sufría. Comprendió entonces que nunca volvería a despertar, y, aunque había imaginado cien veces aquel instante, fue distinto, infinitamente más intolerable, de una intensidad desconocida hasta entonces. Su padre estaba en el taller, a menudo bajaba a ver a López al final del día. Severina deseó permanecer sola un rato más. Encendió la gramola y escuchó «Beim Schlafengehen», uno de aquellos primeros *lieder* que había traído el médico, el *lied* que dos años antes había derrotado al viento inhóspito. Subió el volumen porque sintió que un aullido salvaje pugnaba por brotar de su garganta, que sería incapaz esta vez de llorar en silencio como siempre había hecho y no quería que la oyeran desde el taller. Logró controlarse tratando de concentrarse en la dificultad extrema que la voz de la Schwarzkopf superaba con creces al pasar del *mi* agudo al *re bemol* grave y nocturno, aunque por entonces nada sabía de la teoría, nada sabía de aquella dificultad técnica, solo sabía que había ahí una dificultad y un reto y un prodigio. Tampoco sabía que Strauss la había compuesto justo antes de morir y que, curiosamente, lo había hecho en Pontresina, localidad cercana a Davos, donde se hallaba el sanatorio Berghof en el que, casualmente, su madre había pasado los últimos días. De aquella melodía, Severina, que tenía entonces quince años y estaba a punto de cumplir los dieciséis, solo sabía que era nueva y extraña, y que contenía una disonancia que nada tenía de terrenal. Supo también que, si subía un poco más el volumen, tal vez ni siquiera necesitaría avisar a su padre: bastaría con abrir la ventana y él se daría por llamado.

19

Una tarde de primeros de marzo, Fermín visitó a Severina con la carta que meses atrás le había pedido que corrigiera. La sacó tímidamente del calcetín y, sin mirar a la maestra a los ojos (nunca lo hacía), la desplegó sobre la mesa del comedor y la alisó. Nada más leer el encabezado («Espero tener la suerte de que ustedes la lean»), Severina se dio cuenta de que no se trataba de la carta de amor que ella había supuesto. La caligrafía era de Fermín, pero el autor se presentaba como un adulto luchador que había trabajado duro en la mina, había perdido la salud y ahora solo podía contribuir al combate con palabras, por lo que esperaba que su carta fuera emitida a través de las ondas. Seguidamente, el autor se declaraba convencido de que aquel año 1963 sería el año de la huelga política general (Severina añadió la «h» a «huelga»). A ella, la palabra «huelga» únicamente le evocaba una antigua decepción de cuando tenía nueve años. En el último momento (y no era la primera ni última vez), su tía Julia había anulado su visita a Barcelona con un telegrama alegando que estaría demasiado ocupada los días siguientes como para recibir a la niña. Dos semanas más tarde, una Julia en plena exaltación relataba el placer que había experimentado junto a Pepe, su amigo sindicalista, lanzando piedras a la Policía, contemplando el incendio de un tranvía en primera fila y tratando de disuadir a los pasajeros esquiroles que pretendían subirse a él. Severina no sabía qué era un esquirol y la protesta de los obreros le importaba un bledo, lo único que deseaba era volver al cine con su tía. «Del cine no dice nada», dijo su madre, «déjala que se recupere, ha estado muy ocupada quemando tranvías.» Luego dijo: «Lo de los tranvías, olvídalo, como si no lo hubieras oído». «¿Por qué? ¿Es malo protestar?» «No se trata de eso», contestó su madre, «al contrario, ¡claro que hay que protestar contra los miserables! Es solo que la violencia de grupo me horroriza y me recuerda lo que ya pasamos en la guerra... Por lo visto, a tu tía no le ocurre lo mismo... ¡y encima va y lo escribe!» Levantó la tapa de la estufa, arrugó la carta y la tiró al fuego.

Ahora, la carta de Fermín mencionaba otra huelga próxima y posible de la que Severina no había oído hablar. No conocía a nadie que quisiera protestar contra el Régimen de forma organizada: allá adonde iba, solo veía a gente con ganas de conservar la paz y la prosperidad conseguidas, por mucho que Simeón y Justa le hubieran hablado de garrapatas ocultas, telegrafistas denunciadas y comisarías inhumanas. El párrafo siguiente se refería precisamente a este punto. El autor de la carta escribía que «un camarada» había sido detenido y torturado en noviembre de forma salvaje (Severina corrigió «salbaje» mientras evocaba las lóbregas mazmorras y las húmedas escaleras que conducían al «almacén de objetos macabros e instrumentos terroríficos» en una viñeta de *El Inspector Dan de la Patrulla Volante*). Ahora, al detenido le esperaba un consejo de guerra sumarísimo que presagiaba una sentencia de pena de muerte. Severina le preguntó a Fermín qué era un consejo de guerra sumarísimo, y en qué se diferenciaba de un juicio normal. «¿No era William Holden quien se salvaba de un consejo de guerra en *El puente sobre el río Kwai*?», pensó, pero no lo dijo porque estaba con-

215

vencida de que Fermín no iba al cine. Sin embargo, en su lenguaje rudo, el chico le explicó que un consejo de guerra sumarísimo era un juicio urgente, sin garantías para el procesado. Severina siguió leyendo. Según el autor de la carta, el mundo entero protestaba ante esta injusticia, y él quería aportar su granito de arena para intentar combatirla. De la frase final, «¡¡¡Salbemos al camarada Grimau!!!», Severina tachó dos signos de admiración de cada lado y cambió la «b» por la «v». Seguidamente, miró al alumno con renovada curiosidad.

–¿Me lo cuentas, Fermín?

–¿El qué?

El chico tenía las mejillas encendidas y los ojos, azules y hurraños, parecían haber empequeñecido.

–¿Quién ha escrito esto?

–Yo.

–Eso ya lo veo, es tu letra. –Severina recordó que Modesto, el padre de Fermín, era amigo de Simeón. Solo sabía de él que estaba enfermo y que había trabajado toda su vida en la mina–. ¿Cómo está tu padre? –preguntó.

–En Navidad se puso peor. Pero ha mejorado.

–La carta es cosa suya, ¿no?

–Es cosa de los dos. Mi padre no escribe, me lo ha dictado. –A la defensiva, añadió–: Pero los dos pensamos igual.

Ella asintió lentamente con la cabeza, él pareció tranquilizarse.

–¿Y adónde pensáis enviarla?

Fermín permaneció en silencio casi medio minuto. Finalmente, dijo:

–A una dirección de París. Pero mucha gente les envía cartas y solamente sacan algunas por la radio. Por eso es mejor escribirla sin faltas...

–¿Y qué ocurrió exactamente con el prisionero?

Fermín le explicó que los de la DGS, después de torturarlo, lo habían lanzado por el balcón para simular que se había suicidado, pero quedó herido y ahora se hallaba en la cárcel, esperando el juicio. El detenido estaba recibiendo la solidaridad de quienes no creían la versión de la Policía. Severina no sabía qué era la DGS. Fermín le dijo que su padre llamaba así a un lugar de Madrid donde propinaban palizas a gente que protestaba. Aunque seguía sin entender del todo qué motivo podía tener la gente para protestar en medio de tanta paz y tanta prosperidad, empezó a sentirse molesta consigo misma al constatar que un crío de trece años, hijo de un padre analfabeto y criado en una familia que jamás había salido del pueblo, supiera más del país que tenían en común de lo que ella, que era la maestra, le habría podido enseñar. Fermín dobló la carta con una expresión muy seria y la introdujo de nuevo en el calcetín. Ella intuyó su desconfianza y lo obligó a que la mirase a los ojos, fijamente.

—¡Eh, Fermín! Un secreto es un secreto, ¿de acuerdo? Puedes estar seguro de que no has de preocuparte por mí.

Él no asintió, pero expresó alivio con todo su cuerpo. Ella le respondió con una mirada admirativa, pues al fin y al cabo él estaba en el «mundo real», mientras que ella habitaba una galaxia lejana que, por el momento, carecía de nombre.

Una vez a solas, Severina fue cobrando una conciencia cada vez más clara de que existía una realidad subterránea que siempre había ignorado y que en su familia se había silenciado. No tenía claro si era ella la única que la ignoraba, si los ignorantes eran muchos o si eran pocos. Pensó en los panfletos y se preguntó si de verdad su padre conocía a fondo ese mundo subterráneo. Y si realmente era así, ¿por qué entre ellos no había sido posible la camaradería que adivinaba entre Modesto y su hijo? ¿Tal vez porque era mujer, porque nunca hacía las preguntas adecuadas o porque su madre se había obstinado en construirle un mundo más ligero y soportable? Y los tres años que su padre y ella habían pasado a solas, ¿por qué se había acomodado a su blindaje estoico en lugar de derribarlo con un interrogatorio que siempre le parecía inoportuno? Se maldecía por no haber preguntado, pero no se arrepentía: sabía que, si pudiera retroceder en el tiempo, volvería a hacer fatalmente lo mismo. Pero se redimiría con sus descendientes. Si algún día tenía hijos, se lo contaría todo desde el principio y no pararía. No les permitiría ignorar ni la más leve sombra. Les hablaría de la Revelación, de las conversaciones en clave, de López, de Simona, de los viajes de su padre, del baile sobre la baldosa, de la escuela en casa, de las visitas a la tía Julia. Les hablaría de Dusa. Les hablaría de la visita terrible de la pasada Navidad a la casa de la carretera. Y les diría que si hablaba tanto era para que ellos no tuvieran que maldecirse cuando ella la hubiera palmado.

Preparándose para esa eventualidad futura, se puso a buscar la caja de botas que había traído el día de Año Nuevo. Encontró el sobre de facturas y las revisó. Miró de nuevo algunas fotografías que había recogido de un cajón del comedor. Luego abrió el libro de contabilidad. Pasó una a una las primeras hojas, enteramente escritas con los asientos contables consignados por su padre y también las hojas en blanco que quedaban. Y de pronto encontró una página inesperada. No era cierto que su padre nunca hubiera escrito una carta a su madre. O al menos lo había intentado.

Nunca te escribí cartas. Tal vez porque escribirte era como escribirme a mí mismo. O tal vez siempre he pecado de un exagerado temor al ridículo y de un auténtico terror a la cursilería. Pero desde que ya no estás con nosotros todos los temores han desaparecido: ya no tengo nada que perder. Ante todo, quiero decirte algo. En estos últimos años me preguntabas a menudo: «¿Me guardas rencor por haberte apartado de lo tuyo?». Yo te respondía que no, pero no parecías creerme del todo. Ahora que ya no puedes dudar de mi palabra, te lo repito: no, jamás te guardé rencor. Pero también te confieso que eso es porque nunca me aparté del todo de mis cosas... ¡Ojo! No te mentí, solo que cuando me dijiste «prefiero no saber más», te obedecí. Seguí ayudando a mi manera a los compañeros, extremando las precauciones. De lo que tanto te preocupaba, debo decir que hice siempre todo lo posible por no participar en nada que pudiera hacerte sufrir. Soy consciente de que estos últimos años de tranquilidad para ver crecer a nuestra hija son obra tuya: nunca te lo agradecí bastante.

Sin embargo, siguen ocurriendo cosas que me impiden quedarme de brazos cruzados. Hablé recientemente con M. y me contó lo que realmente ocurrió con P. el verano del 57. Ya sabes cuánto me afectó su muerte, a pesar de que siempre hemos ido cada uno a lo suyo y de que llevaba muchos años sin verle. Como ya sospechábamos, P. fue vilmente asesinado a sangre fría. No hubo tiroteo ni pudo defenderse. Fue una emboscada donde un par de miserables fueron a por él cuando llegaba a Barcelona en bicicleta. Seguramente un chivatazo, aunque nadie ha sabido decirme qué ocurrió exactamente. Y el caso es que no sé si es por el vacío que has dejado o porque no tengo ya nada que perder, saber esto me está dando ganas de regresar a la actividad e incluso de asumir más riesgos si es necesario. M. me presentó a un estudiante de Barcelona. Forma parte de un pequeño grupo que ha ingresado en las Juventudes Libertarias. Son universitarios, muy preparados, no autodidactas como fuimos nosotros. Casi de la edad de nuestra hija. Les bulle en la cabeza algún sabotaje, por supuesto sin víctimas, ya sabes que ni siquiera ahora renunciaré a la promesa que te hice. Necesito aprovechar esa energía suicida que arde en mí desde que no te tengo, y el asesinato de P. ha supuesto un estímulo para activarme. Me siento fuerte para hacer lo que me pidan, aunque no me he decidido del todo y ni siquiera he contactado con ellos todavía.

219

Te vas a reír, pero no sabes el alivio que supone para mí poder contarte todo esto sin tener que hacerte sufrir. Es más, puede que no te envíe esta carta ahora que estás tranquila, no vaya a ser que se te ocurra regresar solo para poder sufrir un rato.

Pienso en S., como puedes suponer. Y me dolería mucho hacerle daño. Pero es toda una mujer, ya no me necesita, y tal vez lo poco que puedo hacer por ella es, precisamente, volver a la lucha. Solo en un lugar libre y justo podrá ser verdaderamente feliz y dejar definitivamente atrás el triste y lúgubre país en el que hace dieciséis años abrió los ojos... Por el momento, estoy a la espera de poder pensar con mayor claridad. No hace tanto que te has ido y quizá no debo precipitarme en tomar decisiones. Tal vez lo mejor sea

No había punto final, tampoco encabezado. «Tal vez lo mejor sea», y nada más. Aunque reconocía la letra de su padre y una ironía que le era propia, le resultaba raro verle dirigirse a su madre en castellano, como por otro lado era habitual en las correspondencias de la mayoría de los catalanes de la época que no habían podido acceder a la enseñanza escrita de la lengua que hablaban en casa. Igualmente resultaba chocante que escribiera con tanta corrección el castellano, lengua que su padre hablaba con bastante acento catalán y sin soltura. Tal vez era esta dicotomía de lenguas lo que hacía que la carta tuviese un tono solemne que no era característico de él.

También le resultaba chocante que pensara en ella como toda una mujer y no como la criatura inmadura que creía ser. En modo alguno estaba de acuerdo con la idea de haber nacido en un «triste y lúgubre país». Había tenido una infancia feliz que ni siquiera la sombra de la Revelación consiguió arruinar, y fueron la enfermedad y la muerte, y no la situación política, las que hicieron su mundo más triste y más lúgubre.

Sí, Severina hizo todas estas consideraciones antes de preguntarse quién era P., quién lo había asesinado y qué relación tenía con su padre. O antes de preguntarse qué quería decir su padre con lo de «regresar a la actividad». Tal vez porque nunca le había interesado demasiado el género policíaco, que veía tan ajeno, supuestamente, a las preocupaciones de su familia y a las suyas propias. Sin embargo, como una señal del destino, en un solo día y sin esperarlo había oído hablar de dos asuntos parecidos: la carta donde Modesto protestaba contra la condena a muerte de Grimau la había conducido a revisar papeles y a encontrar esta otra carta donde su padre hablaba de correr riesgos que tenían que ver, según ya era capaz de apreciar, con la oposición a los abusos del Régimen. Por último, le pareció igualmente curioso que lo que habrían podido ser dos cartas de amor no lo fueran o, al menos, no exactamente.

Severina encendió un cigarrillo y bebió hasta que le entró sueño. Cayó en un letargo poblado de botas de la Benemérita de infinitos colores que brotaban y crecían y florecían y trepaban por las paredes; se quedó sin aire cuando trató de meter la cabeza dentro de una de ellas para buscar un papel perdido, y la bota la succionó con tal fuerza que se despertó angustiada antes de ser tragada. Eran las seis de la mañana y se puso a mezclar el cemento para alicatar el suelo. El trabajo manual le venía bien cuando sentía el cuerpo entumecido. Al mediodía, mientras estaba arrodillada nivelando el mortero con la espátula, presintió que había alguien en la puerta. La había dejado entreabierta para que circulara el aire de la mañana. Vio a Simeón, que parecía, como de costumbre, reticente a cruzar el umbral. ¿La observaba? No llegó a percibirlo con claridad. Al levantarse, la inestabilidad de las piernas después de tanto rato a cuatro patas hizo que tropezara con el cubo de mortero; afortunadamente pudo enderezarlo, pero al hacerlo el saco de cemento cayó al suelo y levantó una nube de polvo. Tosieron al unísono. Él más, ella menos. Entonces, él dijo: «Disculpe, he llamado flojo para no asustarla, pero no me ha oído». Severina se limpió las manos con el delantal. Por el camino, vio llegar a un desconocido cargado con una caja. Simeón dijo: «Lo he traído hasta aquí». El recadero saludó y añadió, como excusándose: «Es que siempre las maestras de este pueblo han vivido en Casa Justa... Por suerte, he encontrado a Simeón en la plaza y me ha acompañado hasta aquí». Luego lanzó una mirada indiscreta hacia el interior de la casa y se despidió diciendo: «Son cuatro cajas, pero pesan como veinte». Simeón le ayudó a traer las cajas desde el camión, y una vez hubo que depositado la última frente a la puerta de la maestra, preguntó:

—¿Piensa embaldosar toda la casa, Señorita?

—No son baldosas. Y no necesito ayuda. Las entraré sola.

Simeón se limitó a acercarle las cajas a la puerta de entrada.

—¿Le importa si enciendo un cigarro antes de irme? —preguntó.

—No. —También ella sacó un cigarrillo y fumó junto a él en silencio hasta que, de repente, se sintió obligada a dar explicaciones sobre el contenido del envío—. Como le dije, no son baldosas, pero sería complicado explicar qué hay en las cajas... —Suspiró y añadió—: Preferiría no haberlas recibido.

—Está a tiempo de devolverlas —dijo él.

Ella no respondió. La presencia de las cajas parecía provocarle una gran aflicción. De repente, sonrió y dijo:

—Tengo una idea mejor. Se me ocurre que tal vez usted podría cambiar el significado de lo que hay dentro. Pero, para hacerlo, voy a pedirle algo que no desea hacer.

—¿Qué?

—Atravesar el umbral de mi casa —dijo Severina, con una mirada infantil y desafiante.

—Ya lo hice la mañana que la acompañé hasta aquí por primera vez —respondió él.

—Ese día no cuenta. Quiero que venga a cenar.

—¿Hoy?

—Hoy no. Otro día. Cuando quiera.

—No es una buena idea —dijo él.

—¿Tanto le importa lo que diga la gente? —dijo ella con desprecio.

—Es a ti a quien debería importar —respondió él tuteándola de repente—. A mí me trae sin cuidado.

Era imposible no creerle. Pero ella quería pruebas.

—Demuéstreme que no le importan los mil ojos del pueblo. ¡Demuéstremelo! —repitió, en un tono que a ella misma le pareció algo pueril.

—No tengo nada que demostrar. Si lo desea, vendré.

Ella corrió a buscar un calendario y un lápiz y salió de nuevo.

—¿El sábado 16, a las ocho y media? —preguntó en un tono neutro, como de recepcionista de consulta médica.

—¡Caramba! —dijo él con una risa franca. Ella lo interpretó como un «sí».

La carta en que la tía Julia anunciaba el envío de las cuatro cajas había llegado la semana anterior. Una carta breve donde le decía que había estado vaciando el piso de Barcelona para ponerlo en alquiler y le anunciaba el envío de unos bultos que le pertenecían. «Te envío lo que tú ya sabes» (la incapacidad de su tía para pronunciar la palabra «vajilla» le provocó un escalofrío). Arrastró la primera caja hasta el comedor y, gracias a la expectativa de la cena, la encontró más ligera de lo que realmente era. La abrió con la intención de colocar todo en las repisas. Pero al ver que los platos estaban perfectamente envueltos y protegidos y faltaba espacio para almacenarlos, decidió no sacarlos de la caja. Al fin y al cabo, para la cena solo necesitaría dos servicios. Dos platos soperos, dos llanos, dos de postre. De la siguiente caja, desenvolvió dos fuentes, una ensaladera y dos tazas de café. De una tercera caja, dos juegos de cubiertos. De la cesta de Navidad, extrajo el candelabro, que había traído de la casa de la carretera.

Compraría velas en Pontes. Cuando se hubo asegurado de que no le faltaba nada, lo colocó todo sobre la consola del comedor. Cristalería fina no tenía, pero sí media docena de vasos Duralex. Mantelería sí tenía. Había traído la de hilo. La había bordado la abuela depurada y pensó que le traería suerte.

20

A partir de 1956, las visitas a la tía Julia serían más espaciadas y más breves, pero la de aquel año, que Severina recordaría como el final de una etapa feliz pese al inicio de la enfermedad de su madre, sería la última que viera a los amigos de la tía Julia. A diferencia de los padres de Severina, que se habían esforzado por alejarse de los viejos amigos y evitado hacer nuevas amistades, la tía Julia había hecho de la vida mundana un arte. Poseía espíritu de coleccionista a la hora de elegir a los que acudían a sus tertulias. Buscaba individuos con pasiones, personalidades e inclinaciones cuanto más heterogéneas mejor y rehuía la uniformidad. «Me aburren las reuniones de especialistas», decía a menudo. Entonces, Severina se alegraba de no ser especialista sino más bien dispersa y diletante de las más diversas materias. Pero también decía: «Me repugnan las reuniones de letraheridos». Letraheridos siempre había en las reuniones y a su tía le costaba reducir el porcentaje porque solían ser buenos conversadores. Ante la vehemencia con que Julia pronunciaba el verbo «repugnar», Severina se sentía agredida en el centro de su alma de lectora voraz. ¿Era ella una letraherida? La tranquilizaba saber que un letraherido genuino solo lee literatura hiriente, mientras que ella leía muchísimas idioteces con idéntica voracidad.

Era importante no repugnar a su tía, pero no le bastaba con eso: necesitaba también su aprobación. Con el tiempo, comprendió que las sentencias de Julia no iban dirigidas contra los especialistas ni contra los letraheridos, más bien respondían a un criterio de fondo que sustentaba su dinamismo permanente: no soportaba la repetición, la copia, los grupos homogéneos, las muchas unidades de la misma especie. Necesitaba el contraste.

Después de años asistiendo a esas reuniones, siempre fascinada por las conversaciones y agradecida por poderse quedar hasta la madrugada, Severina no había hallado aún una sola frase que decir que no traicionara el mandamiento pintado con el pie. Así que seguía limitándose a un escrupuloso silencio aderezado con algún monosílabo y, cuando le preguntaban si se aburría, se incorporaba, mostraba una amplia sonrisa y negaba enérgicamente con la cabeza. Luego, se adhería de nuevo al respaldo del sofá para fundirse con él, procurando respirar poco para no consumir el oxígeno de quienes lo necesitaban para decir cosas con fundamento. En aquella velada del verano del 56, había por primera vez un muchacho de su edad. Severina calculó que debía de andar por los catorce, tal vez un año más que ella. Era un niño delgado y rubio que no abrió la boca en toda la noche (y a pesar de que bostezó un par de veces disimuladamente, nadie, para disgusto de Severina, le preguntó si se aburría). Como de costumbre, Julia presentó los invitados nuevos a los habituales y los habituales a los nuevos. «Se llama Pepe, vive en Sants, trabaja en La Maquinista y lo conocí hace muchos años en la huelga de tranvías. Se llama Cosme, vive en Sant Gervasi de Cassoles, es vegetariano y esperantista no radical. Se llama Floreal, vive en la Torrassa y vino de Murcia para fabricar ladrillos. Se llama Pablo, vive en Valencia, fue guardia civil y estraperlista, pero ahora es un sol. Se llama Gregori, vive en Terrassa y es inventor, ¿sabéis el aparato giratorio

226

graduable para contener las hernias?, pues lo inventó él.» Prosiguió hasta que llegó al invitado número doce: «Se llama Henry, vive en Estados Unidos. Lo llamo astronauta, pero es ingeniero. Puede que algunos lo conozcáis, hace tiempo vivió en Barcelona y ahora está aquí por lo del Año Geofísico Internacional...». Severina observó a Henry sin disimulo. Cuanto más lo miraba, más veía en él al mismo hombre que, el día de su primera visita a Barcelona, había despedido en el puerto junto a su tía en un extravagante baile de saludos. En aquel preciso momento, Henry afirmaba que, sin lugar a dudas, los americanos llegarían a la Luna en menos de diez años. Pepe lo provocaba en tono malicioso, haciéndose eco de un rumor, entonces muy extendido, que aseguraba que la Luna estaba cubierta de una gruesa capa de polvo que se tragaría a quien intentara pisarla. Henry dedicó un nuevo y encendido elogio al programa espacial americano, lo que irritó aún más a su interlocutor, que se levantó de repente y exclamó con violencia: «Más pronto que tarde, los soviéticos nos plantaremos en la Luna, así que olvidaos de ganar esta carrera». Severina no entendió lo de «nos plantaremos» (no le constaba que Pepe fuera ruso), pero se dio cuenta de que se mostraba muy beligerante a la hora de ridiculizar las dificultades de los americanos para poner en órbita su primer satélite, algo que por entonces nadie había logrado aún. Julia se dirigió a Henry: «Pepe está celoso porque fabrica locomotoras en lugar de satélites», dijo. Se rió, exhaló una bocanada de humo y se sentó junto a Pepe. Henry buscaba aliados y se dirigió inesperadamente a Severina. «Usted, señorita, ¿cuántos años tiene?» «Trece», murmuró ella, aunque él no la oyó. «Bien, en todo caso, es usted una niña y tendrá el privilegio de ver algún día cómo los de su generación podrán viajar a la Luna, tal vez vivir en ella... ¿Es o no es maravilloso?» Tras años de silencio, monosílabos y breves saludos, Severina vio llegado el momento de articular una frase sonora y clara. «Preferiría quedarme en la Tierra», dijo. La frase no era gran cosa, pero por lo menos no traicionaba el mandamiento escrito con el pie. Era una frase de la que nunca tendría que avergonzarse, y hasta, en un momento dado, podía ser cuestión de vida o muerte. Pepe le dedicó una sonrisa de complicidad. Julia siguió exhalando humo. Cada vez más cerca de Pepe, le acariciaba la nuca maternalmente. ¿Maternalmente? ¡No!

Cuando llegó a la casa de la carretera, ni se acordaba de la capa de polvo lunar que enterraría a los astronautas ni de la pelea que habían protagonizado Pepe y Henry al final de la tertulia. Ni siquiera se acordaba de que, por primera vez en el salón de Julia, ella había pronunciado una frase completa y audible. Para ella, lo más impactante de aquella noche fue darse cuenta de que los amantes clandestinos (cuya existencia solo había conocido en las novelas y en las pantallas del Windsor o del Metropol) existían también a su alrededor, incluso en su propia familia. Cuando Severina describió a su madre la caricia exacta que Julia había prodigado a Pepe, Simona reaccionó como de costumbre, dando a entender que ese tipo de cosas ya debería de haberlas sabido. Pero luego, ante la sospecha de que tanta ingenuidad pudiera algún día perjudicar gravemente a su hija, se avino a hablar en profundidad del asunto. Naturalmente, dijo, los amantes clandestinos no eran exclusivos de las novelas ni de las noticias de escándalos ni del cine. Naturalmente, dijo, amantes clandestinos los hay a millones. Abres una puerta de hotel y te tropiezas con uno, miras debajo de una col, y ya tienes otro. Naturalmente, dijo, la caricia de la tía Julia a Pepe no había sido maternal en absoluto. Simona le explicó entonces que su hermana siempre se había relacionado con los hombres de una manera cálida, «nunca exenta de sensualidad», dijo, «pero no todos son amantes ni mucho menos», puntualizó. «La mayoría son pretendientes, porque a tu tía siempre le ha gustado mucho la figura del pretendiente: es muy útil y no estorba. Después, con el tiempo, es normal que sus relaciones se transformen, que tu tía les haga de madre, de padre o de Espíritu Santo, porque ella tiene una versatilidad con los hombres que no te la acabas.» Por alguna razón, Severina pensó en la palabra «meublé» y se lo hizo saber a su madre. «¡Pero qué dices!», se escandalizó Simona. «Los meublés son sórdidos. Nada de meublés, tu tía siempre ha llevado a los novios a casa, que para eso tiene casa propia. Ella nunca ha tenido por qué esconderse, que por algo no se ha casado. En todo caso, los clandestinos son ellos. Además, cuando pasa el tiempo, tu tía suele conservarlos con mucho amor.»

A partir de entonces, la visión que Severina tenía de aquellas reuniones cambió, se enriqueció. Ya no veía aquellos hombres como una colección caprichosa de gente a la que Julia atraía y luego expulsaba de su vida, los veía como una colección de museo («suele conservarlos con mucho amor»), como piezas únicas que ella había seleccionado amorosamente en la intimidad y más tarde perduraban en el museo de su salón. Los había que formaban parte de la exposición permanente y los había que pertenecían a exposiciones itinerantes, como Henry, que debía de estar de paso. Simona también le contó a su hija que los hombres que le gustaban a su tía solían ser muy distintos, pero tenían un punto en común: no estar disponibles. Cuando no se disponían a casarse, estaban a punto de emigrar a Cuba o de enrolarse en la División Azul. A Julia le chiflaban las despedidas. En estaciones, en el puerto, en la parada del coche de línea, cualquier lugar era bueno para despedirse y para animarlos a hacer su camino. «Haz tu camino, amor», decía. Nunca los engañaba, nunca los ilusionaba en vano, al contrario, insistía en su frase predilecta: «Mejor no cuentes conmigo». «Y claro», dijo Simona, «quien avisa no es traidor.» Salieron madre e hija al balcón y se acodaron en la barandilla, en silencio, con la vista fija en la carretera desierta. Simona dijo: «La verdad es que mi hermana tiene mérito... En este país de miserables, ella ha hecho lo que le ha dado la gana». «¿Y tú?», dijo Severina. «Yo también, en realidad. Lo que ocurre es que ella puede desprenderse de los afectos, que hasta parecería budista si no fuera tan vehemente.» «¿Los budistas no son vehementes?» «No lo sé», dijo Simona. «Lo que sí sé es que a mí el budismo no me sentaría bien. Yo, la libertad que una alcanza cuando se desprende de las pasiones, ni regalada la quiero.» Permaneció quieta como si estuviera a punto de pronunciar una frase solemne y añadió: «Con la libertad hay que andarse con cuidado, ¿sabes? Dosifícala al máximo o acabarás asqueada del veneno que puede llegar a supurar». A Severina, la idea le pareció tan chocante que buscó «supurar» en el diccionario por si acaso no era lo que pensaba, pero sí lo era, y ya para siempre, al oír la palabra «libertad» se le aparecería la misma imagen: una pústula inmensa que había que controlar constantemente porque, si crecía y se abría, podía infectarlo todo con su purulento contenido.

Aquella tarde también fue de las primeras veces que Simona habló largo y tendido de la guerra. Dijo que, en su recuerdo, la guerra era sinónimo de sufrimiento, mientras que para su hermana parecía haber sido una fiesta. Dijo que su hermana era de ese tipo de personas que atraen los acontecimientos incluso cuando no los buscan. Que durante la guerra, Julia nunca los visitaba, pero sus cartas eran como un boletín de noticias. Había estado en Aragón ayudando a montar las representaciones que el Sindicato de Actores organizaba para los soldados de la Columna Durruti, invitada por un amigo actor afiliado a la CNT. Había acudido a la calle Consell de Cent a recibir una caravana humanitaria que traía cientos de niños huérfanos de Zaragoza. Había estado en Les Masies, junto a Poblet, despidiendo a los brigadistas que se marchaban en octubre del 38 y, tres días más tarde, los despedía de nuevo en Barcelona entre una multitud de mujeres que les lanzaban flores. El inicio de la guerra, en cambio, la pilló desprevenida. «Pero daba lo mismo», dijo Simona, «si ella no iba al acontecimiento, el acontecimiento iba a ella», y le contó cómo había pasado su tía el 18 de julio de 1936. «Aquel día, al amigo mecánico no se le ocurrió otra cosa que invitarla a la playa con el Cadillac de un cliente, un modelo idéntico al que conducía Al Capone por Chicago. El mecánico era un santo varón, pero idolatraba al gángster, soñaba con emigrar a América para conocerlo, y Julia lo animaba, claro que sí, haz tu camino, amor... El caso es que salieron a la carretera con el pedazo de Cadillac, que a tu tía no creo que le gustara, seguramente habría preferido un Aston Martin o cualquier descapotable como el que estranguló a Isadora Duncan cuando circulaba por Niza y el chal se le enganchó en la rueda. ¿Te los imaginas? Tu tía pensando en Isadora estrangulada (¡conmigo no contéis!), y el mecánico pensando en América, América... El caso es que ninguno de los dos se había enterado de que el ambiente andaba caldeado... En la carretera, un grupo de milicianos de la FAI les dio el alto, si no sabes qué hicieron los de la FAI por aquellos días déjalo correr, ya te lo explicaremos cuando seas mayor. Y no te creas lo que te digan los unos o los otros, ¡tú no dejes de dudar ni un momento!... El caso es que a tu tía y al mecánico los obligaron a bajar del coche. El mecánico había estrenado unos pantalones que le venían estrechos y unos zapatos blancos y negros muy lustrosos, supongo que en homenaje a su gángster preferido. Al bajar del coche, un miliciano le empujó con el fusil y lo tiró al suelo. Una miliciana le preguntó y él dijo que iban a la playa. Entre gritos y amenazas de los exaltados, la miliciana quiso saber si los tomaban por idiotas. Entonces Julia bajó del Cadillac, majestuosa, por cierto, o eso me dijo el mecánico cuando quedé con ellos poco después... Les dijo que no los tomaban por idiotas, que los idiotas eran ellos dos por haber salido de excursión en un día tan complicado, que el vehículo era de un cliente y que el mozo tendido en el suelo era un simple trabajador como ellos, un obrero de la causa, un mecánico que trabajaba para su patrón. Para demostrarlo, porque del empujón el mecánico tenía los riñones doloridos y no acertaba a sacar la documentación del bolsillo del pantalón, Julia le dijo: "Enséñales las uñas"; eso era una prueba indiscutible, siempre queda un residuo de grasa negra bajo las uñas si uno trabaja con motores. Pero el muy zoquete se las había cepillado a fondo para llevar a tu tía a la playa y al final ella tuvo que agacharse y registrarle los bolsillos hasta encontrar la documentación. Requisaron el coche y los dejaron ir a pie. Muchos otros no salieron tan bien parados aquel día.» Severina se interesó por el mecánico. «¿Lo habré conocido en alguna tertulia?», preguntó. «No», dijo Simona. «Lo mataron en la guerra.» Suspiró y dijo: «Qué triste... ¡Tantos jóvenes como él sin poder cumplir sus ilusiones! Él, que deseaba tanto ir a América a trabajar para los gángsters, ¡pobre!». Severina quiso saber si era novio o pretendiente. «Era pretendiente, eso seguro. De entrada, porque tenía cuatro o cinco años menos que ella, y a tu tía no le gustaban más jóvenes. Mi hermana piensa que los hombres, para alcanzar la madurez de una mujer de su misma edad, necesitan más años, y la única manera de nivelar las dos madureces es que ellos sean mucho mayores que ellas. Ahora se ha vuelto menos exigente, con la edad... Ahora creo que los jóvenes no le disgustan... En resumen, creo que nunca llegaron a ser amantes, ella misma me confesó que jamás le había dado pie. Y tu tía es muy escrupulosa en lo de dar pie.»

Que Julia era muy escrupulosa a la hora de dar pie, Severina lo sabría cinco años más tarde. En la visita del verano de 1961, un año antes de irse a Dusa, cuando le regaló el abrigo por sus dieciocho años que en realidad eran diecinueve y después de explicarle la diferencia entre lomos y garras, Julia le había lanzado una pregunta desconcertante. «¿A ti, los hombres, cómo te gustan?» El silencio se impuso. Nunca habían hablado de los gustos de Severina en ese campo. Además, para responder a la pregunta, la joven necesitaba una capacidad de síntesis que ella, más del gremio analítico, no tenía. ¿Hombres? Revisó con silenciosa parsimonia los modelos disponibles, los de la realidad (escasos), los de las novelas y los del cine, y se esforzó por buscar un punto común entre todos ellos. Finalmente dijo:

—Creo que los que más me gustan son los que no me miran.

—¿Te refieres a los que no ven o a los que no te ven a ti?

—No, no. Que me vean o no es cosa suya. A mí lo que me hace sentir mal es que me miren. —A medida que pensaba en ello, se sentía más segura de lo que decía—. Sí, exactamente. Creo que solo podré enamorarme de un hombre que no me mire.

—¿Te han mirado alguna vez? Es decir, que tú te hayas enterado...

—Creo que no. Al menos no soy consciente de ello. Bueno, una vez sí, en la Normal. No me sentí cómoda.

—Sé a qué te refieres..., las típicas miradas de macho insolente, ¿no?

—Bueno, sí, pero no solo esas. Me siento mal también con las miradas demasiado afectuosas... Sí, creo que no soportaría a un hombre que me mirase con un exceso de amor.

Sorprendentemente, Julia dijo:

—Te entiendo.

—Pero eso es un problema, ¿no? —Severina estaba preocupada ante el descubrimiento que acababa de hacer sobre sí misma.

—Un problema, ¿para qué?

—Un problema para ser querida. Y yo sí quiero que me

quieran. Y que me quiera un hombre, ¡eso sería magnífico! Los hombres son los desconocidos que más me gustan, sin duda. Pero solo los que no me miran.

—Pueden quererte sin mirarte. No es mal asunto. Si nadie te mira, puedes observar con mayor libertad y elegir tranquila.

—Sí, pero ¿y si el elegido, de repente, me mira?

—Le arrancas los ojos —se rió Julia.

Pero Severina se había quedado preocupada.

—¿Por qué me lo has preguntado?

—Mira, considera lo que voy a proponerte una prueba de mi curiosidad científica, no un deber ni un compromiso. Pero hay un chico que... Bueno, siempre pensé que estabais hechos el uno para el otro.

La frente de Severina denotaba intranquilidad y recelo.

—Vino una vez con su padre cuando eras pequeña, ¿te acuerdas? Y estuvo también en una reunión hace..., bueno, creo que hace ya cinco años. Aquella conversación en que Henry y Pepe andaban discutiendo por unos satélites, ¿te acuerdas? Entonces él debía de rondar los catorce años. Era rubio, espigado, distinguido...

Severina recordó vagamente a un niño silencioso como ella, pero no recordaba que fuera especialmente espigado ni especialmente distinguido, cosa que la hundió aún más en un mar de negros presagios.

—Conocer a algún desconocido no te hará ningún daño —dijo Julia, tras lo cual soltó una risita juguetona—. ¡Y yo me muero de ganas de ver si acierto!

—¿Qué te hace pensar que estamos hechos el uno para el otro?

—Bueno, es un joven muy sensible. Un poeta. Un poeta de actitud, me refiero, porque poesías no escribe, que bastante lío tiene con la empresa familiar. Solo le veo un defecto, que no tiene los pies en el suelo. Pero aún es muy joven y cambiará. Será como su padre, aunque lo cierto es que no lo ve mucho, porque el cónsul vive fuera. El hijo vive aquí, con su madre, que ha hecho fortuna con el plexiglás y el nailon. Y ahora la empresa la lleva él, con poco entusiasmo y con la cabeza en las nubes. Y ahí es donde una mujer como tú puede cambiarlo todo. Tú, los pies en el suelo, los tienes y no los tienes. Con eso quiero decir que tu naturaleza es no tenerlos, pero la vida te ha obligado a tocar tierra y no lo has hecho mal, pobrecilla. O eso creo... En fin, yo lo único que sé es que aquel muchacho se fijó en ti hace cinco años, en aquella reunión. Ojo, sin mirarte, ¿eh?, que me parece que no te miró para nada. Pero sé por su padre que quedó gratamente impresionado. –Severina se había hundido en un mutismo pertinaz–. En fin –concluyó Julia–. Yo solo te lo digo por si quieres ir pensando en el asunto.

Aquel verano del 61, cuando de nuevo llegó a su casa, Severina no tenía la menor intención de regresar a Barcelona hasta el verano siguiente. Pero en otoño murió su padre en el accidente, y su tía no quiso que pasara la Navidad sola en la carretera. Así que Severina llegó a la ciudad la víspera de Navidad para una estancia de cuatro días. Pasó muchas horas en el cine con su tía. Vio bailar a Fred Astaire en una sesión matinal de las Galerías Condal. Aguantó estoicamente *Ahí va otro recluta*, abrió los ojos como platos en la oscuridad de *Psicosis* y destinó una tarde entera a *Los cañones de Navarone*. Al día siguiente de San Esteban, llamaron a la puerta. «Es Manuelín», dijo su tía (hasta entonces lo había llamado siempre «el joven espigado» o «el hijo del cónsul»). Al verle, Severina lo recordó de la tertulia de cinco años atrás, de un modo parecido a como creía que debían de recordarla a ella: una presencia etérea, inaudible e inaprensible y, por lo tanto, perfectamente prescindible. Julia les sirvió un Benjamín Codorniu a cada uno, y, quizá para romper el hielo, rememoró la tertulia que habían compartido años atrás y la discusión sobre la carrera espacial de sus dos amigos. «Es cierto que

235

aún no hemos llegado a la Luna, pero de momento el tiempo le ha dado la razón a Pepe», dijo. «Los rusos se adelantaron a los americanos lanzando el Sputnik, y este año Gagarin ha sido el primer hombre que ha podido ver la Tierra desde el espacio. ¡Qué emoción!, ¿verdad?» Como los jóvenes carecían de conversación, Julia continuó: «Espero que sean también los primeros en pisar la Luna, porque, la verdad, tengo debilidad por Kruschev... Aunque desde que ha aparecido Kennedy, no sé qué pito tocar», dijo, y se rió. Los dos jóvenes contemplaban ensimismados la trayectoria de las burbujas del Benjamín. La tía les había llenado generosamente las copas, «son ideales estos botellines porque tienen la cantidad justa», decía, y les servía otros dos botellines por si la cantidad justa no bastaba. Finalmente, les recomendó un paseo, una película, un restaurante para cenar y los echó. Durante el paseo en absoluto silencio, la joven descubrió un tipo de soledad que se le antojó atroz (la soledad a dos). Caminaron tanto que llegaron a la Diagonal y siguieron. De vez en cuando, se detenían a contemplar un escaparate. No es exagerado decir que, en toda la tarde, él solo acertó a pronunciar una frase: «Prefiero que me llames Manuel». Ella, por su parte, dijo también una sola frase (lamentablemente demasiado larga) con la mirada absorta en el aparador de Grifé & Escoda. «Debe de ser maravilloso preparar una mesa como esta para invitar a tus seres queridos», dijo. Él no respondió, pero miró la mesa suntuosamente decorada con renovada atención. Fijó la vista en el cartel que reposaba entre la sopera y el candelabro y fue bajando. Ella hizo lo mismo, y leyó con voz inaudible de arriba abajo:

Raynaud Limoges, vajilla de porcelana
72 piezas, servicio de cena para doce
Incluye
Doce platos llanos

Doce tazas de consomé
Doce platos de postre
Doce platos de pan y mantequilla
Doce tazas de café
Doce platillos
Salsera
Sopera
Dos ensaladeras.
Cristalería de Bohemia, 48 piezas
Cubertería de plata de ley, 72 piezas

Después, emprendieron el regreso. Renunciaron a la sesión de cine y a la cena sin necesidad de consensuarlo ni con palabras ni con gestos, Severina jamás habría podido imaginar que él no tuviera las mismas ganas que ella de estar solo cuanto antes mejor. Mientras andaban, empezó a añorar la casa de la carretera. Era extraño, porque ahora la casa estaba vacía: en poco más de tres años, su hogar se había convertido en un espacio devastado por la nostalgia. Pero ahora, en Barcelona, si no estaba abstraída leyendo o en el cine se sentía aún peor.

Cuando ya llevaba un mes y medio de nuevo en casa, López llamó a su puerta una mañana. Acababa de recibir una llamada para ella. Severina se precipitó al taller y escuchó la voz irritada de su tía. «Estoy abriendo cajas y desembalando lo que parecen copas, platos y cubiertos», dijo a modo de saludo. «¿Podrías explicarme qué significa todo esto?» Severina dijo que no podía. «Hay un sobre para ti, de Manuelín. No lo he abierto porque yo no leo cartas privadas», dijo. Severina le rogó que la leyera. Julia le transmitió una declaración de amor convencional y concisa. El humor de su tía, molesta porque la habían dejado al margen de la relación que ella suponía entre ambos jóvenes, empeoró catastróficamente cuando supo que no existía relación alguna, que Severina no esperaba el regalo ni tenía intención de volver a ver al joven. «Nadie regala una vajilla de este calibre a una persona que acaba de conocer y que no ha de volver a ver», dijo Julia, cortante. Severina se preguntó por el calibre, pero no quiso añadir leña al fuego. Explicó a su tía que aquella tarde infausta en la Diagonal ella solo había pronunciado una frase apreciativa ante el escaparate, solo una. Y que, posiblemente, de haber podido hacerlo, ni siquiera se habría comprado aquella vajilla en particular. «No podrías ni con el sueldo de veinte años», dijo Julia. «En resumen, tal como están las cosas, no puedes quedarte con este regalo.» «¡Por supuesto que no!», exclamó Severina, escandalizada ante la idea de conservarlo. «Pero no te creas que va a ser fácil», dijo Julia. Se escucharon crujidos de papel de seda y más crujidos, y la frase siguiente sonó aún más alterada. «¡Me lo imaginaba!», exclamó. «La vajilla y la cubertería están grabadas. Deja que vea...» Después de unos segundos, retomó el auricular. En un tono más calmado, más profesional (un tono de experta en devolver regalos inapropiados), su tía dijo: «Todas las piezas llevan tus iniciales entrelazadas, excepto, por lo que veo, la salsera, no me preguntes por qué. Así que debes quedarte la vajilla». Severina preguntó el motivo. «Como comprenderás, a él ya no le sirve, a no ser que la próxima pretendida tenga un nombre con la misma inicial que el tuyo. Así que vas a verle de inmediato y le devuelves la salsera. Y le dices que lamentas muchísimo el malentendido.»

Por primera vez y pese a su propensión a cargar con culpas inexistentes, Severina se resistió a dejarse convencer. «No pienso ir a Barcelona solo para devolver una salsera», dijo. Poco acostumbrada a una negativa firme de la sobrina, Julia cedió de inmediato: «Muy bien. Pues iré yo. De todas formas, también hay que enviarle la cristalería, que tampoco está grabada. A ti te enviaré el resto a donde me digas». Severina no sabía qué decir, era un caso para ella sin precedentes.

238

Al fin, dijo: «Si me das el teléfono de Manuel, le llamaré para aclarar las cosas». Pero su tía se negó. «Tú ya has hecho bastante, no hace falta que hagas más», dijo con rencor. Severina oyó un golpe y pensó que Julia había estrellado la salsera o colgado el teléfono, pero no. De repente, habló con una rabia apenas contenida y dijo: «Los pretendientes se rechazan con educación y con firmeza. Yo he tenido muchos, también algunos amantes. Pero jamás he cometido la crueldad mayor imaginable, que es dar pie. Piensas que no has hecho nada, pero sin duda le diste pie a hacerse ilusiones. Supongo que verte ensimismada delante de la vajilla hizo aflorar en su cabeza poco evolucionada la escena de la buena ama de casa sirviendo tazas de consomé en una gran mesa familiar. Sin duda le hiciste sospechar que tú tenías ese mismo sueño. Y yo tengo muchos defectos, pero siempre he sido dura con los hombres. Y siempre les he dejado las cosas claras desde el primer momento: no esperes gestos amables, no esperes fidelidad, no esperes apoyo, no esperes que no te lleve la contraria... Y siempre les parece perfecto, si bien es cierto que a la larga no lo asumen. Pero al menos, yo nunca tengo que arrepentirme de nada». Y colgó con brusquedad. Una vez más, Severina se creyó capaz de expulsar la culpa de sus entrañas únicamente con la herramienta de la razón. Pero de nuevo descubrió con sorpresa que la acusación bastaba para hacer crecer esa culpa aunque no hubiera pecado. El temor a recibir un regalo intempestivo e inmerecido no la abandonó nunca.

21

Estrenar vajilla le pareció un buen augurio. La mesa puesta no se parecía a la del escaparate de Barcelona, pero era obra suya. Le atraía el brillo sutil de las iniciales sobre el mango abombado de los cuchillos de plata a la luz de las velas, la reconfortaba verter el humeante caldo de gallina en las tazas de consomé, le gustaba el centro de ramas de sabina recién recogida del bosque y dispuesta alrededor del candelabro, la enorgullecía que la mesa reposara sobre unas baldosas colocadas con sus propias manos y le agradaba el contraste de la suntuosa vajilla con la palangana vieja que había dejado bajo una gotera (llovía a menudo y hasta el momento no había encontrado a nadie que quisiera arreglarle el tejado). Finalmente, le agradó también que Simeón, nada más entrar, profiriese exactamente la misma exclamación del último día, «¡caramba!», una expresión casi cursi que la Bestia nunca se habría permitido pero que a Simeón tampoco le cuadraba, y esta excepcionalidad la atraía de tal forma que por primera vez se preguntó si lo que sentía tenía algo que ver con el amor sobre una baldosa, que era su referente. Cenaron entre frases de cortesía y comentarios sobre el vino que había traído él, que era denso y sabía a arándano y a cedro, y también sobre el plato, una olla de congrio que Severina había cocinado siguiendo una receta de su madre. Simeón, que lo había probado en su juventud, lamentó que tan original receta se hallara en vías de extinción y ella se lo tomó como un elogio. Todo discurrió suavemente hasta llegar al flan. Y después del postre, ella encendió un cigarrillo que, de manera instantánea, le infundió valor para hablarle en un tono firme y audible. Seguidamente exhaló el humo en un intento desesperado por sentirse más adulta, más mujer y más fatal. Pero no consiguió decir nada. Él tampoco decía nada que la incitara a proseguir su intento de seducción pasiva. Todo lo contrario.

–Ayer hablé con Modesto –dijo.

Ella apagó bruscamente el cigarrillo. No sabía qué esperaba, pero desde luego no esperaba hablar del padre de Fermín ni esperaba hablar de política ni esperaba del hombre que tenía enfrente más paternalismo protector.

–Fermín le ha explicado a su padre que usted le ayudó a corregir una carta, digamos, un tanto especial.

–Me pidió que le guardara el secreto –dijo ella, molesta–. Se lo he guardado, pero por lo visto él se delata solo.

–No es eso. Alguien vio al chico caminando hacia aquí y se lo dijo a su padre. La gente se fija mucho en quién va y viene de esta casa. El caso es que cuando Fermín lo supo, se puso nervioso y le confesó a su padre lo de la carta. Modesto me preguntó si era usted de fiar. Le dije que sí.

–¿Ha venido a cenar para preguntarme esto? –dijo ella. Ahora la carta de Modesto le importaba un rábano.

–No. Esto pasó anteayer y yo me había comprometido a venir hace semanas. De hecho, Modesto no me preocupa, sé que será usted discreta. Es precisamente usted quien me preocupa de nuevo, porque es muy joven y no se entera con exactitud de muchas cosas.

De mala gana, Severina reconoció que, con exactitud, no se enteraba.

–Modesto escucha la Pire, ¿sabe qué es?

La maestra negó con la cabeza.

–Una radio independiente.

–Independiente, ¿de qué?

–Independiente del Régimen. De otras censuras, no lo tengo tan claro... En resumen, es la emisora de los comunistas en el exilio.

–¿Modesto es comunista? –Del mismo modo que años atrás le había parecido extraordinario que existieran amantes clandestinos a su alrededor, ahora le resultaba increíble la idea de tener a un comunista como vecino. ¿Un comunista de las hordas, aquí? Los comunistas o estaban en el extranjero, o estaban en la ficción. Cuando tenía once años, viendo *La condesa Alexandra* con su tía Julia, no había entendido nada de lo que prometía la frase del cartel de la película, una frase que como tantas otras que no entendía permaneció grabada en su memoria («¡Jamás el brutal desenfreno de las hordas comunistas fue captado con tanta fidelidad!»). Hasta entonces, Severina nunca había visto las hordas en carne y hueso ni en ninguna pantalla, pero ese día pudo ver a una muchedumbre desastrada que entraba en el palacio donde la condesa Alexandra se acababa de despertar entre sábanas de satén y almohadones bordados. Al oír el ruido de los cafres que intentaban entrar, se levantó y llamó a los criados: «¡Olga! ¡Boris! ¡Elisabet!», pero ellos debían de estar ocupados porque no respondieron: las hordas comunistas entraban en el jardín. La condesa (una Marlene Dietrich en blanco y negro con rostro de muñeca iluminada) no le inspiraba una especial simpatía ni le pareció sensato que saliera en negligé semitransparente a enfrentarse a las hordas, pero las hordas también la decepcionaron: entraron en el palacio como una manada de búfalos y lo destrozaron todo con las bayonetas. En el imaginario de Severina, «las hordas comunistas», expresión que tantas veces había leído en los textos escolares oficiales, adquirieron al salir del cine forma de multitudes tribales constituidas por individuos violentos y sanguinarios de nombres extranjeros, porque aquí hordas comunistas no había, y comunistas, tampoco. Ahora, gracias a Simeón, sabía algo más. Sabía que entre los comunistas no todo eran hordas, sabía que el prisionero de la historia que le contaba su padre, Vladímir Ilich Lenin, era también comunista, pero no de las hordas, sino un pez gordo aparte, de los que habían mandado mucho antes de Stalin y antes de aquel Kruschev que a veces mencionaba Julia. Pero curiosamente su tía, cuando hablaba de Kruschev o de los cohetes rusos, no decía que eran «comunistas» sino «soviéticos»: «comunista» le parecía a Severina una palabra que se evitaba o se pronunciaba con la boca pequeña, mientras que «soviético» le parecía una palabra más inofensiva y exótica. Desde que leía la prensa de Barcelona y escuchaba noticias en la radio de vez en cuando, la joven asociaba los comunistas a un poder que, desde el otro lado del Telón de Acero, emitía ondas maléficas presuntamente corruptoras de la paz y la prosperidad que aquí reinaban. De dónde se encontraba el Telón no tenía ni puñetera idea, tampoco lograba imaginar ni su tamaño ni su forma, y eso que ella se consideraba una persona metafórica en comparación con otras (alguien que, por tanto, podía suponer fácilmente que un telón no era un telón), pero las metáforas de la política se le resistían endemoniadamente. Esto era todo lo que Severina sabía hasta entonces de los comunistas. Los «rojos», en cambio, le resultaban más familiares. No descartaba haber conocido alguno, y no descartaba, tras leer la carta de su padre, que muchos fueran amigos suyos. Se figuraba a un rojo como a un ser frágil y necesitado, mucho más desamparado que, por ejemplo, un comunista. Primitiva lo había dejado claro en otoño: «Este pueblo es más rojo que la mala suerte». Quizá también era una metáfora, o quizá en el pueblo no había tantos rojos como ella insinuaba,

243

pero ahora tenía claro que algunos sí había, Justa era roja confesa, y Modesto, comunista. Aquellas eran las deducciones de Severina, bastante limitadas pero fruto de un pensamiento propio.

–Al hermano de Modesto lo fusilaron por comunista –dijo Simeón–. Al final de la guerra se marchó a Francia con otros refugiados, pero después regresó con el lirio en la mano y lo trincaron. Modesto nunca ha podido digerir lo de su hermano.

–Pero entonces Francia estaba a punto de meterse en la otra guerra... ¿Adónde habría podido ir su hermano?

–Más le hubiera valido quedarse en Francia, en la Resistencia quizá también lo habrían trincado, pero al menos habría servido para algo... O haberse ido lejos, como tantos otros refugiados. Muchos aún no han podido volver, pero al menos están vivos...

A Severina se le representó otro nuevo concepto: «refugiados que no han podido volver», que asoció en su particular rompecabezas a las conversaciones de su madre con el doctor Flos, a Humbert el de Lleida (que, como quien dice, regresó solo para morir), a Victorina en México, a la abuela Elvira, muerta en el campo, tal vez también a la amiga que escribía desde Suiza. El «tantos otros refugiados» también la impresionó: estaba convencida de que la desgracia de su abuela era excepcional, nunca antes había imaginado el exilio como una odisea multitudinaria. Cuando oía hablar de gente en el exilio (en el periódico, en la radio) nunca se trataba de españoles sino de extranjeros: gente que se tenía que ir del Berlín Oriental, que se marchaban de su Polonia natal o incluso de Cuba: de aquí, nadie parecía querer irse.

–No doy crédito a mi ignorancia –dijo la maestra.

–¿Por qué? En la escuela no lo enseñan, en las noticias lo censuran, en las casas no se habla. ¿Por qué debería usted saberlo? El éxito del Régimen consiste en eso, el silencio y el miedo a correr riesgos de consecuencias imprevisibles...

–Riesgos..., ¿qué riesgos corre Modesto al enviar la carta?

–No podría calcularlo. Cuando hay una detención, el miedo aumenta. Es evidente que la represión no es tan dura como hace diez años... Pero, en cualquier caso, escuchar la radio clandestina no es ningún juego, enviar una carta como muestra de solidaridad con un comunista que está en la cárcel y que recibe apoyo en todo el mundo lo es aún menos. No hace mucho que detuvieron a dos hombres solo por escuchar la emisora y acabaron en la cárcel. Y si interceptan una de esas cartas, teóricamente puedes ser condenado a muerte. La amenaza existe, a ratos se hace la vista gorda y a ratos nos lo recuerdan con detenciones y condenas. La mayoría de la gente que envía cartas a la emisora lo hace desde el exilio, pero los que lo hacen desde aquí corren un riesgo, sin duda. Modesto ha firmado con seudónimo y la carta se ha enviado a una dirección de París, donde se toman muchas precauciones para no perjudicar a los remitentes: no hay que pensar lo peor.

–¿Usted también escucha la radio esa?

–Antes de irme a Brasil, cuando trabajaba en Barcelona, en el puerto, me reunía con un grupo de amigos y la escuchábamos. Pocos lo hacían entonces... Pero desde el año pasado con todo lo de las huelgas de Asturias y también con la detención de Grimau, los oyentes son muchos más... Bueno, hay gente esperanzada, gente con ilusión... No es mi caso. –Se rió y espantó la ilusión de un manotazo como si se tratara de una mosca pegajosa–. De todas formas, yo no sé quién la escucha en el pueblo, además de Modesto. Aquí la gente es muy reservada y muy suya. Y hay que ponerle ganas, porque se escucha mal casi siempre..., por las interferencias de los americanos, digo...

–¿Los americanos de América?

–Bueno, las interferencias no vienen desde allí –sonrió–. Tengo entendido que las emiten desde la base de Cartagena.

Severina no se atrevió a preguntar qué era una base.

–Cuando Modesto se pega el transistor a la oreja, yo me largo para dejarlo solo. Siempre se pilla algún cabreo con lo de querer oír y no poder –dijo.

De pronto, a Severina le vino a los labios una de aquellas frases del pasado remoto que, por haber permanecido tantos años en la memoria sin ser evocadas, parecían haber adquirido la consistencia de un verso:

–Aquí Radio España Independiente, Estación Pirenaica. –Lo pronunció en voz alta, con idéntica entonación a la del locutor que la anunciaba.

–¡Sí, señora! –dijo él, sorprendido.

–Cuando ha dicho lo de pegarse el transistor a la oreja...

Se quedó quieta y callada. De pronto, tenía diez años y veía a esquiadores ebrios de felicidad descendiendo por pendientes nevadas, como le ocurría cada vez que escuchaba el saludo del locutor. Veía la mano huesuda y morena de su padre que sobresalía de su escondite para sacudir la ceniza del cigarro, lo veía apartando la manta y apagando la radio con irritación porque escuchaba algo que le disgustaba (durante un tiempo se mostró muy crítico con la emisora), o irritado porque no conseguía oír bien, «¿Puedes mandar al infierno al periquito, Simona?»... Y Simona lo desterró, lo regaló a López porque siempre decía que aquellas plumas azul cielo tan vistosas le alegrarían el taller, pero muy pronto las plumas se tornaron grises como las paredes ahumadas del local. Severina suspiró y dijo:

–Por culpa de la emisora comunista, el periquito pilló una bronquitis y murió. Me lo había regalado mi tía en mi primera visita a Barcelona –añadió.

Al ver la perplejidad en los ojos de Simeón, sintió una ligera náusea y, de pronto, de su boca emergió un torrente de

246

palabras que parecía no tener fin. Salieron de su boca los Obispos, los hermanos maristas, el padre Narciso y las niñas del Auxilio Social, salieron los papelitos de la hucha que luego había copiado en un diario, salieron las despedidas de sus padres, aquellos bailes desmayados y sensuales que siempre parecían poner punto final a algo, salió el «sufro más por tu padre que por mis pulmones», salió Simona besando la fotografía y murmurando «¡Roberto querido!» (Severina aún no sospechaba que Roberto era el nombre de guerra de su padre porque no sabía qué era un nombre de guerra, pero estaba a punto de saberlo), salió su padre apagando la radio indignado, salió el meublé donde alguien había sido canonizado y salió la playa donde alguien había sido condecorado (Severina no sabía que la playa era el Campo de la Bota, pero ahora estaba a punto de saberlo). Salieron los clientes que no eran clientes, pero clientes debía de tener, su padre, puesto que en el almacén se guardaban repuestos de máquinas de escribir, repuestos auténticos de muchas marcas de máquinas de escribir auténticas, como la que su padre tenía en el comedor para preparar las facturas de los clientes. Pero también salió la otra máquina, la máquina grande que había visto de lejos a través de la puerta entreabierta del almacén, la de la manivela que nadie hacía girar en su presencia. Salió ella observando la máquina, la mirada fija en el cuarto del fondo que nunca antes había visto. Salió Simona, que venía de tender la ropa y cerró la puerta con un golpe seco y preguntó «¿Qué miras, Severina?», en un tono malhumorado poco habitual en ella. Salieron las conversaciones de su madre con el doctor Flos y salió el ama del cura, la que pedía cubitos en el bar del hotel, la que le había hecho algo muy gordo a su abuela Elvira, salió la Navidad anterior en la casa de la carretera y salieron las botas de Obispo y los números de *Solidaridad* escondidos en casa de su padre, pero también había visto ese periódico en casa de la tía Julia, donde los ejemplares clandestinos no se ocultaban, sino que se trataban con cierta familiaridad y aparecían de vez en cuando entre revistas de moda y números atrasados de *Distinción*, publicación donde se hablaba de subastas de cuadros de Gauguin o de gimnastas olímpicos como Joaquín Blume y donde se anunciaban automóviles de lujo, encajes de alta costura, Cafiaspirina y Bitter Campari, así que Severina pensó que el periódico obrero no debía de representar peligro alguno en casa de Julia, sino más bien la travesura de una revolucionaria de salón con conocidos influyentes y algún que otro amigo obrero como símbolo de un espíritu abierto y transgresor. Salió de su boca el insomnio de su madre cuando su padre estuvo unos meses ausente, y salió la alegría del regreso, tan excesiva que la niña pensó que la reaparición del padre era un milagro, salió la preocupación de su madre al saber que él regresaría pronto al Convento (que ignoraba que se hallaba en Toulouse, pero estaba a punto de saberlo), salió su madre dando la razón a los del Convento porque habían retirado el apoyo a las niñas del Auxilio Social, es decir, a los de la parroquia de su padre, que, fueran quienes fuesen (¡que a ver si ahora resultaba que su propio padre era comunista!), su madre veía bien que el Convento les retirase la confianza. Salió la raja en el retrato del Niño Jesús.

Todo esto y mucho más salió atropelladamente de la boca de Severina en dirección a Simeón, y cuando calló, lo hizo con una de esas pausas que preceden a los suspiros, aunque tan larga que parecía haber dejado definitivamente de respirar. Después inhaló a fondo y experimentó un alivio extraño, un alivio ambiguo, liberador pero inquietante, como el último alivio antes de la toma de conciencia que nunca más te permitirá desentenderte de lo que ocurre a tu alrededor. Y como le faltaba enseñar la única prueba fehaciente que tenía, fue a por la caja de las botas y extrajo el libro de contabilidad, que abrió por la página de la carta de su padre. Él se llevó la mano al bolsillo de la camisa, sacó unas gafas y se las ajustó sobre la nariz. Ella se sentó a su lado, encendió otro cigarrillo y le observó de perfil mientras pensaba que, después de todo igual sí que estaba loca, a quién se le ocurre explicar todo eso a un desconocido, para colmo falangista. Tal vez era una incauta porque el exceso de soledad nunca la había obligado a usar cautela alguna, tal vez la habitara un tipo de ingenuidad que los libros que leía nunca lograrían derrotar...

–¡Vaya, vaya! –exclamó él. Al acabar de leer la carta había apartado el libro de contabilidad y ahora miraba con curiosidad el libro *Dios y el Estado* con la cubierta falsa del libro de Delibes.

–¿Comunista, como Modesto? –aventuró Severina.

–¡Mucho peor! –Soltó una carcajada, en un intento de quitar importancia al asunto. Luego dijo–: ¿De verdad quiere usted escuchar cuatro especulaciones que no van a ninguna parte?

Ella asintió con la cabeza con un ímpetu que no dejaba lugar a dudas. Él le preguntó entonces dónde situaba a los anarquistas, si es que los situaba en algún lado. Ella dijo que los ubicaba vagamente en el desorden y el vandalismo, próximos a las hordas que habían destrozado el negligé de la condesa Alexandra en la pantalla. Que, últimamente, andaba sospechando que algunos de los malhechores y facinerosos que salían en *El Caso* eran posiblemente opositores al Régimen que cometían actos delictivos para conseguir un bien superior, y también se había dado cuenta de que las noticias de la radio y del periódico trataban a esos malhechores como a criminales del estilo del Bujías, que había destripado a su mujer con un destornillador sin aspirar a ningún bien superior. Imaginaba, pues, que los anarquistas tenían un objetivo humanitario cuando destripaban, aunque no los imaginaba destripando, más bien pegando algún tiro, y su padre ni eso, pues al parecer le había prometido a su madre no involucrarse en acciones violentas. De los anarquistas también había oído que robaban dinero a los ricos para dárselo a los pobres, o eso era lo que pretendía el padre Narciso en el meublé, solo que desgraciadamente les había surgido un imprevisto. En cualquier caso, no imaginaba a un anarquista como a alguien que leía el *Reader's Digest* en pipa y se iba a trabajar con americana, corbata y gabardina como su padre. Y si bien era cierto que su padre, en la carta, hablaba de un deseo de unirse a aquellos jóvenes que planeaban un sabotaje, también era cierto que un sabotaje no necesariamente causa víctimas humanas, y, al parecer, mantenía la promesa hecha a su mujer de no participar en ninguna acción de sangre, eso decía él en la carta a su madre, y a los muertos no se les engaña.

Entonces habló Simeón. Dijo que la relación de su padre con el anarquismo parecía obvia: el libro de la falsa portada, profusamente subrayado y aparentemente muy releído, era de Bakunin, un texto fundacional del anarquismo. Además, estaban también los ejemplares de *Solidaridad* y las visitas a Toulouse, donde precisamente se ubicaba el Convento, es decir, la sede de la CNT. Simeón le explicó qué era la CNT. Le dijo que su padre podía ser de la línea pacifista o de la línea FAI, pero que era significativa la aparición, en las conversaciones entre sus padres, de activistas armados como el hermano marista pequeño (que, según Simeón, era un tal Manel Sabaté) y del padre Narciso (que, según Simeón, era un tal Facerías, de quien se contaban múltiples robos que ellos llamaban «expropiaciones» y la prensa del Régimen «atracos»). Dijo que todo ello no significaba necesariamente que su padre conociera a esa gente de primera mano, ni siquiera que tuviera un trato habitual con ellos, que tal vez habían coincidido en alguna misión, o en alguna reunión en Toulouse. Que tal vez su padre solo los seguía por la prensa o a través de otros correligionarios. Y que Simona hubiera reaccionado con desesperación ante el fusilamiento del marista pequeño tampoco tenía por qué ser significativo, quizá se sintió conmovida al pensar en la desesperación de una madre que ve morir a su hijo de ese modo, era un hecho que los periódicos oficiales se habían ventilado en cuatro líneas, pero a pesar de eso había sido divulgado con detalle en ciertos ambientes. En definitiva, la relación de su padre con las niñas del Auxilio Social y los religiosos que las capitaneaban (el padre Narciso o los hermanos maristas) podía ser muy estrecha o relativamente lejana, podía ser habitual o solo ocasional, «al fin y al cabo los anarquistas siempre han ido por libre», dijo Simeón, «y esta ha sido su gracia y también su desgracia. Sé de qué hablo, que por estas montañas maquis nunca han faltado». Dijo también que durante los primeros años de lucha después de la guerra, le infundían un gran respeto, pero que más tarde ya no. Que para él, la acción directa ya no tenía ningún sentido, «tampoco para los comunistas, que siempre han sido más de orden y hace años que no están por la guerrilla, de hecho nunca se han entendido bien con los anarquistas», explicó. «Tampoco para la CNT», añadió, «que hace años les retiró el apoyo a los partidarios de la acción armada, quizá era eso lo que irritaba tanto a tu padre cuando escuchaba la emisora comunista... En cualquier caso, ahora, con la expansión económica y el apoyo de los americanos, los del Régimen lo tienen todo a favor», continuó. «La gente va tirando, y si uno va tirando se compra la Telefunken y la Kelvinator y no necesita meterse en líos... La utopía revolucionaria de tu padre estaba condenada y quizá por eso tu madre trataba de hacérselo ver... A lo mejor, como dices que era visionaria..., había visto claramente que el Niño Jesús no sería destronado, que acabaría muriendo tranquilamente en su camita... Yo también creo que será así», dijo. «Y si tu padre escuchó a tu madre, pienso que hizo bien en no desgraciarse la vida mientras eras pequeña... Si no recuerdas ningún registro ni ninguna detención, es posible que te lo ocultaran o que él mismo lo ocultara a tu madre para no hacerla sufrir, como él insinúa en la carta... Pero también es posible que fuera bueno en lo de la clandestinidad y no levantara sospechas... Yo veo probable que hiciera de enlace para los cenetistas... O tal vez se encargaba de ir a Toulouse a recibir directrices o a recaudar dinero para las familias de los presos... Quizá acogía a gente que pasaba de incógnito o se dedicaba a aprovisionar guías para cruzar la frontera, para qué si no podía querer una litera en el almacén o unas botas herradas... Había en Barcelona un lugar donde vendían ropa de segunda mano del Ejército..., creo que aún está en la misma calle... Podía ser también una broma de tu tía, pregúntaselo a ella, si tienes ocasión... Todo esto son indicios... Pero lo que a mí me parece más evidente es que en alguna etapa de su vida se dedicaba a imprimir y a distribuir propaganda, lo digo por la multicopista. ¿Puedo dibujar aquí?», preguntó, señalando una página en blanco del libro de contabilidad. Severina asintió y él hizo un esbozo rápido. «¿Se parecía a esto?» Ella asintió de nuevo. «¿Para qué podía querer tu padre una Minerva si no era para imprimir propaganda clandestina, como los panfletos que encontraste?...», dijo él. Esto último, a Severina le pareció tranquilizador: imprimir propaganda se le antojaba algo tan inocuo como escribir un poema. Por otro lado, ayudar a cruzar la frontera a un perseguido le parecía una aventura altruista imposible de criminalizar, por no hablar de recaudar dinero para los presos, eso se le antojaba una acción tan cristiana como las que tan a menudo invocaban los católicos, todo eso dijo ella. Y Simeón se cargó de paciencia, porque tanto candor empezaba a resultarle irritante. Descorchó otra botella de vino y le dejó claro que todas aquellas acciones, cada una de ellas por separado o en cualquier combinación podían ser sancionadas, en el mejor de los casos, con años de cárcel. «Por no hablar de lo que dice tu padre en la carta, lo de los jóvenes que preparan un sabotaje», exclamó. «El verano pasado detuvieron a unos que hicieron estallar un petardo en la sede de Falange de Lesseps, eran sangre nueva, universitarios del Movimiento Libertario, como dice tu padre en la carta, a saber si son los mismos... Ahora se están pudriendo en la cárcel, les han caído un montón de años, algo así como toda una vida.» Ahora, Simeón empezaba a arrastrar las palabras y durante unos segundos repitió como una letanía: «No hay salida, no la hay...». Se rehízo ligeramente y, de pronto, toda la ternura del mundo se condensó en su mirada, cada vez más ebria. «Piensa que si en lugar de morir en un accidente se hubiese unido a estos, ahora a tu padre le habrían caído treinta años o algo peor.» Ella se imaginó de camino a la cárcel, en realidad ver a su padre entre rejas le parecía infinitamente más deseable que no verlo, esperar que saliera de ella daría a su vida un nuevo sentido y, mientras esperaba, le cocinaría estofados de carne, ahora que sabía buscar setas y matar conejos, y antes de entrar en la prisión se prepararía todas las preguntas que le haría, aunque luego no le hiciese ninguna. Simeón pareció adivinar sus pensamientos. «Les han caído a esos chicos treinta años, pero podrían haberlos condenado a muerte...» Severina se sorprendió de nuevo: «¡Cómo es posible este horror si la guerra acabó hace tantos años...!». Él dijo: «En este país ha habido más víctimas por represalias después de la guerra que muertos en combate..., y los sigue habiendo..., y cada fusilamiento ha sido un horror, y cada pena de muerte ha sido un horror, porque no hay violencia comparable a la violencia de un Estado, que ni las bestialidades que hicieron los rojos al principio de la guerra son comparables con eso, y mira que también hicieron salvajadas, o qué te crees... Pero una violencia organizada, preparada, premeditada... Eso no tiene perdón, no... Y después de nuestra guerra vino la otra... El exterminio milimétricamente planeado de los campos nazis, que de eso aquí tampoco se habla... El alemán loco hizo bueno a nuestro Niño Jesús, más limitado de mollera... Siempre hay un criminal peor que hace que los criminales anteriores le parezcan a uno más inofensivos por comparación... ¿Qué le parece, Señorita?».

Severina bajaba de la higuera lentamente, con cautela, hasta que por fin se rindió a la evidencia de la maldad organizada, sádica, despiadada, desapasionada, esa maldad en cuya existencia las flores de estufa y los niños angelicales son incapaces de creer. Fue una revelación menos instantánea que la del día que cumplió siete años, pero igualmente impactante: a los siete años había descubierto que algún día de todo aquello no quedaría nada. Trece años más tarde descubría que, no satisfechos con la aniquilación natural que provoca el Tiempo, la Humanidad se dedica a anticiparla con una crueldad insólita que, por desgracia, ya nunca más podría calificar de inconcebible puesto que la estaba concibiendo en ese mismo instante.

Agotada, dejó de pelearse contra el absurdo monstruoso del mundo para contemplar cómo Simeón, más ebrio a cada segundo, daba paso a la Bestia. «¡Cuánta pureza veo en sus ojos!», decía, a cada sorbo, en un tono entre sarcástico y realmente asombrado, o decía «¡Llueve!», y se quedaba contemplando la gotera y replicaba el *cloc* de cada gota que caía. Y, mucho más tarde, tras un largo silencio: «¡Cuánta ingenuidad entre los jóvenes que no habéis pasado la guerra!». Se llenó de nuevo el vaso, lo levantó, dijo «¡Salud!» y la miró a los ojos. Pero ella sabía que su mirada no se detenía en la suya, ni tampoco en su piel de terciopelo ni en sus labios suaves de niña, sabía que miraba más lejos y más hondo, como si desde una atalaya contemplara los rencores, los horrores, la mezquindad, «que ni te imaginas la de cosas que pasaron en este pueblo», dijo, tuteándola como de vez en cuando también hacía ella, en un juego inconsciente de alargar y acortar las distancias. «Y eso que yo entonces ya vivía en Barcelona y solo venía de vez en cuando», dijo. Y de nuevo la miraba como si la sobrevolase sin mirarla (¡un hombre que no me mire!), pero el hombre se había transmutado en oráculo (que los oráculos también leen el pasado) y ella ya no era capaz de pensar en follárselo (los oráculos se respetan). El oráculo se durmió sobre la mesa como veinte minutos, el tiempo de una siesta. Y cuando despertó, se sirvió otra copa y dijo: «He sido muy afortunado, ¿sabes?... El alcohol me lo ha dado todo en la vida. El punto justo de claridad y el punto justo de olvido para soportar lo que he llegado a saber... Yo no sería nada sin el alcohol...». Severina no se escandalizó. Por el contrario, le pareció un elogio conmovedor por su sinceridad. Y era solo el inicio. Simeón guardó un silencio largo, y cuando ella pensó que iba a dormirse otra vez, se despejó de pronto y siguió: «He trabajado de chófer, he trabajado en puertos, he trabajado en la serrería, he hecho túneles y carreteras... Un montón de cosas que algún día harán solamente las máquinas..., en fin, ningún interés en eso... Pero ha sido el alcohol lo que me ha dado los mejores brotes de lucidez, me ha permitido maravillarme, que es lo único por lo que merece la pena vivir, maravillarme y acercarme a gente con una sensibilidad especial. El alcohol te proporciona esa clase de olfato... Si lo sabes tratar, el alcohol te trata aún mejor. Si no lo sabes tratar, te maltrata y te destruye», dijo. Y guardó silencio de nuevo. Lo que estaba emergiendo de aquel baño alcohólico no era una bestia bruta como a menudo emerge de los machos alcoholizados. La Bestia que iba apareciendo era dulce y soberbia, mitad lobo gigante y salvaje, mitad luciérnaga delicada en un cuerpo de oso polar, en cualquier caso, era un espectáculo insólito para la joven maestra, que aprendió aquel día que, en efecto, el alcohol puede llegar a tratar a sus mejores amigos con una deferencia especial. Luego, estuvo un rato cantando la canción que ella le había escuchado silbar tantas veces. Aunque la lengua parecía portugués, el acento era menos seco, más sensual, más cálido, y Severina pensó que tal vez era la lengua del país de los pelícanos y las maracas y quiso aprenderla, como le ocurría cuando escuchaba cualquier lengua nueva. Entre estrofa y estrofa, Simeón empezó a hablar de Brasil en un tono como amortiguado por una sordina. A ratos, con fluidez. A ratos, con un discurso entrecortado y elíptico. Dijo que a Adela siempre le gustó esperar más que cualquier otra cosa en el mundo. Por eso nunca quiso acompañarle. «A los quince años me dijo: "Me lo has dado todo. Ahora debes irte. Vete a aprender más, que aprendes rápido... Y cuando hayas terminado, vuelve. Cuando hayas conocido a todas las mujeres y hombres de tu vida, cuando hayas visto todos los paisajes y escuchado todas las lenguas, vuelve y me hablas de ello... Tráemelo todo y te estaré esperando".» La Bestia se rió al recordar las palabras de Adela, «Fue un trabajo de la hostia», dijo, «soy gandul por naturaleza, pero ella tuvo paciencia para esperar..., aprendí..., me maravillé..., conocí cuanto quise..., todo por y para ella», dijo. «Desde que llegué a Brasil, entendí mejor que nunca que hemos nacido para maravillarnos... Siempre existen hijoputas que se lo impiden a uno... o lo intentan..., pero Brasil era más grande que todo eso... y más adecuado para olvidar... Olvidar algo terrible que le había ocurrido a Adela...», dijo. «No me encontré allí con ningún exiliado, yo tampoco lo era... En cambio, sí encontré lo que buscaba... Encontré a una gente marcada por otro tipo de tristeza..., distinta de la de nuestra guerra... No estaban tristes porque unos falangistas les habían fusilado a un amigo en el monte o porque unos rojos en retirada les habían asesinado al padre o porque habían dejado a un hijo atrás sin poder enterrarlo como hizo Adela... Era una melancolía que había nacido con ellos... Una tristeza sin causa... con muchos semitonos y muchos bemoles y muchos sostenidos...», dijo. «Era una música nueva, apenas audible, bajita y tímida..., alejada de la samba ruidosa y del jazz desgarrador... Había un tipo cuya única ocupación consistía en encontrar la nota justa... ¿Te imaginas? Era su única ocupación... Nada político le afectaba, porque cuando no te juegas la vida, te puedes permitir no tener en la cabeza nada salvo encontrar la nota justa... Él dio vida a esta canción...» Se calló un momento, luego se puso a cantar la canción a boca cerrada, y después siguió hablando. «Durante una temporada, en la primavera del 56, estuve trabajando en Minas Gerais..., dejé el puerto de Santos y me fui a construir carreteras... En Diamantina, una ciudad que era como un pueblo, comía de vez en cuando con el ingeniero Pericles. Era mi jefe. Tenía en casa a un cuñado que tocaba la guitarra en el váter y nunca salía de allí... Yo lo escuchaba repetir una y otra vez los mismos acordes... Mi jefe se disculpaba, andaba preocupado por el cuñado..., creo que le parecía una desgracia tenerlo todo el día en el baño dándole a la guitarra..., decía: "Se pasa el día con el ñem-ñem-ñeeem...", pero a mí me parecía que había algo más. Buscaba algo, el tipo del baño..., de eso no me cabía duda...» Simeón soltó una carcajada. «Por dos veces Pericles le pidió que saliera a saludarnos..., pero él ni se inmutó... ¡Nunca salió del váter, el hijoputa!», dijo riéndose. «En fin, unos días más tarde, el cuñado, que era mi jefe, y su mujer, que era la hermana del guitarrista, lo facturaron de vuelta a su casa, y como su padre tampoco lo aguantaba, lo envió a un sanatorio para que le ajustaran el cerebro, de donde al parecer también lo echaron enseguida porque no lo consideraron enfermo... Yo regresé a Santos y no supe más. Me dio pena no haber podido conocerlo... Pero creo que nuestra relación habría sido difícil... porque supe luego que él apenas bebía...» Rió de nuevo y dijo: «Aunque por otro lado era un genio, que debe de ser algo parecido a ir borracho todo el santo día... En fin, dos años después de lo de Diamantina, en mi último año en

257

Brasil..., un día me pareció reconocer por la calle una canción parida con los acordes sincopados del váter de Diamantina... Entré en la tienda de discos... y acerté. Por primera vez, le vi la cara al muchacho, en la funda de un disco... Lo compré, lo escuché mil veces y lo perdí en el viaje de vuelta... Pero no me hace falta el disco, aunque quisiera expulsarlo de mi cabeza, no podría». Se llevó el índice a la sien como si quisiera pegarse un tiro. El monólogo se interrumpió. Dirigió a Severina una mirada de perro extraviado y bondadoso, silabeó otra frase de la canción, y luego todo fueron palabras inconexas y enigmáticas, subordinadas que no se subordinaban a la principal, adjetivos huérfanos, palabras inventadas... Entonces dejó de beber. Ella llevaba rato sin beber, porque temía dormirse y perderse alguna etapa de la aparición de la Bestia, que se iba mostrando capa tras capa, como cuando pelamos despacito una cebolla. Reinició la canción, decía que aquella música lo reconciliaba con la repetición y la rutina, y ciertamente era el tipo de canción que cuando la acabas no puedes evitar empezarla de nuevo. De vez en cuando hacía una pausa voluntariamente larga para que ella pudiera apreciar con mayor intensidad que la nota que venía a continuación era del todo inesperada. O insultaba gravemente a la sopera Raynaud-Limoges. O decía que a él lo habían querido mucho, mucho más de lo que merecía porque no merecía nada en absoluto. También habló de un hijo. Un hijo que a medida que creció se hizo pequeño, pequeño, pequeño... Un hijo que rodó rebozado en harina blanca hasta el infierno, dijo. Un hijo que murió rebozado. «Podría ser una adivinanza: ¿qué es esa cosita que a medida que rueda se hace más pequeña y al mismo tiempo más grande?», dijo. Soltó una carcajada sonora y grave. «Pero no es una adivinanza..., es un hijo, el hijo que nunca pude abrigar... ¿No cree usted, Señorita, que abrigar a un hijo en las noches frías es el único sentido que tiene esa gilipollez de tener hijos?» Luego dijo que lamentaba mucho haberse puesto sentimental y aseguró que Brasil era el mejor lugar del mundo para olvidar y él lo había conseguido.

El golpe seco de una pedrada al rebotar en la fachada los devolvió al presente. Él se levantó y avanzó con paso errático hacia la puerta. «¿Alguien la quiere mal?», preguntó. Ella se levantó también. Afuera, no vieron nada extraño y se olvidaron del ruido. Habían bebido lo bastante como para ignorar cualquier fenómeno ajeno a su conversación. Ella se sentía perturbada, como cuando te ha ocurrido algo muy gordo y sabes que necesitarás mucho tiempo para digerirlo. Desde el quicio de la puerta, lo vio marchar. Ya no llovía. El viento de marzo había limpiado el cielo y dejaba ver un hilo de luna, demasiado fino como para alumbrar la escena. Él se fundió en la oscuridad. Cuando la vegetación se lo tragó por completo, ella escuchó una frase de la canción que parecía llegar de la nada. *Pois há menos peixinhos a nadar no mar...* Ella imaginó pececitos nadando en un mar tropical y pensó que la imagen no pegaba nada con el gélido y macizo rigor pirenaico, y que tal vez era precisamente la incongruencia de la mezcla lo que la llevaba a sentirse atraída por él de un modo u otro (como oráculo, como bestia, como padre, como amante, poco importaba como qué)... La atracción era irrefutable y se condensaba en aquella canción, que era una canción circular, un ouroboro, una boca que se muerde la cola indefinidamente hasta tragarse a sí misma. De repente, con la supuesta lucidez que le proporcionaba el alcohol cuando no sucumbía al sueño, supo que aquel hombre sería la medida de todas las pasiones del futuro, que cada tramo del camino la llevaría de retorno hacia la Bestia eternamente esperada y nunca poseída. Cuando el rumor del río le impidió escuchar el eco cada vez más débil de la música, Severina entró en casa y mientras retiraba la mesa trató de cantar la canción, sin letra, pues solo había retenido un par de frases. Pero, aunque tenía buen oído y buena voz, tropezó repetidamente en dos transiciones críticas de la melodía y tuvo que abandonar el intento. Nunca antes había escuchado un aire musical tan sencillo y al mismo tiempo tan difícil de reproducir con exactitud.

22

Tras la muerte de Simona, todo cambió en la casa de la carretera. El paisaje exterior se convirtió en una tortura. Severina cerraba todas las contraventanas para no ver la luz del día, para no ver el descampado, para no ver la colina pelada. No salía porque necesitaba paredes, necesitaba límites, necesitaba montañas. Tampoco necesitaba abrir ventanas para respirar: gastaba poco oxígeno. Permanecía muy quieta en casa, a resguardo de un horizonte que la llanura exhibía permanentemente, demasiado amplio, demasiado obsceno. Protegida del viento insistente que todo lo barría y todo lo secaba, incluso las cenizas de lo que ya no estaba.

Tardó semanas en regresar a la actividad. Es decir, en volver a leer y a fregar. Aquellos primeros días tampoco cocinaba porque, cuando le proponía a su padre algún plato, él respondía que había comido de camino a casa, y ella decía algo parecido cuando le preguntaba él. Ninguno de los dos recordaría más tarde qué habían comido durante aquel primer tiempo de duelo, pero suponían que habían comido algo ya que seguían vivos. Una mañana, pasadas ya unas semanas, sintió el deseo de respirar el aire limpio y vivificante de la tramontana y se asomó al balcón. Se encontró aspirando un olor desagradable a aceite quemado y a patatas fritas procedente del piso vecino. Una situación inesperada, porque López nunca cocinaba y siempre se había alimentado de bocadillos. Para enmascararlo cogió por primera vez un paquete de Ideales de su padre y fumó su primer cigarrillo. La pestilencia del aceite y la patata frita le pareció más tóxica que el alquitrán que, a partir de ese momento, se introduciría a diario en los pulmones. No experimentó ningún efecto adverso, ni siquiera una pequeña tos. La caja azul y negra pasó a formar parte de su horizonte a partir de entonces. Desde hacía unas semanas, López había instalado cuatro mesas frente a la puerta del taller donde servía vasos de tinto con gaseosa y, al parecer, también patatas fritas, y ella ni siquiera se había dado cuenta. Como el taller estaba medio muerto, López había dado con una idea de negocio que, si bien era poco rentable, no le suponía un gran gasto. Las patatas las recogía en su huerto y las freía en su casa, no cambiaba el aceite hasta que no tenía más remedio. En cuanto a la bebida, añadía tanta gaseosa al vino de los clientes que una sola botella le alcanzaba para veinte consumiciones. Las mesas al sol tentaban de vez en cuando a algún turista, la playa quedaba muy cerca y atraía de año en año un número creciente de visitantes. De todas formas, López freía patatas tanto si había clientes como si no. Su objetivo era tenerlas siempre preparadas, grasientas y frías a disposición de los potenciales visitantes.

Al cabo de unas semanas, Severina dio un paso más y salió de casa. Daba largas caminatas y una tarde anduvo un buen rato hasta llegar al huerto de López. De pequeña había estado allí en una ocasión, y él le había enseñado a cortar racimos de uvas dulces y moradas hasta que llenó todo un cesto. Ahora, de las cepas de garnacha no quedaba nada, tampoco de las judías ni de las tomateras. Después de la helada negra, López no había plantado nada más: todo era un yermo sediento excepto las cuatro hileras de patatas y el bosque de pinos al fondo, que era el elemento del paisaje que le había permitido reconocer el lugar.

Aquella decepción le despertó por primera vez el deseo de vivir en otra parte. Unos meses antes de la muerte de su madre, Severina se había inscrito como alumna libre en la Normal de Girona, no tanto por seguir una tradición familiar de maestras descarriadas como para contentar a Simona, que en los últimos tiempos le pedía a menudo que pensara en el futuro. ¿Qué futuro? El futuro después de su madre ni siquiera podía imaginarlo y el programa de Magisterio le resultaba de lo más deprimente. Sin embargo, estudiar le gustaba, y por el momento iba aprobando los exámenes libres. Con la nueva necesidad de huir, pensó que los estudios le podían ser de gran utilidad para conseguir las tres cosas que le pedía al futuro: una casa propia donde ver nevar tras la ventana, unas cuantas montañas y un pueblo donde conocer el mínimo de gente como para poder considerarse una persona normal, es decir, una persona que frecuenta a otras, como las que había conocido en las novelas, en el cine y en casa de la tía Julia. Aquel día, después de regresar del huerto de López, decidió continuar los estudios y sacarse el título como quien consigue un visado o un pasaporte para viajar a otro país y cambiar de vida.

El segundo año después de la muerte de Simona, apenas cambió nada. Cada uno de ellos recorría el camino del dolor por derroteros que el otro ignoraba. Nunca llegaron a compartir el duelo. En parte porque coincidían poco en la misma habitación. Su padre salía a trabajar y, cuando estaba en casa, pasaba muchas horas en el almacén o en el taller. El laconismo casi perpetuo de Román y el monólogo interior de Severina se potenciaban mutuamente. Cuando era ella quien rompía el silencio, lo hacía en un tono inaudible y él no tenía paciencia o interés suficiente para pedirle que lo repitiera. Cuando era él quien hablaba, pronunciaba frases lapidarias y fatales, nunca las frases oportunas y singulares habituales en vida de Simona. Sin ella, Severina y su padre no sabían qué decirse. Habían perdido la interlocutora de base, la impulsora del verbo, el motor exultante y sufridor que los proveía de expresiones siempre inesperadas y contradictorias y los obligaba a reaccionar incluso cuando no les apetecía. La tónica de silencio la rompía tan solo el ruido irregular del tráfico y el zumbido casi constante del extractor de humos de López, que seguía friendo patatas fritas en cantidades desproporcionadas como si no hubiera notado la ausencia de clientes.

Cuando no estaban solos, hablaban más entre ellos. Y es que ahora se sentaban a menudo en las mesas, donde eran casi siempre los únicos clientes. Era probable que los transeúntes no tuvieran muy claro si aquello era un bar o un taller, o quizá la crisis era debida a que López tenía la costumbre de romper la continuidad del negocio con viajes repentinos que le obligaban a cerrar sin dar explicaciones. Cuando hablaba con Román, López le comunicaba su preocupación por Severina, y a ella le decía lo mismo sobre su padre e insistía en que se quedaran a comer, de modo que aquellos dos sacos de huesos ganaron un par de kilos durante el segundo año de duelo gracias exclusivamente a las patatas fritas frías y a los vasos de vino con gaseosa que se bebían entre cigarro y cigarro delante de un taller casi siempre vacío. A veces, después de comer, López le proponía a Severina acompañarla en coche a la playa. «Ya has ganado algo de peso», decía, «ahora solo te falta color, que a las chicas de tu edad les encanta freírse al sol.» Severina callaba. López era un enamorado acrítico del Mediterráneo y ella era incapaz de contestarle que nunca había sentido debilidad por aquel clima demasiado uniforme, por aquella extensión azul y monótona que apenas visitaba y que nunca se había dignado ofrecerle ni una tempestad ni un oleaje memorable. La vista del Mediterráneo nunca la había excitado, y solo veía en él propiedades sedantes, casi anestésicas, como lo probaban los turistas que, en un número creciente, se estiraban sobre la colchoneta y se adormecían tendidos en la arena o flotando en el agua. Ella no quería adormecerse, quería ver océanos tenebrosos, estar siempre al acecho, y si no podía ver océanos, podía contentarse con unas cuantas crestas de glaciares vertiginosas y letales. Pero ¿qué decirle a López cuando, tan amablemente, la invitaba a freírse al sol? Ella tenía un corazón quebradizo como el sombrerillo de una negrilla e imaginaba que, a su alrededor, todos los corazones eran de la misma naturaleza friable: incapaz de ofenderlo con una negativa, empezaba a cavilar y a imaginar cómo salir airosa del dilema. Cuando encontraba la manera, López ya había olvidado el asunto y andaba enzarzado en alguna discusión con su padre sobre otro tema.

Curiosamente, fue en una de esas comidas cuando Román, que nunca hablaba de asuntos personales, profirió una de las frases más íntimas que Severina le había oído. Se dirigió a López en lugar de mirarla a ella y dijo: «No lloró al nacer. La niña, digo». Lo dijo así, de pronto, tras un largo silencio. López replicó: «Qué curioso», porque desde que faltaba Simona, hablaba más en castellano, nadie sabía el porqué. Entonces Román explicó cómo había sufrido Simona al ver que la niña no lloraba, hasta que les dijeron que no todos los recién nacidos lloran inmediatamente, que algunos lloran más tarde. Pero Severina tampoco lloró más tarde, y Simona la llevó al médico al cabo de unas semanas. «No arranca a llorar», dijo. Entonces, el médico le hizo a la niña alguna trastada que Román había olvidado y la niña lloró. Simona se mostró eufórica: «Hasta ahora no la había visto derramar una lágrima», dijo. El médico le explicó que era normal, porque las glándulas lagrimales no maduran hasta unas semanas después del nacimiento, y por lo visto las de

Severina acababan de madurar en ese mismo instante. Sin embargo, casi al mismo tiempo se extrañaron de la falta de sonido. Simona volvió a preocuparse y regresó al hogar más inquieta aún. «No solloza, no gime, no hace apenas ruido: nada», dijo. Era raro lo de llorar sin sonido, algo propio de adultos o de niños de más edad. Simona decidió entonces volver al médico porque estaba segura de que la niña era sorda. El médico le confirmó que oía perfectamente. Se sobresaltaba con los ruidos inesperados, respondía a la voz de su madre, se quedaba mirando atentamente a cualquiera que le hablase. Simona se tranquilizó por ese lado, pero por otro siguió sufriendo porque sabía que el sentido del llanto de un bebé es atraer la atención del adulto y porque quien no llora no mama. Después de contar la historia, Román dijo, de nuevo mirando a López: «Siempre he pensado que nos parecíamos, ella y yo, en lo de controlar las emociones. Después de aquellas primeras lágrimas, nunca más la he visto llorar». Severina no conocía la anécdota de los médicos y tampoco le despertó mayor interés. En cambio, saber que su padre no tenía ni la más remota idea de su incontinencia lagrimal la llenó de orgullo.

En otra de aquellas comidas, su padre inició la segunda conversación íntima y también se dirigió a López y no a su hija. «Nació porque su madre consiguió inculcarme algo de miedo. Yo no tenía miedo. O mejor dicho, empecé a tener miedo a no tenerlo, porque sé que un hombre sin miedo es un simple. Pero Simona llegó a contagiarme la premonición del desastre.» Entonces miró a su hija y le dio el único consejo que ella recordaría, pues su padre no era hombre de dar consejos. «Nunca te fíes de un hombre sin miedo», dijo. Y añadió: «El miedo es un gran aliado. Ahora que he vuelto a perderlo, lo veo aún más claro». «A mí me sobra miedo», dijo ella. Su padre la miró, preocupado. López dijo: «Esto tampoco es bueno».

El tercer año de duelo, el dolor seguía ahí, pero se apreciaban algunas mejoras. Román parecía más activo y Severina se esforzó por abandonar los malos presagios, heredados de su madre, respecto a los viajes de su padre. Pudo concentrarse de nuevo, y más que nunca, en la lectura y en los estudios. Aquel verano se había inscrito como alumna oficial con la intención de acudir a clase cada día. También había visitado a la tía Julia en Barcelona, de donde había vuelto con el abrigo de piel. En otoño empezó a ir cada mañana a Girona, pero enseguida se dio cuenta de que no sería una alumna muy asidua. Seguía pasando en casa tanto tiempo como le era posible, continuaba necesitando la proximidad del horizonte: en el exterior, el vacío se desplegaba ante ella como una ciénaga intransitable en la que temía desintegrarse. En cambio, recluida entre sus cuatro paredes y sus pilas de libros, se sentía entera. Los estudios la motivaban más bien poco, pero le resultaba fácil memorizar textos y eso le permitía aprobar sin demasiados obstáculos. El resto del tiempo, leía. O se quedaba mirando la modesta biblioteca familiar de cinco repisas y pensando en los libros que le quedaban por leer, que no eran muchos. Y uno de aquellos días, al contemplarla, le sobrevino el *algún día de todo esto no*, y se dijo que la mejor manera de hacerlos suyos antes de perderlos de vista era releerlos y leer los que no había leído. Tomó de la repisa un libro al azar. Lo había traído su padre a casa (era él quien siempre llegaba de los viajes con un libro nuevo) cuando Simona estaba enferma. Supo por la portada que era una novela de ciencia ficción, género que no le atraía demasiado. Leyó en voz alta: Ray Bradbury. *Fahrenheit 451*. Lo abrió. «Si os dan papel pautado, escribid por el otro lado», rezaba la cita de cabecera, de Juan Ramón Jiménez. Luego empezó el primer capítulo. Unos instantes más tarde, levantó los ojos del libro y repitió las primeras frases. «Era un placer quemar...» Las había memorizado con facilidad, como le ocurría normalmente, incluso aunque no pusiera ningún empeño en ello. Entonces le sobrevino la idea de un proyecto fabuloso. Memorizar, página tras página, el libro entero para guardarlo hasta el final de su vida y, después, hacer lo mismo con cada libro de la pequeña biblioteca. De momento se limitó a avanzar en una primera lectura. Unos minutos más tarde ya sabía el motivo por el que Montag, el bombero protagonista, quemaba libros a diestro y siniestro. Un poder totalitario (uno que ella imaginó parecido al que obligaba a censurar los libros de texto) había prohibido leer. A medida que pasaban las horas y avanzaba en la historia, Severina encontró increíble la coincidencia entre su idea loca de memorizar la biblioteca casera y lo que hacían los resistentes de la novela: capitaneados por Granger, líder de la resistencia, cada uno memorizaba un libro antes de la quema para poder transmitirlo a la generación siguiente. Tomó la coincidencia como una señal, una señal para convertir la idea loca en una decisión firme. Pensó que antes de irse de la casa de la carretera memorizaría aquel libro y, a continuación, otro y otro hasta conseguir grabar en la memoria la biblioteca entera. Aquella misión le cambió la perspectiva de los meses que le quedaban en la casa. Nadie podría arrebatarle aquel capital. Ni el fuego, ni las prohibiciones, ni las ausencias. Llevaría dentro a los amigos que la habían ayudado a combatir la melancolía tras la Revelación y la desazón y las tinieblas de los últimos tres años. Hizo cálculos realistas: antes de irse, apenas podría memorizar una docena de libros, tal vez menos. Pensó que debería haber empezado mucho antes. «¡Cómo he podido perder tanto tiempo!», se dijo aquella noche, y antes de conciliar el sueño recitó una y otra vez el primer fragmento... «Era un placer quemar. Era un placer especial ver cosas devoradas, ver cosas ennegrecidas y cambiadas. Empuñando la embocadura de bronce...» Al día siguiente continuó. La animaba mucho tener por delante un proyecto que se le antojaba tan faraónico como inútil. Un estricto calendario de memorización regiría con mano de hierro sus días de octubre.

Una semana más tarde, se hallaba consolidando en la memoria la escena en que Montag conoce a la tierna y fantasmal Clarisse. Severina se dirigió maquinalmente al fregadero, necesitaba una bayeta para limpiar la nevera. «¿No le importa si lo acompaño? Soy Clarisse McClellan», dijo. Se dio cuenta de que no había detergente y sacó del armario inferior una bolsa de Raky. La dejó en la repisa del fregadero y buscó con la mirada las tijeras para abrirla. «Tengo diecisiete años y estoy loca», dijo. Las tijeras no aparecían. «Mi tía dice que es casi lo mismo: cuando la gente te pregunte la edad, me dice, contéstales que tienes diecisiete y estás loca.» No encontraba las tijeras y se imaginó a su tía Julia dándole un consejo parecido al de la tía de Clarisse. Claro que ella no tenía diecisiete años, tenía dieciocho y aquel mes iba a cumplir diecinueve, y tenía un visón desde el verano anterior porque, según su tía Julia, con esa edad no le faltarían ocasiones para lucirlo. Pero ¿de dónde podían venir las ocasiones si nunca salía de casa? Por supuesto, de fuera, pensó, mientras caminaba hacia la mesa del comedor porque ahí estaban las tijeras. Con ellas, se dirigió de nuevo al fregadero y en ese instante llamaron a la puerta. «He aquí la ocasión que ha de venir de fuera», se dijo, pero al abrir la puerta y ver a López en el rellano comprendió que nadie la invitaría a estrenar el abrigo, y de hecho era tan feliz con la misión que se había autoimpuesto que lo único que deseaba era consagrar todo su tiempo a convertirse en biblioteca viva; según sus últimos cálculos, la biblioteca familiar entera le llevaría diez años, siempre y cuando no abusara de las digresiones ni de las pérdidas de tiempo como la que estaba protagonizando en ese mismo momento frente a López, ambos muy callados, ella con las tijeras en la mano y él que parecía haberse convertido en piedra en la oscuridad del rellano. Esto fue así durante unos segundos eternos, ella expectante y eufórica, él más incapaz que nunca de hablar, hasta que por fin ella preguntó qué pasaba y él se lo dijo.

Nunca recordaría qué le había dicho López, si es que le había dicho algo, mientras ella todavía pensaba en convertirse en biblioteca viva. Únicamente recordaría haberle leído el rostro. En cambio, sí recordaría con claridad la fuerza con que aferró las tijeras y cómo se había dirigido maquinalmente hasta el fregadero dispuesta a abrir la bolsa de detergente y dejar caer el líquido rosado en el barreño preparado para limpiar la nevera. Pretendía limpiarla como si no hubiera oído nada de lo que López dijo, y tal vez no lo dijo, hasta que él la siguió y le retiró las tijeras de las manos con una delicadeza infinita, apartó la bolsa de Raky por abrir y la dejó sobre la repisa del fregadero. De lo que sucedió después, Severina solo sabía que dejó que López se ocupara de todo. Que fuera él quien reconociera el cadáver en su lugar. Que fuera él quien intentara localizar, infructuosamente, a su tía Julia en el pueblo donde vivía con el torero. Que tomara la decisión de enterrar a su padre en el pueblo del accidente, porque López era práctico y pensó que era mejor evitarle a Severina trasiegos innecesarios. Que fuera él quien hablara con la funeraria, quien eligiera el ataúd, quien hiciera, en definitiva, todo lo que ella había hecho sola para el entierro de su madre.

23

Después de la cena con Simeón y la conversación sobre el pasado de su padre, Severina tuvo la sensación de que su concepción del prójimo había cambiado para siempre. Sentía que, a partir de entonces, miraría a cada individuo como integrante de una causa, como portador de un estandarte, como marcado por una señal demasiado reconocible. Esperaba que esta visión estigmatizadora se diluyera con el tiempo, que fuera producto del ardor juvenil, de una mirada ofuscada por los descubrimientos que acababa de hacer. Había oído decir a Justa que precisamente esta mirada cautiva fue la primera consecuencia de la guerra, incluso antes de que diera comienzo: en un momento dado, todos empezaron a mirar a los demás como un producto de marca (*de los nuestros, de los vuestros, de los suyos*), y no había modo de escapar de aquel horror interpretativo y clasificador. Al mismo tiempo, sentía que, si aprendía a mirar hacia el pasado común, descubriría un enjambre de desconocidos con quienes compartía un destino, y eso la reconfortaba. La joven maestra, que reconocía el ornitógalo y la *Parnassius mnemosyne*, que recitaba a Baudelaire y a Poe, que se sabía de memoria *Fahrenheit 451* y seguía con la ambición de convertirse en biblioteca parlante, ignoraba aún que había conectado por primera vez con lo que se suele llamar «el curso de la Historia».

A cambio, intuía que pagaría un precio. Estaba perdiendo pureza en la mirada, nunca más podría vivir tan solo de ilusiones primaverales, de intenciones de comprar túrmix o radiogramolas, de éxtasis paisajísticos o decorativos... Decididamente, no podría limitar su horizonte a bailar el tamuré con un portátil Lavis, ni se podría contentar con la clásica búsqueda de marido, ni con el diseño de patrones ni con el cardado del pelo. De hecho, tampoco estaba muy dotada para nada de eso, pero a veces concebía la esperanza de llegar a estarlo algún día. Ahora, presa de una radical intransigencia contra su ignorancia anterior, exaltada por un apasionado dogmatismo juvenil, le parecía que nunca más querría saber nada de una vida ciega e indiferente a las desgracias del mundo, de una vida desligada de la Historia con mayúsculas. Le parecía que si renunciaba a cargar con el sufrimiento de los oprimidos, a mantener una aguda conciencia del Mal a cada segundo, no podría llevar una vida plena. Aquella misma mañana, último día de abril, Fermín la había esperado a la salida de la escuela para decirle que ni la carta de su padre ni ninguna otra de las que pedían clemencia para el comunista condenado a muerte habían servido de nada. El reo había sido fusilado la semana anterior. Ya sabía, pues, algo sobre los efectos de la violencia de un Estado, sobre la represión organizada y la crueldad desapasionada de las instituciones. De la crueldad apasionada, desorganizada y espontánea, aquella misma tarde iba a saber algo más.

No había visto a Simeón desde la cena. Tampoco había ido a Casa Justa porque, tras cruzarse con las primas una mañana, le pareció que no tenían ganas de charla y decidió espaciar las visitas. Finalmente, aquella tarde las visitó. Las primas la recibieron con cierta frialdad. Por si habían malinterpretado su ausencia, la maestra se excusó en la sensación del paso del tiempo. Era cierto que los primeros meses del curso le habían pasado lentamente. Ahora, en cambio, las semanas volaban. A su edad, la extraordinaria elasticidad del tiempo le resultaba toda una sorpresa. La fugacidad creciente de los días la sorprendía, la maravillaba y la aterrorizaba al mismo tiempo, y eso que, de la fugacidad de los días, no sabía de la misa la media. Le habló de ello a Justa, que poseía aquella capacidad de minimizar los grandes temas de la existencia con una frase taciturna y breve: «Es la vida», decía. Y al oírla, la perplejidad de Severina, reducida al curso ordinario de las cosas, adquiría una ligereza soportable. Pero aquel día, Justa no dijo «es la vida», no dijo nada. Doblaba toallas en silencio. Teresa dijo: «Voy a cortar leña para el cura», y, sin más comentarios, salió con el hacha en la mano. Con Teresa ausente, el rostro de Justa perdió algo de severidad. Dejó de doblar toallas y se sentó frente a la maestra. En silencio, extrajo del bolsillo varios recortes de papel de estraza. «Adela encontró un montón de estos frente a su casa», dijo. La misma frase estaba escrita en todos ellos, con una caligrafía grosera que Severina no reconoció como infantil: «La maestra no se toca». Severina no sabía qué decir, entre otras cosas porque nadie la había tocado ni parecía estar en peligro de ser tocada. «¿Es grave?», preguntó. Justa no supo evaluar la gravedad, pero le recriminó que no hubiera seguido sus consejos. Entonces le preguntó si había notado un trato distinto por parte de la gente. Si los padres se portaban bien con ella. Si los niños se comportaban con normalidad. Si los vecinos la saludaban como antes. Severina reconoció que, en el trato con la gente, sin duda no había avanzado mucho, pero era culpa suya, ella era lenta, necesitaba más tiempo, y nadie podía negar que la gente de Dusa no era precisamente extrovertida. Después dijo que, pensándolo bien, tal vez era cierto que notaba a la gente más distante, pero que al ser ella tan tímida y propensa a embobarse, era incapaz de valorarlo con objetividad. Si lo pensaba mejor, dijo, era cierto que los niños andaban más alborotados que de costumbre, reían por lo bajo e ideaban algunas travesuras, pero la primavera era así, alteraba a los chiquillos. Si lo pensaba aún mucho mejor, dijo, le parecía recordar que una piedra había esquivado por poco el cristal de la ventana del comedor. De eso hacía varias semanas y no le había dado importancia. Luego dijo:

–Estos papelitos que ha encontrado Adela en su casa, que por cierto insinúan una gran falsedad, son porque estuve cenando en mi casa con Simeón, ¿no es así?

–En este pueblo y en todos, querer mantener las distancias con los vecinos se paga caro –respondió Justa.

–Entiendo... «La maestra no se toca...» –leyó una vez más Severina, en tono de extrañeza–. Aunque no acabo de entender si esta hostilidad que yo no había notado hasta ahora va dirigida contra Simeón o contra mí...

–Supongo que contra los dos –repuso Justa.

A Severina, dijo la mujer, le reprochaban muchas cosas. Al principio los había desconcertado: por no saber, los vecinos no sabían aún ni de dónde venía, siendo la procedencia un dato fundamental para tranquilizar a los autóctonos. Y además de mostrarse distante y reservada en lo que atañía a las informaciones fundamentales para la comunidad, se había dejado seducir por Simeón, un hombre casado (aunque en realidad no lo estaba y eso el pueblo se lo reprochaba). Era grave que una casi niña se dejara seducir por un hombre treinta años mayor, y aún más si la niña era maestra. Por muy niña que fuera, sentenció Justa, una maestra es una fuerza viva del pueblo y las fuerzas vivas no se dejan seducir. De una mujer se esperaba un comportamiento decoroso, sumiso y femenino (Severina conocía esa actitud de las novelas y películas y de los postulados de la Sección Femenina que, en la Normal, habían sobrevolado su cabeza y tal vez aterrizado en ella a pesar de sus reticencias). Dijo: «Creo que soy de naturaleza decorosa. Pero la naturaleza es una cosa, y, la vocación, otra. Y no estoy dispuesta a hacer de mi naturaleza una vocación». Justa se mostró poco sensible a la distinción y resumió, severa, que en cualquier caso ella se llevaría la peor parte de aquella hostilidad. «Aquí y en la Conchinchina», dijo, «los hombres hacen lo que quieren. Las mujeres, no.» Severina se sentía tan absolutamente segura de que jamás un hombre la limitaría, tenía tan claro que se pegaría un tiro antes de renunciar a la autosuficiencia que tanto le había costado construirse, que ni siquiera respondió (en cambio, se distrajo preguntándose si se llamaban conchinchinos o conchinchineses los habitantes de aquel país que de pequeña siempre pensó que era imaginario hasta que descubrió que se trataba de una antigua colonia francesa). Cuando Justa acabó el sermón, Severina formuló la pregunta que la inquietaba:

–Y a Simeón, ¿qué le reprochan?

A Simeón le reprochaban muchas cosas. Le reprochaban haberla seducido (si bien, teóricamente, a los hombres se les permite todo) y le reprochaban que fuera adúltero (aunque no podía serlo puesto que Adela y él habían mantenido siempre una relación libre). Le reprochaban que fuera infiel a Adela (aunque todos sabían que Adela siempre lo animó a conocer a otras mujeres y era él quien, cansado de andar por el mundo, había perdido las ganas). Le reprochaban que hiciera daño a la niña-maestra (si bien en el fondo pensaban que la maestra lo merecía porque era una fresca y un pendón). Le reprochaban también que su relación con Adela fuera tan duradera, porque Adela era extraña y él, un hombre demasiado deseado para elegir a una mujer tan rara. Del porqué de su atractivo nadie podía dar explicaciones sesudas: al igual que una sirena, Simeón la Bestia provocaba una atracción letal. Desde siempre había sido considerado patrimonio erótico de Dusa y no había más que hablar. Adela, por su parte, había sido una joven heredera pretendida por muchos porque era trabajadora, lista, bonita y rica. Pero huidiza. Eso no era raro en aquel valle de gentes más bien hurañas. Pero en ella molestaba y atraía a la vez, y para sus pretendientes suponía un reto interesante. Con catorce años conoció a Simeón y no quiso saber nada de ningún otro hombre. Todos los que se le acercaban recordaban la misma frase en sus labios: «Te pegas demasiado». Cuando conoció a Simeón, encontró lo que buscaba, él también tenía un estricto concepto de la distancia mínima. Sus padres la repudiaron porque ella tenía claro que aquel hombre permanecería en su vida; le reprochaban a Simeón haberle metido a su hija en la cabeza «ideas revolucionarias». No era cierto: las ideas de Adela, revolucionarias o no, eran suyas. Tenía las cosas claras. «Simeón es el único hombre al que quiero cerca», le confesó un día a Justa. Pero el caso era que lo tenía lejos, porque si hubiera estado cerca no habría podido esperarle y esperar era lo que a ella más le gustaba en el mundo. Y eso, claro, en el pueblo, nadie lo entendía. Cuando él venía a verla, dormían juntos sin esconderse de nadie. Y dormir era lo de menos, pues por lo visto también rodaban por las pendientes y se emborrachaban en los prados y cantaban en los bosques y él ululaba como un lobo y ella le pedía acrobacias imposibles, «que Dios me perdone», añadía Justa a cada momento. Entonces, el padre de Adela murió y le dejó el dinero que había apartado para sus estudios, que ellos siempre la quisieron mandar a Francia o a Suiza porque decían que aquí no había buenas escuelas de hostelería para que pudiera formarse y seguir con el negocio familiar. Su padre debía de pensar que esto la convencería para tomar las riendas del hotel de Pontes. Pero Adela se gastó el dinero de los estudios en vacas, en yeguas y en pastos, que lo suyo era llevar a pastar a los animales y pasarse el día por los prados. Su madre, en cambio, nunca le perdonó que se hiciera pastora. Y Marcial menos aún. Y entonces Severina comprendió por el tono de Justa que Marcial era un elemento clave en la historia de Simeón y estaba detrás de todas las rencillas. La enemistad entre Marcial y Simeón venía de lejos, pero se había consolidado definitivamente con la guerra, como casi todas las enemistades del pueblo, porque allí todo tenía que ver con la guerra, y el mundo se dividía entre el antes y el después de la guerra y la gente se dividía entre los que la habían pasado y los que no. Marcial había pretendido a Adela y no podía comprender por qué él, que se había esforzado en conquistarla, no lo había conseguido, mientras que Simeón, que según Marcial no tenía nada de lo que las mujeres afirman buscar en un hombre y que, encima, nunca se había esforzado en nada, estaba con ella. Peor aún: no estaba. Simeón y Adela se veían poco. Que fueran una pareja sin otro proyecto común que conversar y fornicar lo enfurecía aún más. Que Simeón se hubiera ido del pueblo y él, que deseaba irse, se hubiera quedado lo encendía también. Andaba obsesionado con la pareja. Y luego estaba la política. Antes de la guerra, cuando trabajaba en Lleida, Simeón frecuentaba a los anarquistas. Pero en el 33, cuando los de la FAI asaltaron el cuartel de la Panera en Lleida y murieron unos cuantos civiles, rompió con ellos. Se fue de Lleida y se instaló en Barcelona. Marcial le copiaba en todo. Cuando supo que andaba liado con los anarquistas, quiso seguir sus pasos, pero siempre llegaba tarde. En Barcelona, Simeón trabajaba de jardinero, chófer y ayudante de un rentista medio poeta y amigo de poetas enamorados de las ideas falangistas. El lema de la Falange, «Ni capitalismo ni comunismo», lo sedujo de inmediato: le pareció que no tenía otra opción, ya se había alejado de los anarquistas y la rigidez de los comunistas no le atraía. Sin embargo, la mística de la Falange lo cautivó, aunque por poco tiempo. Menos de un año después abandonó la formación porque le parecía poco auténtica. Fue entonces cuando Marcial se hizo falangista. De la Falange, según Justa, a Simeón solo le interesaba la teoría, la camisa y un puñado de amigos. Las armas no le interesaban. A Marcial le ocurría todo lo contrario: la teoría ni sabía qué era, los amigos los elegía por conveniencia y la camisa la llevaba siempre hecha un trapo. Pero las armas lo excitaban. Se quedó en la Falange y ahí seguía. «Y no en la auténtica, que de esa ya nadie se acuerda», dijo Justa. Así pues, Simeón, con apenas dieciocho años, ya se había descolgado de las dos grandes utopías del momento y no estaba dispuesto a entregar el alma a ningún otro movimiento de alta intensidad. En todo ese tiempo, Marcial y Simeón nunca se veían. Simeón iba poco al pueblo. Cuando lo hacía, si Marcial lo provocaba, Simeón respondía transformándose en Bestia, una bestia que, en lugar de atacar, lo ignoraba. Eso enfurecía aún más a Marcial, que no podía desahogarse. Simeón era inaccesible a la rabia. No albergaba odio ni guardó ningún resentimiento por la barbaridad que Marcial le hizo y que estuvo a punto de costarle la vida. Entonces Justa calló y no dijo nada hasta que Severina preguntó por la barbaridad. «Tendré que hablarte de la casa donde vives», contestó Justa. La maestra le rogó que hablara sin rodeos.

Al comienzo de la guerra, después de que unos de la FAI mataran al primer cura del valle, unos falangistas fueron a buscar al maestro, que acababa de estrenar la casa, donde vivía con su mujer y su hijo de dos años. Pero el maestro no estaba y mataron a la mujer y al niño a cuchilladas. El maestro encontró la carnicería en el comedor y perdió la cabeza. En los días siguientes, no hacía más que hablar de las manchas de sangre en el suelo. Las mujeres que ayudaron a limpiar no habían conseguido eliminarlas por completo, pero si el maestro las mencionaba no era porque quisiera hacerlas desaparecer, al contrario. Decía que las manchas eran todo lo que tenía de la mujer y del hijo. No dejaba que nadie las pisara y se enfurecía cuando alguien le

278

sugería eliminarlas. Empezó a hablar de irse del pueblo y llevarse con él las manchas. Y un día llamó a Modesto y le pidió ayuda para arrancar las baldosas. Las cargó en un burro y Modesto lo vio marchar. Al día siguiente, encontraron al animal a la orilla del río. El maestro se había atado el saco de baldosas al cuerpo y había entrado en el agua hasta hundirse. «Se conoce que oía voces», dijo Justa, y al ver que a la joven maestra se le erizaba el vello de los brazos le apretó el dorso de la mano como para darle fuerzas. Luego miró a lo lejos como cuando decía «es la vida», pero no lo dijo, porque era evidente que aquello no lo era. Todos sabían que los culpables eran unos falangistas de Pontes. Y a pesar de eso algunos buscaban alternativas más jugosas. Alguien dijo que a la mujer del maestro se la había visto con un mozo de Aragón, que querían huir juntos, que su marido lo sabía. Corrieron otras calumnias. Pero Marcial fue el peor de todos. Propagó una combinación de ellas: sí, el culpable había sido un falangista, y sí, el culpable andaba liado con la mujer del maestro. Se encargó de que el rumor apuntara a Simeón. Aquí la gente no sabía que Simeón ya no estaba en la Falange, ignoraban a qué se dedicaba porque apenas venía a Dusa, así que los faieros de Pontes removieron cielo y tierra para buscarlo, y menos mal que llevaba meses fuera. De hecho, el día del crimen viajaba a Francia con el rentista, a quien las cosas se le habían complicado en la ciudad. Días después, un vecino delató a los falangistas culpables, que acabaron confesando ante el comité de Pontes. Sin embargo, la maledicencia de Marcial hizo su efecto y muchos creyeron culpable a Simeón durante años. Severina preguntó a Justa si alguna vez había dudado de él. «¡Jamás!», exclamó, indignada. «Lo conozco más que a mí misma, de toda una vida.» Fue a por la cafetera y Severina la siguió. «¿Y Adela?», preguntó. «Desde que llegó a Dusa muy joven, Adela solo ha salido dos veces del pueblo», respondió Justa. Al parecer, las dos habían sido memorables. La primera fue durante la guerra, cuando Simeón estaba en Francia con su señor. Se habían instalado los dos en Montréjeau, no muy lejos de la frontera, en una casa propiedad del señor. Cuando Simeón vio claro que las tropas llegarían al norte más pronto que tarde, pensó que Adela estaría más segura a su lado, y su amo estuvo de acuerdo en acogerla. Ella aceptó cruzar la frontera. Desde que había ocurrido lo del maestro no se sentía a gusto en el pueblo. Así pues, él la esperó al otro lado y la condujo hasta Montréjeau, donde ambos pasaron días muy agradables. La casa del amo era un castillo y el pueblo tenía un lago. Un lago precioso para dos enamorados de veinte años que nunca han viajado juntos. Pero Adela no tenía el cuerpo para castillos ni para lagos. Dos semanas después, regresaba por el mismo camino. Habían sido los mejores días de su vida, le contó a Justa, pero no quería abusar. Temía que, si alargaba la estancia, al regreso su casa le pareciera una choza, y su pueblo, hundido en la miseria, un pedregal. Por otro lado, aunque aún no lo sabía, Adela esperaba un hijo de Simeón. El segundo viaje lo hizo en la primavera del 38, cuando los nacionales ya estaban por la zona. Le entró miedo. Por un lado, tenía amigos faieros, por otro, continuaba teniendo pesadillas por lo que había ocurrido con el maestro. El bebé había nacido pocos meses antes, lo que, según Justa, debería haberla empujado a quedarse, pero no fue así. Decidió cruzar la frontera y de nuevo se dirigió a Montréjeau, esta vez con Modesto y dos milicianas de Pontes que también iban con hijos, más mayores. De aquel grupo de siete personas, todos conservarían para siempre el mismo recuerdo. El momento en que, de los brazos de Rosa, una de las milicianas amiga de Adela, resbaló el bebé de esta montaña abajo. El frío era terrible, Adela y Rosa se turnaban para cargar con el bebé. Rosa pensaba que lo tenía bien agarrado, pero como no sentía los brazos, insensibilizados por la baja temperatura, el bebé se le escurrió sin que se diera cuenta. Excepto Adela, a quien Modesto se vio obligado a retener para que no se lanzara pendiente abajo, todos se quedaron hipnotizados ante el pequeño alud, una bola que aumentaba de tamaño a medida que la nieve se adhería a la manta gris en la que el bebé se hallaba cuidadosamente envuelto. Descendió al abismo sin que nadie pudiera intervenir, hasta el punto de que nunca llegaron a encontrarlo. Adela no se vio con fuerzas de continuar. Modesto se arriesgó a volver con ella para acompañarla. Cuando llegó, fue a ver a su madre para decirle que no tenía nieto. Su madre le dijo por toda respuesta que era una lástima que se hubiese dedicado a meter a la familia en líos en lugar de irse a estudiar a Suiza. Y también le dijo: «Siempre supe que nos desgraciarías a todos, y acerté». Ella volvió al trabajo como de costumbre, solo los pastos y las vacas y la espera de Simeón la hicieron revivir. Sobre todo, esto último. Simeón vino a verla meses más tarde. Se quedó un tiempo en Dusa, pero todo era demasiado reciente y se peleaban mucho. No encajaron. Él se volvió a Barcelona y empezó a trabajar en el puerto. Le dijo a Adela: «Volveremos a intentarlo cuando sea viejo». Justa dijo que una vez le preguntó a él qué tenía Adela para que volviera siempre a su lado. Él solo dijo: «Adela es muchas». Si ella era muchas, él tampoco se quedaba corto, sonrió Justa. Adela le había confesado un día, después de que él regresara de Brasil: «¿Qué habría hecho yo con un hombre de una sola y aburrida pieza?». También le dijo que nunca se cansaba de escucharlo, que le había traído el mundo en bandeja. «Y todo sin moverme de aquí», dijo Adela, que por lo visto habría querido ser un árbol o algún otro ser de vida cómoda. Severina sintió una extraña complicidad con aquella mujer a quien ni siquiera había visto, por un momento creyó conocerla mejor que a muchos de los desconocidos que veía por la calle.

–Debe de ser hermoso, el amor de los viejos... –suspiró la joven.

–Simeón no es viejo, vieja soy yo –repuso Justa.

–Da igual, lo que quiero decir es que el amor de los viejos es hermoso, así, en general –dijo Severina haciendo un gesto expansivo con los brazos.

–No te creas, va como va. –Justa rió y luego permanecieron unos segundos en silencio.

Severina se fue haciendo cargo poco a poco de la situación. No podía hacer gran cosa contra la hostilidad y las malas artes de Marcial. Su odio a Simeón era un fuego antiguo que, con cualquier nuevo movimiento, por insignificante que fuera, se reavivaba. Cada regreso al pueblo de Simeón había sido para Marcial un aliciente. Pero el regreso de Brasil había sido definitivo. Volver desde tan lejos después de tantos años fuera hizo de Simeón, además de un rival, un forastero. Marcial había tratado de contagiar su aversión a los parroquianos, pero le costaba conseguirlo porque, en el fondo, Simeón era un hombre querido en el pueblo. Ahora, la relación con la maestra le había facilitado las cosas: si él era forastero, ella lo era más. A Severina le costaba entenderlo por más que lo hubiera visto en películas y novelas. Realmente, nunca habría imaginado que el «forasterismo» pudiera complicarse con tanta facilidad. Fue esa la primera vez que pensó en irse de Dusa. Era casi seguro que, a Simeón, la condición de forastero le sería perdonada en cuanto ella desapareciera del pueblo. Ella, en cambio, no había conseguido superar su condición de intrusa y no parecía disponer de herramientas para alcanzar la escurridiza integración vecinal. Encendió un cigarrillo para coger fuerzas y exhaló el humo lejos, muy lejos. Le costaba formular la pregunta porque sabía que alteraría el curso de su estancia en Dusa. Pero al final lo consiguió.

–Y a mí, ¿de qué se me acusa? –preguntó.

Entonces Justa desgranó un rosario de frases (aportaciones de un número indefinido de vecinos, quién sabe si grande o pequeño) que resumían el sumario de un proceso todavía en fase de instrucción.

Alguien dijo que había que ser muy huraña para declinar la invitación a la matanza del cerdo. Alguien replicó que tal vez mejor prescindir de su presencia: demasiado delicada, demasiado corte Chanel y demasiadas Polaroid auténticas para resistir tanto chorro de sangre, que se veía a la legua que estaba acostumbrada al lujo y despreciaba a los aldeanos.

Alguien dijo que había recibido una vajilla que parecía destinada a la mesa de un palacio real, que se la había enviado un hombre muy rico de quien era la mantenida (aquí Severina recordó la primera vez que buscó la palabra en el diccionario: «mujer que vive a expensas de su amante»).

Alguien dijo que tal vez Simeón no fuera culpable, que seguramente ella lo había empezado todo; de hecho los vieron junto al río la mañana que ella se mudaba a la Casa del Maestro: ella sentada sobre la maleta fumando como una fulana y él dejándose querer.

Alguien dijo que tal vez Simeón la viera como a una hija, pero alguien replicó que tal vez lo era, que en Brasil Simeón se había dado un atracón de bellezas cariocas, y si uno la miraba atentamente, podía ver en los ojos de la moza una sospechosa luz tropical.

Alguien dijo que el acoplamiento de la joven con Simeón le parecía inverosímil: la maestra era demasiado menuda para la Bestia (alguna contó una vez de Simeón que, cuando se le enderezaba, los tres mil metros del Comaloforno se quedaban a la altura de un gladiolo).

Alguien dijo que la maestra no había ido nunca a la escuela, que ella misma les había contado a los niños que todo lo aprendió en casa (¡pues menuda manera de dar ejemplo!).

Alguien dijo que explicaba historias de bolcheviques a

los alumnos y que por la iglesia no se le veía el pelo, que a ver si en el pueblo iban a tener problemas con la autoridad. Alguien añadió que la maestra tenía suerte de estar en un pueblo donde el cura no se enteraba de nada porque se pasaba el día borracho administrando extremaunciones por las aldeas de difícil acceso (un cura «normal» ya la habría denunciado, dijo una).

Alguien dijo que quizá habría que hacer algo más que quejarse, que con las criaturas no se juega, y una cosa es ser anticlerical (como era ese alguien que hablaba) y otra muy distinta que lo fuera la maestra de sus hijos.

Alguien que conocía a gente bien de la capital dijo que la gente rica nunca está arraigada en ningún sitio, que los crían así, desaprensivos y desarraigados, que no se puede confiar en las personas que no tienen raíces.

Alguien dijo que hay que tener muy mala sombra para irse a vivir a una casa donde ocurrió lo que ocurrió, que ni el recadero ni los paletas querían acercarse y hasta los excursionistas se desviaban para no pasar cerca de la Casa del Maestro.

Finalmente, alguien dijo: «No es lo que parece», y añadió: «Lo supe desde el día en que la vi».

En esto último, Severina no podía estar más de acuerdo: tenía sentido. El resto de las acusaciones la dejaron perpleja y herida. Aunque había vivido acontecimientos familiares duros, nunca había escuchado tantas cosas horribles de una sola tacada, no en el mundo real. En primer lugar, había tenido que oír el relato de Justa sobre las crueldades del pasado, delaciones entre vecinos, huidas trágicas, madres apuñaladas, bebés despeñados por pendientes nevadas... Y luego toda esa cascada de especulaciones desagradables, de acusaciones falsas y amenazas de denuncia... La súbita aparición del Mal con mayúsculas la sobrepasaba. Necesitaría días para digerirla (tal vez toda una vida). Ni en sus peores pesadillas habría imaginado que los monstruos aullantes, chillones y rampantes pueden de pronto tomar la forma de un amable desconocido, mucho menos aún de un compañero, de un vecino, de un amigo, de un hermano. Al verla impresionada, Justa trató de justificarse: «Dijiste que querías saber. Y sé que a Simeón le hiciste preguntas. Te hemos dado respuestas, y eso no es malo. Has abierto los ojos». La miró fijamente y añadió: «Nunca más podrás cerrarlos ni mirar hacia otro lado». Había una satisfacción algo perversa en su tono de voz (ya es de los nuestros, ya es adulta: *lo sabe*). Severina se acordó de un western de los que echaban antes de la película principal, una escena en la que un hombre era abandonado en el desierto, atado al suelo cara al sol con los párpados superiores cosidos a las cejas, y el recuerdo se le apareció tan prolijo en detalles que se mareó un poco. «¿Estás bien?», preguntó Justa. No, no estaba bien. «Sabiendo lo que ahora sé sobre la capacidad que tenemos los humanos para hacernos daño, no se me ocurre cómo podría volver a ser feliz ni un solo instante», dijo. «¡No seas boba!» Justa le apretó la mano afectuosamente y dijo: «Entre mantener los ojos abiertos todo el tiempo y mirar solo hacia dentro como te gusta, encontrarás el término medio». Severina se acordaría siempre de estas palabras y pasaría muchos años buscando el término medio. Allá adonde iba, no hacía otra cosa que buscarlo. A veces lo hallaba, pero en cuanto se despistaba un poco, ya había volado. El término medio.

24

Cuando Román murió en el accidente, Severina, que siempre había imaginado que un duelo expulsa a otro como un clavo saca otro clavo, se dio cuenta de que los dos duelos se mezclaban, se alimentaban mutuamente y se fundían en una corriente tan caudalosa que cualquier intento de control por su parte se revelaba infructuoso. Esto la liberó de esfuerzos: bastaba con dejarse llevar. El primer duelo importante, especialmente si acontece en la juventud, es un aprendizaje peculiar donde se alcanzan altísimas cotas de dolor nunca antes conocidas. Severina las había alcanzado tres años antes y ahora, tras esta segunda pérdida, ya no se dejaba engañar por las frases de consuelo. Tras el primer duelo había llegado a pensar que tal vez en un año o en tres o en cinco una podía volver a ser lo que antes fue. Ahora sospechaba que no basta con una sola vida para cicatrizar ciertas heridas. Feliz o infeliz, alegre o desconsolada, sería ya para siempre ella y sus heridas en proceso de cicatrización, lo que le proporcionaba una gran serenidad. No se esforzaba por empujar el tiempo ni por pasar a ninguna supuesta fase siguiente. Tenía toda una vida por delante, precipitarse carecía de sentido. Cuando pensaba en el suicidio (porque, como es natural, pensaba en eso al menos una vez al día), no lo hacía del mismo modo que después de la muerte de su madre. Después de lo de su madre, pensaba en desaparecer como una posibilidad deseable que no podía permitirse (imposible dejar a su padre solo). Ahora, en cambio, la libertad de poder hacerlo la aliviaba enormemente. Cuando la necesidad de morir la tentaba, se sentía tan privilegiada por poder hacerlo sin molestar a nadie que se animaba enseguida y dejaba el asunto para más adelante. Nunca había imaginado que la libertad de poder morir sin causar sufrimiento a nadie fuera algo tan gratificante.

Los escasos momentos en que avanzaba, lo hacía con energía: era joven. Acudía cada día a clase porque era alumna oficial, pero también para no encontrarse continuamente a López, que parecía evitarla por la misma razón por la que lo evitaba ella: una tristeza común pero demasiado distinta para poderla compartir. Severina ignoraba el tipo de relación que López había mantenido con su padre, pero era obvio que se sentía muy abatido, mucho más abatido de lo que puede sentirse un vecino, abatido como lo estaría posiblemente un amigo. Pensó más en ello cuando, dos meses después del accidente, él le dijo un día: «Ya ves. Se va un amigo y uno sigue friendo patatas como si tal cosa». Lo dijo en castellano, ya solo hablaba esta lengua ahora, como si la muerte de los padres le hubiera extirpado definitivamente el deseo de esforzarse por hablar en la lengua de ellos. Ella no dijo nada, pero pensó que él y su padre habían sido algo más que buenos vecinos. Otro día, él dijo: «Se fue el compañero con el que ya no podré hablar de tantas cosas...». Ahí Severina pensó que tal vez habían sido algo más que buenos amigos, tal vez buenos interlocutores. No es fácil encontrar interlocutores, ni siquiera ella podía decir eso de su padre. Eran tantas las cosas de las que no habían hablado... De hecho, no habían hablado de casi nada. Y, una vez más, en lugar de seguir hablando con López, a quien tal vez habría podido preguntar sobre su padre, se calló.

Él no volvió a hablar de Román. Conversaron otras veces, pero de temas prácticos o de asuntos impersonales. Le dijo que estaba harto de la vida en la carretera. Que el bar no funcionaba, el taller no progresaba y la culpa era suya porque no tenía ganas de nada. Otro día le dijo que no se preocupara por el alquiler, que estaba a su nombre y era él quien pagaba al propietario del edificio lo que Román le anticipaba, esta vez le había anticipado todo el año, le dijo, cosa que a ella le pareció extraña. «Bueno, lo había hecho otras veces. Él siempre pagaba por adelantado, por si acaso.» Ella no preguntó por si acaso qué. En lugar de eso, le dijo que cuando acabara los estudios, casi seguro obtendría una plaza lejos y no volvería a vivir allí.

En Girona, aquel tercer año, Severina entraba cada día en el aula y se encontraba rodeada de gente. Excepto en días de exámenes libres, nunca había conocido aquella situación y constató de inmediato su incompetencia para relacionarse. Ver a tanta gente a diario no le sentaba bien. Y eso teniendo en cuenta que el contacto visual era el único que mantenía con sus compañeros. Muy de vez en cuando, una persona amable la saludaba con un «¿qué tal?». Desconocedora de que se trataba de una pregunta retórica, ella cavilaba el modo de resumir su complejo estado de ánimo y, antes de haber ordenado la primera frase, el interlocutor se había esfumado. En otra ocasión, dos compañeras la invitaron a rezar el rosario en el colegio Corazón de María. «Cada sábado le toca a una decir el misterio y traer el rosario.» No sabía qué era un misterio. No tenía rosario. Declinó la invitación con cierta pena. Con el fin de evitar estos escasos momentos de interacción que le dejaban mal sabor de boca, al cabo de poco tiempo ya solo entraba en clase para estar presente cuando pasaban lista. En cuanto podía escaquearse, se iba a la Devesa, donde hallaba refugio para estudiar, leer y ejercitar su proyecto de memorizar novelas. Hacía días que se sabía de memoria todo el libro de Bradbury, de la primera a la última palabra. Había empezado a memorizar *L'étranger* de Camus, despacito, en francés, y andaba por la etapa de consolidación del primer capítulo. Cuando tres años antes lo había leído durante la enfermedad de Simona, le había costado entender la reacción de Meursault a la muerte de su madre, que le pareció de una frialdad extrema. Ahora, en cambio, podía recitar la primera página diez veces y estremecerse en cada repetición.

Una mañana de finales de febrero, justo al llegar a su banco del parque, se dio cuenta de que había olvidado en clase la bolsa de los libros y no podría ir a buscarla antes de que acabara la sesión matinal. Se sentó y decidió ensimismarse. Era buena en eso. Trató de fijar la atención en algo absorbente, como por ejemplo el tronco del plátano que tenía a su lado. Observó la corteza cubierta de escamas de distintos tamaños. Había oído decir que las pequeñas cosas de la vida contienen la mayor belleza. Pero solo consiguió que acudieran a su mente recuerdos dolorosos o negros presagios. Comprendió que lo de ensimismarse no se decide, se hace involuntariamente y por descuido. En cualquier caso, la única escapatoria para aquel vacío de tiempo inesperado era la de siempre. Miró al cielo por si veía una página volandera. Miró al suelo por si veía algún papel sucio que leer. Añoró los tiempos en que era feliz leyendo envoltorios de tabletas de chocolate y etiquetas de latas de conserva. De pronto, se precipitó hacia una papelera y rebuscó. Bajo el corazón mordisqueado de una manzana encontró una hoja de periódico arrugada. Leerla entera no le llenaría la mañana, pero memorizarla alargaría el proceso hasta la hora de volver a la Normal. Empezó por el título: «La Revolución Roja». Hizo una primera lectura. No sabía quién era Lenin, no sabía por qué iba disfrazado con una peluca, no sabía quiénes eran sus amigos del Comité Central, no sabía qué era el Comité Central, no sabía qué hacía esa gente en casa de Sujánov, no sabía cuál era la diferencia entre los bolcheviques y los mencheviques y, por descontado, no sabía que aquello era la crónica conmemorativa de una reunión clandestina que había decidido un episodio histórico de capital importancia: el asalto al Palacio de Invierno. En su cabeza solo estaban los bolcheviques que habían despertado a la condesa Alexandra en la película, y cuando empezó a memorizar aquel texto, para ella cien veces más aburrido que la novela de Camus que andaba aprendiendo, tuvo que esforzarse en combatir las distracciones del tercio inferior de la página. Los ojos se le iban a Exclusivas Balmes, que en un recuadro anunciaban «La Quincena del Jersey de Lana» con un 20 % de descuento y se quedaba ahí hasta que recordaba que ya no necesitaba abrigar a su madre. Regresaba a la crónica y dos segundos después, se le iba la mirada al «Gran Circuito Selva Negra» de diez días que ofrecía Viajes Baixas (5.999 pesetas) y entonces procedía a calcular los años que necesitaría para ahorrar ese importe con su sueldo de maestra. Se daba cuenta enseguida de que, como máximo, podría aspirar a la excursión a Comarruga del anuncio contiguo (280 pesetas), pensaba que algo es algo y regresaba al Comité Central de Petrogrado.

Los meses transcurridos desde el accidente de su padre hasta que se marchó a Dusa fueron extraños, como si los días pasaran por su lado sin rozarla. Nunca recordaba lo que había hecho la semana anterior, y más adelante apenas recordaría nada de este período excepto los libros memorizados y aquella crónica que le importaba tres pitos. De la vida en la casa de la carretera no recordaría nada que tuviese que ver con aquel período solitario, excepto vagas imágenes de ella fregando platos frente a la bolsa intacta de Raky o esperando por la mañana temprano el coche de línea que la llevaba a

Girona o pasando exámenes cuyo contenido olvidaba inmediatamente después. De la ciudad donde estudiaba, que de hecho no había visitado, tampoco le quedaría el menor recuerdo, salvo el aula de la Normal y las hileras de plátanos que veía desde su banco de la Devesa. Sí le quedaría grabada, en cambio, la visita navideña a Barcelona: el encuentro con Manuelín y todo lo que se derivó del episodio de la vajilla.

Pero siempre recordaría su último curso como se recuerda un viaje bajo los efectos de algún estupefaciente cuando se llega al punto de destino. Había conducido maquinalmente, tomado desvíos y trazado curvas, pero era incapaz de comprender cómo había conseguido llegar. De qué manera aprobó el curso y llegó entera hasta el otoño del 62 no tenía ni la menor idea.

El día de septiembre en que partió hacia Dusa, se despidió de López sin mucha ceremonia y con las gafas de sol puestas por si acaso. Él la ayudó con las maletas, señaló la más pesada y le preguntó qué contenía. Ella le dijo que unas docenas de libros de la biblioteca que pensaba memorizar por si un día desaparecía todo. Él no dijo nada y ella aprovechó para restar gravedad a las palabras que acababa de pronunciar: «De todas formas», dijo, «volveré a buscar más cosas... Pero no sé cuándo.» Le dijo también que, si necesitaba algo, se sintiera libre de disponer de lo que había dejado en casa. Y él, que nunca había tenido música ni en el piso ni en el taller, decidió que la radiogramola sería un buen sustituto del periquito difunto. A ella le pareció estupendo que López cuidara de un aparato que había sido tan importante en su vida. Él dijo que antes de Navidad se lo volvería a dejar en casa por si venía a pasar las vacaciones. Ella dijo que, por Navidad, casi seguro que no iría.

Nada sabía de Dusa salvo que estaba entre montañas, solo por eso lo había elegido. Por eso y porque el nombre no le pareció del todo feo. Después de elegirlo, había conocido algunos datos del pueblo y hasta lo había visto en un libro (en una foto en blanco y negro, pues por entonces una llegaba casi siempre a los pueblos sin haber visto de ellos nada que no fuera en blanco y negro). En cualquier caso, se iba con el firme propósito de quedarse. Naturalmente, cabía la posibilidad de que llegara una maestra titular, pero tenía entendido que los pueblos de montaña mal comunicados no eran muy codiciados. Además, en la delegación le habían comentado que, desde hacía años, la plaza de Dusa se cubría con interinas. Ahora, en el autobús, se preguntaba cómo se echaban raíces en un lugar nuevo. Suponía que el truco consistía en no moverse del sitio hasta que empezaran a crecer. Esa era la intención. No moverse en absoluto. En el improbable caso de que llegara una titular, tenía un plan alternativo, tal vez poco realista, que consistía en buscarse en el pueblo algún medio de subsistencia por precario que fuera.

En el último tramo del viaje a Dusa, a la altura de la impresionante garganta de Sopeira, experimentó una caída de su ánimo volátil. Las gigantescas paredes que circundaban el embalse le parecieron un escenario tenebroso, una fortificación que bien podía ser una trampa. Sucumbió a un mal presagio. Luego, cuando el paisaje se abrió y empezó a verdear, llegaron a Pontes. La noche que pasó en la fonda a causa del desprendimiento en la carretera acentuó su malestar. Pero al día siguiente, cuando vio por primera vez el campanario de Dusa entre ramas de abedul, ya se encontraba muchísimo mejor.

25

Mayo fue un mes de contrastes acusados entre luces y sombras. El día era para el presente, el trabajo en la escuela y la huida a la soledad de los pastos primaverales. La noche era para la angustia acerca del futuro, para las pesadillas y las dudas. Durante todo aquel mes, por cada pesadilla de gallinas decapitadas, la joven maestra tenía tres donde predominaban escenas de linchamientos. Escenas en que Simeón era apalizado, apuñalado, troceado por una turba sin rostro. Pesadillas en que alguien lo descuartizaba con una baldosa muy afilada. Pesadillas en que Simeón tocaba a jóvenes maestras como violines, pero si desafinaban apretaba las clavijas del instrumento hasta que la cuerda le estallaba en la cara y lo dejaba tuerto. Pesadillas de un Simeón tuerto, «la maestra no se toca». Pesadillas en que los rumores sobre ella y sobre él crecían como una bola de nieve rellena de carne. Pesadillas en que Marcial derribaba la puerta, entraba en el comedor y la obligaba a cavar su propia fosa bajo el pavimento mientras ella solo se lamentaba de lo mucho que le había costado alicatar el suelo. Pesadillas en que ella moría y descubría de pronto que el cielo, el infierno y el purgatorio existen, pero ella no iba a ir a ninguno de los tres lugares porque había muerto párvula y se quedaría en el limbo, que es el destino de los inocentes sin bautismo, que ahí se quedan para la eternidad esperando la redención del género humano. Todas aquellas pesadillas podían desfilar por su cabeza en una sola noche, encadenadas en transiciones subrepticias y mutantes como a menudo ocurre con los sueños, hasta que la condena al limbo la despertaba de un salto estremecedor porque de los cuatro destinos adonde una puede ir a parar después de muerta, a ella siempre le había parecido que el limbo era el peor, el de la soledad más atroz, pues no podía ella imaginar una soledad más atroz que vivir eternamente rodeada de párvulos.

Como en el asunto de la vajilla, no haber hecho nada para merecer las acusaciones que Justa le había transmitido no la tranquilizaba en absoluto. Tampoco Josef K. había hecho nada malo cuando fue detenido una mañana solo por haber sido calumniado. Ella no había hecho nada malo, pero sí había hecho algo mal: su comportamiento no se adecuaba al entorno. Aunque aquellos últimos días el entorno se mantenía distante y no daba aparentes muestras de hostilidad, sabía que su propio silencio no haría más que aumentar las falsas acusaciones. Desde la conversación en Casa Justa, ella también veía el entorno de una forma distinta y, en cierto modo, poco ecuánime, como si pagaran justos por pecadores, como si en el pueblo la guerra hubiera venido para quedarse o para dejar una huella imborrable. Al fin y al cabo, las huellas del pasado se esfuman más deprisa en una ciudad que en un pueblo, donde, para bien y para mal, las esencias se preservan.

Así fue como empezó a pensar seriamente en marcharse. Le pareció que sería bueno para ella llegar a una gran ciudad donde pudiera ser invisible mientras aprendía a comportarse en sociedad. Un día, a mediados de mayo, visitó a Justa y le contó su idea. «Lo que tienes que hacer es quedarte e insistir: darte a conocer», dijo la mujer. «No soy de mucho insistir», repuso Severina. Pero lo que la había sobrecogido era la expresión «darse a conocer»: una violación colectiva le habría parecido menos obscena. Cuanto más hablaba con ella, más le parecía que mudarse era inevitable: irse y conservar Dusa en un lugar privilegiado del alma, un lugar intocable, antes de que se ensuciara definitivamente. Sin embargo, traicionar una de las pocas decisiones firmes que había tomado en su vida le resultaba inconcebible. A pesar de las dudas, aquella misma noche escribió a su tía para averiguar si ya había alquilado el piso.

Una tarde de finales de mayo, Severina paseó más lejos y trepó más arriba que de costumbre. Confiaba en agotarse para dormir mejor y evitar el rosario de pesadillas e incertidumbres que la asaltaban en la madrugada. De regreso al pueblo se le hizo de noche. Las nubes le impedían recurrir a las estrellas para orientarse. Descendió tan deprisa como le fue posible y divisó su casa cuando caían las primeras gotas. Al día siguiente se despertó afónica. Fue un gran descubrimiento la novedad de no poder hablar. Para saludar a los vecinos, que por supuesto ya conocían su afonía casi antes de que ella notara los primeros síntomas, su sonrisa habitual le bastaba. Daba las clases sin palabras, y la mímica le permitió crear una divertida complicidad con los niños. Por un lado, la afonía suavizó su relación con los alumnos; por el otro, la ausencia de Sebastià (el hijo mayor de Marcial había comunicado a la maestra que en primavera tenía cosas más interesantes que hacer) había distendido el ambiente. Le sorprendió darse cuenta de cómo una sola persona puede alterar la dinámica de grupo.

A principios de junio, visitó a Justa de nuevo. Le dijo que estaba decidida a marcharse. «Es una decisión cobarde», le respondió Justa. «¿No sería también cobarde quedar presa de la decisión que tomé al principio, no sería como caer en mi propia trampa?», dijo la maestra. «Tú misma.» Este «tú misma» rencoroso de la madre posesiva que pierde a una hija ingrata la hizo dudar de nuevo. Por un lado, entendía su tristeza disfrazada de severidad. Por otro, pensó que ya tenía bastante con todos los inconvenientes de ser huérfana: quería también las ventajas. No necesitaba más madres. Una madre siempre es mucho (a veces lo es todo, a veces incluso demasiado). Y, sin embargo, la mataba de tristeza su actitud. Por suerte, Teresa llegó en ese momento. Justa le espetó: «No se queda. Se va a la capital». «Bien hecho», respondió la prima, «aquí no hay nada para una joven como tú.» Severina no estaba de acuerdo con la afirmación, pero se quedó en silencio para evitar dar alas a Justa. «En realidad, lo tengo decidido», dijo. Justa, como si a pesar suyo y porque no tenía más remedio le diera permiso, repitió: «Tú misma. Pero mira bien lo que haces. Cuando viniste a este pueblo te lanzaste al agua sin saber nadar. No vuelvas a caer en ese error». «Dusa no ha sido un error», protestó Severina, «he aprendido aquí tal vez lo más importante de mi vida... Por otro lado, no creo que lanzarse al agua sin saber nadar sea un error, no siempre.» Ciertamente, este sistema de aprendizaje brutal había sido bueno para ella: lo que no mata engorda y no todo el mundo está hecho para andar paso a paso, empezar por la primera lección y seguir el orden previsto. A diferencia de lo que había ocurrido en Dusa, en la ciudad nadie la esperaría. Imaginar una llegada tan maravillosamente anónima le procuró una paz de espíritu que afianzó aún más su decisión.

Pero como las dudas seguían atacándola, fue una suerte recibir, pocos días antes de acabar el curso, una carta de Inspección en que le comunicaban que una maestra con la oposición recién aprobada había solicitado la plaza. Que llegara una propietaria era una posibilidad que Severina había considerado tan temible como remota. Ahora la noticia caía del cielo. De no haberse producido los últimos acontecimientos que la convencieron de su fracaso comunicativo, la novedad habría supuesto un gran disgusto. Ahora era una bendición que despejaba todas sus dudas. Todo confluía para actuar como a ella le gustaba: seguir la corriente y equilibrarse en ella, devenir ligera en lugar de combatir la ola, acompañarla en su movimiento, ser agua. La respuesta de la tía Julia también ayudó a que todo saliera perfecto: unos días antes le había enviado una carta con las llaves del piso. Le decía que en octubre entraban nuevos inquilinos, pero que podía estar allí hasta entonces. No le preguntaba para qué lo quería, no le preguntaba por su estado de salud ni por su estado de ánimo, tampoco le contaba nada de su vida personal. Al parecer, la vajilla había marcado un antes y un después en su relación. En cambio, su tía se extendía en opiniones sobre la situación del mundo que, ciertamente, a Severina le importaban un rábano. Julia le hacía saber que desde la crisis de los misiles cubanos había cambiado de opinión sobre Kruschev porque, según ella, no había sido lo bastante honesto con los cubanos. También había cambiado de opinión sobre Kennedy, a quien no perdonaba el bloqueo. Y si la Navidad anterior le había dicho que entre uno y otro no sabía qué pito tocar, ahora ya lo sabía, y el pito era Fidel. Tan castrista se había vuelto que estaba tratando de convencer a su torero para que abriera la mente a los países comunistas, con el pretexto de que, en Cuba, la sed de toros era inmensa desde que se habían prohibido las corridas tras la dominación española. Fidel nunca reconsideró la prohibición, pero eso era, según decía Julia, porque nadie se lo había pedido. Para terminar, comunicaba a su sobrina («por si no lees los periódicos»), que Valentina Tereshkova estaba a punto de salir al espacio para dar una o varias vueltas a la Tierra. «Y no es la única mujer que nos llena de orgullo», decía, «pronto tendremos mujeres toreras, falta poco para que estos miserables se decidan a cambiar la ley y las mujeres podamos torear a pie como los hombres (y eso que al carcamal de El Pardo no le gustan los toros).» Firmó como de costumbre y añadió una posdata, también como de costumbre: «No dejes de seguir lo de Tereshkova en la radio el día 16». A Severina las gestas heroicas le eran bastante indiferentes y, desde luego, nunca se había sentido representada por ningún personaje conocido: ni por ninguna astronauta ni por ninguna torera ni por ningún carcamal, en realidad nunca había entendido muy bien en qué consistía sentirse representada. En cuanto a las mujeres, siempre le había parecido que, para llegar lejos (otro concepto que se le escapaba), usaban herramientas demasiado parecidas a las de los hombres en lugar de construirse herramientas propias.

En la escuela, la joven maestra anunció su próxima despedida con ambigüedad. Ella era así, incapaz de asegurar nada a nadie. Incapaz de olvidar, ni por un segundo, que la nueva titular podía renunciar a la plaza y ella, de repente, decidir quedarse. Incapaz de olvidar ni por un segundo que en aquel mismo momento podía caer sobre la escuela un misil nuclear soviético que convertiría el curso siguiente en la menor de las preocupaciones. A Severina, desde aquella tarde en que estaba a punto de soplar siete velas sobre una tarta, nadie tuvo que explicarle nunca que el riesgo cero no existe. Así pues, a los niños les dijo que era probable (pero no seguro) que en septiembre llegara otra maestra. No le gustaban las despedidas por la misma razón que no le gustaban las ceremonias de bienvenida ni ninguna otra situación susceptible de desencadenar un llanto que, al ser tan silencioso como caudaloso, habría llamado aún más la atención. Ellos se lo pusieron fácil. Además, como no afirmó nada con seguridad, cada alumno lo tomó como mejor le convino. Más tarde, por una carta de Justa, sabría que a nadie le había quedado claro si aquello era una despedida definitiva o transitoria.

El día antes de irse recibió, en visita de prospección, a la nueva propietaria de la plaza. Severina pensó inevitablemente en la niñez de su madre, cuando Simona se dedicaba a desanimar a las maestras recién llegadas para no tener que abandonar el hogar que, en cada pueblo, le parecía encontrar. Ella haría todo lo posible para que la nueva maestra se quedara. No llegó en coche de línea como las anteriores, sino en un Gordini blanco muy parecido al Dauphine con el que su padre tuvo el accidente. Salió del vehículo, se subió un tirante que se le caía continuamente (alguien diría, más tarde, que era la primera maestra que había llegado al pueblo en shorts y camiseta), se desperezó con un largo estiramiento, bebió agua de una cantimplora y miró a su alrededor con visible satisfacción. Era un día luminoso y el verde intenso de junio parecía deslumbrarla. Severina le dirigió su más cálida y acogedora sonrisa. Le recitó las maravillas de Dusa y lo hizo con sinceridad, pues así lo sentía. Le mostró el pueblo y sus habitantes desde la perspectiva virgen del día de su llegada. Le dijo que el pueblo se le metería muy adentro, y sus habitantes también, y en ese último punto trató de no extenderse. La nueva maestra estaba de paso en aquella visita no oficial, dijo que solo quería echar un vistazo y cambiar impresiones con ella de camino a Salardú, donde había quedado para comer con unos amigos. «Como máximo, podemos tomar un café», dijo. Lo tomaron en la Casa del Maestro. Severina le preguntó si tenía intención de quedarse allí. Ella opinó que la casa era muy acogedora, pero que prefería la pensión. «En ningún caso podría vivir en un sitio tan aislado», dijo, y se sentó a la mesa del comedor. «¿No te sientas?», le dijo a Severina. «Mejor sacamos las sillas fuera.» La nueva asintió, encantada de poder tomar un ratito el sol. Severina le preguntó por qué había elegido Dusa. «Por el telesilla», dijo la nueva, «en invierno ya estará terminado.» Severina sabía que pronto se abriría una estación importante en la zona de Baqueira. La nueva le explicó la obra y le dijo que su padre era accionista de la constructora. La todavía maestra de Dusa (que ahora ya sabía qué era un activista) no sabía qué era un accionista. No lo preguntó. «En Arán», dijo la nueva, «los paisajes son aún más verdes.» «Creo que nunca otras montañas podrán gustarme más que estas», dijo Severina. «¿Pero conoces el Valle de Arán, sí o no?», dijo la nueva. «Bueno, sin coche es complicado. La verdad es que desde que estoy aquí nunca he atravesado el túnel, y Arán queda algo lejos.» «Más lejos lo tenía yo en Barcelona», repuso la nueva. Le contó que solía esquiar en La Molina, por la proximidad, pero que La Molina se le quedaba pequeña. «Creo que este pueblo es exactamente lo que ando buscando», dijo, mirando a su alrededor sin perder detalle. «Buscaba algo cercano a las pistas. Dusa es perfecto. Por un lado, es ideal para ir a la nueva estación de esquí. Por el otro, si he de bajar a Barcelona, me ahorro el túnel y varios kilómetros.» Explicó entonces que de no haber tenido coche no habría pedido el pueblo, pero casualmente sí tenía, porque su padre se había comprado un Alpine rojo descapotable y le había regalado su Gordini. «Lo lógico sería que me regalase a mí el Alpine y él se quedara con el Gordini, que ya va a cumplir cuarenta y seis y se hace viejo», dijo. Severina le preguntó si tenía pensado quedarse para siempre. La nueva hizo un gesto de sorpresa como si la expresión fuera desconocida para ella. «¿Para siempre?», exclamó. «¡De ninguna manera! La idea es quedarme como mucho un par de años, porque el pueblo debe de ser durísimo... Mi idea es la siguiente: esquiar hasta reventar y luego casarme.» Severina se alegró doblemente de su decisión de irse: habría sido un disgusto que una recién llegada le destrozara la vida solo por un telesilla. Y encima para quedarse solo un par de años.

Antes de despedirse, cuando se dirigían a la carretera, Severina quiso que la nueva maestra viera el puente de piedra desde la perspectiva que ella lo vio por primera vez. Le pareció que, si veía los tres ojos del puente en la distancia, la futura maestra de Dusa ya no daría marcha atrás en su elección. La nueva, que preguntó si se trataba del mismo puente que habían cruzado para ir a su casa, no parecía muy sensible a la necesidad de contemplar desde un nuevo ángulo algo que ya había visto. Anduvieron un trecho, luego se desviaron del camino y, mientras cruzaban el prado hacia el río, Severina le explicó que antes del siglo XVII la gente de Dusa cruzaba el río con una palanca. La nueva maestra respondió: «¡Uf! Queda muy lejos ese siglo, ¿no crees?». «No», replicó Severina, apartando las ramas del sauce y señalando el puente, que aparecía ahora a unos cincuenta metros. La nueva dijo: «Perdona, ¿eh? Yo es que soy más de pensar en el futuro, que te da más oportunidades». Lo dijo muy concentrada en la figura del hombre que se había detenido en el puente, miraba hacia el río y les daba la espalda. A Severina le habría gustado que la concentración de la nueva no significara lo que pensaba que significaba, al fin y al cabo debía de haber montones de mujeres inmunes a los encantos de la Bestia. Pero no se dio el caso. La nueva no solo miraba hacia el puente de un modo inequívoco sino que además dijo: «Antes de irme, ¿me podrías presentar a aquel pedazo de hombre?». Severina dijo: «Aquel pedazo de hombre tiene un nombre. Se llama Simeón». La nueva soltó una risa juguetona y ruidosa como si hubiera oído algo muy gracioso o como si pretendiera que él se diera la vuelta para admirarla. Severina había visto otras veces a la Bestia en aquella actitud, fumando y mirando hacia las aguas turbulentas, y la postura le evocaba siempre la de un suicida sin prisas. Así que cuando eso ocurría nunca lo saludaba, ni siquiera hacía ruido por si la interrupción le despertaba el impulso de consumar el acto fatal. Pero la risa poderosa de la nueva no hizo que se tirase al río. Simeón se

301

dio la vuelta y, al verlas, levantó el brazo en señal de saludo. Severina le respondió con el mismo gesto y él les dio la espalda de nuevo. Visto de cara, era evidente que no andaba fino. La forma de mirar y los gestos desgarbados no eran propios de Simeón, sino de la Bestia. Le preguntó a la nueva: «Y el puente, ¿te gusta?». «Sí, es bonito desde aquí...», dijo, «pero ahora que se ha dado la vuelta te lo confirmo: me lo tienes que presentar.» Severina dijo: «Mejor déjalo al azar. Lo de conocerlo, digo». La nueva cambió de tema y empezó a hablar atropelladamente otra vez. Severina sintió la necesidad de pedirle silencio. Era la última vez que vería el puente desde allí. Quizá era también la última vez que vería a Simeón la Bestia. Él, tal vez incómodo al saberse observado de lejos por las dos mujeres, desapareció de su vista. Ellas también empezaron a caminar hacia la carretera. Severina se dio la vuelta un instante para fijar el puente en su retina. La nueva se estiró hacia arriba como si quisiera abrazar el sol y exclamó: «Estoy muy contenta». Luego cogió del brazo a Severina y regresaron a la carretera en cuyo margen estaba aparcado el coche. Antes de entrar en él, la nueva preguntó: «Oye, y el alcalde del pueblo, ¿cómo se llama?». «Marcial», dijo Severina. «¿Y qué tal?», dijo la nueva. «La verdad es que lo conozco poco.» «Mejor», dijo la nueva, «eso significa que deja en paz a las maestras. Te lo pregunto porque por estos pueblos hay cada sátrapa que madre mía, de verdad, qué horror...» Ya sentada, encendió la radio y bajó la ventanilla para despedirse. Dijo más cosas que Severina no pudo oír porque «Guarda come dondolo» sonaba a un volumen ensordecedor. «Que si has visto la película, con Vittorio Gassman y eso», repitió la nueva, refiriéndose a la música. «Creo que no», dijo Severina. «Te la recomiendo muchísimo», dijo la otra. Le lanzó un beso y desapareció hacia el norte a ritmo de twist. Severina pensó en los alumnos, pensó que el año siguiente tendrían un año más. Sentía por ellos un afecto indeterminado pero muy intenso, y sabía que era afecto por cosas como esta: experimentaba una gran alegría al pensar que, el curso siguiente, disfrutarían de una maestra muy sociable y expansiva. Los pocos que habían declarado una predilección clara por ella la olvidarían de inmediato cuando tuvieran delante a aquel pedazo de comunicadora. Seguidamente, se preguntó por qué este pensamiento, en lugar de entristecerla, aunque fuera un poco, le provocaba un alivio tan grande.

Comió en casa y dedicó la tarde a subir a los pastos y a despedirse de una vaca con la que había compartido grandes momentos de contacto visual, lánguidos intercambios de miradas que a ella le infundían una placidez sin límites. Se sintió tentada de dar una vuelta por el pueblo, donde tal vez sería fácil encontrarse con Simeón yendo o volviendo del bar. Pero renunció. Al día siguiente, ella se iba temprano y no esperaba ver a nadie. Así pues, la última imagen de él sería la que había tenido por la mañana, apoyado en el puente, y eso le pareció poético.

Se equivocaba. Simeón se presentó a última hora de la tarde. Debía de haber dormido unas horas, porque estaba sobrio. «Vengo a despedirme. Mañana he de estar en Lleida muy temprano», dijo. Ella lo invitó a entrar y él aceptó. «¿Ahora no le preocupa que su visita escandalice a los delatores?», dijo ella. «Ya no corre usted peligro», repuso él, y sonrió. «Por lo que me han contado, tal vez es usted quien debería cuidarse de ellos», dijo Severina. Él sonrió de nuevo, quitando importancia a las amenazas siniestras que a ella le habían llegado a través de Justa. Dijo que estaba curado de espantos y que ella no había entendido que entre ambos existía una gran diferencia: «Yo no tengo nada que perder, Señorita», declaró, «usted, en cambio, tiene mucho que perder, aunque crea que lo ha perdido todo.» Ella no quería sentarse a la mesa del comedor y él lo entendió. Se quedaron ambos de pie, fumando, apoyados en la encimera de la cocina. «Y dígame, ¿ha cumplido sus deseos?» Él se los recordó en el orden que ella se los había enumerado. «Sí», dijo ella. «He conocido la nieve. He tenido una casa. He descubierto que no tengo vocación...» «¿Y lo de ser de un pueblo?», dijo él. Ella suspiró. «He cambiado de idea. El pueblo me viene grande», dijo, «por eso me voy a la ciudad.» «Entonces no le queda nada por hacer aquí», repuso él. «Bueno, no exactamente. Podría haberme quedado: me llevo mucho más de lo que tenía cuando llegué. Yo solo tenía mi vida en la casa de la carretera... Y, bueno, gracias a su colaboración, ahora sé mucho más... Sé algo más sobre mi padre, sobre la relación que debió de tener con mi madre..., sobre la gente de este pueblo..., sobre la gente en general... Y con eso tengo la impresión de sentirme menos sola, como si el pasado compartido con toda esa gente me acompañara, para bien y para mal... No sé si me explico... En realidad, es muy poquito lo que sé de ese pasado.» Suspiró y añadió: «Y es terrible pensar que nunca podré ver todas las caras de la verdad». «Qué idea», se burló él, «¿de veras cree que uno puede hacer eso sin perder la vista?» Ella se encogió de hombros, quizá era demasiado joven todavía para admitir que la verdad es insoportablemente escurridiza. Pero un segundo después la cuestión de la verdad había dejado de importarle. Tenía otra prioridad.

–¿Sabe? –dijo–. Siempre me he preguntado si usted... En fin, si usted es consciente de su poder de atracción.

–¡Caramba! –dijo él, soltando una breve carcajada. Parecía sorprendido.

–¿Sí o no? –dijo ella, muy seria.

Él guardó silencio (tal vez pensando en cómo responder a semejante pregunta sin perder la dignidad). Severina continuó:

–He oído a muchas mujeres del pueblo hablar de usted... Y es cierto que algunas le tienen miedo, alguna otra lo desprecia... Pero nunca he sabido de ninguna que no fuera sensible a... En fin, usted me entiende. Imagino que las habrá, claro, pero yo no las he encontrado...

–Quizá es porque este valle es muy pequeño.

–Tiene usted razón, quizá es un mundo pequeño. Pero en cualquier caso mucho mayor que aquel de donde vengo.

Él la miró con renovado interés. Ella continuó. Ya había empezado y nada iba a detenerla.

–Soy consciente de que la pregunta es indiscreta, pero es que me intriga lo que no puede reducirse a palabras... Lo que no puede ser descrito... Quiero decir que usted no es especialmente guapo, vamos, no sé, tal vez lo ha sido en algún momento, pero ahora ya no. O por lo menos, y perdóneme, yo no lo veo guapo en absoluto. Más aún, lo veo dejado, lo veo gordo... Lo veo trompa cada dos por tres... También me parece usted bastante inútil, si me permite la franqueza... Y en cambio... En fin, no sabría cómo describir su magnetismo. Y lo que no puede ser descrito supone un gran reto para mí... –Él levantó una ceja, tal vez divertido. Ella seguía–: Y esa es la cuestión... En todo caso usted ha sido una... una pieza fundamental en estos meses de aprendizaje que he pasado en Dusa... Así que me veo en la obligación de informarle que he sentido por usted una atracción muy poderosa. Aunque eso sí: perfectamente controlada y tremendamente espiritual.

Entonces, para ilustrar cuán espiritual era su atracción, le contó, con una mezcla de elegancia y de procacidad que lo dejó estupefacto, cada detalle íntimo, cada gesto, cada mirada, cada sensación, cada tocamiento, cada penetración, cada mamada y cada explosión orgásmica que habían protagonizado juntos en el prado del puerto de Gelada desde el instante en que la genciana tropezó con sus pestañas y le hizo cosquillas hasta el gemido seguido del aullido final que resonó en el valle entero, sonidos que la joven maestra reprodujo de pie en la cocina con idéntica tonalidad y duración, aunque a un volumen ligeramente inferior. Cuando terminó, dijo:

—Y por todo esto quería pedirle disculpas. Porque, bien mirado, yo nunca le pedí permiso para hacer eso. Quiero decir que me parecería horrible que usted hiciera lo mismo conmigo. Que sin yo saberlo ni tener nada que ver con ello, me embistiera mientras ando despistada mirando al río, pongamos por caso, porque para esas cosas hay que avisar con tiempo, ¿no cree? Para estar segura de que el otro..., en fin. Y yo no estaba segura. Pero bueno, ahora ya me siento tranquila porque se lo he confesado. No tiene mérito, porque se lo digo cuando ya está hecho. Y puede que se sienta algo incómodo... En fin, siento haber abusado de su intimidad de esta manera.

Él sonrió y dijo:

—No lo sienta. La imaginación es libre.

—La mía, no. Yo misma la controlo con mano de hierro.

Él parecía perplejo. Ella nunca lo había visto tan desconcertado, ni siquiera cuando le recitó la crónica sobre la reunión secreta del Comité Central de Petrogrado.

—¿Puedo preguntarle algo? —dijo.

—¡Oh, naturalmente!

—¿Alguna vez estuvo usted interesada en hacer realidad esta fantasía? Es decir, en materializarla...

—¡Oh, no! No me malinterprete. Esto sería una fuente de problemas y no tendría ningún sentido. La gente da mucho valor a los actos que se materializan, pero no es mi caso... Yo pienso que no hay por qué andar por ahí tocándolo todo... Por otro lado, me desagrada que lo llame usted «fantasía». Me parece una palabra demasiado floja para la vivencia que tuve... Es precisamente por la intensidad de mi experiencia en el prado por lo que me ha parecido que debería haberle pedido permiso.

–Pues ya lo tiene –dijo él. Carraspeó y añadió–: Me siento muy honrado de que una jovencita como usted me dedique pensamientos tan enrevesados y le agradezco que los exprese de forma tan delicada.

Ella lo miró con gratitud y encendió otro cigarrillo. Él también. Ambos exhalaron el humo al mismo tiempo y sus respectivas volutas se mezclaron hasta que ella, que hacía días que no fumaba por culpa de una ligera afonía, tosió y apagó el cigarrillo. Entonces, él preguntó:

–¿Y usted no cree que tal vez existen pensamientos que hay que convertir en acción?

–No lo veo necesario –dijo ella. Y emitió un largo suspiro.

–Es usted una criatura romántica muy extraña...

–¡Por favor, no diga esa palabra horrible! Romántica de ninguna manera. Tengo siempre los pies en el suelo. Pero ocurre que la vivencia imaginada o recordada, al no compartirla con nadie, se vive con tal intensidad que alcanza el máximo esplendor... Y yo aspiro al esplendor máximo, no me conformo con menos. ¿Y usted?

–Yo soy un hombre muy básico, se lo aseguro. Aunque no grosero. Y espero no serlo si le digo que me he sentido puntualmente atraído por usted, es decir, por su cuerpo físico. El día que la vi colocando baldosas a cuatro patas, por ejemplo, sentí vértigo.

–¡Vaya, qué sorpresa! –dijo ella, atónita por haber sido objeto de deseo por parte de un hombre que, supuestamente, estaba de vuelta de todo–. Entonces, si yo hubiera estado interesada en hacer realidad la «fantasía», ¿habría aceptado usted?

Él se detuvo a pensar, luego dijo:

–Soy viejo. Voy camino de los cincuenta y no se me habría ocurrido proponerle nada parecido. Además, salvo el día en que andaba usted en el suelo, siempre la he visto como a una hija. Y aunque no hubiera sido así, usted nunca lo habría sabido. Lejos de mí la idea de incomodarla. Por otro lado, debo confesarle que si usted hubiera decidido abusar de mí no me habría sido fácil resistirme. De modo que le agradezco la delicadeza de no haberme puesto a prueba.

—¿Lo dice por Adela?

—No del todo. Nunca se sabe cómo puede reaccionar ella. Es rara, de un modo distinto a usted —se rió él—. Será que me gustan las mujeres difíciles de descifrar.

—¿Adela lo es?

—La más difícil de todas.

Severina no se atrevió a indagar más. Hizo un gesto como de dar la conversación por zanjada, le comunicó que se disponía a hacer las maletas y lo acompañó hasta la puerta.

—¿Se acuerda de esta mañana, cuando me ha saludado desde el puente? —dijo ella.

—Dirá usted esta madrugada...

—Bueno, eran más de las once de la mañana...

—Tengo una imagen borrosa del momento —dijo él.

—Me hago cargo. Parecía volver usted de algún lugar donde lo había pasado demasiado bien como para soportar el comienzo de un día nuevo y distinto...

—Bueno, bajaba de allá arriba —dijo, señalando vagamente la carretera escarpada que ascendía hacia el lado de Aragón—, de cenar con unos amigos.

—Pues me gustaría quedarme con esa imagen de usted —dijo ella—. Ahora prefiero no verlo marchar. Quiero quedarme para siempre con el saludo desde el puente de los tres ojos. —Y cerró los párpados como si estuviera ante un espejo. Oyó cómo sus pasos se alejaban, pausados. Afinó el oído. Esperaba poder escuchar la melodía que tan a menudo lo acompañaba al caminar. Pero no oyó nada. Ni la cantó ni la silbó. Entonces ella recordó que no conocía el título de la canción, ni tampoco el nombre del cantante. Apenas un par de versos sueltos. Él ya debía de haber llegado a la carretera. Ella aún podía correr y preguntarle. Hubo un disco, le había contado él durante la cena, pero ¿cómo podría encontrarlo si ni siquiera era capaz de cantar correctamente la canción para buscarlo por ahí? Le entristeció pensar que olvidaría la melodía..., ¡pero podía correr y preguntar! No lo hizo. Correr y preguntar habría estropeado el momento perfecto. Ella había dejado de preguntar muchas cosas por no estropear el momento perfecto. Luego le dolía. Pero arrepentirse, no, ¿eh? Lo hecho, hecho está, y no podía negar que de haber podido volver atrás cinco minutos habría hecho exactamente lo mismo.

Al día siguiente, mientras esperaba sola el coche de línea, tuvo todo el tiempo y toda la tranquilidad para contemplar el pueblo por última vez. Tal y como ella había pedido, nadie estuvo ahí para despedirla.

I

Al salir de la farmacia se da cuenta de que ha olvidado las llaves en casa. Es uno de los pocos establecimientos abiertos en este mayo de pandemia, al menos en la plaza de la Concordia, donde vive desde hace más de cuarenta años. Su hija tiene una copia de las llaves, pero faltan más de tres horas para que acabe su turno en el hospital, tal vez más. Esperará a que salga para llamarla. La plaza está casi vacía a primera hora de la tarde, reina una extraña quietud impuesta por la epidemia. Por delante, tiene muchas horas que llenar, y, aunque siempre ha sido creativa a la hora de matar el tiempo, hoy experimenta un desamparo distinto. Tal vez porque se ha llevado el dinero justo para la compra del medicamento. Le gusta mantener el contacto con el dinero de antes, el que se tocaba: desde que el mundo es virtual y la amenaza del metaverso es ubicua, Severina aprecia más que nunca todo lo que puede tocarse. Revisa el bolsillo de la chaqueta, aunque sabe perfectamente que solo lleva una mascarilla, el teléfono analógico (nunca ha querido un teléfono inteligente) y dos pañuelos de papel. El quiosco de la plaza está cerrado, y leer rótulos o envoltorios sucios ya no es una opción válida. Podría llenar esta tarde primaveral con una larga caminata (los paseos breves nunca le han gustado), pero pronto cumplirá setenta y ocho años y hay días en que no le apetece andar tanto.

Se sienta en un banco sin otro proyecto que seguir así durante horas. Que ella recuerde, esperar sentada con tantas horas vacías por delante es algo que no ha hecho desde una mañana que ahora se le presenta con claridad: la mañana que, habiendo desertado de la Normal para irse a sentar a su banco de la Devesa, recogió de la papelera una página de periódico que se aprendió de memoria. En el recuerdo quedan una ristra de nombres. «Zinóviev, Kámenev, Trotski, Stalin, Sverdlov, Uritski, Djershinski, Kollontai, Búbnov», dice con una cadencia muy distinta al ritmo impetuoso y precipitado con que lo recitaba de joven. Del resto de la crónica se acuerda poco, pero lo suficiente como para cerrarle el pico a su hija que la persigue para que vaya al médico. Severina tiene lagunas de memoria que se niega a considerar importantes. La nieta, las amigas, la chica que la ayuda en las tareas domésticas e incluso su médico de cabecera la secundan en su negativa. El médico, sin ir más lejos, le dijo hace una semana que está estupenda. Severina siempre ha desconfiado de los médicos que usan ese adjetivo. Sin embargo, el otro día se sintió agradecida. «Estás estupenda», le dijo (porque ahora muchos médicos la tutean a una). También dijo: «Y lo que cuentas de tu memoria nos pasa a todos, a mí el primero». Después de esa visita, la hija, que estaba presente, la ha dejado transitoriamente en paz.

La invade una nueva perplejidad (síntoma de que está a punto de encontrar algo para entretener su cerebro durante horas). Apenas puede creer que, desde que llegó a la ciudad aquel verano de 1963, nunca haya tenido por delante una sucesión de horas por rellenar. ¿De verdad nunca se ha quedado colgada? ¿De verdad nunca antes ha perdido las llaves y se ha tenido que esperar durante horas? ¿Nunca a lo largo de estos años se ha quedado atrapada en un ascensor, en un autobús, en un tren? Si es así, no lo recuerda. ¿Qué hacer? No confía en ensimismarse como le ocurría tan a menudo en su niñez y juventud. Dejó de hacerlo cuando llegó a esta ciudad hace cincuenta y siete años y el tiempo se volatilizó para nunca volver a ser lo que fue.

Se imagina árbol al que seccionan el tronco. Observa los primeros veinte anillos: son anchos y corresponden a los primeros veinte años de lluvias fértiles. A continuación, los cincuenta y siete anillos restantes, muy estrechos, caben en una franja que ocupa la misma anchura que los veinte primeros (esos en los que solo conoció la casa de la carretera, las visitas a la tía Julia y el pueblo de Dusa). No da crédito a tan monstruosa desproporción. Porque la verdad es que en estos cincuenta y siete años lo ha hecho *todo* (como se suele decir). Trabajó, tuvo amores, crió a una hija, hizo amigos, viajó... Se enamoró con una intensidad inusitada de personas, paisajes, libros, músicas, platos suculentos, incluso de una máquina se enamoró. ¿Por qué entonces esa levedad en el recuerdo? ¿Por qué esta desproporción entre los veinte primeros años y los cincuenta y siete restantes? A responder a esta pregunta dedicará las horas de esta tarde. Quiere contemplar de cerca qué queda de estos cincuenta y siete años que ahora le parece que han pasado en un suspiro. Se acomoda en el banco. Hay tiempo.

Que una vida muy activa deje menos sedimento que una vida lenta y absorta tiene sentido, piensa (la clase de sentido que tiene el ron de la Martinica madurado en viejas cubas con métodos ancestrales, el jamón bien curado, el gruyère envejecido en cueva). Y es que, poco después de llegar a Barcelona, la vida comenzó a acelerarse como en una de esas atracciones en las que, de un eje central, cuelgan sillas voladoras. Sentada en una de las sillas, dio vueltas en una rutina loca y voraz, sin parar una sola vez, la cabeza sólidamente anclada en el eje central: la casa de la carretera y Dusa, los dos lugares donde por primera vez cobró conciencia de sí misma y del mundo (y adonde por cierto no ha regresado nunca más). Cincuenta y siete años esperando que la atracción de feria aminore la velocidad, o que pare y le permita dar un paseo ensimismado. Pensó que eso sería posible con la jubilación. Pero no fue así. Porque sí, se bajó de la atracción diabólica (hace ahora ya... ¡quince años!), pero subió a otras sillas voladoras, las de los jubilados, que no son tan veloces pero no paran. De hecho, solamente una avería (el descuido de las llaves) ha permitido que ahora se esté preguntando con detenimiento qué narices ha estado haciendo a lo largo y ancho de cincuenta y siete años que ni siquiera ha tenido un momento para preguntarse qué narices estaba haciendo. Sencillamente, lo hacía.

Empieza por el principio y le parece que fue ayer cuando llegó a la ciudad: días de euforia y luz. ¿Euforia y luz? ¡No! ¡Mentira! Recuerda haber sufrido una añoranza de Dusa insoportable. Recuerda que l'Eixample le pareció sórdido, asfixiante y gris. Recuerda que el piso de su tía ya no le resultaba acogedor sin la fuerza de su personalidad excesiva y en otoño se mudó aliviada a otro piso. Recuerda que se agotaba caminando por la ciudad, seguramente para no enloquecer, y solo se sentaba cuando entraba en un cine. Recuerda que al salir del cine quería morir. ¿Euforia y luz? Tan luminosos no debían de ser aquellos días. Eufóricos, a ratos, porque Severina siempre ha sido inusitadamente feliz cuando es feliz. Otra cosa que recuerda es que empezó a llorar en seco. Y lo agradeció, era práctico. En sus largas caminatas habría sido muy feo condenar a los desconocidos a verla regar las aceras, amén del peligro que hubiera supuesto para ella que alguien se le acercara con ánimo de consolarla. Estaba tan contenta de esta novedad que no podía creerlo, así que al principio iba siempre con las gafas de sol puestas por si se trataba de una falsa alarma. De la ciudad, lo que mejor le sentó fue el anonimato. Era lo que buscaba, al fin y al cabo. Postergó el deseo de socializar que la había llevado a Dusa y se consagró a mantenerse en el anonimato. Nunca compraba en la misma tienda. Nunca volvía al mismo bar. Nunca saludaba a nadie dos veces. Cambiaba de trabajo en cuanto podía (era fácil, estudiaba idiomas, naturalmente por correspondencia, y tenía un buen nivel escrito en cuatro lenguas, algo que por entonces era un tesoro laboral). Cambiaba a menudo de horarios y también de piso, cualquier paranoico habría sospechado que se trataba de una asesina en serie o una espía.

Así pasó algo más de dos años, equilibrándose sobre el oleaje autístico que era incapaz de combatir, aliándose con su enemigo interior y aprovechando todo el trabajo que desde muy pequeña había llevado a cabo para alcanzar la máxima autosuficiencia. Pero al cabo de dos años, los esfuerzos por pasar desapercibida comenzaron a pesarle. Era agotador desviarse a cada momento para no tener que saludar a un vecino (nunca se creyó una vecina antipática, al contrario, pensaba que lo hacía para no obligar al vecino a devolverle el saludo). Era agotador tener que buscar cada semana un nuevo estanco o una nueva farmacia (nunca se tuvo por una cliente infiel, al contrario: pensaba que distribuía equitativamente su consumo). Decidió abandonar los esfuerzos por preservar el anonimato en el barrio, pero el cambio fundamental llegó a través del trabajo, donde hasta entonces solo había entablado relaciones muy superficiales.

Fue a finales del 65. Llevaba tres meses trabajando en los despachos de una empresa de artes gráficas cuando un día participó en una visita de los empleados a las plantas inferiores donde estaban los talleres. La máquina fue amor a primera vista. Y unos días más tarde, en uno de esos arrebatos que a veces impulsan a los tímidos, le dijo a su jefe: «Me gustaría saber qué he de hacer para ser linotipista». Él le dijo que si quería trabajar en los talleres podía ofrecerle una sustitución para un puesto de encuadernadora. Pero ella no quería ser encuadernadora. «No quiero encuadernar, ni guillotinar ni encolar, de hecho, no soy muy hábil con las manos. En cambio, con las letras iré con pies de plomo», y añadió: «nunca mejor dicho», algo que en el acto le pareció una broma tonta. Él le diría más tarde que aquella bromita le había decidido a darle trabajo.

De la linotipia le gustaba todo: esperar mientras se calentaba, escuchar el sonido del plomo fundiéndose en el crisol, acariciar el metal de los lingotes vírgenes que luego se convertían en líneas de texto, leer al revés (cuando andaba por la calle le gustaba practicar, y como seguía leyendo rótulos, empezaba siempre por el final). El sonido rítmico y adictivo de los mecanismos la cautivaba. Todo en la máquina la hipnotizaba, y a ella le chiflaban las cosas que la hipnotizaban. Por otro lado, al mando de aquel artefacto exuberante se sentía poderosa, como si pilotara un portaaviones o alguna cosa igualmente gigantesca.

Los compañeros, todos hombres, mantenían una actitud paternalista y protectora con ella. De las actitudes esperables en los hombres de la época, esta era una de las más beneficiosas para la protegida. Superada la perplejidad que les provocó que una trabajadora de oficina prefiriese bajar a las máquinas (el camino inverso era más frecuente), pasaron a mostrarse además de protectores, respetuosos, incluso sumisos. Por lo que se refiere a su relación con los hombres no tenía quejas, podría haber sido mucho peor, o al menos eso decían, porque la verdad es que ella desde pequeña había tenido suerte con los hombres que llegaba a conocer, si exceptuamos el desagradable recuerdo de Marcial. Se sentía bien tratada por los colegas. Se preocupaban mucho por su salud y le insistían en que bebiera leche para contrarrestar la toxicidad del plomo. Nunca bebió leche, no le gustaba. A cambio, dejó de fumar.

Reclasificó sus relaciones. Pensó que tal vez era algo estricta a la hora de considerar «desconocidos» a personas que veía a diario. «No todo afecto tiene que alcanzar el máximo de intensidad», se dijo. Así fue como dejó de ser una persona solitaria y rápidamente se hizo con una cantidad no despreciable de conocidos, por el simple método de cambiarlos de categoría. Incluso hizo una amiga (Amiga). Se llamaba Sophie y la había sustituido en su trabajo del despacho. Era francesa y vivía temporalmente en Barcelona. Llevaba minifalda, mientras que Severina seguía fiel al corte Chanel de los pantalones. «Creo firmemente en la teoría del Amor Libre», le dijo un día la Amiga. Severina no conocía el amor libre. Pero que se trataba de una teoría lo tuvo claro enseguida, porque en la práctica nunca había conocido ni en el cine ni en las novelas a nadie tan esclavizado como Sophie por las diversas relaciones que encadenaba. Sufría muchísimo por los hombres y animaba a Severina a sufrir con ella, pero Severina, como es sabido, tenía de sobra con sus propios sufrimientos. A menudo se preguntaba si lo del amor libre habría llegado a Dusa y, si era así, qué pensarían de ello Simeón (de quien no sabía nada) o Justa (que últimamente apenas contestaba a sus cartas).

Después de un tiempo, animada por las salidas nocturnas con su amiga (en las que pudo constatar por primera vez que, como decía la maestra de Forcat, «no es necesario hacer nada para atraer a un macho»), Severina conoció a algunos especímenes del género. Le llevó tiempo, porque mientras Sophie los conocía en cuerpo y alma en un tiempo récord y los largaba con la misma celeridad, Severina necesitaba de un largo trayecto, preferiblemente platónico, para culminar las doce fases que la ayudarían a decidir si merecía la pena tomarse la molestia de mantener una fatigosa relación presencial. Aunque había dado por finalizado el Año de la Castidad de Dusa, tampoco había regresado a la autosatisfacción sexual: tan elevada era la expectativa que la escena del prado de Gelada había suscitado, que temía quedar defraudada consigo misma. Pensó que, después de todo, una decepción compartida sería más llevadera. En este contexto inició relaciones prometedoras, pero que nunca duraban lo suficiente como para pasar a la segunda fase (y eran doce). En general, se sentía culpable por ello. Se dio cuenta de que era muy intolerante con las frases que le dirigían (ahora ya no le ocurre, tal vez ha perdido el respeto a las frases y, en cierto modo, lo lamenta). En una ocasión, le confesó a un chico que sentía una gran añoranza de Dusa. Él dijo: «Pero ¿cómo es posible que añores tanto un lugar donde apenas pasaste diez meses?». Aquella frase, que denotaba una tremenda incomprensión, la alejó del muchacho a velocidad supersónica. Le ocurrió algo parecido tres veces: una frase desgraciada y adiós. No podía evitarlo. Sentirse incomprendida la alejaba de ellos sin remedio, algo que no entendían (ella, a su vez, tampoco entendía por qué ellos suponían que, incluso con incomprensión, puede existir relación).

A finales del 66, Sophie regresó a su país, hecho que coincidió con la petición de un compañero de la imprenta de que lo sustituyera los fines de semana en la linotipia de un periódico. Allá, sus problemas de comunicación se redujeron sin que ella se diera cuenta. Por los horarios poco comunes, a veces se reunía de madrugada con los compañeros en un bar. Linotipistas, redactores y correctores, todos hombres excepto ella. Entre ellos, había uno que nunca la miraba. El hecho de que fuera el único que no la mirase salvo cuando era estrictamente indispensable fue definitivo para que le interesara. En grupo, él lo tenía fácil para no mirarla. Solos, se encontraban únicamente en el ascensor, un lugar donde, como es sabido, nadie se mira. Poco después, una noche, descubrieron que ambos vivían cerca del Paseo de Colón. Él se había comprado un piso en la zona. Ella se había comprado un 850 blanco. Aquel día lo tenía en el taller. Severina había pedido que le instalaran una Radiomatic («su mejor compañero de ruta»). Al verla en la parada del autobús, el hombre que nunca la miraba frenó delante de ella, bajó la ventanilla y la miró para decirle si quería que la acercara a casa. A partir de aquel día se ofreció a hacerlo las noches que coincidían a la salida. Regresaban juntos, de madrugada, en un silencio que nunca se les hacía incómodo.

El hombre que no la miraba había sido linotipista de joven y ahora trabajaba en los despachos. Era mayor que ella, tenía mucho pasado y algunos enigmas. Era un buen lector. Estaba de vuelta, pero lo disimulaba bien. Severina encontraba gracioso que él hubiese ido de los talleres al despacho, es decir, de abajo arriba, mientras que ella había ido de arriba abajo: le gustaban las parejas que se complementaban y no se parecían en nada. Ellos solo se parecían en una cosa: ninguno de los dos miraba al otro. A veces, comentaban sensaciones relacionadas con el trabajo. Él decía que había sido muy feliz en el subsuelo. «En el fondo, nunca he dejado de sentirme linotipista», decía. Ella solía declarar: «Seré linotipista hasta la muerte». Un día dijo él: «No podrás. La impresión tipográfica tiene los días contados». Ella lo sabía. De hecho, temía que los avances de la impresión offset la alejasen de la linotipia y sufría a menudo por haber elegido una profesión moribunda. Sufrimiento inútil, ya que pudo seguir con su trabajo hasta finales de los noventa.

Meses más tarde, la situación entre los dos compañeros de ruta continuaba igual a la salida del trabajo, solo que ahora, a veces, era ella quien lo acompañaba en su 850 y en lugar de avanzar en silencio escuchaban la radio. A Severina le gustaba aquella tensión prometedora: piloto y copiloto, no podía soñar una relación más perfecta. Cuesta imaginar cuántos años habrían seguido así de no haber sido porque un día, mientras lo esperaba a la salida con su cochecito, sonó en la radio la canción de Simeón (de hecho, no lo era, pero tenía con ella un parentesco indudable). Se concentró para no perder una palabra y esperó a que acabara por si decían el título. Pero pasaron directamente al *Diario hablado*. Como no confiaba tanto como antes en su memoria (ya tenía veintiséis años), anotó en un portugués muy correcto (ahora ella estudiaba portugués con un radiocasete y estaba completando la «fase de impregnación» del método Assimil) las dos frases que había memorizado. Cuando él subió al coche, ella exclamó: «Juro que me enamoraré locamente del hombre que me diga cómo puedo encontrar esta canción». Sorprendido por su pasional arrebato, esperó a que ella cantara, pero no lo hizo (ya que nunca cantaba en presencia de nadie), se limitó a tenderle el papel. Él leyó en voz alta:

Se você insiste em classificar
meu comportamento de antimusical

Y con una voz que oscilaba entre la aspereza mediterránea de Brassens y la dulzura criolla de Henri Salvador (entonces sus dos cantantes preferidos), el hombre que nunca había dejado de sentirse linotipista completó la canción hasta el final:

Que no peito dos desafinados
também bate um coração

La miró fijamente durante dos segundos muy densos, luego rompió la magia: «Es de hace unos años, pero aquí se conoce cada vez más... Está de moda todo lo que llega de Brasil desde el éxito de la película *Marisol rumbo a Río*, ¿la viste?», preguntó. «No», dijo ella. «Yo tampoco», dijo él. La magia se había esfumado, pero ella continuaba estupefacta ante tanta erudición cinéfila. Antes de dejarlo en la esquina de siempre, se acordó de la promesa que acababa de hacer y preguntó: «Oye, ¿te importa que me enamore?», aunque enseguida dijo, «es porque no suelo jurar en vano, pero, en fin, si no te parece oportuno, puedo...». Él la interrumpió. «¡No!, no me molesta en absoluto», dijo, y se rió. «Era muy importante para mí encontrarla», dijo ella, «ahora ya podré morirme tranquila.» «Pues me alegro», dijo él. «¡No, todavía no puedo morirme: la canción no era esa!», se rió ella. «¿Y eso?», preguntó él. «Bueno, es su hermana gemela, así que a partir de ahora creo que podré encontrarla fácilmente.» Él se bajó del auto y antes de cerrar la puerta dijo: «Busca por el lado de la bossa nova».

Aquel sábado por la mañana, Severina entró en La Voz de su Amo, en la esquina de la calle Pelayo con Ronda Universidad. Había estado allí un par de veces con la tía Julia. Severina encontró el disco con facilidad. Supo que «Chega de Saudade» era el título de la canción que cantaba Simeón. En la otra cara estaba la que había completado el copiloto, una famosa canción dedicada a los que desafinan sin exagerar. En la funda, la cara de un hombre. ¿Era aquel el hombre que Simeón nunca llegó a ver, el que tocaba en el baño mientras él almorzaba con su jefe en Diamantina? Sintió una conexión instantánea con el cansancio tierno y abismal que anidaba en su mirada, y sobre todo con la mano en la que se apoyaba aquel rostro, aquella cabeza exhausta de tanto buscar la nota justa. Cuando el hombre que (apenas) la miraba le regaló el mismo disco, Severina ya lo había escuchado cien veces. «Soy lento», le dijo cuando supo que llegaba tarde. Ella recordó que también había sido lenta en el pasado, pero desde que había llegado a la ciudad y giraba en su sillita voladora era una mujer veloz.

No recuerda ahora cuántos días pasaron hasta que él la

invitó a subir a su casa y ella aceptó. Sí recuerda, en cambio, que sellaron su atracción con una cópula tridimensional que, a pesar de las bajas expectativas que ella había depositado en el sexo presencial y compartido, le pareció que no tenía nada que envidiar a la sensación sublime experimentada en el prado (pero, ¡ojo!, a la inversa tampoco). La relación prosperó. Severina se hallaba exultante, como si el título de la canción recién descubierta hiciera honor a su estado de ánimo. «*Chega de saudade*», ¡basta de tristeza! Para Severina, la canción se convirtió en un conjuro (¡basta!, *chega!*). «Nunca me canso de esta canción cansada», decía. «Es por eso precisamente», se reía él. Él era más de Charlie Parker, pero con paciencia ella supo hacer que apreciara las grandes virtudes del cantar *baixinho* y la jugosidad del acento bahiano. Una noche la cantaron juntos. Era la primera vez que ella cantaba en presencia de alguien. Él se quedó sorprendido de la textura excepcional de su voz (no se lo diría hasta veinte años más tarde, para no incomodarla). Ella, veinte años más tarde, le agradecería que no se lo hubiera dicho: se habría sentido incómoda. Durante un tiempo la cantaron juntos, por supuesto en privado. A Severina le resultaba muy gracioso él cuando decía «*que coisa linda que coisa louca*», a él le divertía cómo pronunciaba ella «*Pois há menos peixinhos a nadar no mar / do que os beijinhos que eu darei na sua boca*». Luego, pese a lo mucho que a ella le gustaba la canción, siempre había un momento en que la cuestionaba: «Ridículo este verso de los pececitos y los besitos... ¡Fuera pececitos, fuera besitos!», exclamaba. O decía: «¡Basta de basta, ya vale de implorar que pare la tristeza!, al contrario: ¡que vuelva el dolor, que vuelva de una vez!», clamaba. Se gastaban el sueldo en largas excursiones por las carreteras, a menudo regresaban dos días después sin haber dormido ni parado apenas a comer. O lo invertían cenando en chiringuitos de la Barceloneta. Después, llegaban a la playa y ella se extasiaba frente al mar, aunque siempre dejaba claro que prefería la montaña. Una noche del verano del 68, en la terraza del viejo chiringuito de Can Pinxo, ambos estaban cantando la canción, muy flojito, cuando de pronto él la dejó sola y ella continuó sin darse cuenta, sobre todo porque había bebido mucho, lo que proporcionaba a su voz una textura quebrada y sensual que pareció gustar a los comensales. Se hizo el silencio. Absorta, de espaldas al público, ella ni siquiera sospechó que por primera vez cantaba ante auténticos desconocidos: estaba en trance y nada más emitir la última nota se durmió sobre la mesa. Fue él quien agradeció los aplausos en su lugar. Luego pidió una copa más y la contempló mientras dormía. Diez minutos después, cuando se despertó, pasearon como de costumbre por la playa. «En Rádio Bandeirantes habrías ganado el concurso.» «¿Qué concurso?», dijo ella. «Cuando la radiaron por primera vez, hace unos años, lanzaron un reto a los oyentes para que se atrevieran a cantarla a través de las ondas, pero no hubo suerte. Es una canción llena de trampas, nada fácil si solo la has escuchado una vez», dijo. «¿Y el premio?», preguntó ella. «Habrías ganado diez elepés», contestó él. Ella se acordó entonces de la radiogramola y se dijo que un día no muy lejano debería reunir fuerzas para visitar a López y recoger lo que había dejado en la casa.

Al observar que la farmacia empieza a bajar la persiana, Severina envía un mensaje a su hija, que responde a los pocos segundos: ha salido del trabajo y está en el autobús.

Hasta 1974, vivieron en el mismo barrio, cada uno en su casa. De aquellos años, Severina pensaba lo que una vez dijo el doctor Flos sobre el *lied* de Strauss que había vencido al viento: bastaban para justificar el esfuerzo de vivir toda una vida. Si de pronto todo se hundía, ella no podía pedir más. Pero hubo más. En 1974 había dejado el periódico para concentrarse en su trabajo de la imprenta. Siempre le había gustado imprimir invitaciones, poesías para recordatorios y folletos publicitarios donde, a menudo, aceptaban sus aportaciones de persona muy leída. El trabajo era más tranquilo que en el diario, y los horarios, más aptos para la vida familiar. Se había casado con el copiloto de la cópula tridimensional y tenía una hija de meses. Aquel año vio a la tía Julia por última vez. Se habían visto poco en los últimos tiempos. Ella la había invitado pocas veces al cortijo (Severina tenía la impresión de que su tía nunca había superado del todo el asunto de la vajilla), y cuando lo hacía, o bien Severina no tenía dinero o bien, más tarde, trabajaba demasiado y no tenía tiempo. En los últimos años, su tía pasaba la mitad del año en México, al principio con el torero. Más tarde, con un médico aragonés que se había refugiado allí al final de la guerra y con quien vivía entonces. Por todo ello, nunca le había hecho las preguntas que siempre pensó hacerle sobre sus padres. Fue Julia quien, en aquella visita, le habló de ellos. Mientras paseaban por una calle cuyo nombre no recuerda, su tía se detuvo frente a un quiosco y fijó la vista en el titular de un periódico. «Franco vuelve a El Pardo tras ser dado de alta por sus médicos.» Y debajo: «En estos días de caluroso verano no podía llegar hasta los españoles ninguna noticia que les causara tanto júbilo». Anduvieron luego en silencio, hasta que Julia exclamó: «Hay que ver lo que dura la momia esa... Tu padre soñó toda su vida con eliminarlo. Bueno, era un sueño que muchos compartíamos... Y ya ves, aquí lo tienes, volviendo a El Pardo como si tal cosa». Severina dijo con cautela: «Cuando dices que soñabais con "eliminarlo", ¿te refieres a matarlo o es una metáfora?». Julia se replegó un instante, como si estuviera tentada de callar, pero renunció a la tentación y exclamó: «¡Qué metáfora ni qué ocho cuartos! Tu padre y el mecánico que teníais al lado se entendían bien. Los dos se relacionaban con otros de la misma cuerda». «Te refieres a López...», dijo Severina. «Sí, eso. Pues López se fue una vez, en el 47, a una misión muy especial... Se fue a su pueblo a buscar escopeteros. Franco iba a cazar por allí cuando era joven, y a su equipo le costaba mucho encontrarlos porque tenían que asegurarse de que no eran de familias rojas, y allí todas lo eran... Y figúrate que no sé cómo, los que andaban con López lograron infiltrarlo para que fuera él quien los escogiera. Se trataba de programar un pequeño accidente de caza, ya me entiendes, era algo que habían pensado ellos muchas veces, y creo que estuvieron muy cerca de conseguirlo. Tu padre estuvo al tanto de eso, aunque lo suyo era la propaganda y las funciones de enlace con los de fuera y cosas así... Pero me consta que conocía el plan, lo sé por un amigo común. Y ese amigo me lo contó muchos años después, cuando ya la idea había fracasado.» Severina preguntó con cautela: «¿Y tú qué piensas de sus... actividades?». En los últimos tiempos, siempre que alguien hablaba de política, lanzaba esta pregunta para ver si por fin podía construirse algún pensamiento propio, ya que a esas alturas (y tenía ya treinta años) continuaba instalada en un escepticismo movedizo que, con el tiempo, no hacía más que aumentar. Julia dijo: «Yo con tu padre hablé de política en muy contadas ocasiones, pero siempre le dije lo que pensaba. Que con los tarambanas», así llamaba ella a los anarquistas, «no iría muy lejos... Yo les tenía cariño, pero siempre pensé que tu padre no encajaba con ellos, ya ves... Él era como muy recto, como muy íntegro, y además la ineficacia y la precipitación lo ponían muy nervioso... Sus colegas eran algo chapuceros, los pillaban por descuidos, les caducaban las bombas que guardaban en el monte, en fin, cosas así... Alguna vez le dije: "Al menos hazte comunista, que son más organizados y mira lo lejos que han llegado". Ya sabes que unos y otros nunca se han podido tragar, van a rachas... Y tengo la impresión de que, en el caso de tu padre, siempre estuvo a punto de dar el paso... Lo que ocurre es que era un hombre de lealtades sólidas y, hasta donde yo sé, quiso quedarse con sus amigos los tarambanas... Aunque también te digo que todo activista ha de tener por fuerza un puntito obtuso que da un poco de miedo, y tu padre quizá lo tenía..., pero, claro, sin ese punto no podrían jugarse el tipo... Y, claro, yo de joven puedo haber quemado algún tranvía, pero con esa gente nunca me habría liado, porque ¡tú ya sabes que no soporto las reuniones de gente obtusa!».

Severina no le contó nada de la carta de su padre que había leído en Dusa. Estaba en una etapa de la vida en que el pasado le importaba poco. Tenía un mundo por delante y un bebé que reclamaba su atención. «Yo quería mucho a López... y no lo he vuelto a ver», dijo Severina. «Debería ir antes de que sea tarde, aunque quién sabe si sigue allí...» «Oye, de lo que te he contado ni una palabra a nadie. Y si te lo he contado es porque espero que pronto nos libremos de la momia esa y por fin podamos tener un país normal», dijo. Aquel país supuestamente normal, la tía Julia no llegaría a verlo, porque murió un año después de aquella visita. Franco aún vivía, moriría seis meses más tarde.

II

Su hija Virginia acaba de llegar. A modo de saludo, Severina dice:

—Ahora venía una parte preciosa, de cuando conociste a Julia... Bueno, en realidad eras un microbio y es Julia quien te conoció a ti, fue la primera y última vez que os visteis... Y precisamente me preguntaba si yo debería haber estado más pendiente de ti esos años, porque trabajaba muchas horas... ¿Piensas que debería haber estado más pendiente de ti?

—Ay, mamá, ¡en eso estaba pensando, como si no tuviera

326

otra cosa que hacer! –Virginia deja caer pesadamente su bolso sobre el banco–. ¿Y qué pasó con las llaves?

–No es lo que parece –dice Severina–, es solo que en el último momento las dejé en el recibidor. Pero recuerdo perfectísimamente haberlas dejado en la mesita junto a la puerta.

–Lo que tú digas.

Virginia respira ruidosamente (Severina no sabe si respira o resopla), mientras registra la bolsa, de donde saca la copia de la llave. Caminan hacia la casa de su madre mientras esta le cuenta que ha estado muy entretenida revisando unos años de vida que creía extraviados.

–Nada menos que cincuenta y siete –dice Severina.

–Vaya, ¿y qué tal? –pregunta la hija.

–Los he localizado uno a uno y de momento andaba por 1975, el año en que naciste, el año en que estuve con la tía Julia por última vez. Y me acuerdo de todo, para que luego digas que pierdo memoria.

–Ay, mamá –dice Virginia–, la memoria que perdemos al envejecer es la reciente, te lo expliqué la semana pasada.

–Pues no me acuerdo –dice Severina, y levanta la cabeza, muy digna.

–El problema es la memoria reciente, por eso no recuerdas dónde has dejado las llaves –insiste en un tono más paciente la hija.

–Te acabo de decir que recuerdo perfectísimamente que las he dejado en la mesilla del recibidor, ¿o no te acuerdas?

Abren la puerta del piso. Las llaves están, en efecto, en la mesa. Antes de irse, Virginia le pregunta:

–¿Has pensado en lo que te comenté?

–¿Qué? –dice Severina solo para ganar tiempo. Sabe de qué se trata.

–Que si piensas venir a Capitanía –dice la hija.

Hace un año que Guillermo, la pareja de Virginia, encontró el nombre de Román en la biografía de un exdiputado que le agradecía su ayuda para cruzar la frontera en el año 43. Después, buscó y volvió a encontrarlo en una tesis doctoral sobre las redes de evasión durante la posguerra. Como resultado de estos hallazgos, Guillermo buscó el nombre de Román en un archivo de represaliados publicado por la Generalitat a raíz de la Ley de reparación jurídica de las víctimas del franquismo tres años atrás. Virginia pidió (más bien exigió) explicaciones a su madre. «¿No me dijiste que el yayo nunca había estado en la cárcel, ni había sido detenido?» «No que yo sepa», dijo Severina. «Pues sí lo estuvo. Al final de la guerra», afirmó su hija. «De la guerra, mis padres nunca hablaban», dijo Severina. «En la lista de represaliados aparece el procedimiento: Consejo de guerra sumarísimo. Y la sentencia: Sobreseído. ¿Y sabes lo mejor? Podemos ver el expediente del consejo de guerra si lo solicitamos al tribunal militar correspondiente. Puede que no encontremos gran cosa, pero lo haremos, ¿verdad?» Además del impacto, relativamente importante, de la noticia, Severina experimentó como de costumbre el deseo de postergar el asunto, amparada por las restricciones de la pandemia que ahora dificultan todo tipo de visitas. Pero su hija no ha dejado de insistir. Hace un mes dijo: «Ya tenemos hora para cuando abran de nuevo. Nara y yo vamos a ir, aunque con las restricciones solo podremos ser tres. Ya sabes cómo le gustan estas cosas a Guille, pero yo quiero que vengas tú. Vendrás, ¿no?». Severina dijo: «Bueno, no lo creo necesario». «¿Perdona?», se indignó Virginia. «¡Es que no me lo puedo creer, mamá!... Me has hablado mil veces de la extrañeza que sentías cuando tus padres mantenían esas conversaciones raras, me leíste de cabo a rabo la carta que encontraste en el libro de contabilidad, me has contado siempre lo que ibas sabiendo, poco, por cierto, porque ya tiene narices que no preguntaras más, como por ejemplo qué hicieron tus padres durante la guerra... ¡Y ahora resulta que te importa un bledo!»... A Severina le provoca cierto cansancio mental, y también físico, contemplar cómo Virginia (además de la nieta y el yerno) remueven cielo y tierra no para saber cómo era o qué pensaba Román (que eso a ella sí le interesaría, y mucho), sino qué hizo o cómo lo hizo o qué le hicieron, cosa que, a estas alturas, le interesa más bien poco. La semana pasada, su hija insistió de nuevo: «Mamá, por favor. Tienes la oportunidad de saber por qué lo sometieron a un consejo de guerra, de saber qué hizo tu padre por la libertad y por la justicia, de saber cómo combatió el franquismo a su manera mientras otros enterraban la cabeza como avestruces... Ya ni siquiera es por tu padre, ¡es algo que conecta a la familia con la memoria histórica!». Severina callaba, tozuda. «¿No dices nada?» «La memoria histórica me la pela», murmuró (ha adoptado la costumbre de copiar expresiones de la nieta, costumbre que su hija considera un síntoma de algún deterioro cognitivo). Hoy, por fin, Virginia consigue su propósito.

—De acuerdo, iré. —Severina no se atreve a negarse después de haberla molestado con lo de las llaves tras la dura jornada laboral.

—Gracias, mamá —sonríe Virginia.

—Pero mañana ni hablar, tengo mucho que hacer.

—No es mañana. Es dentro de tres semanas... Y daremos una vuelta por aquella zona..., supongo que hace mucho tiempo que no vas por allí... Además, a primeros de junio ya estarán abiertas las tiendas y los bares.

Es una mañana radiante de junio que coincide con un día de buen humor para Severina. Es la primera vez que contempla el Paseo de Colón sin nostalgia desde que hace casi veinte años murió su marido.

—Aquí vivíamos tu padre y yo cuando nos conocimos —dice.

—Me lo has contado cien veces, mamá —protesta Virginia. La nieta, en cambio, quiere preguntar, pero Virginia la interrumpe:

—Si serán eficaces los militares esos que ha sido facilísimo contactarlos y concertar una cita. Cuando pienso en lo incompetentes que somos en Sanidad, y no hablemos del resto de las administraciones... En cambio, estos señores tan encantadores me han atendido sin rechistar cada vez que tenía que cambiar una cita por tu culpa. —Mira a su madre—. En fin, que son superamables. Y están buenorros hasta sin uniforme, oye.

—No te flipes, mamá —dice Nara.

Un militar de paisano las hace pasar a un despacho y las deja a solas. Sobre la mesa está el expediente, una jarra de agua y tres vasos. Alrededor de la mesa, tres sillas. Severina coloca la suya a cierta distancia de las otras dos. Parece una convidada de piedra, aunque se la ve alegre mientras contempla con parsimonia las paredes desnudas. De pronto, su mirada se enturbia ligeramente:

—Si ves algo chungo, te callas —le dice a su hija.

El documento no puede salir del recinto, así que la nieta se encarga de fotografiar cada una de las páginas. Se detiene en una donde aparece un retrato de Román, en la parte superior de una copia del carnet de conducir confiscado. «Qué joven y qué guapo...», dice. «Y la mirada... Parece muy mayor y sin embargo es un crío...» Severina nunca había visto una foto de su padre tan joven. Tiene la piel tersa y la mirada limpia, y al mismo tiempo es imposible no ver en él a un hombre profundamente adulto. No tiene ahí, sin embargo, el rictus de cansancio en los labios, la fatiga áspera bajo los ojos que ella le conoció. Al casi niño de la imagen estaban a punto de pasarle cosas graves y Severina cree adivinarlas tras ese rostro (como si ya estuvieran ahí, acechándolo) en esa foto del carnet expedido por la Generalitat republicana en 1937.

330

Sentadas las tres en una terraza del Moll de la Fusta, Nara y Virginia revisan las páginas del expediente frente a la pantalla de sus respectivos móviles.

–Pensé que habría poca información, pero no está mal... –dice Virginia–. Escucha esto: ingresó en el cuerpo de carabineros y cuando llegaron los nacionales a su pueblo pasó a Francia... Luego regresó voluntariamente por la frontera de Irún, donde lo detuvieron... Y dice aquí que llegó con una herida importante... –Dirige a su madre una mirada de reproche–: Oye, no sabía nada de esa herida...

Severina recuerda claramente el brazo de su padre: la textura, blanca e irregular como el lecho seco de un río pedregoso, de la cicatriz que le atravesaba la piel dorada por el sol desde la muñeca hasta el codo. No recuerda si de pequeña le preguntó qué era, pero no le cabe duda: la respuesta habría sido «una herida» y nada más. En cualquier caso, se acostumbró a verla y a no preguntar. Virginia sigue hablando.

–Mira qué dice él cuando cae en la trampa: «Preguntado por sus ideas religiosas, el detenido responde: "Ninguna"», así, ¡con un par! «Preguntado por su alistamiento en las filas enemigas, el detenido responde: "Voluntario".» ¿Qué te parece? ¡Voluntario!, dice. ¡Olé tus huevos, yayo, que se jodan!

–Pues más se jodió él... –murmura Severina.

–¿Y por qué volvió de Francia? –pregunta Nara.

–Porque no tenía nada que ocultar: quiso volver y punto. Así, ¡con un par! –dice Virginia.

–O porque en Francia los trataron de pena –dice Severina.

Su hija no la oye y sigue leyendo. Nara pregunta cómo pudo fiarse y regresar por las buenas. Severina le cuenta la historia del hermano de Modesto, que volvió, como tantos, sin sospechar que iban a fusilarlo.

–Pero volver no es motivo suficiente para un consejo de guerra, ¿no? –pregunta Nara.

–No, claro –dice Virginia, que sigue enfrascada en la pantalla–. Al parecer, era secretario de la CNT en su pueblo... Pero espera, que ahora viene lo bueno... Vaya, vaya... Aquí están los informes y los nombres de los que testificaron a su favor... Mmm, todos gente de orden, claro... Y mira qué bien mienten los infraescritos: «Los infraescritos sostienen que dicho mozo siguió en todo momento la inspiración de su familia materna, que forma parte del grupo de derechas de este distrito, siendo por consiguiente de orden netamente antimarxista y afecta al Glorioso Movimiento Nacional. Muy contrario a la violencia, preconizando siempre la amabilidad y la cordura, cualidad innata en dicho mozo ya que sus padres han sido siempre de derechas. Que cuando se enteró de que iba a ser movilizado su reemplazo, al objeto de no tener que hacer uso de las armas contra los suyos, ingresó voluntario en la sección de transportes de Economía y Hacienda con el uniforme de carabineros. Ante el empuje del glorioso Ejército Español, le obligaron a trasladarse a Francia donde muy pronto solicitó el paso a la España Imperial por ser adicto a la misma y a su Invicto Caudillo. Por todos estos antecedentes, los infraescritos consideran que servirá con toda lealtad y entusiasmo a la Nueva España y a su Generalísimo Franco». Y mirad las firmas... Todos de la familia materna del yayo, fijaos en los apellidos...

–¿Y por qué no de la familia paterna? –pregunta Nara.

–Serían rojos. No iban a preguntarle a un rojo, su testimonio no valía para ellos... Por eso no hay ni un apellido de la familia paterna. Vamos, es evidente que la buena influencia, el yayo se la debía a su padre –concluye Virginia.

–¿Y los polis se dejaron engañar? –pregunta Nara.

–Bueno, a medias... –Virginia toma un sorbo de tónica y sigue leyendo–. Mirad, aquí lo tenéis: «Conducta: Regular. El prisionero se muestra educado, aunque según los informes siempre tuvo fama de revolucionario». Revolucionario, sí señor, ¡con dos cojones! –se exalta–. Pero los testigos tenían mucho peso, era la gente bien del pueblo... Curas, falangistas, terratenientes y demás afectos al Régimen..., además de los de la familia materna... Lo importante, mamá, es que, aun siendo enemigos políticos del yayo, coinciden en lo noble que era y hacen lo que pueden por él... Mira qué dice aquí, que por lo visto cuando mataron al cura del pueblo, el yayo no estaba, y dicen que, de haber estado, no se habría producido el asesinato. Y entre los que firman hay un jefe de Falange de la zona... Mmm, también de la familia materna, por cierto.

–Sí –dice Nara–, aquí hay un testimonio de otro pariente o amigo de la familia materna que también dice lo mismo: «Cuando asesinaron al cura, el prisionero se encontraba lejos, segando uno de los campos de su familia».

–¿Campos? –exclama Virginia–. Mamá, ¿en serio que papá tenía tierras y ni siquiera te enteraste? ¡No me digas que tendré que ir a ver si...!

–A mí no me consta –la interrumpe Severina.

–Vaya, vaya... ¿Quién se quedaría con las tierras? –se pregunta Virginia.

–A lo mejor se las dio a los pobres –responde la nieta.

–¡No digas idioteces! –exclama Virginia.

–¿Por qué no? ¿No se dedicaban los anarquistas a expropiar propiedades de ricos para dárselas a los pobres? ¡Si me lo contaste ayer!

–Qué angustioso –dice Virginia cambiando de tema bruscamente– tener que esperar una sentencia tal vez de pena de muerte... y verse obligado a confiar en lo que dicen los de tu pueblo que no piensan como tú...

–Sí, ha de ser terrible tener tu vida en manos de un pueblo pequeño... Tener que confiar en si caes bien o caes mal... –conviene Severina–. ¿Y dónde estaba mi padre cuando esperaba la sentencia?

—He visto por aquí el nombre del campo de concentración. —Virginia busca y dice—: Apunta, Nara: San Juan de Mozarrifar.

Severina se abstrae de la conversación. Sus padres se conocieron en la primavera del 39. ¿Son estas las circunstancias «tan terribles» a que aludió una vez Simona en presencia del doctor Flos? («Después, al final de la guerra, conocí a Román... por cierto en aquellas circunstancias tan terribles que le comenté...») No le dice nada a su hija y hasta se arrepiente de haberle contado demasiado. Pero callar ya es inútil, Virginia parece leerle el pensamiento:

—San Juan de Mozarrifar es posiblemente el lugar donde tus padres se conocieron, no sé cómo. ¿Qué podía hacer allí la yaya? Quizá buscar a su madre, ¿no?... ¿No me dijiste que tu abuela se había ido a Francia y tardaron mucho tiempo en averiguar dónde murió, que ni sabían en qué campo estuvo?... Había mucha gente buscando a los suyos, en aquel momento...

—Tanta especulación me agota... —dice Severina.

—De acuerdo, no especulemos: investiguemos. Habrá que averiguar en qué campo estuvo tu abuela Elvira, mamá. Pero, para empezar, iremos al pueblo donde nació Román: aunque casi no vivió allí, quizá sepan algo de él. Más adelante, ya visitaremos San Juan de Mozarrifar. ¿Dónde para eso?

—Por Zaragoza —dice Nara mirando el móvil.

—¿No te gustaría ir, mamá? —pregunta Virginia. Severina se tapa los oídos porque el chillido agudo de una gaviota furiosa acaba de sobrevolar sus cabezas. La sigue con la mirada mientras desaparece hacia el mar abierto. Quizá sí, quizá la llegada a Barcelona fue euforia y luz, se dice. Quizá había un cielo de vidrio como el de hoy y un mar azul deslumbrante como el de hoy, quizá era una de esas mañanas que dan la falsa impresión de que nada malo puede suceder.

III

—Está brotada, yaya —dice Nara dos semanas más tarde. Le tiende el móvil con una imagen del comedor de su casa—. Como no todo está en la red, anda como loca comprando libros, y encima los va extendiendo todos por el suelo y no deja que toquemos nada. —Severina se pone las gafas y amplía la pantalla para observar, en el suelo del comedor inhabilitado, un despliegue de fotocopias del *Boletín Oficial del Instituto de Carabineros* y un sembrado de libros acordes con la nueva obsesión de su hija: *Les rutes del Maquis a Catalunya, Memòries d'un exiliat de Camprodon, La guerrilla anticapitalista antifranquista, Matar a Franco, Franco debe morir, El torbellino rojo, Saboteadores y guerrilleros, Quan érem refugiats, Luna de lobos...*

—Guille estará contento —ironiza Severina.

—No creas. Es él quien quiere destinar las vacaciones a explorar tu pasado y tal... Él es un friki de la Historia y ella pues ya sabes, se complementan mucho los dos... No hay nada más cansino que una pareja que se complementa a la perfección, ¿no crees, yaya? Ah, y ha estado este fin de semana en el pueblo de tu padre... —Mira de nuevo el móvil y se levanta—: Voy a abrir, que está subiendo.

Rápida como el rayo, Virginia ya está en el rellano cuando Nara abre la puerta.

—No os lo perdáis... Hoy en el desayuno estábamos hablando de obras que no han podido estrenarse por culpa de la pandemia y resulta que me han hablado de una directora que estaba a punto de estrenar una especie de documental sobre su padre... Y ¿sabes? ¡No te lo vas a creer! Su padre estuvo un montón de años en el penal de Burgos. Le acusaron de participar en un sabotaje con explosivos en la sede de Falange de Lesseps y lo detuvieron en 1962, ¿lo pillas?

—¿El qué? —dice Severina.

–Pues que parece evidente que podía ser uno de aquellos «jóvenes libertarios» con los que el yayo quería retomar la acción directa... Todo encaja.

–¿Qué buscas? –pregunta Severina, viéndola recorrer la biblioteca con la mirada.

–Busco la carta del yayo, la que me enseñaste hace años, cuando me importaba un bledo.

Severina se dirige al estante de los libros de cocina y coge el libro de contabilidad. Nunca arrancó la hoja para guardar la carta en otra parte. Tampoco el dibujo que Simeón hizo de la multicopista.

–¿Ves, mamá? Aquí dice que le han hablado de unos jóvenes libertarios, «más preparados que nosotros», y también dice «preparan un sabotaje o algo por el estilo». El del documental era más joven que el yayo y estudiaba químicas en la universidad, todo encaja.

–Bueno, bueno... Ya veremos. ¿Y en el pueblo de mi padre? –dice Severina.

–¡Ay, perdona, todavía no te lo he contado! En el pueblo no hubo suerte. Solo encontré a un hombre muy mayor que de joven había oído hablar de Román. Le sonaba que lo condenaron a muerte y que no lo ejecutaron gracias al testimonio de un cura de Zaragoza, pero no sabía nada más. Y, de hecho, decir que lo condenaron es inexacto.

–¿Por qué? –pregunta Nara.

–Porque no fue condenado ni indultado, «sobreseído» significa que el procedimiento se suspendió, en fin, que los amigos de la familia biempensante lo hicieron de coña, y el cura de Zaragoza también debió de colaborar.

–Vamos, que si no fuera por el cura a lo mejor ni estábamos aquí –dice Severina.

–¡Menuda idiotez! –se indigna Virginia, reacia a deberle nada a ningún cura. Suspira y añade–: En fin, de todas formas no he podido preguntar mucho, porque con lo de la mascarilla la gente ha perdido las ganas de hablar con desconocidos... Pero volveré más adelante.

Sentada junto a la ventana, Severina se abstrae contemplando a los transeúntes. Su hija sigue hablando:

—Ayer nos preguntábamos Guille y yo qué habría hecho el yayo después de la Transición... A quién habría votado y eso..., comunistas..., socialistas..., tal vez una izquierda nacionalista... A saber cómo habría evolucionado... ¿eh, mamá? ¿Tú qué dices?

—La política me la pela —dice Severina.

Una semana más tarde, Virginia llega de nuevo a casa de su madre, presa de una gran exaltación. Busca y no encuentra el libro de contabilidad. Lanza una mirada acusatoria a Severina:

—¡Es que no me puedo creer que lo hayas perdido! —dice—, menos mal que hice una foto de la carta.

—Está allí, en su sitio. —Su madre lo señala con el índice, pero Virginia ya ha sacado el móvil.

—Mira, escucha lo que el yayo dice en la carta: «Sin embargo, siguen ocurriendo cosas que me impiden quedarme de brazos cruzados. Hablé recientemente con M. y me contó lo que realmente ocurrió con P. el verano del 57». Sabes quién es P., ¿verdad? Es Facerías, un anarquista muy conocido. Simeón te lo explicó una vez, tú me lo contaste... La «P.» es de Petronio, uno de sus nombres de guerra... Y en tu casa, cuando no querían que te enteraras de nada, era el padre Narciso. Al parecer, su asesinato fue el detonante para que el yayo quisiera volver a la lucha activa. Mira lo que dice en la carta: «Como ya sospechábamos, P. fue vilmente asesinado a sangre fría. No hubo tiroteo ni pudo defenderse. Fue una emboscada donde un par de miserables fueron a por él cuando llegaba a Barcelona en bicicleta. Seguramente un chivatazo». Y ahora es cuando el yayo dice que ya no tiene nada que perder, escucha: «y saber esto me está dando ganas de regresar a la actividad e incluso de asumir más riesgos si es necesario». ¿Me sigues, mamá? Pues bien, actualmente se sabe cómo fue esa muerte, y tenía razón el yayo. Lo mataron así, cuando entraba en bicicleta a Barcelona, después de haber atravesado la frontera clandestinamente... Y el pobre ya debía de olerse algo porque llevaba una granada... Y van esos hijos de puta y se lo cargan a sangre fría.

—Pero llevaba una granada —dice Severina.

—Ay, mamá, pareces boba, era para suicidarse y no tener que cantar si lo trincaban, era para no perjudicar a nadie.

—Ah... —dice Severina.

—Estaba obsesionado con no chivarse, y precisamente lo asesinaron por el chivatazo de un colega —prosigue Virginia—. Y ahora viene lo mejor. Resulta que si no hizo estallar la granada fue porque aparecieron unos niños en ese momento, y ya ves si era buen tipo que no la hizo estallar...

—Me cae genial el pavo ese —dice Nara.

—Y aún hay más: resulta que los críos lo vieron todo. Y este sábado, Guille y yo hemos quedado con uno de ellos, que ahora tiene setenta años. Me ha dicho por teléfono que estará encantado de hablar con nosotros. Si quieres venir, mamá, ya sabes.

—He quedado con las amigas para jugar una partidita de botifarra.

—Ay, mamá, deberías ir rebajando actividad. Y poneos las mascarillas que cuando jugáis se os va la pinza. ¡Ni te imaginas lo que vemos por urgencias!

A principios de julio, Virginia ha llevado a cabo tantas visitas, leído tantos libros y llegado a tantas conclusiones, que Severina es incapaz de procesar toda la información.

—Un figura, el tal Molina... Muy majo, oye. Me ha acompañado al Paseo Verdún, donde abatieron a tiros al padre Narciso... Ahora hay una gasolinera, por cierto. Pues bien, él lo vio todo. Había quedado con su primo para jugar y se encontró con el pastel. Por lo visto sus padres les dijeron, a él y al primo, que ni se les ocurriera contar nada. Increíble que en su casa nunca hablaran del tema... hasta que fueron mayores. Nara dice que se le hace raro imaginarse el miedo y el silencio bajo la dictadura. Pero también te digo, mamá, que a mí me pasa un poco lo mismo que a ella. De hecho, es la primera vez que he entendido un poco aquel silencio tan raro que había en tu casa...

Una semana después, la hija se ha apuntado a una excursión guiada al refugio de Facerías en Collserola, lleva en el bolso una pegatina del colectivo Bio-Lentos, y ha contactado con la Asociación de Vecinos de Nou Barris para que le comuniquen la fecha del próximo homenaje al guerrillero anarquista asesinado. También ha estado investigando su primer atraco.

—Es curioso, dicen que su primer atraco fue en la fábrica de la Hispano-Olivetti de Barcelona, en el 47... ¿No me dijiste que el yayo trabajó allí un tiempo cuando tú eras pequeña?

—¿Y qué? —dice Severina.

—Nada..., que no he podido encontrar en la hemeroteca ninguna noticia sobre el atraco... Los periódicos oficiales, todos callados como putas... En cambio, hablan de un atraco en Buenos Aires y otro en una joyería de Valencia... Pero de los atracos *con sentido*, ni pío.

—¿Con sentido? —pregunta Nara.

—Sí, ya te dije que los anarquistas no atracaban bancos ni fábricas para pegarse la gran vida, sino para acabar con la dictadura. O para ayudar a familiares de presos...

—Qué guay... —dice Nara.

Virginia abre la agenda y se concentra en apuntar las tareas pendientes, que deben de ser muchas. Severina contempla la calle, distraída. Nara le pregunta:

—Yaya, a mí me parece que tú no consideras un héroe al pavo ese que fue asesinado, ¿no?

—No te confundas —dice Severina—. No es que no lo valore... Lo que ocurre es que los entusiasmos de tu madre, pues qué quieres que te diga... En fin, peor para mí si no tengo fe —se ríe, alegre.

—Pero si todos pensaran como tú, nadie pasaría a la acción, ¿no? —dice la nieta tras una pausa.

—Pero no todos piensan como yo —dice Severina—. ¿No sería terrible, que todos pensáramos de la misma forma?

El último día de julio, Virginia, que acaba de llegar de la casa de la carretera, lanza a su madre el reproche habitual.

—¡Es muy fuerte que no hayas vuelto a esa casa! Más aún si tenemos en cuenta que no paras de hablar de ella... Y lo mismo has hecho con Dusa...

—Bueno, ¿y has encontrado la casa? —la interrumpe Severina.

Virginia dice que en el lugar donde supuestamente debería haber estado hay una nave industrial que ahora es un almacén de manzanas.

—Un hombre mayor me ha dicho que recuerda unos locales abandonados, de cuando era pequeño, pero eso es todo. Por cierto, en el cementerio no he conseguido encontrar a los yayos. Aunque también te digo que íbamos con prisa porque se nos hizo tarde, no queríamos pillar caravana.

—Solo mi madre está ahí. Mi padre no está, lo enterraron en el pueblo donde tuvo el accidente —dice Severina.

—Ah, vale... No me acordaba. Pues oye, de la yaya, ni rastro... Dice Guille que quizá la han echado, que si no pagas el alquiler del nicho van a parar a la fosa común.

Severina se levanta, extrae unos recibos de la antigua lata de galletas de Simona y dice:

—He pagado religiosamente cada diez años.

—¿En serio que echan a los muertos? —pregunta la nieta.

—No me explico, mamá, que no fueras a ver tu casa cuando todavía estabas a tiempo... –insiste Virginia–. Y por cierto, ¿qué pintaba López en vuestra vida? Porque, a ver, ¿no te parece muy raro que cuando estuviste por última vez, en la Navidad del 62, él no estuviera allí? ¿No me dijiste que te había dejado una nota? Por favor, mamá, búscala, por favor...

Severina vuelve a abrir la lata y le tiende la nota de López. Virginia lee en voz alta.

–«A llegado esta panera de Barcelona, te la emos subido porque pesa mucho...» Mmm... «porque pesa mucho»... Eso por fuerza ha de significar algo que no entendemos.

–Es que pesaba –dice Severina.

–Ya. Pero ¿y si no se refiere a la cesta?... ¿Y por qué dice «Aver si nos vemos por Navidad» si luego no está? ¿Y si nunca regresó? ¿Y si lo tenían enfilado los cabrones de la Social? Y del accidente del yayo, ¿qué me dices? ¿... no has pensado alguna vez que fue un accidente raro? ¿Eh, mamá?

–La estás estresando –dice Nara.

Severina murmura que le apetece descansar y se refugia en su habitación. Nara baja la voz para dirigirse a su madre.

–Hace unos días, a la abuela de Irene le prepararon una fiesta sorpresa y tuvo un soponcio rollo infarto o algo, no me lo han sabido explicar bien.

–Ya... –dice Virginia–. O sea, piensas que tampoco querrá acompañarme a Dusa, ¿no?

A principios de agosto, Virginia acude de nuevo a visitar a su madre tras haber recorrido durante una semana el Pirineo y haber pasado un par de días en Dusa.

–Una estancia breve pero provechosa –dice Virginia, que no puede disimular su entusiasmo–. ¡Gente maravillosa, mamá! Ah, y hemos visto la casa donde vivías, hemos hecho fotos, pero solo te las enseñaré si quieres verlas... Por cierto, que la casa está completamente abandonada, y el jardín o lo que sea está hecho un asco, pero apartamos la maleza y pudimos trepar hasta una ventana para ver el interior. Qué fuerte, mamá, pensar que estuviste viviendo allí, con todo lo de las baldosas del maestro...

–¿Encontraste a algún conocido? –pregunta Severina.

–Un montón de nombres que me sonaban de todo lo que me has contado... Fue muy emocionante, sí... Los viejos no estaban, claro, el tal Simeón murió hace siglos, pero eso te lo dijo Justa en una carta, ¿no? En cuanto a Justa y a Teresa murieron hace años también, supongo que te lo imaginas. Pero alumnos sí había... Primero encontré a una tal Lolita, simpatiquísima, por cierto.

–Estará crecida –dice Severina.

–Mucho. Me dijo que cumplía setenta este mes. Me estuvo paseando por el pueblo: «Es la hija de Severina, la maestra que parecía una niña», decía. Y ellos, pues ya sabes cómo son, que se les llenan los ojos de lágrimas, pero no derraman ni una. Yo, en cambio, un kleenex tras otro. Y luego no sé si sabes que fuiste de las últimas maestras, que siete años más tarde ya no tenían escuela. Así que todos se acordaban de ti, ya ves. Algunos decían que eras muy graciosa. Uno me dijo que todo lo que aprendió lo aprendió contigo... Otro me enseñó una foto de la escuela por dentro tal como estaba entonces y me dijo: «¿Ves este retrato de Franco? Pues tu madre un día le arreó una pedrada y partió el cristal». Oye, ¡no me habías contado nada de eso, mamá! Y, por cierto, Lolita nos invitó a volver y a quedarnos en su casa. Nosotros iremos, porque el paisaje es brutal, y en otoño para buscar setas ni te cuento. En fin, mamá. Hablaban de ti con un amor... Para que luego digas que nunca tuviste vocación de maestra.

–Nunca la tuve –dice Severina–. No se me daba, la verdad... Juntar letras sí sabía, lo dije y lo sigo diciendo: seré linotipista hasta la muerte. Pero nada más... –Después suaviza el tono y añade–: Sin embargo, el año de Dusa fue decisivo para mí..., decisivo.

342

De pronto, Virginia huele a quemado y corre hacia la cocina. No queda agua en la olla, solo humo. Apaga el fuego y sale blandiendo dos hojas de escarola renegridas.

–Te has vuelto a dejar el fuego encendido, mamá. –Tras una pausa, añade–: ¿Te parece bien si le digo a Cati que venga más horas?

–No la necesito más horas –dice Severina.

En el portal, Virginia se encuentra con una vecina amiga de su madre. Es la mayor de las que juegan a cartas con ella, todas entre los ochenta y cinco y los noventa.

–¿Cómo la ves, Montse? –le pregunta Virginia–. Me refiero a si la ves bien de cabeza y eso...

–Uy, yo la veo fenomenal, es la que más atina, por lo menos, de las que estamos.

–Pues hoy ha hervido una escarola.

–Será por las infusiones –dice Montse–. Yo misma le dije que si no tenía diente de león se hiciera una infusión de escarola para prevenir las infecciones de orina, será eso.

–Ya, pero se quemó la olla y menos mal que yo estaba allí. Y no creo que quisiera una infusión, nunca le ha gustado demasiado lo de cuidarse y eso...

–Oye, mira –dice la vecina–, lo que tu madre necesita es libertad, que estás demasiado pendiente de ella. Y deja de repetirle que ha de cuidarse: de todas nosotras, es la que lleva más años sin fumar. Y últimamente ya ni tomamos destilados ni nada, solo vinitos y cervecillas... Así que no exageres, que los jóvenes estáis muy carcas, francamente. –Le guiña el ojo y dice–: Un poco de manga ancha, mujer, que con el tiempo aprenderemos a cuidarnos.

Virginia sale del edificio con la impresión de que las cuatro se protegen entre ellas, se ocultan las fechorías y engañan a sus hijos. Cuando llega a casa, levanta el teléfono y habla con una neuróloga amiga para pedirle cita.

—Creía que me ibas a dejar plantada —dice Virginia cuando Severina sale del ascensor. Es viernes, y los viernes su madre tiene programadas algunas actividades interesantes que se ha visto obligada a cancelar. Severina saluda secamente a su hija y está de morros durante todo el trayecto hasta la consulta—. No te preocupes por nada, la doctora es amiga mía —dice Virginia, aun sabiendo que el dato no va a tranquilizar a su madre en absoluto. En la consulta, Severina mantiene una actitud tan impecable, tan razonable, que su hija llega a dudar de la necesidad de la visita. La médica y amiga parece mirarla con desconfianza. A ella, no a su madre. La exploración es normal, Severina pasa la batería de preguntas sin apenas errores. Virginia no puede evitar la sensación de que su madre finge para contrariarla. La neuróloga se dirige a Severina:

—Los hijos, a veces, se preocupan demasiado, ¿no?

—En efecto, para mi hija todo es un síntoma porque está profesionalmente deformada —dice Severina. Virginia suelta una risa nerviosa. Severina continúa—: Y es que precisamente yo siempre he tenido muchísima memoria. De pequeña podía recitar etiquetas y folletos, y de joven me aprendía de memoria libros enteros... Le diré más: recuerdo perfectísimamente que este Ràfols-Casamada que tiene usted en la pared no estaba ahí la última vez que vine. El armario estaba a la derecha y las paredes eran de color marfil.

La médica sonríe, ahora la sonrisa es un poco distinta, porque sabe que Severina nunca ha estado en esa consulta. También la hija lo sabe. Severina sigue hablando:

—Si me empeño, todavía puedo recitar poemas de Baudelaire... La prosa, la tengo muy olvidada... Pero la poesía es otra cosa. Ah, y las canciones... Si quiere le canto «En la cima de la Jungfrau, cerca del cielo azul», bueno, no se la canto porque jamás he podido cantar ante desconocidos, solo una vez lo hice en un restaurante, pero eso fue porque estaba borracha y ni me enteré... Aunque si quiere se la recito.

–No hace falta, mamá –la interrumpe su hija.

Cuando salen al portal, Severina lee el rótulo en voz alta: «Doctora Rosa Sants, neuróloga», y, como si pasara casualmente por la calle y no hubiera estado en la consulta, añade: «Aquí deben de venir los que pierden la memoria, pobrecillos...». Este desliz es nuevo. Virginia la acompaña a su casa, pero cuando llegan a la puerta su madre pasa de largo. «Mamá, es aquí», le dice. «No, no, en esta calle solo vive gente rica, no podemos molestarles.» La hija se suena disimuladamente (desearía ser como su madre, a quien ni una sola vez ha visto llorar). Le rodea los hombros con afecto (es huraña, su madre, nunca se ha dejado besuquear ni abrazar, pero ahora, por fin, se deja). «La semana que viene vamos a comprar muebles para tu nieta», dice Virginia. «¿Qué nieta?», pregunta Severina. Se diría que desde que salió de la neuróloga ha sufrido un bajón importante. «Nara, que se va a vivir con unas amigas», dice su hija.

Casi dos meses y dos ictus más tarde, Severina ha cambiado bastante. Básicamente, está más contenta de lo que su hija la ha visto en toda su vida. Nunca ha superado el reto de cantar en público, pero en casa, cuando cree que nadie la oye ni la ve, canta de todo: rancheras, boleros, canciones infantiles, himnos, jazz, samba, bossa nova, parece que todo le gusta. Recuerda bien las letras. Está más afectuosa y más despreocupada que nunca. Su hija, que tampoco se había mostrado nunca tan afectuosa, ya no discute con ella. Severina ha perdido la noción del día y de la noche, tiene largos ratos de lucidez y también momentos, por ahora breves, de confusión. La parte positiva es que su demencia creativa da lugar a infinidad de ocurrencias originales, y a su alrededor reina el buen humor. La parte negativa es que ya no puede estar sola. Aun así, su hija firmaría para prolongar esta etapa antes de que lleguen tiempos peores.

Muy de vez en cuando, tiene algún día malo, se la ve enfadada e irritable. Hoy, por ejemplo.

–Siempre que entro en esta cadena de muebles nórdicos me pongo de mal humor. –Últimamente no dice los nombres de los centros comerciales, como si estuviera en una entrevista televisiva y se lo prohibieran, o como si llevara a cabo un boicot personal al capitalismo. En el pasillo, se detiene a leer las etiquetas, las lee del derecho y del revés–: Módulo estantería Kallax... –Y tras una pausa–: Xallak airetnatse oludom. –Entonces sonríe, satisfecha de superar su reto.

Continúa con su aspecto de siempre, la mirada directa y expresiva, pero sin rastro aparente de la timidez que sufrió a lo largo de los primeros años de su vida. Para los desconocidos, resulta difícil detectar su trastorno. Los conocidos también se sorprenden, porque esperan encontrarse con alguien de mirada perdida y desorientación visible y no es el caso. A la hija le cuesta explicar que Severina está peor de lo que aparenta y que es imprevisible. Necesita repetirlo cada día a las cuidadoras, a pesar de que una de ellas es profesional de la atención geriátrica y debería estar acostumbrada a lidiar con comportamientos desconcertantes. Cuando se cansa de leer etiquetas, Severina mira a su alrededor como un Alí Babá maravillado entrando en la cueva de los ladrones, obnubilada por la abundancia de lámparas de todos los colores y formas que la rodean. De pronto, fija la vista en un plafón de techo que tiene forma de ovni, se queda inmóvil y, muy solemne, empieza a cantar el «Cara al sol» con voz poderosa y gesto triunfal. Algunos se escandalizan. Algunos sonríen. Algunos la miran, divertidos. Otros evitan mirarla, incómodos. Un hombre de su edad se detiene frente a ella y contraataca con «Santa Bárbara bendita», himno de los mineros en huelga. Cuando el hombre entona «traigo la camisa roja / de sangre de un compañero», Virginia estira delicadamente el brazo de su madre para que siga la flecha, pero Severina se mantiene firme y no se mueve. Abandona el «Cara al sol» y se une al himno de los mineros con una segunda voz que enriquece la armonía. Ambos forman un excelente dúo, si nos ceñimos al aspecto musical. Una mujer cuyo rostro asoma tímidamente entre cojines, cestos de almacenaje y barras de cortina que sobresalen del carro acompaña tímidamente el «tranlaralará, tranlará». Gracias a las restricciones por la pandemia, tienen a su alrededor unas cuarenta personas en esa sección de iluminación y complementos, cuando lo normal sería una afluencia mucho mayor. Virginia lo agradece. La canción la cantan entera (y es larga y morosa) sin ser interrumpidos. Al final, un entusiasta aplaude y el resto se une a los aplausos. Por primera vez en su vida, Severina saluda al público con una sonrisa traviesa tras la mascarilla y una pequeña reverencia.

—Mamá, avanza, que tenemos prisa —dice Virginia, incómoda—, a ver si hasta te van a pedir autógrafos...

—Ostras, yaya, no sabía yo que estabas hecha para el mundo del espectáculo... —dice la nieta risueña, tomándola de la mano para guiarla hacia la salida.

Bajan en silencio las escaleras mecánicas y luego recorren el parking hasta encontrar el coche. Virginia lo abre con el mando a distancia y dice:

—Siempre pienso que estos sitios tienen un no sé qué perverso. Me refiero a los centros comerciales.

Su madre no está de acuerdo:

—Mañana volveremos.

Mientras Virginia introduce la compra en el maletero, Severina se coloca en posición marcial y vuelve a cantar donde la interrumpieron. «¡Si te dicen que caí, me fui! ¡Al puesto que tengo allí!»

—¡Otra vez el caralsol no, mamá, por favor!

—Yo diría que este himno tiene más sentido musical que el de «Santa Bárbara bendita». Lo siento, mamá, sé que no te hace ni puta gracia, pero es lo que pienso —dice Nara.

–No me toques las narices –dice Virginia mientras Nara ayuda a su abuela a acomodarse en el asiento. Severina se queda un buen rato inmersa en un silencio ensoñado, hasta que de pronto dice:

–Tenía tres ojos y era de piedra.

–¿El qué?

–El puente de Dusa, ¿o es que no sabéis que ayer una lluvia torrencial se lo llevó por delante? –dice Severina.

–No fue ayer, mamá, fue hace muchísimos años.

–Exactamente en la riada del 63, yaya –dice Nara tras consultar el móvil–. Fue poco después de irte de allí, supongo que ya vivías en Barcelona.

–Pensaba que el puente de piedra sería eterno, y ya ves... El río le ha arrancado dos ojos... –suspira Severina, entristecida. Como parece que el tema le provoca una aflicción desproporcionada, Virginia interviene de nuevo:

–Nara te acaba de decir que eso ocurrió hace cincuenta y siete años.

–Hostia, mamá, cállate y no insistas –dice Nara.

Severina se acomoda en el asiento del copiloto con ayuda de la nieta y murmura:

–Estoy hasta el moño de la sabihonda de tu madre.

Antes de arrancar, Virginia mira afectuosamente a Severina.

–¿Estás cómoda? –le pregunta.

–No –dice Severina, enfurruñada–. Y que sepas que lo del puente fue ayer, a ver si ahora va a resultar que sabes más tú que yo de mi propia vida.

Habrá sido el último verano de Severina tal como la hemos conocido. Pasará un año delicioso y gamberro, exhibirá una alegría contagiosa que hará las cosas fáciles (o difíciles pero divertidas) a los que están a su alrededor, reirá sin que se adivine en su rostro sombra alguna de la profunda herida

348

que siempre la ha acompañado, tendrá contados y efímeros momentos de desasosiego. Una mañana, en casa de su hija, se plantará ante el espejo (ahora lo hace a menudo), se mirará con curiosidad como si su cara le recordara a alguien y, señalando su reflejo, preguntará:

–¿Qué habrá sido de esta?

Después, la oscuridad llegará gradualmente, como ocurre cuando el dueño de un bar, poco antes del cierre, va apagando las luces una tras otra para echar a los parroquianos.